# 古代文学前沿与评论

## 第八辑

中国社会科学院文学研究所古代文学学科　编

社会科学文献出版社
SOCIAL SCIENCES ACADEMIC PRESS (CHINA)

# 目 录

## 特　稿

## 专题：科举与中国文学

# Contents

## Featured Articles

## Special Topic: Civil Examinations and Chinese Literature

特　稿 ◀

# 学界展望（语言学）

〔日〕秋谷裕幸　桥本贵子　野原将挥　户内俊介

石崎博志　加纳希美　滨田武志　铃木庆夏 撰

颜淑兰　刘川菡 译

在本该编集本栏目的 2020 年春，新冠肺炎疫情引发的传染危机突然席卷了全世界。大学等日本的研究教育机构停止举办开学典礼，以此为开端，4 月以后又被许多始料未及的事态弄得措手不及，包括学生和教师的居家待命。与此同时，图书馆相继关闭，本期"学界展望"的撰稿工作也变得困难。所幸，在各位撰稿人的努力下，语言学部分得以出版，哲学和文学部分会在下一期（第 73 期）刊载两年份。

## 前　言

自本期始，"学界展望（语言学）"由日本中国语学会学界展望编辑委员会（委员长秋谷裕幸）负责。本委员会新成立于 2020 年（令和 2 年），是由此前的学界展望工作小组改组发展而来。

与此前一样，本稿原则上以 2019 年 1 月至 12 月在日本国内公开刊行的著作和学术论文为论述对象，在海外刊发的一些重要的研究成果也有涉及。

研究领域的划分与 2019 年一样，包括"前言""音韵""文字·训诂""语法·词汇（上中古）""语法·词汇（近代）""语法·词汇（现代）""方言""教育"。执笔人按照栏目顺序分别为：秋谷裕幸（爱媛大学）、桥本贵子（神户市外国语大学）、野原将挥（成蹊大学）、户内俊介（二松学舍大学）、石崎博志（佛教大学）、加纳希美（金泽大学）、滨田武志（三重大学）、铃木庆夏（神奈川大学）。"前言""音韵""语法·词汇（现代）""方言"部分执笔人与去年有所变更。全文统筹由秋谷裕幸承担。

文中使用的学术杂志的略称如下。皆为 2019 年出版。

| | |
|---|---|
| 《东部》 | 《东部亚洲地理语言学论文集》（*Collected Papers on Eastern Asian Geolinguistics*）（亚非语言文化研究所） |
| 《东京》 | 《东京大学中国语中国文学研究室纪要》第 22 期 |
| 《东洋》 | 《东洋文化研究所纪要》第 174 册 |
| 《开》 | 《中国语学研究·开篇》Vol. 37（好文出版） |
| 《世》2、《世》4 | 《世界汉语教学》2019 年第 2 期，第 4 期（北京语言大学） |
| 《中》 | 《中国语学》第 266 号（日本中国语学会） |
| 《集刊》 | 《中国语言学集刊》（*Bulletin of Chinese Linguistics*）Volume 12 Issue 1（Brill） |
| 《现代》 | 《现代中国语研究》第 21 期 |
| 《中教》 | 《中国语教育》第 17 号（中国语教育学会） |
| Papers | Papers from the Workshop "*Phylogeny*，*Dispersion*，*and Contact of East and Southeast Asian Languages and Human Groups*"（亚非语言文化研究所） |

此外，由于撰稿期间遇上疫情，例行的文献收集变得困难，各负责人只能在这种状况下撰写。虽已力求万全，但仍难免有遗珠之憾，如有必要会在下一期追补。

（秋谷裕幸）

# 一　音韵

首先要提及的是《中国语学研究·开篇》，这是一份国际性语言学研究刊物，自 1985 年以来的 34 年间，主要刊登汉语史与汉语方言方面的论文。随着主编古屋昭弘先生退休，2019 年本刊也宣布停刊，令人惋惜。最后一期 Vol. 37 是对郑张尚芳、杨耐思两位先生的追悼纪念专辑，登载了十数篇音韵史和方言音韵的论文，对有志于该领域研究的人而言，真是五味杂陈、感慨万千。

上古音方面，首先要举出的是秋谷裕幸、野原将挥《上古唇化元音假说与闽语》（《中国语文》2019 年第 1 期）和野原将挥《构拟"泉"字音——兼论"同义换读"》（《集刊》）。前者依据闽语的音韵材料支持圆唇元音假说，指出闽语最早的层次可追溯至公元前 3 世纪。后者考证指出，一般认为在中古音中具有 u 介音、在上古音中以圆唇音 o 为主元音的"泉"，其实是以非圆唇 a 为主元音，进而说明从 – an 向 – on 的变化是"同义换读"（将某个词用意义相同或类似的其他词的发音来代替）所致。其次要举出的是吉池孝一、中村雅之《乌弋山离与 Alexandria（1）~（4）》和《汉语上古音中的 – r – 介音（1）~（3）》（《KOTONOHA》194、195、197、200、201、203、204）。前者从 Alexandria 的音译"乌弋山离"切入，运用对音资料和南方方言音考察汉代的音值。将前汉和后汉音值上的区别看作地域差而非时代差，从这一点可见其独特性。后者对近年来将重构汉藏祖语纳入视野的上古音研究做了批判性探讨。

中古音方面，可举出太田斋《〈玄应音义〉反切与〈切韵〉反切——中古效摄字分析》（《日本中国学会报》71）。该文指出，玄应《一切经音义》不标注书名引用的不仅有《玉篇》反切，还有《切韵》反切，并进一步探讨玄应引用《韵集》的可能性。关于玄应对《玉篇》的利用可参照太田斋《〈玄应音义〉对〈玉篇〉的利用》（1998）。桥本贵子《从对音资料看初唐时期匣母的音值——以义净的音译汉字为中心》（《开》）运用梵汉对音和汉译摩尼教文献中的音译赞歌，指出初唐时期的匣母保留了浊声特征。

近世音方面，关于对音资料的翔实研究可举出更科慎一《〈华夷译语〉音译法的诸问题——以〈女真馆译语〉为中心》（《山口大学文学会志》69）、锄田智彦《〈御制增订清文鉴〉中的汉字音》（《开》）、滨田武志《论〈蒙古字韵〉所反映的汉语方言音系》（《集刊》）。更科论文以《女真馆译语》为例，论述《华夷译语》乙种本和丙种本"杂字"部分的音译汉字，指出二者之间不仅存在时代差异、方言差异、文体差异，还存在音译手法的差异。涉及西文资料的有吉川雅之《关于某中俄字典的汉字音》（《东洋》）、田野村忠温《中国早期英语学习书中英语发音的汉字标记：流音的感知与表记》（《大阪大学大学院文学研究科纪要》59）。吉川论文首次针对莱顿大学图书馆所藏的中俄字典（抄本）撰写了调查报告，同时推断该资料中用西里尔文字记载的汉字音，指出其中可见与 19 世纪中期的北京音共通的特征。

方言音韵方面，作为对 Jerry Norman 和孙顺二人所构拟的原始闽北区方言的修正案，秋谷裕幸《原始闽北区方言里的＊ə》（*Language and Linguistics* 20-3）提出以央元音＊ə为主要元音的一组韵母（＊ə、＊iə、＊əu、＊əŋ、＊iəŋ），重新构拟了由包含以上韵母的44个韵母所组成的韵母系统。原始闽北区方言中的单元音韵母＊ə和上古音中的＊ə相互对应，这一点值得关注。对正在进行的音韵变化展开调查的有大西博子《江苏通州方言中的入声舒化——金沙与二甲的比较分析》（《近畿大学教养外国语教育中心纪要（外国语编）》10-1）、西田文信《关于现代香港粤语中上声的变异——从对同一发话人的长年调查结果出发》（《开》）。关于西田论文可参照"六、方言"部分。

（桥本贵子）

## 二 文字·训诂

《汉字学研究》第7期除了"金文通解"栏，"字说"栏刊登了大形彻《关于医》一文。此外，翻译方面有村上幸造《甲骨文法——陈梦家〈殷墟卜辞综述〉第三章 文法（上）》、笠川直树的译注《子弹库〈楚帛书〉十三行文释注》。"古文字学研究文献提要"专栏概括了裘锡圭先生甲骨文研究的系列论述，特别值得关注。

《中国出土资料研究》（中国出土资料学会）第23期上刊登的李筱婷《马王堆汉墓帛书〈春秋事语〉用字研究》，整理了马王堆帛书《春秋事语》中的用字法。该文认为《春秋事语》与齐系资料中的用字习惯具有关联性，并以此为依据，提出《春秋事语》文本来自齐国的可能性。史杰鹏《利用词源分析破解〈楚辞〉和〈史记〉中的两个疑难问题》尝试运用训诂学的方法解答楚辞与史记中的诸多问题，令人兴味盎然。此外，同期还刊载了曹方向《上博简〈灵王遂申〉再研究》以及陶安《岳麓书院秦简〈为狱等状四种〉第三类、第四类卷册释文、注释及编联商榷》，内容充实，后者整理了《岳麓书院秦简》的释文和编联。

语法方面，有雷瑭洵《古汉语动词"假""借"的音义、句法及其演变》（《中》）、宫岛和也《浅谈〈逸周书·皇门〉"开告于予嘉德之说"以及相关问题》（《东京》）。另外，关于否定词，户内俊介展开了精心的研究。关于这几项请参照"三、语法·词汇（上中古）。"否定词方面，在神户市外国语大学召开的"国际中国语言学学会第27届年会（IACL-27）"策划了一个工作坊（The Diversity of Sino-Tibetan Negation Phenomena），古汉语方面宫岛和也做了报告"试论上古汉语否定词的多样性及其体系"。近年，古汉语领域否定词相关的研究呈旺盛势头，否定词从甲骨文到西周，以至春秋战国、秦汉是如何变迁的，期待今后的研究。

大西克也《"雅言"献疑》（《东京》）详细探究了"雅言"一词成为"官话"和"共同语"代称的背景。"雅言"一词很容易让人认为春秋战国时代存在共同语，也即 lingua franca，这篇论文质疑"雅言＝共同语"这一等式，结论指出"雅言"一词真正的意思至今仍然是个谜。

陈少明（张瀛子译）《由训诂通义理——以戴震、章太炎等人为线索论清代汉学的哲学方法》（《中国—社会与文化》第 34 期）如副标题所示，虽是一篇以讨论清朝哲学性议论为主轴的论文，但其中详细论述了戴震等人的训诂学手法，从历史语言学的角度来说也具有很大的参考价值。

此外，虽然不是以汉字本身为论述对象，还可举出吉川雅之《关于某中俄字典的汉字音》（《东洋》）、滨田武史《论〈蒙古字韵〉所反映的汉语方言音系》（《集刊》），前者以西里尔文字、后者以八思巴文字组成的对音资料为研究对象。关于前者参照"一、音韵"。

汉文方面的著作，有宫本彻、松江崇《汉文的读法——原典解读的基础》（放送大学教育振兴会）出版。此书前半部分附有丰富的用例和解说，还可以当作词典用，应当备受喜爱。

另外由于诸多原因，《中国研究集刊》李号（第 65 期，大阪大学中国学会）未能捧读，只看目录这一期似乎也颇为充实。

（野原将挥）

# 三　语法・词汇（上中古）

先从单行本开始检读。宫本彻、松江崇《汉文的读法——原典解读的基础》（放送大学教育振兴会）是一本汉文的综合性概论。书中在对上中古汉语语法规则进行解说之后，收录代表性文献的译注，并进一步探讨日本对汉文的接受。虽说是概论，书中的语法解说并非停留在训读方法等技术性说明上，而是对每个功能词和句型展开详细解说。特别是疑问词和宾语前置句型、数量表达几个方面，远超以往教材等类，内容非常充实。

其次是论文。户内俊介《再论甲骨文中的"不"和"弗"——从与使役的关联说起》（池田巧编《汉藏语系诸语言的语法现象 2 使役诸相》，京都大学人文科学研究所）对同作者的另一篇论文《从甲骨文的非对格动词看"不"与"弗"的否定功能差异》（2018）中的结论做了部分修正，以甲骨文中动词短语的词汇时态为线索，将"弗"定义为表示它修饰的动词短语所表达的事件的时间序列展开没有达到其内在终结点的否定词。

户内俊介《再议甲骨文中的否定词"不"与"弗"的语义功能区别——兼论甲骨文中的非宾格动词》（《文字·文献·文明》，上海古籍出版社）是综合了上述两篇论文的精简版。众所周知，甲骨文中否定词的功能与春秋战国时期之后颇为不同，但前者中的"弗"与后者中的"弗"（＝"不＋之"的合音）存在怎样的关联仍然是个悬而未决的问题，期待今后的进一步研究。

宫岛和也《浅谈〈逸周书·皇门〉"开告于予嘉德之说"以及相关问题》（《东京》）将《逸周书》皇门篇"开告于予嘉德之说"中的"于"视作标记话语内容的成分，进而对清华简《皇门》中的对应部分"维莫觅余嘉德之兑"加以探讨。该论文同时运用出土文献和传世文献，将上古特殊的语法现象套入语法化的类型论模式从而展开合理解释，富于说服力。

大西克也《论上古汉语代词"之"和"其"的替代功能》（《历史语言学研究》13）将上古后期的指示代词"之"和"其"的指示功能理解为替代，进而呈现其基本功能在于通过与文中或说话人脑海中的先行词相照应，为中心语赋予属性，同时，论证没有先行词的例子，"之""其"表第一、二人称的例子，表"理应如此"的例子，"其"的定冠词用法等以往有所争议的情况都能够以这一基本功能为轴心加以解释。

雷瑭洵《古汉语动词"假""借"的音义、句法及其演变》（《中》）从语法和语音两个方面历时性追究表示借贷关系的"借"和"假"变得"予夺不明"——同时表示"借进"和"借出"两个意思——的过程。该论文不仅对词汇研究，对上古汉语形态、四声别义、双宾语句的研究也具有很高的参考价值。

高柳浩平《关于中古早期的"使"字句》（《人文研纪要》92）依照语法化理论描述上、中古时期"使"从内容性的派遣、命令之义转变成功能性的使动之义的过程，同时推断，中古以降在表示直接使役的"使役者＋使/令＋非指示名词（Ø）＋V2"这一句型中，被使役者之所以不在"使/令"和 V2 之间具体出现，起因于结合的象似性（iconicity），也即对应于原因事态和结果事态在概念上较接近的直接使役，其语言形式上的距离被缩小了。关于使役已有很多研究积淀，本文从"象似性"这一观点重新把握其语法化，值得关注。

杨安娜《早期汉译佛典中的处所词考察——以"所""处"为中心》（《饕餮》27）仔细调查三国南北朝初期汉译佛典中所见"×所""×处"的前置部分×的性质和二者句法结构的差异，据此论述"所"是实质意义弱化的粘着成分，而"处"则是实质意义强烈的成分。近义词研究要求对基础资料作细致分析，本论文就体现了这一点。

下述两篇文章，将疑问句分成"疑惑"和"询问"两种形式展开论述。松江崇《汉语疑问数词"多少"的生产机制——兼谈中古疑问数词系统的复杂性》（《中国语言文学研究》25）推断，"多少"本来是表示数量多寡的词，至后汉魏晋南北朝时期则仅表示"疑惑"，"询问"的功能较弱，但由于频繁出现在带有疑惑或疑问语气的语境中，汲取语境的含义，至唐宋以后，变得也可以表示"询问"了。山田大辅《关于中古汉语中"将＋否定词"的功能及其成立过程的一项考察》（《饕餮》27）以单词化了的"将＋否定词（不、非、无）"这一形式常见于自言自语或内心独白为线索，认为其功能在于表示"疑惑"。进而，推测这一形式是在佛典翻译中形成，"疑惑"之义是由"将"表示将然这一时态含义派生而来。这两篇论文虽然研究对象各异，但对于疑问句的把握方式是相通的，对于处理其他语言现象也富于启发。

此外，2019 年因公布了新年号"令和"，其出处《万叶集》所参考的张衡《归田赋》立刻受到关注，有多篇相关论文发表，如斋藤希史《关于"令和"的考察①》（东京大学新闻在线，2019 年 4 月 30 日）等等。

（户内俊介）

# 四　语法·词汇（近代）

本节以宋代至民国时期的语法、词汇研究为对象，以下将分为"白话资料""满汉资料""域外资料"几个类别进行概述。

白话资料方面，列举两篇论文。木津祐子《"箇"的个别化功能和定指"量名"结构》（《开》）分析"箇（个）"将后续名词个别化，聚焦前后文所要求的属性这一功能，从《朱子语类》和《祖堂集》的用例指出，"箇"

在量词功能之前先具有加强定指的功能。在此基础上，援引安徽、贵州、湖南、苏州等现代各方言中的用例，指出不含数词"一"的定指用法可能并非数词"一"被省略了。另外，刘晓晴《语气助词"就是（了）"的词汇语法化途径》（《中国语研究》61）考察现代中文句末助词"就是（了）"的词汇语法化过程，认为句末的"就是"和"就是了"于明代中期增多起来，经过明末清初的词汇化和语法化，获得了 VP＋就是（了）的动词用法和 S＋就是（了）的语气助词用法。文章结论指出，"就是了"是由副词"就"和形容词的变种"是了"结合而成的。

满汉资料方面，竹越孝发表了两篇英国藏满汉对译资料的校注。针对《问答语 fonjin jabun leolen i bithe》［1827 年，大英图书馆（BL）藏］的《校注〈问答语〉》（《神户外大论丛》70－2）和针对《满汉合璧集要 manju nikan hergen i kamciha isabuha oyonggo bithe》［1764 年，东洋非洲研究学院（SOAS）藏］的《校注〈满汉合璧集要〉（上）（下）》（《神户外大论丛》71－1）。此外，竹越孝在其 *Grammatical Descriptions in Manchu Grammar Books from the Qing Dynasty*（*Histoire Epistémologie Langage* 41－1）一文中指出，与对汉语的分析不同，清代汉人对满语语法的分析运用了近代的语法概念。

这里将在中国以外编纂、使用的资料称作"域外资料"，接下来按照"唐话·日本资料""泰西资料·译语"的顺序进行解说。奥村佳代子《近世东亚口语中文句子研究：中国·朝鲜·日本》（关西大学出版部）为了明确 18、19 世纪的中文口语和白话之间的界限，分析在中国、朝鲜、日本被作为"口语"记述下来的汉语。尤为值得指出的是，该文聚焦中国和欧洲所藏的基督教档案以及到朝鲜的中国漂流船的盘问记录，考察了这二者的差异。

泰西资料方面，有内田庆市《〈拜客训示〉研究》（关西大学出版部）付梓。该书以对巴黎的法国国立图书馆（BNF）、梵蒂冈的梵蒂冈图书馆（BV）、罗马耶稣会档案馆（ARSI）、托莱多的托莱多耶稣会历史文献馆（APHTCJ）等欧洲各地所藏的一系列写本和刊本的分析为基础，登载了《拜客问答》、《拜客训示》以及 Paul Perny 的 *Dialogues Chinois-Latins*（1872）三种图书的解说、影印和翻印。文章从上述三书的传承关系出发，指出耶稣会的著作超越宗派对立，也为多明我会和新教的传教士所继承。

爱知大学的杂志《日中语汇研究》第 8 期组织了英国汉学家萨默斯

（James Summers，1821～1891）的特集。萨默斯详细考察西方人出版的汉语教科书，撰写了 *A Handbook of the Chinese Language*（1863），堪称欧洲人汉语教育的巅峰。特集中，伊伏启子分析名词，朱凤分析六书（汉字），奥村佳代子分析代词和人物称呼，千叶谦悟分析语气和时态（动词），盐山正纯分析副词。此外，伊伏启子《关于近代西文资料中出现的"一个"》（《北陆大学纪要》46）论述 19 世纪西方人的著作反映出中文量词不仅具有计数功能和类别功能，还具有个体化功能这一认识。另外，服部隆《十九世纪的语法研究：汉语学对荷兰语、日语品词分类的影响》（《国语和国文学》96－5）指出，19 世纪荷兰语和日语语法书中的品词分类反映出汉语学的分类观，这对明治以后的语法研究也产生了影响。

"译词"领域的最大收获是陈力卫《近代知识的翻译与传播——以汉语为媒介》（三省堂）。该书从日本近世汉学的流行到新汉语的创造和扩张、新中国成立以后对现代中文的影响，通过实证论述近代成立的新概念在东亚双向扩散的情形，同时依据日、中、英三种语言资料俯瞰东亚整体的词汇交流。此外，沈国威《Evolution 如何译为"天演"?》（《关西大学东西学术研究所纪要》52）考察严复将 Evolution 译作"天演"的原因，指出"天演"是 cosmic process 的翻译，之后被 evolution 借用了。

（石崎博志）

## 五　语法·词汇（现代）

语法和词汇领域的研究呈现多研究领域共荣的景象，从认知语言学、对照研究等相邻领域出发对本领域成熟课题再思考的显著成果屡见不鲜。

中日比较研究方面，发表了井上优《汉语中的提示表达》（野田尚史编《日语和世界语言中的提示表达》，くろしお出版）。该文从语义、句子中的位置（语序）和使用层面等各方面对汉语和日语中的"提示表达"的特征进行了比较研究。井上氏不仅通过一系列的分析重新确认了汉语的语言特征，还在跨语言把握"提示表达"的多样性和普遍性上提出了有益的见解。

除此之外，关于"提示"这一语言现象的论述还有池田晋的《"A 就 A 在 X"结构的焦点特征》（《现代》）。该文通过比较含有单音节属性形容词（A）的"A 就 A 在 X"和"A 在 X"这两种句式，考察了二者在 X 的焦点特征方面的差异。池田晋主张"A 就 A 在 X"这一句式通过卓立焦点的手法把 X 焦点化，借此来表达说话人的主观评价，即"作为属性 A 的内因（被赋予属性 A 的主体内的因素），X 的重要性在同类候补选项中居最高位"。与此同时，他还为我们提供了自己的独特见解："A 就 A 在 X"与"A 在 X"最大的不同点就在于表达中的 X 是否被认为具有这种卓立焦点。

前田真砂美的《"比"字句中的 < A + V > 与数量句》（《现代》）一文以两个 < A + V > 形式（"多 + V"和"早 + V"）为研究对象，考察了"比"字句中与 < A + V > 连用的数量句（例如"我比他早起了十分钟"）的功能。该句型中的数量句通过具体的数量明示了比较双方之间的差距，促使听话人对程度性表达进行再分析。并且，这类数量句还可以排除 < A + V > 所具有的"事件性"，满足了"比"字句表达两者之间的程度性和差异性的要求。最后，该文总结出以下结论："比"字句中的数量词具有通过此种再分析机制来提高该句型对 < A + V > 的契合度的作用。

森雄一、西村义树和长谷川明香所编的《认知语言学开拓》（くろしお出版）一书收录了大量研究汉语现象以及其他语言的论文，通过广泛检视认知语言学领域中有关汉语的研究成果，为激活彼此学术领域中的讨论及理论的发展开辟了道路。篇幅所限，以下只介绍其中的两篇。三宅登之在《关于从行为评价到物体属性的突出对象转移》一文中指出，"容易""难"等行为评述形容词既可以修饰事物，也可以对其进行叙述。他把这种双重用法现象作为突出对象转移的一例，认为此现象的基础是多人对某种行为进行同一评价的恒常性。此外，李菲的《汉语攻击构式中临时动量词的含义与功能》一文通过从构式学的角度重新分析先行研究中所描述的借用动量词的适用条件，就借用动量词的适用动机提出了更为核心的修正案。

在词汇研究方面，牛彬《基于口语语料的"拜托"新用法分析》（《日中词汇研究》8）利用现代汉语口语语料库分析了"拜托"一词的新用法。"拜托"表示"说话人对听者的看法或对某种事情持有否定态度"。作者从句法功能以及传达功能等角度考察"拜托"失去它的动词功能后重新获得了修饰副词的功能。作者还指出其成因与英国语言学家 Geoffrey Neil Leech（1936~2014）所提出的礼貌语用原则（Politeness Principle）有关。

（加纳希美）

# 六　方言

首先，介绍以近代文献为基础的研究。《中国语学》第 266 号做了研究反映口语（粤语、客家话、官话、日语）的西文资料的特辑。其中，吉川雅之《西文资料与粤语研究》（《中》）论述了近代粤语（早期粤语）研究中考察其历时变化和多样性的研究方法，并介绍了新发现的 18 世纪中期粤语资料。柯理思（Christine Lamarre）《西文资料与客家语研究》（《中》）介绍了教会宣教时所使用的客家话文献以及以该文献为基础进行的各项客家话研究成果，在多资料对比的视角下论述了客家话版圣书作为语言资料的价值。千叶谦悟《西文资料与官话研究》（《中》）通过对明末以来的各西文资料的比较考察，论述了各资料中所出现"官话"一词的多义性以及意思、用法的变迁。以及，吉川雅之《关于某中俄字典的汉字音》（《东洋》），请参照本文第一部分"音韵"。林素娥《一百多年来吴语中"没有（无）"类否定词的类型及演变》（《开》）针对百数年间上海方言中出现的"勿曾"逐步被"没有（无）"替代使用的现象，指出无论是至今未发生的方言（如金华方言），还是百数年前就已经发生的方言（如宁波方言）都能从吴语中观察到蛛丝马迹。马之涛《关于 19 世纪宁波方言牙喉音颚化及尖团合流问题》（《开》）考察了宁波方言中牙喉音的颚化、尖团合流以及在此类音变连锁反应下发生的韵母链变（chain shift）现象的发展进程。远藤雅裕《论台湾海陆客语"再次"义"过"的语法化》（《开》）运用西文资料和日文资料，提出了关于海陆客语（客家话海陆片）的假说，即"过"的副词用法"再次"起源于"再/过"的连用用法。此外，近现代资料刊行会发行了系列复刻资料《日本统治下的台湾语、客家语、蕃语资料》，其中第 1 卷是由中川仁解说的《台湾语法》，第 2 卷是由罗济立解说的《从〈语苑〉看客家语研究》，第 3 卷是由中川仁和王麒铭解说的《蕃语研究》。

语言地理学研究方面有《东部亚洲地理语言学论文集》（*Collected Papers on Eastern Asian Geolinguistics*）和集锦国际中国语言学学会第 27 次年会会前工作坊成果的论文集 *Phylogeny，Dispersion，and Contact of East and Southeast Asian Languages and Human Groups*，两者均刊登了众多研究成果。其中，远藤光晓《汉语及周边语言中"南瓜"和"马"两个借词的地理分布》（《东部》），对比考察了"南瓜"和"马"这两个借用时间大相径庭的词语的词形变化机制和传播过程。黄河、吴雅寅《参考行政层级观察方言特征的扩散方式》（《东部》）选取了叶祥苓《苏州方言地图集》（1981）中27 张体现级联模型（Cascade model，地缘隔绝地方言传播模型）的方言地图，证明了城市化程度与行政扩散模型之间存在关联；提出了可以运用类似度行列分析地理上不相邻两地点间类似度的量化研究方法。铃木史己的英文论文 *Characteristics of the Geographical Distribution of Words Denoting Cultural Items in Sinitic Languages*（*Papers*）证明了不同地域中"铁、水稻、高粱、玉米"在词形分布模式上的差异，取决于地域间气候上的差异、该词汇传入某地域的时间差异，以及该词与其他词所处关系上的差异。另外，八木坚二《山西方言的轻声与语末变调》（《中》）指出山西方言中的轻声有很大可能南北两侧是各自独立发展的，并推测这些轻声是在语末变调的中和作用下产生的结果，山西方言中的轻声很有可能是由边缘向中心传播的。远藤光晓《山东方言二字组变调的地理语言学研究》（《经济研究》11）通过山东方言中二字组变调按各种调类组合所绘制语言地图之间的对照以及与早期音韵资料之间的比较等方法，阐明了各种连读变调的发生顺序和发生原因以及变调现象的扩散过程。岩田礼、植屋高史的 *Lexical Innovation and Inter-Dialectal Distance in Chinese*（*Papers*）是一篇数理性很强的研究论文，用 0～3 定义 42 种方言中的 88 个词的变化程度，算出了所有词的变化程度平均值，指出南方方言具有保守性，官话中可见的周边性变种体现了革新性。

语言接触方面，川澄哲也《汉语甘沟方言的形成过程再考》（《言语文化研究》38－2）提出青海省海东市民和回族土族自治县使用的甘沟方言在形成的过程中不仅受蒙古语系的影响，还受藏语的影响。佐藤直昭《上海人对普通话的语言意识》（《开》）采用社会语言学的研究方法，通过问卷调查揭示了上海人对上海普通话（地方普通话的一种）的态度和包容性。

秋谷裕幸《闽东区方言的｛手指｝义词及其相关的词语》（《开》）构拟了闽东地区各个方言中出现的"手指、大拇指、小指，（手）指甲"的原始形式，指出各词的词干皆为"指"，并复原了各种原始形式从祖语发展至今经历的详细发音变化和词形变化过程。另外，邵兰珠《广东吴川吉兆村双语人粤方言同音字汇》（《开》）以广东省吴川市吉兆村日常兼用粤语和黎语的村民为考察对象，报告了这些双语村民所使用的粤语的独特性。张勇生、汪玲、张文娟、彭爱华《东乡县马圩镇方言同音字汇》（《开》）则对江西省抚州市东乡县民使用的赣语进行了报告。以上两个报告调查的都是多语言、多方言混用区，作为记述性研究成果意义重大。西田文信《现代香港粤语上声的变异》（《开》）分别在 1993 年和 2018 年对 4 名同样的对象进行采访，通过录音对比了他们在音调上的变化，证实了近年来粤语中出现的阴上、阳上合流现象。饭田真纪《广东话句末助词的跨语言研究》（ひつじ书房）是一本对广东话句末助词进行系统性论述的著作，从音韵、形态统语的观点对文末助词的分类体系进行了构建，并指出这一分类与语义特征并不一定能一一对应。作者还指出广东话和日语有一个共同点，一个句子除了对事实的陈述，往往也包含着说话人的传达态度（即说话人表示传达态度的义务性高）；句末助词这一词类的存在很有可能是东亚、东南亚特有的语言特征。这一跨语言性展望富于启发。滨田武志《汉语方言谱系论》（东京大学出版社）构拟了粤语和桂南平话的共通祖语"粤祖语"，用分歧学的方法推断祖语在各地发展过程中产生的子孙语所构成的谱系关系，并从方法论上提出"系统树"的构建可以帮助我们推导出共通祖语的一部分信息。

（滨田武志）

# 七　教育

纵观 2019 年教育领域的研究，对教学法和指导法进行探究和重审的实践性研究尤为引人注目。

刊登于《中国语教育》第 17 号的"进一步了解身边的语言——90 分钟高效学习××语"专栏是一部工作坊特辑。该工作坊针对德语、西班牙语、俄语、法语、韩语和日本手语的初学者，设计在第一堂 90 分钟的课后就能达到开口效果的速成学习课程，并让汉语教育从业者去体验。特辑中不但说明了 90 分钟的课所要达成的能力目标以及相应设置的教育任务，还列出了客观评价听课者课题执行能力的标准（rubric）。

小川典子在《日语为母语的汉语学习者在 L2 阅读中的伴随性词汇学习——10 名学习者的案例研究》（《中教》）中，通过出声思考（think aloud）的方式分析了学习者在阅读中的伴随性词汇学习（incidental vocabulary learning）。分析结果发现，学习者随着阅读内容的理解不停地产生伴随性词汇学习，作者还论述了日语为母语的汉语学习者在伴随性词汇学习中往往活用已有的汉字知识，并指出了其中的有利和不利因素。李佳《日本初级汉语教材中的典型动宾搭配考察——从在日汉语教学视角出发》（《中教》）针对日本出版的初级教科书中出现的"动词＋宾语"搭配进行调查，通过实际举例证明教材不一定能真实反映母语者的语言使用实态，以及通过母语者常用的固定搭配来教授新单词用法的频率偏低等问题。黄勇《框式介词"从……起/开始"中的隐现规律试探》（《中教》）从句法、语义学、语用学的角度记述了"从……起/开始"中的"从"或"起/开始"被省略的规则性。另外，对于误用现象"从四月学习汉语"，先行研究提出应把前置词"从"和"起/开始"同时教授给学生（才能有效减少误用），但是黄勇举出省略"从"的实际例子，提出授课时（不首先导入前置词"从"）在后续成分"起/开始"上增加教学比重的导入方法值得大家探讨。

接下来的实践报告，围绕中文教育，甚至外语教育的存在意义，考察学习者意识到自身与他人存在相互交流、与社会存在相互关联的过程。岛村典子《基于大学生中文能力差异的小组合作学习策略与实践》（《中教》）指出，要想掌握经济合作与发展组织（OECD）2018 年发表的"创造新价值的能力""解决紧张和困境的能力""担责的能力"，就需要重视学习者与他人合作能力的培育，积极促进学习者个人责任感的提升。胡玉华《关于"能动学习"效果的实践研究——以汉语初级班的教学活动为例》（《中教》）指出，对于"能动学习"，存在着教师高期待和学生低评价的鸿沟。很多学习者比起"要自己查资料并做报告的研讨课"，更希望上"由教师讲授知识和技术的讲义课"。

将中文定位于第二语言、探究其语言习得过程和语言处理过程的认知心理学研究虽然是一个非常重要的研究领域，但目前来看日本国内仅有少数研究正在进行、尚未有成果呈现。因此，为了填补这项研究上的空白，以下介绍海外研究人员所写的 3 篇共同研究。靳洪刚等 3 名作者发表的《事件相关电位（ERP）技术在第二语言句法习得研究中的应用》（《世》4）对语言刺激下大脑的反应，也即脑波（Electroncephalogram：EEG）进行分析，通过测定事件相关电位（Event-Related Potentials：ERP）对测试对象的语言处理和语言学习过程进行了追踪。陈路遥等 6 名作者发表的《基于词类信息的语标标示对汉语二语句法规则建构的影响研究》（《世》2）采用以汉语注音字母编制的视觉人工语法学习法（artifical grammar learning）考察了基于词类信息的语标标示对汉语二语复杂句法规则建构的作用及影响轨迹，根据实验结果，论述在获得词类信息的实验对象和未获得的实验对象之中，前者更利于建构出复杂的句法规则，且句法结构越复杂对其越有利，进而认为这为二语加工中基于词类信息的语标标示所具有的重要性提供了直接证据。何美芳等 3 名作者发表的《不同语言类型的二语学习者汉语动结式加工的眼动研究》（《世》2）首先介绍了语言类型学概念"动结式"可以分为两类，一类是可以从动词的词汇意义中推测出形容词的词汇意义的"弱动结式"（例如"张三擦干净了桌子"），一类是不能推测（即动词语义和形容词语义完全独立）的"强动结式"（例如"张三哭湿了手绢"），"弱动结式"可以称作语言类型学上的无标形式。以此为基础，作者使用眼动记录技术收集实验对象的眼动指标——注视时间和注视次数，分析得出汉语母语被试者呈现出"强动结式"处理起来比"弱动结式"难度高的倾向。但是，对汉语学习者而言却并不一定如此，甚至有时候"弱动结式"反而难度更大。论文还指出对于汉语学习者而言，他们的母语中是否存在"强动结式"决定着"动结式"特别是"弱动结式"的处理难度。

（铃木庆夏）


［译者单位：中国社会科学院文学研究所、
北京外国语大学日语学院（日本学研究中心）］

# 学界展望（哲学）

〔日〕渡边义浩　长谷川隆一　富田绘美　关俊史

原信太郎アレシャンドレ　高山大毅 撰

颜淑兰 译

如上期所告知，此次"哲学""文学"部分以 2019 年 1 月至 2020 年 12 月的两年份为叙述对象，"语言学"部分则以 2020 年 1 月至 12 月的一年份为对象。

## 一　总论

在 2019 年 1 月至 2020 年 12 月的两年间在日本国内公开刊行的著作和学术论文中，"学界展望（哲学）"以著作为中心进行展望。研究领域的分类和负责人按照各部分顺序分别为：总论（渡边义浩）、先秦两汉（长谷川隆一）、魏晋南北朝（富田绘美）、隋唐（关俊史）、宋元明清（原信太郎アレシャンドレ）、日本汉学（高山大毅）。

与以往不同，这次之所以汇总了两年份，是新冠肺炎疫情扩散所致。渡边在疫情之下与学生们一同研读古典。其成果之一，就是渡边义浩、高桥康浩、伊藤凉、泷口雅依子编《全译论语集解》上下卷（汲古书院，2020）。遵循《论语》注释中最恰当者，又或者发明自己新的解释，以此逼近《论语》的真味或许是王道。但与此同时，梳理一位与时俱进的注释者其思想体系中《论语》的定位，作为哲学的方法论也具有重要意义。《论语集解》虽不是何晏一人之作，但从被公认是何晏所作的无记名的注释中，提炼出何晏的思想是可能的。朱熹方面，已经有土田健次郎译注《论语集注》（平凡社东洋文库，2013～2015）出版，如此，《论语》古注和新注的代表作都能读到现代日语版了。

这两年里，用现代语翻译经书注释的最大成果，是野间文史《春秋左传正义译注》第一至六册（明德出版社，2017～2019）。《春秋左氏传》正义不仅在经学，在史学上也极为重要，我们能够借助野间端庄的日译读到它，意义重大。此外，经书方面，已著有《毛诗正义研究》（白帝社，2003）的田中和夫正在推进《毛诗正义》的译注，出版了《毛诗注疏译注小雅（三）》（白帝社，2019），其中翻译的系列诗歌歌颂了中兴西周的宣王。山口谣司《书经》（KADOKAWA，2019）是一本《书经》的入门书。宇野精一《孟子全译注》（讲谈社，2019）也再版了。滨久雄《读易——伊藤东涯〈周易经翼通解〉全译》（明德出版社，2020）是对继承了仁斋的《易经》见解的东涯《周易经翼通解》的全译。汤浅邦弘编《儒教名句——解读〈四书句辨〉》（汲古书院，2020）是对《四书句辨》的全译，《四书句辨》是由中井竹山摘录江户刊行的《四书》附录而成。

此外，池田知久《老子全译注》（讲谈社，2019）在日语训读和现代日语译文的基础上附以解说，随处体现出池田以出土资料为中心展开的《老子》研究成果。池田知久此前已著有《庄子全译注》（讲谈社，2014），能读到池田对老庄思想基础书的现代日语解释，意义重大。此外，谣口明《从弟子的视角解读〈论语〉》（朝仓书店，2019）是从弟子的视角读汉文《论语》的入门书。池田秀三《说苑》（讲谈社，2019）是对1991年出版的《说苑——智慧的花园》（讲谈社）一书的修订，开头附有长达50页的解说，阐明了刘向的写作意图。虽然此前已有守屋美都雄的《荆楚岁时记》（平凡社东洋文库，1978）译文，中村裕一《译注荆楚岁时记》（汲古书院，2020）能够让我们了解梁代长江中游流域的岁时习俗，很有意思。

为了壮大日本中国学的根基，除了典籍的日语翻译，概论性书籍的出版也很重要。以新发现的曹操高陵遗物为中心，东京国立博物馆于2019年7月至9月、九州国立博物馆于2019年10月至2020年1月举办了"日中文化交流协定缔结40周年纪念特展《三国志》"。渡边义浩出版了《人事的三国志——变革时期的人脉、人才录用、立身出世》（朝日新闻社，2019）、《集中讲义三国志：正史的英雄们》（NHK出版，2019）、《初读三国志——以时代的变革者曹操为视角》（筑摩书房，2019），并和仙石知子共同编写了《三国志演义事典》（大修馆书店，2019）、《全译〈三国志·蜀书〉》

（汲古书院，2019），此外，渡边义浩还出版了《始皇帝——中华统一的思想》（集英社，2019）、《汉帝国——400 年的兴亡》（中央公论新社，2019）。

另外，伊藤邦武、山内志朗、中岛隆博、纳富信留编《世界哲学史》全八卷（筑摩书房，2020）历时地梳理世界哲学传统和活动，探索将来的理想形式，是一次正合时宜的企划。第一至四卷和第八卷分别收录中岛隆博《中国诸子百家的世界和灵魂》、渡边义浩《古典中国的成立》、志野好伸《佛教·道教·儒教》、垣内景子《朱子学》、王前《中国的当代哲学》，第五卷收录中岛隆博《明代的中国哲学》和蓝弘岳《朱子学与反朱子学》，第六卷收录石井刚《中国的感情哲学》和高山大毅《江户时代"情"的思想》。

除此以外，串田久治编《天地变异如何被叙述——中国·日本·朝鲜·东南亚》（东方书店，2020）论述儒教、佛教、伊斯兰教和基督教等如何理解天地变异，以及不同地域对自然灾害的应对方法有何不同。石井公成《东亚佛教史》（岩波书店，2019）是一本通史，描绘公元前后流传至东亚的佛教的相互交流和影响，论述所及不仅译经，还包括汉字文化圈独创的经典。小川隆《中国禅宗史》（筑摩书房，2020）立足于中国的历史和哲学，讲解禅僧话语的解读手法。船山彻《生为菩萨》（实践佛教系列Ⅰ，临川书店，2020）论述与大乘佛教之根本密不可分的菩萨的生存方式。村田澪、石井公成《信教、乐教》（实践佛教系列Ⅳ，临川书店，2020）从"写经与佛画""佛教的娱乐"两个观点论述佛教的文化广度。姜生著、三浦国雄与田访翻译《汉帝国的遗产——道教的勃兴》（东方学术翻译丛书，东方书店，2020）运用汉墓出土的画像资料，尝试重构死者的成仙过程，探究汉代人的信仰心和宗教观，将其定义为初期道教。陶德民《西教东渐与中日情形——拜礼·尊严·信念的文化交涉》（关西大学出版部，2019）通过数位人物的关系描绘出从清朝的典礼问题到明治末年的三教会同这一东西宗教交流的历史。迈克尔·桑德尔（Michael Sandel）与德安博（Paul J. D'Ambrosio）编著，鬼泽忍译《桑德尔教授，遇见中国哲学》（早川书房，2019）体现了正义论的新进展。深泽贤治《阳明学之劝Ⅶ》（明德出版社，2019）描绘出佐藤一斋的人物形象。佐藤弘夫、平山洋编著《概说日本思想史》（Minerva 书房，2020）是前著的增补版，新加入了平成思想史的内容。

牧角悦子、町泉寿郎编《汉学的视角》（"讲座：近代日本与汉学"第1卷，戎光祥出版，2019）定义江户时代后半明确显形的"汉学"，从日本

文学和汉学视角论述日本接受中国文化的特性。江藤茂博、町泉寿郎编
《汉学与汉学塾》（"讲座：近代日本与汉学"第 2 卷，戎光祥出版，2020）
透过"私塾"呈现"汉学"的广度及其连续和不连续性。町泉寿郎编《汉
学与医学》（"讲座：近代日本与汉学"第 3 卷，戎光祥出版，2020）解析
汉方医学向西医转型时期汉兰折中医学①的实况。江藤茂博编《汉学与东
亚》（"讲座：近代日本与汉学"第 8 卷，戎光祥出版，2020）将"东亚"
作为关键词，呈现了研究的多角度性和今后的可能性。与这些研究相反，
津田左右吉否定中国文化对日本的影响，渡边义浩、黑崎惠辅、关俊史、
泷口雅依子编《津田左右吉译稿集：托马斯·卡莱尔〈伟人崇拜论〉》（早
稻田大学文学学术院，2019）将津田未公开的翻译稿进行整理并出版。

此外，还有基于国际会议的论文集出版。名和敏光编《东亚思想、文
化的基层结构——术数和〈天地瑞祥志〉》（汲古书院，2019）以仅存于日
本的《天地瑞祥志》为中心，同时收录包括术数学在内的论文和《天地瑞
祥志》的翻印和校注。渡边义浩编《跨学科的中国学》（汲古书院，2019）
是中国社会科学院历史研究所和东方学会共同举办的第十届中日学者中国
古代史论坛的论文集。

还有根据主题结集的论文集。水上雅晴编、高田宗平协编《年号与东
亚——改元的思想与文化》（八木书店古书出版部，2019）解析汉字文化圈
中年号的具体情况以及执政者的意图等。三国志学会编《三国志论集：狩
野直祯先生追悼》（汲古书院，2019）为追悼三国志学会的首任会长狩野直
祯，收录了 14 篇关于三国时期思想、文学、历史的论文。

跨越多个时代的研究，有堀池信夫《老子注释史研究——樱邑文稿 1》
（明治书院，2019）。该书围绕《老子》从魏晋到明清的主要注释，揭示每
个时代注释的变化。同时，考量各注释者的思想背景，例如，关于曹魏王
弼和唐玄宗注，分别以"道"和"无"、"道"和"妙本"这样一些形而上
的概念为中心展开分析，关于想尔注和顾欢、王玄览等的注释，则从宗教
角度切入。据此，凭借渊博的学识对复杂多样的《老子》注释形态展开敏
锐的分析并取得成功。吉田笃志《中国古代思想考察》（明德出版社，
2019）涉及对五帝神话与历史夹缝的探究，对《诗经》《尚书》的分析，以
及对以亲亲和尊尊为中心的思想史研究和对西周青铜器铭文的考察。此外，

---

① 指折中吸取汉方和荷兰医学长处的医学。——译者注

还有围绕各地历史遗迹、博物馆、研究所的见闻录，可见作者关注点之广，行动力之强。浅野裕一《消失的辙——古代中国的面影》（朋友书店，2020）揭示殷商出现的作为人格神的上帝与周朝用于巩固统治的普遍的上天这二者之间的区别，认为在以远离鬼神、依靠上天信仰的统治论为方针的思潮中，诸子时代中国哲学拉开了序幕。进而，探究《老子》的作者形象，提出《左传》成书情况的假说，叙述《国语》的写作意图，运用新出土资料重新定位《易》和《中庸》。之后，分析告子、《荀子》和《楚辞》，论述《吕氏春秋》和天人感应论的关系。

除此之外，黄进兴著、中纯夫译《孔庙和儒教——学术与信仰》（《黄进兴著作选集》1，东方书店，2020）分析孔子后裔所进行的孔子祭祀被纳入国家祭祀系统的过程以及儒家道统价值标准的变迁。黄进兴著、工藤卓司译《孔庙和帝国——国家权力与宗教》（《黄进兴著作选集》2，东方书店，2020）进一步阐明儒教作为国家宗教的本质，将孔庙视作政治与宗教交融的重要场域，根据孔庙从祀制度的变迁追溯中国思想史的展开。片冈龙《16世纪后半至19世纪初朝鲜、日本、琉球"朱子学"迁移百态》（春风社，2020）从养生医学、公共、生命、自然等视角论述围绕朱子学的文明现象在朝鲜、琉球、日本的变迁。二阶堂善弘《东南亚的华人庙和文化交涉》（关西大学出版部，2020）以新加坡和马来西亚为中心，调查东南亚华人的民间信仰和道教，报告越南、泰国、菲律宾的道教信仰和庙的现状。汤浅邦弘编著《中国思想基本用语集》（Minerva书房，2020）是一册收录中国思想基础用语的力作。

（渡边义浩）

## 二　先秦两汉

吉永慎二郎《〈春秋〉新研究》（汲古书院，2019）从以往的"从经到传"提出"从原'传'到经"的新视角。作者将《春秋左氏经》的经文全部分成①抽出之文②抽出编作之文③编作之文④无传的经文这几类，将①②作为"抽出系经文"，③④作为"编作系经文"。在此基础上认为，《原左氏传》的概念指的是以下部分的传文文本，即从今本《左传》中除掉对该本中收录的《春秋左氏经》经文的解经文以及《左氏传》成书当时及之后的附加传文，它构成了今本《左传》的相应部分（x）。书中声明，《原左氏传》成书之后，在《春秋左氏传》成书后制作《春秋左氏经》时，可能有从《原左氏传》中删除的部分（y），但因为那无法入手，所以将（x）称作《原左氏传》加以使用。在此前提下，论证"'从经到传'这一视角向'从原'传'到经'这一视角的哥白尼式转向"是该书的主线。该书最大的价值在于扯下既有价值观的帷幔，从而得到"从传到经"这一新视角。且正因为是其最大的价值，应该讨论的点也在这里。如上所述，作者认为《春秋左氏经》是经过①至④的过程从《原左传》衍生而来的。问题在于④无传的经文上。如果要经历"从传到经"这一过程，经文必然会以某种形式在传中留下痕迹。但既然是无传，也就难以寻找这种痕迹。作者指出其中包含编者意图的可能性等，如果能在所有事例中详细说明这一意图，相信本书的说服力会进一步增强。

冈本光生《先秦思想史上的墨家》（汲古书院，2020）是作者长年从事墨子研究的系列论文结集。该书最大的价值在于序章"墨子"和第一章"'自爱的'个人的发现"中所展现的，将《墨子》这一文本尽可能当作一个统一体加以把握。作者认为以往的某些研究放弃了对墨家思想进行整合性理解，他在继承板野长八认为墨家思想中具有对人和社会的一贯主张这一观点的基础上，断言《尚贤》各篇、《兼爱》各篇虽然在修辞上有所区别，但并没有思想本质上的转变。在讨论以往被视作自相矛盾的点时，作者聚焦"自爱"这一关键词，以此为基底，将《尚贤》上篇中的君主和《兼爱》上篇中的个人都视作"自爱的"存在，认为这两篇的思想中"自爱"这一概念贯穿始终。此外，本书还指出墨家的天并非宗教的实在，而是为了维持秩序而被召唤的履行法的功能的实在，并探讨上博楚简《鬼神之明》和《公孟》篇，论证二者形成于同一时期，具体则成立于公元前60、70年后。本书内容丰富，可谓今后墨家研究必须参考之作。

薮敏裕《〈毛诗〉的文献学研究——以与出土文献的比较为中心》（汲古书院，2020）结合新的出土文献对《毛诗》展开论述。该书的特点就在于结合出土文献论述《毛诗》，不过更为重要的是，作者设想时代背景是导致其他文献中《诗》的解释和《毛传》的解释不一致的原因。譬如，在对《诗经》征役诗的解释中，作者以《毛传》中的"王事靡盬"这一解释不见于《史记》《淮南子》等为根据，认为《毛传》成书于汉代宣帝、元帝时期以后，并说明如此解释的原因在于宣帝时期之后长时期的征兵、征役成为问题。像这样，将当时的政治性现实性问题作为某种解释形成的背景，作者的这一研究方法值得高度评价。

古胜隆一《目录学的诞生——刘向催生的书籍文化》（京大人文研东方学丛书6，临川书店，2019）对目录学的始祖刘向展开整体探讨。该书不仅论述目录学史上作为一个"点"的刘向，更将其牢牢置于时代的洪流中，进而对刘向以后的目录学也展开探讨。在日本，如此这般全面地对目录学以及刘向和刘向之后的目录学学者展开探讨的著作，除此之外别无其他。其论点的创新，可以举出以下几点。一，指出刘向等人接到的命令是典校收藏在宫中的书籍，具体而言，就是在"温室（温室殿）"校阅位于未央宫前殿北侧的石渠阁、天禄阁的藏书，即"中书""秘书"。此前，我们并不明确校书这项工作具体在哪里进行，根据这一观点则变得明确了。二，由于经刘向整理的书籍都归皇室所有，刘向所校并附有"叙录"的书籍并未在民间广泛流通，这一论点也很重要。这一见解认为：虽然以刘向等的校书工作为分水岭，确实发生了适用于整个学术的文本改革，但这些文本在当时并没有被广泛运用。本书最大的长处在于吸收了以余嘉锡为代表的目录学学者以及内山直树《关于〈七略〉系统性的考察》（千叶大学《人文研究》39，2010）、秋山阳一郎《刘向本战国策的文献学研究——二刘校书研究序说》（朋友书店，2018）等近现代的研究成果，在此基础上，将以刘向为中心的目录学汇集成书以飨读者。古胜隆一关于目录学的书还有与嘉濑达男、内山直树合作的2种译著，译自中国学者余嘉锡，即：《古书通例——中国文献学入门》（平凡社东洋文库，2008）和《目录学发微——中国文献分类法》（平凡社东洋文库，2013），可一并参照。

渡边义浩《"古典中国"的形成与王莽》（汲古书院，2019）对其独创的"古典中国"论的形成和成立展开论述。作者首先将"古典中国"论放置到时代划分论争的语境之中。作者将"古典中国"设定为儒教主张所表达的国家典范，以此为基础，将中国史区分为"原中国""古典中国""近世中国""近代中国"四个阶段。接着，设定三个其认为成立于后汉的"古典中国"的指标：大一统、华夷、天子。以此为基础，该书讨论了"古典中国"的形成以及成立。"古典中国"从形成到成立的阶段笔者梳理如下：

眭弘上书、刘向《列女传》、刘歆《七略》（"古典中国"形成要素的产生）→王莽的古典国制（"古典中国"的形成）→班固《汉书》（描述从前汉至写作《汉书》时期"古典中国"的形成史）→白虎观会议（"古典中国"的成立）

　　据此，笔者谈谈作者所提倡的"古典中国"论和"儒教国家"论。作者说，"我们一直认为白虎观会议上'儒教国家'的完成意味着'儒教国家'的实现，本章则要论证这也是'古典中国'的实现"（《"古典中国"的形成与王莽》第261页）。不过，作者提倡的后汉"儒教国家"论是借助两大论据得以成立的：在《白虎通》和现实产生龃龉的情况下，同时运用故事加以补充。也即是说，不是单纯将后汉"儒教国家"等同于"古典中国"，相反，以《白虎通》为规范形成的作为时代划分的"古典中国"和用故事将规范无法填补的现实正统化的后汉"儒教国家"，这二者应该明确加以区分，书里面应当也是这么做的。因此，为了让作者积累的研究更明确地展示给读者，把"古典中国"这一时代划分作为背景，更加强调后汉"儒教国家"作为现实的存在形态得以成立，这样才能让读者明确本研究运用这些分析概念的意义。

　　笠原祥士郎《王充思想研究》（朋友书店，2020）是由作者多年积累的王充研究汇集而成。说到王充研究，以往多着眼于《论衡》中可见的唯物论性质的记述，说明其先进性。但是现在，正如大久保隆郎《王充思想百态》（汲古书院，2010）中展开的一系列研究所示，虚心坦诚地钻研公元2世纪生活于后汉最鼎盛时期的思想家王充所著《论衡》，这样的研究已经成为主流。本书也处于这一谱系之中。尤其是第九章"王充思想中的儒家与王朝"，反驳以往很多研究认为"颂汉论是对汉王朝的谄媚，是王充为了自保的局限"这一观点，主张《论衡》撰写的最大目的就在于提倡颂汉论。作者认为王充否定人格天的存在，代之以对宿命的倡导都是为主张颂汉论做准备。虽然对这一观点有必要持保留意见，但作者认为颂汉论是王充思想的根本这一点，在继承大久保先生的见解之上进一步推进，具有重大意义。不过作者的论述中引人注意的是非常重视人类有为的活动这一点。作者将"夫道有真伪，真者固自与天相应，伪者人加知巧，亦与真者无以异也"解释为"人的'知巧'所带来的'伪性'和天赋的自然'真性'没有本质差异，指出了人类有为的活动相当重要"（《王充思想研究》第59页）。但是，这段记述所在的段落，论述重点在于居于上位的人引领教导居于低位的人，"伪者人加知巧，亦与真者无以异也"应当理解为"伪的人只要人（居于上位者，或即圣人）施加智慧和技巧，自然和与天相符合的真的人无异"。这里所说的人并非指一般意义上的人类个体，而是指居于上位的人，通过居于上位的人施加智慧和技巧的作用，伪的人也会变得与真的人无异。

也就是说，从这一句话并不能推出人类个体有为的活动的重要性。虽说如此，这无异于鸡蛋里挑骨头，本书各章节所展开的论述非常稳妥，是今后的王充研究必须参考之作，这一点是不变的。

堀池信夫《汉代思想论——樱邑文稿2》（明治书院，2020）是作者关于汉代的论文的结集。该书由"音律学的射程""汉代思想论""郑玄学的周边"三篇组成，篇幅所限，本述评聚焦"汉代思想论"中收录的《关于汉代的"权"》一文。在中国思想界，"权"这一概念虽然被看作常识，可能正因为如此，此前并没有太多深入的讨论。作者的结论是，尽管在汉代"权"的重要性得到认识，出现了要加以整顿的倾向，但是未能深化，甚至走向了混乱。那是因为想要立经的这一急切动向，没有带来能够让人警惕"权"的重大陷阱的认识，结果从汉代至清末，"权"成了儒教内部始终怀揣一颗炸弹的缘由。这个观点是正确的。不过，说走向混乱这一点，需要持保留意见。后汉出现了像王符和崔寔这样的思想家，他们对"权"这一概念运用自如，谋求儒与法的并存。或许作者将这种状况视作走向混乱，但笔者认为反而应该积极评价"权"的灵活性。作者2019年留下本书仙逝，这一课题留给了下一代的研究者。

（长谷川隆一）

## 三　魏晋南北朝

首先介绍大上正美《从〈世说新语〉读竹林七贤》（朝仓书店，2019）。该书力图从《世说新语》及其注释中所引插话等内容，分别解读被称作"竹林七贤"的几位人物的具体言行。作者在《阮籍、嵇康的文学》（创文社，2000）一书中，严格区别行动层面的文学性和语言表现的行为，贴合每个作品进行内在的解读，从这一立场叩问从事文学的价值。然而，《从〈世说新语〉读竹林七贤》一书则对《世说新语》做如下定性：从个体贯彻自我的姿态，即他能够在多大程度上超越积极和消极将自我贯彻到底，并以此来判断其个性。进而，将书中所写"七贤"各人的多样的言行，理解为个体多面的生存状态，力图把握其各自的精神（志向）和个性。

佛教研究方面，可举出船山彻《六朝隋唐佛教展开史》（法藏馆，2019）。作为思想与实践方面的事例，本书对"科段"和"音义书"等中国特有的针对汉译经典的注释形态以及戒律、佛教中的圣者观和舍身等展开探讨。

据此，在印度佛教的基础上，综合梳理宋、齐、梁朝中国佛教的独特发展，力图通览这一时期至隋唐以降的佛教史。

作为本书的一大特点需要提及的是，作者原本从印度佛教开始从事佛教研究，之后专攻中国佛教史，本书的重点在于追究印度佛教和中国佛教的连续性。譬如，本书第一篇第三章考察"如是我闻"和"如是我闻一时"这两个句子。此前的研究认为，汉译佛典中只能见到"如是我闻"这一开头。但作者认为六朝时代同时存在继承了梵文文献经典解释的"如是我闻一时"这一说法，促使学界从根本上重审中国佛教的经典阐释史。

关于本书还有一篇详细的书评，即远藤祐介《书评：船山彻〈六朝隋唐佛教展开史〉》（《六朝学术学会报》21，2020）。另外，作者还出版了《佛教的圣者——史实与愿望的记录》（《京大人文研东方学丛书》8，临川书店，2019）一书，通过圣者观以更广阔的视野考察六朝至初唐的中国佛教史。

关于佛教方面的成果，还要介绍一下向井佑介的《中国初期佛塔的研究》（临川书店，2020）。该书以考古资料为中心，综合分析相关文献资料和图像资料，考证起源于印度的佛塔在中国如何被接受。

道教研究方面，有林佳惠《六朝江南道教研究——陆修静的灵宝经观和古灵宝经》（早稻田大学出版部，2019）。本书围绕灵宝经的论述，促使我们从根本上重审初期经典的写作主体是谁、初期经典形成于何时等问题。关于初期灵宝经的形成，以往的研究中特别成为问题的是，在公认为陆修静编纂的《灵宝经目录》（以下称《目录》）中，灵宝经被分成了"元始旧经紫薇金格目三十六卷"（"元始旧经"）和"葛仙公所受戒诀要及说行业新经"（"仙公新经"）两部分。作者提出了一个根本性的问题，即古灵宝经存在两个系统这一点本身，到底"能否成为灵宝经研究的前提"？进而针对陆修静对"元始旧经"和"仙公新经"的分类标准及其背后的思想、初期灵宝经中"元始旧经"和"仙公新经"这一二分概念的有无、从收录于《云笈七笺》的《灵宝经目序》中的记述看陆修静对灵宝经的认识等问题展开探讨。通过这些考察，重新审视"元始旧经"和"仙公新经"这一二分概念的必要性就凸显出来。根据作者的见解，陆修静"目录"中存在的"元始旧经"和"仙公新经"这一二分概念，在其以前的灵宝经中并不存在，也不能判定灵宝经的作者撰写经典时是基于这样的认识。书中认为，两个系统的划分，很可能是陆修静基于他对灵宝经的认识将现存的灵宝经加以整理和系统化时创造出来的。在陆修静对灵宝经的认识中，将被认为由元始天尊讲述的灵宝经视作刘宋建国时作为祥瑞出现的"天书"，并置于灵宝经体系的中心，这就是"元始旧经"。同时，将当时存在的其他灵宝经视作刘宋以前作为"天书"存在并就此传世的经典，这就是"仙公新经"。

对读者而言略感不足的是，如果正如作者所言"元始旧经"和"仙公新经"这一二分概念是陆修静的发明，那么陆修静介入以前的灵宝经的实际情况到底如何，关于这一点书中没有论及。不过本书的研究脱离此前很长时期在早期灵宝经研究中被当作前提的"道流"这一设定，并且吸纳了进入21世纪之后谢世维、吕鹏志、张超然等人提倡的灵宝经的"天书"观，在此基础上对此前的灵宝经研究状况进行根本性重审，对于思考灵宝经和初期道教的形成非常富于启发意义。又，本书最大的特征在于，将灵宝经本身的形成过程和陆修静对其的整理和系统化结果完全分开来考虑。此前我们不加分辨地将陆修静的《目录》作为前提，借助本书我们得以注意到这一滤镜的存在，甚至可以说由此获得了去除这一滤镜，弄清早期灵宝经实际状况的可能性。

此外，神塚淑子《道教思想10讲》（岩波书店，2020）出版了。本书从《老子》中"道"的思想、生命观、宇宙论、救济思想、修养论、伦理、与佛教的关系等围绕思想层面的10个主题，对内涵多样的道教进行解说。本书内容涵盖了作者在《六朝道教思想研究》（创文社，1999）和《道教经典的形成与佛教》（名古屋大学出版会，2017）等书中所论述的相关成果，包括以《真诰》为首的上清经的世界观研究、《太平经》思想研究、六朝时代灵宝经与佛教关系研究等等，从中可以窥知长期以来引领日本道教研究的作者所做的部分工作。

魏晋南北朝时期，汉代以前儒教所具有的权威已经丧失，多样的价值观开始显现。儒佛道三教相互竞争，知识人将价值置于兼修玄学、儒学、文学、史学这四学之上。吉川忠夫《六朝隋唐文史哲论集》（法藏馆，2020）立足于这种时代思潮，全面论述这一时代的学术思想和宗教。本书是从作者在《六朝精神史研究》（同朋舍出版，1984）之后发表的涉及文史哲的广泛的研究成果中挑选编纂而成的两册论文集，分别附有副标题Ⅰ"人·家·学术"、Ⅱ"宗教之诸相"。

Ⅰ"人·家·学术"由两部分组成。第Ⅰ部"人与家"主要论述皇甫谧《笃终论》、陶渊明《诫子书》、颜延之《庭诰》、徐勉《诫子书》等家戒和家训。里面以每种家戒或家训的作者及其家族事迹以及对子孙的寄托为线索，从中可以看出围绕六朝时代多样的价值观如何存在于个人内部这一问题每个人所呈现的具体面貌。第Ⅱ部"学术"首先聚焦把学术作为家业代代相传的世家（"学门""学家""书生门户"），他们肩负着魏晋南北朝时期的学术和思想。这部分内容在继承《六朝精神史研究》中的范氏研究和颜氏研究的基础上展开。第Ⅱ部除了对家族的研究，还就一些出现在不同时代或不同地区并产生了深远影响的学术趋势展开论述，如荆州学的发展和汲冢书的发现等。从中可以看出学术和思想的主体在多样价值观的滥觞之中如何展开自己的学术思想，如何社会性地存在。

在Ⅱ"宗教之诸相"的各篇论文中，作者的考察也不仅局限于思想的内容和发展，同样兼及其思考主体在时代趋势中如何社会性地存在。第七章"襄阳道安集团"、第八章"五、六世纪东方沿海地区与佛教——从摄山栖霞寺的历史说起"论述佛教作为一种外来文化体系如何在与中国区域社会的相互关联中发展。作者认为，六朝时代是一个佛教和道教广泛而深入地渗透到社会各层的"宗教时代"，其根底是人们悔罪意识觉悟的加深。第一章"中国六朝时代的宗教问题"围绕后汉末期见诸太平道和五斗米道的"首过""思过"，抑或在佛教"斋堂""功德处""道场"的忏悔等展开论述。还将刘宋王微所作《告灵文》视作六朝时代人们内心存在深刻的悔罪意识的一个例子。进而，就汉代"请室"和道教中的"静室"、佛教轮回报应思想为基础债偿观念、《真诰》等书中的"谪仙人"观念、《太平经》中的承负观等展开论述，把悔罪意识视作"构成宗教核心之物"，认为这是促使魏晋南北朝时期成为"宗教时代"的一大要因。书中还收录了与上清派有密切关联的论文，如第五章"许迈传"等。以《真诰研究（译注篇）》（吉川忠夫、麦谷邦夫编，京都大学人文科学研究所，2000）为代表，作者至今在上清派研究领域开展了很多重要研究。"许迈传"中作为主题的东晋许迈，是《真诰》的作者之一许谧的兄长。本文主要通过对读《晋书》和《真诰》，查明许迈的生前事迹，同时探讨《真诰》中关于其死后消息的记述。文章讲述许迈虽然是东晋许氏首屈一指的名道士，但在《真诰》中则被迫扮演关照诸神、鼓励被训诫的人们这一角色。并且，梳理了史书中关于许氏一家以及与许迈有深交的王羲之所属的王氏、与王氏存在婚戚关系的郗氏、与许氏存在地缘关系和婚戚关系的葛氏等的记述，以及《真诰》中关于许迈死后地位的记载。从中可以窥知，《真诰》成书时，其周边相关人员与天师道具有深刻关联，他们以通过"宗教"结合起来的"家"为基础维持着信仰。

如上所述，在 2019 和 2020 年关于魏晋南北朝时期思想的出版物中，主要为佛教和道教的研究成果。这些研究并非对新的研究领域的开拓，而是属于此前已有丰厚研究积淀的领域的成果，从中也能看到促使我们对以往研究进行重审的视角。

（富田绘美）

# 四　隋唐

首先要举出船山彻《六朝隋唐佛教展开史》（法藏馆，2019）。作者长年专攻印度、西藏和中国佛教，本书由其 2000 年以后发表的论文整理而成。虽然在上一节魏晋南北朝中已有所涉及，之所以在本节关于隋唐的部分特意举出，是因为作者说"六朝佛教的发展给随后的隋唐佛教定性的情况不在少数"。例如第一篇第五章"真谛三藏的活动与著作"论述活跃于齐梁时期的真谛的译经活动，阐述真谛并非使用梵语而是用他的汉译基于汉字对印度佛教思想进行解说，或是用伪经加以解释。进而说明，通过将真谛的这些活动与玄奘对比，可以理解玄奘思想的真正价值。这样的论述是长期广泛研究佛教的作者才有可能提出的见解。又，第二篇第一章"隋唐以前的戒律接受史（概观）"概述唐代以前戒律的发展，"北朝的地论宗"这部分认为，并非《十诵律》而是"法藏部的《四分律》受重视的倾向发展起来"，以至"唐代出现了《四分律》中心主义"，这部分同时描绘出真谛译经工作的过程以及戒律接受史的这种变迁。要理解本书推荐一并参考船山彻《佛典是如何被汉译的——当梵经成为经典》（岩波书店，2013），该书论述梵文佛典成为汉译佛典的过程。

关于武则天时期到唐玄宗时期净土教动向的研究，这里介绍加藤弘孝《唐中期净土教善导流的各种形态——以〈念佛三昧宝王论〉和〈念佛镜〉为中心》（法藏馆，2020）。正如作者所言，本书是对塚本善隆《中国净土教史研究》（《塚本善隆著作集》第四卷，大东出版社，1976）的继承和发展。本书作为论述对象的唐中期处于净土教、天台宗、三阶教等各宗派相互交错的状况之中。作者从中选取净土教的《念佛三昧宝王论》（以下简称《宝王论》）和《念佛镜》这两种文献作为分析对象，探讨唐中期的净土教如何接受其他各宗派的问题。作者首先指出，《宝王论》是大历 9 年（774）

以后由飞锡撰述的，其思想"从净土教人的立场接受（统合）了以三阶教为首的各派思想"。而《念佛镜》是由道镜、善导等人于天宝 15 载（756）以前所撰，内容是对三阶教的批判等等。撰述的顺序是从《念佛镜》到《宝王论》，《念佛镜》中出现的批判被吸纳到《宝王论》中。当时飞锡并非用三阶教的经典，而是用《法华经》和《梵网经》等正统经典来建构理论。作者认为这"意味着用佛教界通行的观念范畴将三阶教佛教化（统合）了"。各宗派如何在与其他宗派的关联中形成各自的理论，这一点有待进一步的研究进展。

除了围绕这些经典的动向，佛教信仰也会通过佛像和壁画等形式所呈现出来的东西而展开。以佛教美术为对象的研究，这里介绍八木春生《中国佛教美术的展开——以唐代前期为中心》（法藏馆，2019）一书。作者在序言中提出其问题意识在于"尽可能地梳理唐代前期佛教美术的状况"。通过敦煌莫高窟、龙门造像和各地造像探讨这三部分内容，对该问题展开了多角度的论述。作者通过翔实的个案研究指出，特别在雕像方面，"虽然八世纪初人们对于如来像的肉体表现理解渐趋相通，相似样式和形式的造像在各地出现，但很快就被其他一些不同的样式和形式所取代"，在这些可被称作"古典样式"的样式和形式出现之后，"接着就向破坏它们的方向发展"。作者总结这是"因为到了文化的烂熟期"。另外，与此相关，论述唐代佛教美术的还有肥田路美责编的《亚洲佛教美术论集 东亚 II 隋唐》（中央公论美术出版，2019），该书收录了 18 篇论文。

说到唐代美术，另外还可举出书法。2019 年在东京国立博物馆举办了"颜真卿展"，颜真卿的《祭侄文稿》首次来日造成巨大冲击。关于颜真卿，这里介绍吉川忠夫《颜真卿传》（法藏馆，2019）一书。颜真卿在中国书法史上与王羲之并称双璧。作者早已发表过关于颜之推和颜师古的研究（《颜之推论》《颜师古的〈汉书〉注》，皆收于《六朝精神史研究》，同朋舍出版，1984）。包括终章在内，该书由八章构成，将颜真卿的一生分成各个时期展开论述。行文以史书中的记述为基础，另援用乐府、诗歌、碑文和书简，生动地描绘出一个"与真人等身的"颜真卿。特别是"抚州刺史时期"一章，作者聚焦颜氏相继书写的《麻姑山仙坛记》《魏夫人仙坛记》《华姑仙坛记》等道教方面的碑文。征引一切文献，对这些碑文展开细致解读。终章"书法与人"论及两《唐书》几乎没有记载对颜真卿书法的评价这一点。作者最后指出，"比起书法及其他，最重要的还是人本身"，强调作为人的颜真卿。而且作者认为，"书法艺术"不过是颜真卿的一个侧面，他一定是把"诸艺"和"德义"兼备的人作为理想。进而，将对其书法的评价归结为"宋代对颜真卿书法的高度评价往往与节义之人颜真卿这一对其人的评价密不可分地结合在一起"。另外，关于此书尚有宫崎洋一、江川式部、井波律子三人所写书评，分别刊登在《书论》（45 号）、《唐代史研究》（23 号）、《每日新闻》（2019 年 2 月 24 日 "东京朝刊"）上。

除了上述围绕颜真卿的研究，吉川先生还发表了多篇关于隋唐的论文。将这些研究结集，作者又出版了《六朝隋唐文史哲论集》Ⅰ"人·家·学术"和Ⅱ"宗教之诸相"（同由法藏馆出版，2020）这两册书。关于六朝的内容请参照上述六朝的部分。Ⅰ中收录了五篇主要论述隋唐的论文，Ⅱ中收录了八篇。如Ⅱ中的"后记"所言，这两册书是由作者在《六朝精神史研究》之后发表的诸篇论文大致按照时代顺序编排而成。两书的内容涉及许多方面，在此难以详细介绍。其中关于思想的部分以佛教和道教为中心，主要收录在Ⅱ中。选取几篇介绍如下。第十二章"王远知传"围绕上清派、茅山派道士王远知，论述茅山派的道系。又，第十四章"一日不作一日不食——佛教与劳动问题"围绕佛教中的农业劳动展开论述。因为会破不杀生戒，沙门干农活本来是被严令禁止的。但作者指出，为了维持教团经营或是作为"参学之场、修行之场"，在禅宗教团开垦等农活或作业是受到肯定的，这一点很有意思。第十六章"裴休传——唐代一士大夫与佛教"用长达 180 页的篇幅详细描绘出官至宰相的裴休与佛教的距离及其与宣宗复佛的关联。

关于经书的研究，首先要举出野间文史《孝经——唐玄宗御注原文翻译（附孔安国〈传〉）》（明德出版社，2020）的出版。本书以《孝经》的日语训读、现代日语翻译和玄宗御注的翻译为中心构成，另附六朝时期的伪作孔安国《传》的训读。本书值得特别提及的是，将复杂的文本谱系加以整理，把今古文的对比、《孝经》的传入和结构以鸟瞰图的形式展示出来这一点。其次，是补论中论述的关于刘炫《孝经述议》的发现。刘炫曾指出孔安国《传》中摘引了非儒家文献《管子》的大量内容。但正如作者所言，在此前《古文孝经》和孔安国《传》的研究中这一点似乎并未受到多大关注。着眼于此的是乔秀岩、叶纯芳、顾迁编译的《孝经述议复原研究》（崇文书局，2016，该书是林秀一《关于孝经述议复原的研究》〔文求堂书店，1953〕一书的中译本）中所附的《古文孝经孔传述议读本》一文。野间文史之书吸收了该文的研究成果，将孔安国《传》中与《管子》内容一致的地方用粗体标记出来。由于毕竟是通识书，书中详细的考证都省略了，这有些遗憾。不过，能够读到由作者此前厚重的各项研究所支撑的《御注孝经》的日译，是件令人欣慰的事。

接着介绍山口谣司《唐代通行〈尚书〉研究　从写本到刊本》（勉诚出版，2019）。提起今天我们能看到的《尚书》文本，一般都会想到阮元《十三经注疏》的《尚书正义》或吉川幸次郎《尚书正义定本》。但是，这些都是以宋刻本为底本，与唐代以前以写本形式流通的情况不一样。作者也说"至于宋代以后的文献，借助此后急速发展的印刷技术，文本一定程度上固定下来"，正如本书所述，在版本上也存在异同。此类复原《尚书》的尝试从清朝考据学兴起之时就已开始。例如，段玉裁的《古文尚书撰异》、孙星衍的《尚书今古文注疏》等。另外，在日本则有斯波六郎和神田喜一郎的研究。特别是清朝考据学者的研究是运用石刻资料等复原汉代文本的尝试。本书在参照此类研究成果的同时，通过对这些研究未能参照的敦煌写本和现存于日本的写本进行详细探讨，旨在复原唐代通行的《尚书》。作者通过考察指出，经文和传文之间存在不稳定性，尤其是孔安国传具有非常大的不稳定性。文中认为，这是由于写本不具有今天我们对文本所认为的那种稳定性。并且，作者说，此类唐写本《尚书》的复原将成为魏晋《尚书》和宋代以后的《尚书》解释之间的桥梁。这些成果是在细致的考证和庞大的论据支撑的基础上得出的。期待在本书成果的基础上《尚书》研究进一步推进。

（关俊史）

# 五　宋元

2019 年的成果首先要举出土田健次郎《朱熹的思想体系》（汲古书院，2019）。朱熹的思想被认为"具有中国思想史上罕见的规模"且"非常注重论述的整合性和系统性"，本书旨在详尽论述其全貌。作者已经发表了数篇论述朱熹思想的前沿论文，本书是将它们进行分解、重构，加之大幅度的修改扩充而成。论旨涉及多个方面，其中一以贯之的观点是，朱熹的思想以成圣为目标，即心的认知与理完全合一，因此根本上是一种以内心问题为核心的"心学"，格物和居敬这样的修养论自不用说，理气论这样的对世界的解释也是为了有助于成圣这一目的而建构起来的。如此高质量的对朱熹思想的整体结构进行系统论述的著作以往未曾有过，加之其明快的笔致，本书今后将收获众多的读者吧。

相对而言，土田先生的上述著作将重心放在阐明思想的内部结构上，而下面要举出的福谷彬《南宋道学的展开》（京都大学学术出版会，2019）则更关心思想和修养论所具有的政治和社会意义及功效、经学上的位置等。本书以作者的博士论文为基础。多角度论述朱熹、陈亮、陆九渊等南宋道学思想家通过熟读《孟子》，从中不仅引导出哲学、修养论，甚至于政治姿态和说服他者的话术，进而各自确立对他者的姿态。书中还聚焦陈亮和陆九渊与朱熹的论争，揭示这样一个事实：支撑各思想家主张的，依然是以《孟子》为资源的思考或话术等。关于朱熹对君权的态度，依据"壬午应诏封事"和"戊申封事"，指出朱熹对于把皇帝个人的见解直接投射在实际的政策立案和决定上非常谨慎，这个观点也很重要。此外，还尝试调解朱熹《春秋》学与《资治通鉴纲目》的矛盾，是一部积极挑战过往疑案的研究力作。

接下来介绍松下道信《宋金元道教内丹思想研究》（汲古书院，2019），该书论述宋代至元朝全真教和南宗、钟吕派的内丹思想。二战前常盘大定一方面高度评价全真教通过接近佛教摄取"性功"，成为摆脱"长生不死"迷信的"新道教"，一方面将元朝时期其与南宗的融合称作"全真教的堕落"。此后"新道教"作为一个研究概念固定下来，本书作者从这一结构所缠绕的现代性着眼，通过详细探讨南宗和全真教的性命说，论证这一结构无法成立。作者认为，原本张伯端的《悟真篇》就同时论及"命功"和"性功"，二者是互补关系，它是面向不能一举达到"无漏"之境的中下根人讲述的。与此相对，全真教废除一切人为，追求一举抓住"真性"，站在上根人的立场，认为这如果达成，"命功"也能自然练就。换言之，该书认为，全真教与南宗之间的分歧是起因于作为教化对象的修行者的根性资质的不同，并非由于全真教是脱离旧道教的"新道教"。此外，关于被视作"堕落"的两教融合，书中也指出，作为背景双方本来就包含互相接近的要素，譬如南宗方面从白玉蟾可见对"性"的重视，全真教方面则存在无法彻底遵从上根人修行方法的修行者。

接下来是2020年的。首先要举出的是为纪念早稻田大学教授土田健次郎荣休，由其受业弟子15人撰稿而成的《朱子学与其展开——土田健次郎教授退休纪念论集》（汲古书院，2020）。关于宋元方面，登载了以垣内景子《朱子与两位亚圣》、宫下和大《朱熹言论中感情负债的考察——以君臣关系和家族关系中的恩为中心》为首的论文。其中，松野敏之《朝鲜古写徽州本〈朱子语类〉编纂考——黄士毅语类与黎靖德语类》是篇好文。该论文考究朝鲜古写徽州本《朱子语类》（所谓的楠本本）的编纂。《朱子语类》大致可分为池录→蜀类→徽类→徽类再校（魏克愚校正）和池录、蜀类等→黎靖德《语类》两个系统，楠本本是从徽类再校而来的手抄本。楠本本与黎氏《语类》存在不同，如包含黎氏《语类》中所没有的记述等，其原因一直广受争议，松野先生认为，"徽类→徽类再校"阶段的改变仅限于文字校对，"蜀类→徽类"也只限于文字校对和删除重复记录等，因此楠本本非常忠实地保留了蜀类的原型。由此，作者推论楠本本与黎氏《语类》的不同是由黎靖德的编纂所致。这方面的研究已有石立善《关于朝鲜古写徽州本〈朱子语类〉——兼论语类体的形成》（《日本中国学会报》60，2008），加上现在这篇，我们有了更加明了的视野。

接下来介绍中纯夫编、朱子语类大学篇研究会译注《〈朱子语类〉译注卷十六下 卷十七》（汲古书院，2020）。《朱子语类》卷十四至十八收录围绕《大学》的问答，该研究会此前已经出版了其中卷十四、卷十五、卷十六前半部分的译注。本书是其第4集，通过这些翻译工作，我们将重新认识到《大学章句》是如何经历庞大的思索而成就的。本书以卷十六和卷十七为范围，前者是《大学》传八章至传十章，后者是《大学或问》经一章、传一章至传三章。到这几卷，围绕"格物致知"和"诚意"等重要术语的部分结束，转而展开了非常细致的关于经书解释的议论。不过这对于他们而言是做学问，是"格物穷理"的实践。本书对各话题中的经学含义的探究自不用说，甚至连"著""似""去得"等容易被忽视的细小的白话虚词都能顾及到，是一本清楚明快的译注，朱熹等人"格物穷理"的现场被生动地再现出来。

（原信太郎アレシャンドレ）

# 六　明清

2019年刊行的著作中，首先要举出岩本真利绘《明代的专制政治》（京都大学学术出版会，2019）。本书详细追踪明代皇帝的个人意思经过怎样的流程和运作得以实现等问题，本来应该在中国史领域进行介绍，其中第六章、第七章分析明代后期思想家管志道的政治思想。关于管志道早已有荒木见悟的厚重研究，本书则是从政治立场与思想的关联这一视角切入。作者首先聚焦张居正夺情问题（张居正不为父亲服丧引发的政治争端）爆发时管志道的举动。管志道尽管与赵用贤等夺情批判者关系亲近，但因为正在求职，他以"没有言责"为由避开批判，优先选择保身。之后，虽然一度得到官职却被罢免。张居正逝世后，批判者们逐渐复权，当时正为复职而奔走的管志道试图搭便船，费尽心机制造自己是因批判张居正而被撤职的印象。一般认为管志道还乡后彻底放弃了出仕的念头，一味沉入其内心世界，本书则呈现出他其实还有为求职而如此疯狂的一面。接着，作者分析管志道的《从先维俗议》，探讨其政治思想。其中所描绘的是这样一幅理想世界：在管束三教的道统的继承人天子之下，官僚和万民只是各遵本分、各司其职，绝不越雷池一步。特别是东林党认为科道官之外的人也有"言责"，而管志道则不以为然。作者推论，这是管志道想在夺情问题爆发时优先选择保身，而未对张居正展开批判的行为合法化的意图使然。如此，本书通过增加政治立场这一维度，可以说成功地展现出一幅新的管志道形象。

接下来介绍井上彻《华夷之间——明代儒教化与宗族》（研文出版，2019）。作者在2000年出版了其上一本著作《中国的宗族与国家礼制》（研文出版），《华夷之间》一书是在这之后发表的多篇论文的结集，将视角设定在中国各地域中尤以宗族势力兴盛而著称的珠江三角洲地区，论述这一汉族与非汉族杂居的边境之地在16世纪之后经由何种过程被汉族的儒教文化所统摄（即儒教化）。这一过程的论述高屋建瓴，论笔所及从民族叛乱的频发及平定、魏校捣毁淫祠以及祭祖的普及、社学和里学的设立、黄佐的乡礼实践、乡绅的抬头及至珠江三角洲这一与中原无二的中国区域社会的形成。虽然未涉及哲学性的分析，但对于思考明代中叶以后儒教如何在区域社会中渗透并发挥作用是一部不可或缺的研究著作。

2020年出版的成果，首先要举出的是河内利治《黄道周研究》（汲古书院，2020）。本书是"综合研究黄道周这一人物的成果汇编"。相比黄道周的思想结构和学术思想，本书在其生平和事迹、与徐霞客和陈子龙等人的交友关系、夫人蔡玉卿的传记和书画等周边信息的考证和整理上着墨甚多，为我们提供了探讨明清文化研究的材料。黄道周在鉴赏书法作品时据说颇为重视"遒媚"，本书围绕这一价值标准的考察也令人深感兴趣。不过，如书中所言，在黄道周的意识中书法终究是"小道"，学术思想才被认为是其本心所在，从这个意义上说，本书声称综合研究，却对称得上黄氏主要著作的《易象正》和《三易洞玑》等"避而不谈"，还是让人感到些许不足。书中作为"附章"收录陈来《黄道周的生平与思想》的节译应当也是为了弥补这一不足，我们将继续关注作者本人今后的研究进展。

　　接下来是桥本敬司《何谓人性——中国思想的活力》（汲古书院，2020）。本书是2011年逝世的作者的遗稿集。全书由七章构成，其中前五章论述孔子、孟子、荀子等先秦时代的思想家。涉及宋明的是后面的第六章、第七章。其中，第六章是陆象山论。作者描绘的陆象山形象看似明快。陆象山把世界、存在、内心视作一元论的，认为所有事物的理只有一个，人的内心也具备这种理（"本心"），所谓学问就是确立这种内心（"立乎其大者"）。不过，从个别的社会规范以至人心、宇宙，这些全部包括在内，所谓理只有一个到底是怎么一回事，它跟道学的"理一"有什么不同，另外，陆象山是否完全没有设想对应于"分殊"的个别而具体的理，关于这些点还有不明确的地方。第七章是一篇生动的王阳明论。尤其是其中的第三节，从身体的视角重新把握王阳明的思想。文中认为，王阳明经历龙场体验之后发现自己的身体才是一切行为的出发点，由此解构了朱子学的语言化知识。从这一视角出发，作者对本来性/现实性这一在学界具有重大影响的分析框架展开批判，认为这一图式遮蔽了身体。提倡这一框架的荒木见悟虽然主张本来性和现实性密不可分，但在论述知行合一的阶段，他认为知行始终是在本来性而非在其所发生的现实中合一，将现实的身体置之度外，将知行收回于本来性之中。用作者的话说，知行正是在现实的身体中才能合一，通过构筑本来性这一"幻想故事"来展开议论，就等于用王阳明批判并解构了的朱子学知识来分析王阳明。要言之，作者认为朱子学与阳明学所追求的知根本不同，所以不能将二者并置于同一平面上进行论述，这个问题的提出对于王阳明思想研究非常重要。

（原信太郎アレシャンドレ）

## 七　日本汉学

　　本学会的大会设立"日本汉学"小组会至今已10年。"日本汉学"这一称呼能够涵盖的学术领域很广，超越了所谓"文史哲"的分野之别和时代划分。"日本汉学"权且可以定义为"围绕在日本列岛书写的汉文文献的研究"，儒学者们掺杂假名的著作应该也能囊括进来，另外，诗文姑且不论，关于僧侣宗教方面的汉文文献是否属于"日本汉学"，意见则似乎有些分歧。如此，本学会的"日本汉学"甚至可以说泛泛不得要领，不过这也不完全是坏事吧。因为通过"日本汉学"这一框架对形形色色的研究进行归纳把握也会有不少发现。

首先要举出的是泷川幸司、中本大、福岛理子、合山林太郎编《作为文化装置的日本汉文学》（勉诚出版，2019），这本论文集对于思考"日本汉学"这一领域的困难和有趣程度富于启发。所收论文 Matthew Fraleigh《英语圈的日本汉文学研究与日本汉诗文》介绍关于"日本汉诗"的译语（Shino-Japanese poem，Sinitic Poem 等）的讨论。离开日语或中文，让其他语言介入进来，有时也有助于我们理解"日本汉文学"乃至"日本汉学"错综复杂的状况吧。此外，书中还收录了论述日本汉诗文对近代中国人产生影响的论文，促使我们对一味强调从中国到日本这种单向影响关系的论述方式进行反思。

2019 年 4 月公布新年号"令和"，是一个让很多人意识到日本文化中的"汉学"问题的事件。在内阁总理大臣的谈话（2019 年 4 月 1 日）中，出处《万叶集》被称作"象征我国丰富的国民文化和悠久传统的国书"。现在的"国书"概念（以"汉籍"为对立概念）与近代日本学术机构的编组问题密不可分。关于这一点，2019 年发表的品田悦一与斋藤希史著《"国书"的起源——近代日本的古典编成》有详细论述。围绕年号的文化和学问，水上雅晴编，高田宗平协编《年号与东亚——改元的思想与文化》（八木书店古书出版部，2019）是一本充实的论文集。正如书中清水正之《年号与历法——本居宣长的人为"人作"与自然"神作"》一文所指出，本居宣长否定了从中国传来的、在他看来烦杂的历法这一事物。先不说什么"日本式的年号"，平成年代果真会有人抛开"汉意"①来讨论"何谓日式历法"吗？

在近代日本学术领域的划分中，《日本书纪》因为是用汉文写成，在"国文学"的框架中一直被边缘化。2020 年是《日本书纪》编纂 1300 年纪念。山下久夫与斋藤英喜的《叩问〈日本书纪〉1300 年史》（思文阁出版，2020）能够让我们一览《日本书纪》从成书到近现代的接受史。

---

① "汉意（からごころ）"是江户时代本居宣长等日本国学者的用语，用以指代和批判研读汉籍、醉心于中国文化的思想倾向，宣扬所谓"大和心"，也即日本的古代精神。——译者注。

即便都用汉文，汉学知识所置身的社会语境根据时代会呈现出各种各样的变化。泷川幸司《菅原道真——学者政治家的荣光与没落》（中央公论社，2019）关注道真作为"纪传道出身的官僚"① 这一侧面，明快地描绘出道真诗文背后当时的社会体制和政治动向。书中关于东亚其他地区具备儒学教养的人和平安时期的"儒家官僚"的比较也是一个颇为有趣的问题。本间洋一《王朝汉诗丛考》（和泉书院，2019）中收录的论文探讨前人对道真的诗的解释，提出新见解。其中，关于《菅家文草》诸作中可见"富于游戏心理的"的机智表达这一观点，对于思考当时的汉诗文在政治社会中所具有的功能富于启发。同一作者的《日本汉文学文薮：资料与考说》（和泉书院，2020）也收录了围绕江户时期的林家的论文。

由于僧侣是中世汉学的中坚力量，研究僧侣的具体交游、活动对于思考这个时代的汉学和诗文是不可或缺的。朝仓尚《禅林的文学——战乱中的禅林文艺》（清文堂出版，2020）探讨应仁之乱时期横川景三的动向和作品。横川躲避战乱在寄居之地与好友创作联句。正因为是在紧张的状况之下，与人交流所作的联句才备受喜爱，作者的这一观点应当也广泛适用于思考"战争状态下"乃至"紧急事态下"的文学。朝仓和《绝海中津研究——人与作品及其周边》（清文堂出版，2019）是一部浩瀚的著作，由绝海的传记研究、作品研究以及绝海相关的事迹研究构成，呈现了五山文学研究的一种范式。在思考中世汉学教养的状况上，和汉联句这种文艺能够成为绝佳的材料。大谷雅夫《和汉联句的乐趣——芭蕉、素堂两吟歌仙以迄》（临川书店，2019）通过实例揭示应该如何解释、欣赏和汉联句。从中国中心主义的观点而言，和汉联句是一种和歌与不相容的汉诗句侏离鸠舌般混杂在一起的奇特文艺。但本书呈现的和汉联句的世界充满魅力。近年关于句题诗和和汉联句的研究表明，日本汉文学是在与中国不同的规则和评价标准体系中发展起来的。用与中国诗文相同的标尺来衡量日本的汉诗文，就好比将橄榄球和美式足球混为一谈，说它们都是使用椭圆形球的竞技。

《神皇正统记》虽然是掺杂假名的文献，但考虑到它对江户时期的儒者带来的影响，将其放到"日本汉学"这一节里面讨论也无妨吧。斋藤公太《"神国"的正统论——近世、近代对〈神皇正统记〉的接受》（ぺりかん

---

① "纪传道"是日本平安时代大学寮的四道（也即四个学科）之一，教授《史记》《汉书》《文选》等中国史书和诗文，是当时日本官吏录用考试中的重要科目。——译者注。

社，2019），论述近代以迄对《神皇正统记》的接受史。通过《正统记》接受史这一视点，呈现江户中期"学知"的变化（原书称之为"考证主义"的"兴盛"），很有意思。

"日本汉学"研究，可以说必然要面对文化接受方的内在逻辑问题。丸井贵史《白话小说的时代——日本近世中期文学研究》（汲古书院，2019）根据对《今古奇观》诸版本的缜密调查，指出都贺庭钟将白话小说视作"学问对象"，在对"三言"和《今古奇观》作校勘的基础上撰写《英草纸》。将在本国不成其为"学问对象"的东西作为"学问对象"加以把握，本书揭示出这一接受方的逻辑开拓出新的文学世界的事实。长尾直茂《本邦三国志演义接受诸相》（勉诚出版，2019）不仅论述《三国志演义》接受后的诸相，还聚焦白话小说作为一种文类在日本被认知的过程。日本对白话小说的接受与黄檗文化的舶来也有深刻的关联。竹贯元胜《隐元与黄檗宗的历史》（法藏馆，2020）是今后黄檗研究的基础之作。

江户思想史研究领域，通过有意识地与东亚其他地区进行比较，自觉尝试梳理江户儒学特有的问题，在这方面学界已有成果和积淀。中村春作《徂徕学的思想圈》（ぺりかん社，2019）是1980年代至2010年代著者有关荻生徂徕研究论文的结集。虽然在首刊论文的基础上做了大幅修订，从本书可以看到展开上述尝试的优秀范例。片冈龙《16世纪后半至19世纪初朝鲜、日本、琉球"朱子学"迁移百态》（春风社，2020）运用生态学中的"迁移"概念作为"工作假说"，尝试理解东亚各地区朱子学的展开。书中随处可见作者试图超越"一国思想史"的框架乃至"思想史"这一学科现状的抱负。另外，板东洋介《从徂徕学派到国学——表达的人》（ぺりかん社，2019）并非采用东亚思想史的观点，而是运用一种看似返祖的手法，将荻生徂徕和贺茂真渊二人进行对比研究。但是，本书看似细小的问题所凸显出来的问题却是巨大的。书中将徂徕和真渊的思想定位为不重"内心"只重"规范"的思想的两种类型，从二者的对比提出对当下仍富于启发的见解。关于荻生徂徕，荒井健、田口一郎还出版了译注《荻生徂徕全诗1》（平凡社东洋文库，2020），可见文学方面的研究也有所推进。

关于"规范"的研究，这十年成果飞速累积的一个领域是日本《家礼》接受研究。2010年之后，吾妻重二编著《家礼文献集成·日本篇》（关西大学出版部）陆续刊行，2019年已刊至《家礼文献集成·日本篇·八》。松川雅信《儒教仪礼与近世日本社会——暗斋学派的〈家礼〉实践》（勉诚出版，2020）分析浅见䌹斋、蟹养斋、稻叶默庵等人围绕《家礼》的讨论与实践。文章指出，由于寺请制度等的限制，江户时期的儒者难以成为《家礼》这一"规范"的忠实践行者。但是他们找到了纳棺和下葬等"自由领域"，通过在这些领域遵守"规范"来巩固其作为具有儒学教养之人的自我意识。James McMullen 的《日本的孔子崇拜》（"哈佛东亚专著丛书"，哈佛大学亚洲中心，2020）是作者释奠研究的集大成之作。

有关怀德堂的研究，有清水光明《近世日本的政治改革与知识人——中井竹山与〈草茅危言〉》（东京大学出版会，2020）和藤居岳人《怀德堂儒学研究》（大阪大学出版会，2020）这两种著作刊行。前者详细探讨了堀田正顺、松平定信等为政者与竹山的关系，指出《草茅危言》是一册被宽政时期的政治状况严格框定的著作。另外，后者着眼于近世日本"儒者"的存在状况，同时以经学手法为主轴考察怀德堂学问的特质。积极介入政治、老于世故的兄长竹山和为人狷介、游离于朱子学的履轩，二人也是思考江户时期"儒者"之"家"的有趣素材。

对近代日本"汉学"的研究是目前发展显著的领域。2019 年至 2020 年出版了《讲座：近代日本的汉学》全 8 卷（戎光祥出版），这个系列可以说将成为今后近代日本汉学研究的里程碑。野间文史解题，町泉寿郎与川边雄大解说版加藤虎之亮（1877～1958，号天渊）《周礼经注疏音义校勘总说》（近代日本汉学资料丛书 3，研文出版，2019）；町泉寿郎解题版木下彪（1902～1999，号周南）《国分青厓与明治大正昭和的汉诗界》（《近代日本汉学资料丛书》4，研文出版，2019）；武田祐树与町泉寿郎解题版川田刚（1830～1896，号瓮江）《瓮江文稿》（《近代日本汉籍影印丛书》2，研文出版，2020）等相关资料的刊行也有所推进。近年，"日本汉学"相关文献在中国影印出版的情况增多，2019 年和 2020 年分别有陈广宏、侯荣川编《日本所编中国诗文选集汇刊》明代卷（广西师范大学出版社）和卞东波、石立善主编《中国文集日本古注本丛刊》（上海社会科学院出版社）刊行。影印出版虽无必要在意国界，但近代日本汉学方面的影印和资料出版还是很可靠的。

李セボン《追求"自由"的儒者——中村正直的理想与现实》（中央公论新社，2020）通过从内在解读中村正直（1832～1891，号敬宇）的思想，指出其思想体系处于儒学思考的延长线上，同时又能将西方思想和基督教毫无矛盾地统摄进来。

山村奖《近代日本与变化的阳明学》（法政大学出版局，2019）分析近代以后"阳明学"像魔咒般意义不断扩散，有时甚至带着反体制思想的魅力被人们接受的过程。本书结尾论述当代的"阳明学研究"和"近代日本的阳明学"的关系。近代日本汉学研究关系到对中国学研究史的理解。"近代日本汉学"乃至"日本汉学"研究并非寄居在中国学门下的门客，它作为一盏照亮中国学足迹的灯，也具有重要意义。

（高山大毅）

[译者单位：中国社会科学院文学研究所]

# 学界展望（文学）

〔日〕田口一郎　谷口洋　上原究一　大木康

铃木将久　斋藤希史　撰

石　雷　译

　　和去年一样，本年度"学界展望（文学）"的执笔者仍然为东京大学相关研究人员，最后由东京大学人文社会系研究科中国语中国文学研究室的斋藤希史汇总整合。

　　执笔"展望"时，以 2019 年及 2020 年在日本国内出版的单行本著作为中心，努力从每个执笔者的视角，寻绎各个领域所呈现的主流研究趋势，仍是今年"展望"撰写的目标所在。

　　本期展望以学界两年的研究为关注对象，2019 年正值疫情期间，为了防止新冠病毒的感染与传播，大学和图书馆处于封闭状态，影响了资料的收集与撰写，经过出版委员会的协商，推迟了这个领域的展望刊载。因此本期涵盖两个年度的成果与展望。

　　今年的分类为"总记""先秦两汉""魏晋南北朝""唐宋""元明清""近现代"。斋藤负责"总记""魏晋南北朝""唐宋"，其他执笔者按项目撰写顺序依次为综合文化研究科田口一郎（"总记"）、综合文化研究科谷口洋（"先秦两汉"）、东洋文化研究所上原究一［"元明清"（小说戏曲）］、东洋文化研究所大木康［"元明清（诗文）"］、人文社会系研究科铃木将久（"近现代"）。

（斋藤希史）

## 一　总记

　　"总记"部分，本期并不拘泥于图书分类的"总记"，"比较文学""日本汉文学"等相关领域的研究成果也纳入于其中，此举缘于近年来打破领域限制的研究变得更加丰富蓬勃。

首先介绍饭仓照平《中国民间故事与日本——寻找亚洲故事的原乡》（勉诚出版，2019）。本书作者在对南方熊楠的研究上和中国民间故事的翻译上，成果繁富，汇编有几本学术专著，而这是作者第一本关于民间文学研究的论文集，在作者去世前得以出版。全书由"孟姜女民间故事的生成""中国民间故事与日本""中国民间故事的世界""中国'现代民间故事'""研究回顾"五部分组成，作者对各种民间故事进行了广泛的研究，从故事的历时变迁途径、东洋地域的多样性差异以及传播结构等角度切入。作者通过有意识地对资料的具体探索与考察，显现出对具体文献游刃有余的驾驭能力，而这种对文献把握的熟稔与技巧隐藏于作者平实的论述之中。这部著作看不到荣格、原型等文字的痕迹，体现出作者在方法论上的自觉。而"研究回顾"则是中国民间文学研究学术史上弥足珍贵的资料。

福田素子《债鬼转世：从讨债鬼故事看中国的亲子关系》（知泉书馆，2019），这部著作围绕作为转世复仇故事类型的"讨债鬼故事"展开论述，具有跨界的学术视野。著作大致由"追溯讨债鬼故事的成立""讨债鬼故事的流变""讨债鬼故事与日本"以及"伪经《佛顶心陀罗尼经》的成立与出版、石刻活动"几部分组成。本书打破对研究对象惯用的论述模式及论文题目体的限制，以故事本体作为考察的中心，将研究对象的范围扩展至小说、诗文、佛典、杂剧、日本书、传承文艺等领域，打破学科的壁垒，具有广阔的视野。其考察从讨债鬼故事的发生到展开，包括流变的整理和背景分析，时间跨度越千百年之悠长。这其中，文学、历史、思想的固定框架被打破，不止局限于中国，同时邻近地区的伦理观、世界观的思潮得以清晰勾勒呈现，而固有的差异彰显出特有的时代性、地域性。

如果说上述两部著作将学术目光从中国文学扩展到其他学科，具有跨界的意义，那么日向一雅所编《韩国汉文爱情传奇小说》（白帝社，2020）则揭示了"汉文"世界的地理广度及其固有的独特性。本书由《周生传》《凭虚子访花录》等16世纪到18世纪中叶的五篇"传奇小说"（朝鲜古典小说的一种类型）之解读与译注组成。由此可见，在朝鲜时代不稳定的社会背景和严格的身份等级制度下，在汉文小说的总体框架中，韩国汉文小说时而自我压抑，时而摆脱束缚，构建独自的汉文世界。著作中语法、出典的使用多有耐人寻味之处（如与江户汉诗文的出典类似等等），这对于我们认知东亚地区"汉文"所具有的功能和作用带来新的契机。书中所收野崎充彦《代替解说——走近韩国汉文小说》一文，虽然篇幅不长，但阐释了朝鲜古典小说的架构和特质，富有启发性。

古川末喜的《从二十四节气解读汉诗》（文学通讯，2020）也是一部力作，显现出作者对其他领域知识纵横把握的能力，独具特色。书名的内容尽管一望而知，一看好像汉诗岁时记，但是本书的内涵超越其标题所示。通过关注以太阳历为基础的二十四节气，不仅捕捉到农历日期存在较大偏差的季节感，而且整合天文、历法、气候、动植物生态知识，阐明作诗的具体日期和时间、当时的天气、诗人与自然风物的具体关系等，采录诗的背景由此得以精彩呈现。采录诗大多没有日文译注，由此可见其难度及其作者付出的独特努力。其中超过 100 页的"序编：二十四节气概说"其内容并不限于二十四节气，还可作为历法、气象、天文的概论，仅此而言，也具相当的价值。

（田口一郎）

在日本汉诗研究领域，日文出身和中文出身的研究者往往因不同的学科背景而对研究对象的考察产生差异，这种差异基于对考察对象不同的距离感，但是近年来这种壁垒的意识越来越淡薄，从而产生了高水平的成果，这是令人欣慰的。

荒井健、田口一郎译注《荻生徂徕全诗1》（平凡社东洋文库，2020）共四卷，计划对徂徕的 721 首诗进行译注，本书收录了《徂徕集》卷一及卷二。由于美篇书房版《荻生徂徕全集》一直未完成，所以徂徕诗的译注仅限于几部选集中所收录的诗，而且也没有一部著作能把握其诗的全貌。徂徕的诗如何创作而成在这部密集而意味幽深的译注本中得以精准呈现，同时在思考"古文辞"或何为拟古的基础上，以及在思考中国古典诗这一分野的潜在性上提供了重要的线索。卷末收录的"频出语汇"颇有价值。

紫阳会编著《大沼枕山》《〈历代咏史百律〉研究》（汲古书院，2020），围绕中国历代人物用七言律诗写的 103 首诗，在底本题解（詹满江）和比勘各本的异同（泽崎久和）基础上，第一部分的构成是译注（石川忠久、市川桃子、泽崎、詹、三上英司、松浦史子、有木大辅、大村和人、高芝麻子、远藤星希、大户温子），而高芝、有木、詹、大村的七章论述构成全书的第二部分。这是一部在日本学术振兴会科研经费资助下超过八百页的大作，汇集学界共同研究的成果。附带有收录了主要两种版本的影印资料、文本数据、改刻部分的版木图像的 CD－ROM。在此，大沼枕山的诗，或者是幕末明治时期的咏史诗，都被赋予了新的烛照，备受瞩目。

滝川幸司、中本大、福岛理子、合山林太郎编著的《作为文化装置的日本汉文学》（勉诚出版，2019）与上述前两本书不同，这部著作试图通过各种考论来解读日本汉文学研究的现状与未来。从中可以看出，不仅"日本汉文学"的研究对象具有复杂多样性，如何分析与立论也具多重视角与方法，现在的研究也许还处于混沌状态，但混沌中暗潮涌动，隐显出新的学术增长点。

虽不属于诗文本体的研究，《讲座 近代日本与汉学》（戎光祥出版）是以讲座形式出版的论文集，这部从 2019 年 12 月开始出版刊行的八卷本图书不仅涉及诗文，还可称得上是全方位多角度阐明"汉学"作为近代学问领域如何被重构的。特别是第 1 卷《汉学的视角》以及第 4 卷《汉学与学艺》，在考察近代日本中国文学研究的构成时，有相当多饶有趣味的论述。

九州大学中国文学会编《目加田诚"北平日记"——20 世纪 30 年代北京的学术交流》（中国书店，2019 年）一书，并非考论而是以实践为基础，以真实体验的记录形式结构全书。目加田诚是日本引领中国文学研究的学者，这部著作以目加田诚战前战后中国留学时期所写日记为中心，其中令人惊叹翔实的注释得益于以静永健为核心的九州大学中国文学研究室的学者，由他们参与完成。这部作者真实呈现了历史状貌，那个时代丰富的学术与交流恍惚再现眼前。书中附录有与目加田诚留学几乎同一时期北京地图的复制品，舒适的街区让人产生神游其中的愉悦感。

（斋藤希史）

## 二　先秦两汉

在上期同一栏目的回顾与展望中，我曾写道："现在研究古代文学，也就是如何面对和运用 20 世纪的知识体系"，对学术怀有虔诚之心的学者自然会在研究实践中印证这一点。

薮敏裕《〈毛诗〉文献学研究——以与出土文献的比较为中心》（汲古书院，2020）是运用新资料进行的《诗经》研究，但并非单纯将出土文献作为阐释的辅助资料。针对 20 世纪《诗经》研究追求诗的原貌这一学术观，本书坚持批判的继承这一态度。同时，我们还必须注意，本书题为《毛诗》研究，并不是题为《诗》研究或《诗经》研究，本书不仅是对其原初诗形态风貌的探求，而且一个重要的问题意识始终贯穿全书：它是如何成为我们所看到的《毛诗》文献的。

松田稔的《〈山海经〉文献研究》（东方书店，2020）是继《〈山海经〉基础研究》（笠间书院，1995）与《〈山海经〉比较研究》（笠间书院，2006）之后，作者第三本专论《山海经》的著作。本书以类书的引用为中心，详细探究《山海经》文本的传承脉络。另外，将汉唐诗文中关于山岳、登高、求仙等相关考察作为补遗进行收录，文本研究背后彰显出作者的学术兴趣。而"体察中国古人的心"这一宗旨意识与 20 世纪的民俗学研究息息相关。

我们之所以能够研究古代的歌谣和神话，是因为它们以某种形态留存于文献。但是，留存文献记载的已不再是古代的原貌。将民俗学、人类学或宗教学等理论框架简单套用于古代文献是必须慎重的，但也不能完全不了解甚至忽略这些相关学科 20 世纪的研究成果。研究只有在两者充满张力的平衡与对立中才可得以深化。这两部著作的书名虽标明"文献"，其研究则超越了单纯文献研究的范畴，其方法与态度有着重要的启发意义。

若论及知识学问的传承，这里不得不提及吉川幸次郎的《论语》（角川智慧文库，2020），尽管它只是文库再版。与思想研究者的着眼点不同，这部著作关注到《论语》的文章节奏和声音，与在其学生尾崎雄二郎面前讲述《论语》娓娓道来的风格相契合，至今依然不失新鲜感。自 1959 年作为朝日新闻社《中国古典选》的一册出版上卷以来（下卷为 1963 年出版），《新订中国古典选》（1965～1966）、朝日文库（1978）、朝日选书（1996）相继刊行，出版的形制一直在变化，《论语》魅力得以传播。换了不同的出版社重新刊行出版，有助于新一代读者的广泛阅读。仿佛有所预见，与此同时，贝塚茂树译注的《论语》也再版刊行（中公文库，2020）。这是一部观点鲜明的著作，始终将孔子视为历史中的存在。名著得到不断阅读固然是令人欣慰的，但是经典的传承，有赖于新的阐释角度。谣口明的《从弟子的角度解读〈论语〉》（汉文丛书，朝仓书店，2019）专章论述孔子的主要弟子，各为一章，将各个人物形象与孔子相关的部分进行梳理辑录，并做出通俗易懂而平实的阐释。《论语》并非孔子自著，而是弟子们继承下来的语录，从这点出发，我们可尝试将《论语》作为一种传承文学来重新解读。

（谷口洋）

# 三　魏晋南北朝

关于魏晋南北朝的研究著作，首先是福井佳夫的《六朝书翰文研究》（汲古书院，2020）。此书由作者三十年来所发表的论文构成。以六朝时期盛行的书翰文为中心，论述对象从曹丕、王羲之、鲍照、刘孝仪、萧统、萧纲、王褒到无名氏的作品，收录范围很广。第一章概观从殷周到六朝的书翰文，明确了书翰在中国文学中的地位和六朝书翰文的特征，第二章开始按照时代顺序用自由豁达的笔法分别论述书翰。六朝期的书翰是用修辞的骈文写成，并不易读，但在原文结构的图解、通俗易懂的现代语译注的辅助下，即使不熟悉那时的文章，也能了解六朝书翰的状貌。另外，对于日本的汉文书信，乃至对书信文例修辞手法的思考，这也是一部值得参考的书籍。

福井先生在论述六朝书翰文时写道："作为寒门文人和有野心的年轻人安身立命的契机，这是一种便捷易行的文类"（福井佳夫《六朝书翰文研究》"前言"）。而关于"寒门文人"这个文人群体及生存状貌，榎本阿由知《中国南北朝寒门寒人研究》（汲古书院，2020）对此有明晰的论述。著作基本上是基于历史学立场的研究，第三章"刘孝标周围的人——南朝政治历史上的平原刘氏"、第五章"梁的中书舍人与南朝贤才主义"、第七章"关于北齐的中书舍人——颜之推及其战略周边"，第十三章"《南史》叙事要素——以梁诸王传为线索"，第十四章"再论《南史》的叙事要素——以萧顺之之死的叙述为线索"。其中很多论述有助于六朝文学研究。寒门文人与六朝文学的关系密切，是研究的重要一脉，由此来看，历史研究与文学研究的严格界限的区分或许只是暂时的。

佐野诚子《以怪为志——六朝志怪的诞生与展开》（名古屋大学出版会，2020）的书籍腰封上注明"基于历史和宗教"。这本书由序章引入全文，而整体分为两部分，第一部分为"史的传统之下"，第二部分为"佛教的接受"，分别由三章组成，对六朝时期志怪的内涵进行了缜密的追溯。最后一章"中国小说对史的接受"，在重新厘清六朝志怪特征的同时，也展望了唐以后的发展趋势。这并不是笼统的总结，通过前六章论述，我们可以看出作者如何用独特的视角，勾勒出文学史的脉络。这一成果将志怪小说研究推向一个新阶段。

以上三本书，虽然研究方法和研究对象各异，但六朝与魏晋南北朝的时代轮廓风貌得以清晰呈现，超越狭隘意义的研究领域的突破，颇具启发意义。而吉川忠夫《六朝隋唐文史哲论集》Ⅰ"人、家、学术"与《六朝隋唐文史哲论集》Ⅱ"宗教之诸相"（法藏馆，2020）让这种意识感更加强烈。暂且不论作者纵贯文史哲的深厚学识及犀利睿智，单是分别超过 600 页的著作，体量之大，已经让人感叹，面对这样的大作不免令人生畏，感到茫然，但如果能由此掌握学问本来的真谛，也是非常珍贵的，对后学是一种激励。

石硕《谢朓诗的研究：受容与展开》（研文出版，2019）是突破领域意识的成果之一。第一章"诗人'谢宣城'的诞生：谢朓诗中的荆州和宣城"关注宣城时期谢朓诗的意义；第二章"谢朓诗中'窗'的风景——远景描写的一种手法"阐明了其艺术表现的特征，第三章到第七章，以李白为中心论述谢朓诗史接受意义，探讨谢朓诗所具有的力量发自何处，在何处被发现，又拓展到何处，作者将这一连串的问题系统化，并贯穿于其论述的结构之中。副标题"受容与展开"显示出这也许是一部超越以往六朝诗研究格局的著作。

大上正美《从"世说新语"读竹林七贤》（汉文丛书，朝仓书店，2019），将《世说新语》中从阮籍到王戎的"七贤"及其诸子的逸闻轶事进行译注，详细解说人物及言行举止。序章"竹林七贤与《世说新语》"清晰阐明作者的真知灼见，论证"竹林七贤"是怎样的文人群体，而《世说新语》究竟是一部怎样的书？值得一读。

蒋义乔编著《六朝文化与日本——从谢灵运的视角出发》（勉诚出版，2019），这部论文集以谢灵运为中轴，将六朝和日本纳入其宏大视野，颇具启发性。随着这种尝试的不断积累，魏晋南北朝的文学研究将会成为一个更为开放的多维领域。另外，在上次本栏介绍的《文选 诗篇》（岩波文库）之五、六也于 2019 年得以刊行完成，这无疑将进一步推动这个领域的研究。

（斋藤希史）

# 四 唐宋

首先是《新释汉文大系（诗人编）》（明治书院）系列的出版。《新释汉文大系》编纂有《诗经》《楚辞》《文选》，《白氏文集》《唐诗选》《古文真宝》《日本汉诗》等诗文的译注也被收入其中。但纵观中国古典诗词领域，似乎仍有缺失。这次计划出版的"诗人篇"，包括六朝到宋朝13位诗人，共12卷，这是令人欣喜的。《新释汉文大系》不仅在日本高中的汉语教学中被广泛使用，而且作为弘扬日本中国学研究的成果也具有重要的意义。2019年5月和田英信的《李白（上）》和川合康三的《杜甫（上）》刊行，以此为开端，2020年斋藤茂《杜牧》以及二宫美那子与好川聪的《王维·孟浩然》加入其中。除了对诗人进行的阐释，每部著作还配以现代语翻译、语注、诗解，充分发挥了译注者各自的特长，译注者的风格也得以生动呈现。而关于唐宋诗人，赤井益久的《韩愈·柳宗元》、内山精也的《苏轼》、绿川英树的《黄庭坚》、浅见洋二的《陆游》将继续出版。

在广泛拓展研究成果方面，向岛成美编《李白和杜甫的事典（百科辞典）》（大修馆书店，2019）有重要意义。向岛先生没等著作完成便已离开人世，在其遗稿"李白和杜甫"这一部分重新审视了这两位诗人并列的意义，阐明了本书的意义。第二和第三部分梳理李、杜各自的"生涯""旅行"，并以分类清晰的译文和解说结构"诗的世界"。第四部分"走进李白和杜甫的世界"中，不仅涵盖了李白杜甫，而且包括了唐诗阅读所必备的官制、语法等各种知识。以本书所收诗为例句的虚字解说也非常之丰富。

作为个案研究，长谷部刚《杜甫诗文集形成的相关文献学研究》（关西大学出版会，2019）称得上一部实至名归的研究成果。第一部分"本论"仔细考证了从唐到宋杜甫诗文集是如何结集流传的，并讨论了《钱注杜诗》。第二部分"分论"分别由以《兵车行》《江南逢李龟年》诗为中心的两章和《诸名家评本钱牧斋注杜诗》所载"李云"为李因笃及其意义的一章组成。这种研究体现了忠实于中国学基本传统的继承。

乾源俊《李白像的生成》（研文出版，2020）从各种语境分析李白创作的文本，例如《蜀道难》和七言歌行的特异性，挖掘由此诞生的诗人的自我形象与作品世界的关系，同时梳理了"谪仙人"之称以及相关李白的故事，包括李白本人的史实，这些在书中得以一一审视，在此基础就后世形成的李白像意义，思考什么是中国古典诗中的作者（本论"乐府论""歌行论"）。无论是探讨李白文集序中的李白像（"序论"），还是考证李白如何通过科举制度的"逸人举"被玄宗征召（本论"传记论"），都会常常论及李白诗的叙事性，在秉承文学史观的前提下，尽可能尝试中国古典诗解读的一切可能性，中国古典诗阅读尚未发现的潜力与价值得以呈现，给学界带来独具学术个性的李白研究。

其次，以全新的视角重读古典文学的研究也备受关注，如山崎蓝《中国古典文学中的厕、井、簪子——基于民俗学视角的考察》（勉诚出版，2020）一书标题所示，该书从民俗学视角出发，在文言小说和古典诗词中广泛搜集资料，探寻中国古典文学中所描绘的工具和礼仪的意义。书中论及元稹《梦井》（第二、三章），李白《长干行》（第四章），李贺《后园凿井》（第五章），白居易《长恨歌》（第六章）等，这些多年来人们喜爱并耳熟能详的唐诗名作，在新观点与新角度的解读中焕发出新的亮点。该书不仅仅单纯从民俗学的视角出发，而是在阐释其观点的可行性之后，通过反复的文献考证，将迄今尚未关注的习俗的语境凸显出来。虽然根据主题不同，这种研究方法有效性的程度可能会产生深浅差异，有待观察，但从方法论的层面，我们期待开启新的一幕，有更大的发展空间。

浅见洋二《中国宋代文学的圈域：草稿与言论统制》（研文出版，2019）关注的是社会语境。序言写道"围绕文学文本的语境是复杂而多元的，并不易看透"（"文本的'公'与'私'——关于文集"），在此基础上，本书以"公"和"私"为视角，也就是把文学文本存在的社会圈、关系网分为公共领域和私人领域来进行讨论。在第一部分"草稿：文学文本的生成"中以草稿为线索，阐释了私人视域的文本生成；第二部分"言论统制——文学文本与权力"，阐释"言论统制"下"公"的领域的文学文本与不可回避的权力之间的紧张关系，并从文本生成论的角度思考宋代文人的校勘意识。本书论述宋代文人以文本的可变性为利器，如何在公共领域和私人领域重叠的世界生存，颇具洞见的观点带来的启发不仅限于宋代文学研究。

# 五　元明清

## （1）小说戏曲

元明清戏曲小说及其在日本接受相关的研究成果，连续两年在质与量上均有充实与丰富。其中以下三部著作均是作者在获得博士学位之后的十几年，才将其博士论文公开出版：川岛优子《〈金瓶梅〉的构想及其接受》（研文出版，2019）、加部勇一郎《清代小说〈镜花缘〉——19世纪音韵学者编织的谐谑与游戏之故事》（北海道大学出版会，2019）、竹内真彦《最

强之男——读懂三国志》（春风社，2020）。这三部著作的作者均属于博士
论文并非一定出版的一代研究者，因此在他们获得博士学位时，并无法立
即将论文公开出版，而今这些著作的出版既是这些学人从研究生时代所开
启的研究主题的成长见证，也是其成果的展示。提到年青学者获得博士学
位同时将其博士论文公开出版的成果，丸井贵史《白话小说的时代——日
本近世中期文学研究》（汲古书院，2019）值得一读。而长尾直茂《日本三
国志演义接受诸相》（勉诚出版，2019）、田仲一成《明代江南戏曲研究》
（汲古书院，2020）、大木康《明清江南社会文化史研究》（汲古书院，
2020）、小松谦《水浒传与金瓶梅的研究》（汲古书院，2020）等资深学者
的大作以及尾上兼英《中国小说史研究序说——尾上兼英遗稿集》Ⅱ"古
典小说 艺能篇"（汲古书院，2020）也在这两年间相继刊行出版。

丸井贵史《白话小说的时代》第一部分论及《今古奇观》对日本近世
文学的影响，第二部分梳理了初期读本的周边领域对白话小说的接受状貌，
第三部分展开对以白话小说为故事本事的初期读本作品的阐释与分析。本
书作者的专业领域为日本文学，其本人也不是日本中国学会的会员，但作
者有北京留学经验，著作第一部分第一章"《今古奇观》诸本考"的成果很
大程度上得益于这期间的调研。自石崎又造《近世日本的支那俗语文学史》
（弘文堂书房，1940）以来，白话小说对江户文学的影响已是学界积累丰富
且成果丰厚的研究论题，而今，出现了日本文学专业领域用第一手资料研
究中国作品版本的研究者，这是令人欣慰的。与之相应，作为中国文学研
究者的川岛优子在其《〈金瓶梅〉的构想及其接受》的第二部分专门考察了
江户时代对《金瓶梅》的接受。此外，近年来日本江户文学研究领域，在
中国出身的研究者似乎也在增加，这显示明清通俗文学研究与江户文学研
究之间的隔膜越来越小。

长尾直茂《日本三国志演义接受诸相》第一部分爬梳了中世纪贵族博
士家及禅林接受《全相平话五种》（特别是《前汉书平话续集》）和三国志
相关故事的种种状貌，与此同时，考察《三国志演义》传入日本的时期，
并认为镰仓末至南北朝时期阅读《三国志演义》的可能性极低。这些不仅
关乎《三国志演义》在日本的接受，对于讨论《三国志演义》自身的形成
过程和成书时期也是非常重要的观点。第二部分以日本首部译本湖南文山
《通俗三国志》为中心展开了多维的论述，第三部分列举丰富例证以阐释
《三国志演义》所描绘的人物形象如何渗透于江户时代的汉诗文、绘画和

思想。

竹内真彦《最强之男》围绕《三国志演义》中一般被称为最强武将的吕布展开，著作以作者已发表的 12 篇论文为基础，但因为是面向大众出版的书籍，因此作为入门读物进行了有意识的编辑。全书篇幅三分之一为"陈寿和裴松之"，并有"罗贯中"和"毛宗岗"两个附章，这种篇幅结构的构成基于这样一个现实：当今日本"三国志"有着超群的知名度，虽然它确实是以《三国志演义》故事为主要题材之一，但"三国志"内容只是作为"历史"来消费的，《三国志演义》作为演义并没有被很好地阅读，作者有感于这样的接受现状。正因为如此，不仅是本论，附章"罗贯中与毛宗岗"也是论述有力的章节。明清白话小说的"版本"和"作者"与近代小说有着很大的差异，这是一个重要的特征，是明清小说研究重点所在，也是这个领域学者所共同关注的问题，这个问题在此得以明晰，这是不争的事实，同时给其他专业领域的研究者提供了很好的借鉴与参考，从这个意义上可以这样认为：这是他们应该率先阅读的。试举一例，太田出《关羽与灵异传说：清朝时期的欧亚世界与帝国版图》（名古屋大学出版会，2019）以关羽信仰为中心，多角度考察其在清代的流播，是一部很好的著作，但在论述《三国志演义》相关内容时，将《三国志演义》视为元末明初成书的罗贯中作品（《罗贯中与毛宗岗》一文基于近年明清小说的研究成果反驳此过于简单的判断）。而与此同时，使用的版本却是清初增删改订的毛宗岗本，这是令人惋惜的。《罗贯中与毛宗岗》如果得以广泛的阅读，那么邻近相关领域研究成果中出现这种瑕疵的情况则会大大减少，这是值得期待的。

小松谦《水浒传与金瓶梅研究》是一部对"版本"与"作者"以及小说"近代"性问题深入挖掘的专著。第一部分梳理了近年来被发现的现存第二套石渠阁补刻本（在其发现过程中小松本人贡献很大）在内的《水浒传》各版本的继承关系，详细比勘了文章表达和文字表记的细微异同，明确指出《水浒传》文本的变迁是白话文作为书记语言确立过程的缩影，阐释了《水浒传》文本变迁作为白话文语言确立过程的轨迹与脉络，进一步指出金圣叹的改编，确实带有"近代性"的规范意识。第二部分，将《金瓶梅》定位为第一部使用口头语词汇，同时是文人根据自己构想所描绘的社会诸相的近代小说。通过对各种电子文献的彻底检索，将小说中所有登场人物的名、字、号、官职进行了详细的考察，指出恶意描写的登场人物多使人联想到严嵩、郭勋、李开先、唐顺之等以嘉靖 8 年进士为中心的人际与交游脉络，并结合其他分析指出《金瓶梅》很有可能是与他们对立的王世贞或与王世贞关系密切的人心怀个人怨恨所写，出于政治目的而散布。新锐而富有挑战性的论述引人注目，第一部分是传统文献方法下对各个版本细致而缜密的精读与校勘，第二部是电子检索完备的环境下对庞大数量的登场人物的名、字、号、官职的悉数调查，这是离开电子检索绝无可能实现的。新旧对照的研究手法成为各部分研究的根基，这是令人敬佩的。

如前所述，川岛优子《〈金瓶梅〉的构想及其接受》在第二部分对江户时代《金瓶梅》的接受情况进行了考察，而第一部分正面致力于作品本体的论述，捕捉到《金瓶梅》中细微而重复的细节，认为这一点构成了《金瓶梅》的最大特色，并以女性描绘方式的探讨为中心论述了《金瓶梅》的构想。就作品的"近代"性而言，描写人类真实状貌的纪实性意味着近代小说的诞生，但《水浒传》《西游记》等前近代小说明显可见的人物描写缺乏连贯性，这也在一定程度上为"金瓶梅"所认可并接受。因此，《金瓶梅》的人物描写可以定位于前近代小说向近代小说的转折点。

加部勇一郎《读清代小说〈镜花缘〉》是日本第一部关于李汝珍创作成书于嘉庆年间《镜花缘》的研究专著。作者以源于故事内部深层的"圈""缘""半"等观念为主轴，既关注到李汝珍作为音韵学家的一面，同时也仔细认真解读了《镜花缘》的旨趣，在此基础上试图仔细探寻李汝珍的心路历程及人生思考，同时尝试把握这一时期文人作品独有的文学特质，将其放入小说流变的脉络，界定其既不同于受故事、戏曲交互影响有着漫长的成书历史，难以定论"作者"的明代和清前期的白话小说，又不同于清末以后受西方文学影响，"近代"色彩更为浓郁的小说。

田仲一成《明代江南戏曲研究》是作者根据1973年至1987年的旧稿进行大幅增补修订而成。著作以《琵琶记》《荆钗记》《白兔记》《拜月亭记》《杀狗记》五大南戏以及具有近于南戏特征的杂剧《北西厢记》6种戏曲为研究对象，论述乡村戏台演出长期用于社祭演剧的《古本》发展到明代中期，以嘉靖年间刊行的福建闽本为节点到明末分化为两种，一是宗族家堂享用的称之为雅本的京本，一是市场戏台演出的称之为俗本的徽本，这是一种研究范式的呈现与提出。在作者的旧稿成书之时，这种运用各种版本详细比勘的系统研究模式，在白话小说研究领域也开始盛行。但是，白话小说仅仅限于单个作品的版本系统整理上取得的稳实进展，尚未达到本书所显现的贯通全体的整理范式。这种对出版地域和刊行时间的"闽本"

"京本""徽本"类型的划分，明显适用于白话小说研究，实际上同时出版与刊行戏曲和白话小说的书坊书商就不在少数。由此，对于不带有戏曲舞台表演因素的白话小说，是否可以找到本书作者就戏曲文体而提出的研究范式，这应该是白话小说研究者面临的一大课题。而这个问题与小说近代性的萌芽紧密相关。

大木康《明清江南社会文化史研究》以 25 篇论文构成著作的四部分："围绕俗文学""围绕文人""围绕科举""围绕书籍"。论文距初出的时间跨度长达 30 年，涉及的主题极为丰富，包括文学作品文本的成立与背景，文人的交游与创作活动，科举与文学的渊源，书籍的形态、流通、插图，等等。正如作者在著作后记中写道："我的研究可以说基本上以冯梦龙为中心、以及由此引发的冒襄有关研究"，丰富而各具特色的主题呈现出作者始终如一的学术关注及学术旨趣。《金瓶梅》是王世贞为了批判严嵩而写的，本书将明末以来一再关注的"传说"作为第一章"严嵩父子及其周边"的开篇，作者 1997 年首次提出此论点之前，对此"传说"学界几乎持否定态度，而 2020 年小松谦《水浒传与金瓶梅的研究》对此持肯定的结论，观点相同且在同一年出版发行，潜在的学术缘分彰显出各自的前瞻性。

尾上兼英先生于 2017 年离世，其著作《中国小说史研究序说》是对于古代小说和民间艺术的阐释与考量，由中国小说史通论构成的"序论""中国小说史研究""中国艺能史研究"三部分构成。以文献解读为重点的第一部分和以实地考察的成果为中心的第二部分，与作者所秉持的从口传文艺到文本阅读的小说史紧密融合。所收论文的问世时间跨度从 1964 年直至 1998 年，其学术价值有目共睹，无须赘言，更为重要的是：这对于了解 20 世纪后半期日本中国小说史研究脉络具有启发意义。

至于翻译方面的著作，后藤裕也、多田光子、东条智惠、西川芳树、林雅清编译《中国古典名剧选Ⅱ》（东方书店，2019）出版发行，其中翻译了 10 篇《元曲选》。这是后藤、西川、林三人的编译，也是译有《元曲选》10 篇的《中国古典名剧选》（东方书店，2016）的续编。不用《元曲选》而以此书名，在版面设计上也颇具匠心，下了不少功夫，体现了编者的充满热情和希望的学术情怀，希望将元杂剧的阅读普及到学者之外的对此并不太熟悉的普通读者，期待全部 100 篇的翻译完成并出版。此外，寺村政男《满州语〈水浒传〉的研究——翻刻与研究》（"水门会特刊丛书"，《水门：语言与历史》编辑部，2019～续刊）计划预定全部出版 5 册，其中Ⅰ到Ⅲ

已经出版发行。这部著作将 100 回本满文《水浒传》（底本为法国国家图书馆藏本）的翻译全文罗马化，每行都附有对译形式的译注，日本学界迄今为止几乎没有研究过的满译《水浒传》的基础资料在此得以呈现。

面向一般读者的书籍，除了之前所提及的竹内《最强之男》，井上泰山的《通往三国志的路标》（关西大学出版部，2019）和武田雅哉的《西游记——妖怪们的嘉年华》（庆应义塾大学出版会，2019）两本入门书以及箱崎绿的《爱与欲望的三国志》（讲谈社现代新书，2019）等都丰富了这个领域的研究。箱崎绿《爱与欲望的三国志》，就书名难以想象其内容，这是一部通史性介绍日本三国志文学的作品，其中有以其硕士论文为基础的章节，这部分以日中战争时期日本三国志热潮背景为研究对象。值得一提的是，2019 年夏天，为了配合当年 7 月日本东京国立博物馆举办的《特别展三国志》，大量《三国志》相关的书籍得以出版发行，其中立间祥介译《三国演义》也在这个时期在角川智慧文库复刊，这部著作曾经在 2006 年德间文库出版的修订新版印刷中断。竹内在《最强之男》中指出《三国志演义》在现代日本并不受欢迎，这个中断恰恰从一个侧面用事实印证了这一观点。2002 年至 2003 年，筑摩文库出版过井波律子翻译的《三国演义》，在 2014 年进入讲谈社学术文库之前，也曾有段时间持续断货。鉴于以上，立间的译本不可能因为新译本的出现而被冷落，这两种译本都在几年后重新刊行，这足以说明市场的需求。但要让古典作品得以不断阅读与传承，仅凭优秀的翻译是不足以实现的，从这个意义上看，连续不断地向大众介绍普及经典作品，有其价值所在，也是令人欣慰的。

（上原究一）

（2）诗文

关于元明清传统诗文研究的著作在这期间似乎并不多，以下特别介绍两个相关研究。其一：藤田优子《明代词的接受：文字的文学与声音的文艺》（汲古书院，2020），此书亦与白话小说等俗文学有密切关系。原本是歌曲的词，元以后就不再吟唱，成为文本中文字读物，作者对这个通行的普遍观点提出疑问，并展开对明词存在方式的探究。明嘉靖年间开始，词选集刊行增加，这个背景之下，可以看出大多数文人对当时共通的"真诗"的探究。另外，明代中期开始盛行的白话小说中也出现了很多词，作者认为当时的词是以某些特定的方式来吟唱的。

其二是河内利治的《黄道周研究》（汲古书院，2020）。这部著作以活跃于明末清初的黄道周为中心，从政治活动、学术思想、人品道德、书画艺术等方面进行了综论，涵盖的内容包括生平，成就（政治文章、兵法书、诗文等），与徐霞客、陈子龙、倪元璐等人的交游，关于既是才女又是贞女的继室蔡玉卿，黄道周和蔡玉卿的书法等等，此外，还详细论述其在《雪桥诗话》《人帖》等后世文献中的面貌。

（大木康）

# 六　近现代

近现代中国文学研究取得了丰厚的成果。从刚获得博士学位的年轻人到多年潜心研究的资深学者，从立足于作家研究延伸到新视角新方法的探索，大批优秀的著作问世。这无疑是各个领域研究积累的共同成果。以下，按照传统的分类，从作家研究类开始，按流派、地域的顺序予以介绍。

首先应该提到的是鲁迅研究。属于日本鲁迅研究草创期的学者尾上兼英的《鲁迅私论外篇——尾上兼英遗稿集Ⅰ》"近现代文学篇"（汲古书院，2019）出版。此书汇集了尾上兼英1988年出版的《鲁迅私论》中所没有收录的论文，主要是20世纪50年代的作品。正如田仲一成在此书后记所论，我们可以看到尾上的视角和方法：在广泛阅读国内外作品的基础上，潜入研究对象的文本寻找作品感人的秘密。乍见朴素的方法，蕴含深意，将外国文学研究的基础展示于后学，这种治学方法至今仍未褪色，显现出其价值所在。

当今鲁迅研究的领军学者藤井省三出版了《鲁迅与世界文学》（东方书店，2020）。这本书是2015年出版的《鲁迅与日本文学》（东京大学出版社）的续篇，用世界性的眼光探讨了鲁迅文学以及之后的作家对鲁迅的解读。达姆罗什《什么是世界文学》等著作使"世界文学"成为当今文学研究的焦点之一，本书将对中国文学家的研究融入当今世界文学研究的潮流中。藤井以鲁迅为引线，将《安娜·卡列尼娜》等世界文学作品以及莫言、村上春树等东亚作家融入其纵横交错的论述中。另外，关于鲁迅的研究还有冉秀的《"阿Q正传"作品研究》（日本侨报社，2019），这部著作以全新的视角解读了《阿Q正传》。

周作人研究近年来在日本中国现代文学研究中取得了可喜的成果。小川利康作为周作人研究的核心学者，不仅主办国际研讨会等等，还出版了

《叛徒与隐士：周作人的一九二〇年代》（平凡社，2019）。以周作人文学创作格局产生时期为研究对象，这个时期指从日本留学时期到倡导人道主义文学的五四运动时期，再到五四退潮后建立独特立场的时期。作者仔细认真地释读了周作人作品的语境，通过对文本每个字句背后的内涵进行广泛而缜密的考察，用素描的方式呈现了周作人的文学和思想。

在巴金研究领域，山口守和坂井洋史不仅在日本，包括中国在内的世界范围内，都居于巴金研究的核心地位。山口守在中国出版了著作《黑暗之光：巴金的世纪守望》（复旦大学出版社，2017），在日本出版了第一本巴金研究的专著《巴金与无政府主义：理想主义的光与影》（中国文库，2019）。山口利用个人发掘的珍贵资料——世界的无政府主义者与巴金的交往书信，考察巴金所理解的无政府主义为何？信仰无政府主义理想的巴金是如何展开文学活动的？如何看待 1949 年以后的巴金？对以上围绕巴金研究的核心问题做出了解答。

近年来在中国学界十分活跃的坂井洋史出版了《寻找巴金》（四川文艺出版社，2019）。坂井曾于 2013 年出版了中文论集《巴金论集》（复旦大学出版社），《寻找巴金》收集了 2013 年以后的文章。书中包含丰富多彩的内容，有对细节细致考证的文章，也有从考证入手考察"文学性"等理论问题的文章。尤其值得一提的是，论文全部用中文写成，而且大部分都发表于中国期刊杂志。微观分析和宏观讨论之方法论的结合，论文的理路、结构与发表方法，都显示出对与中国学者直接对话途径的开拓以及前瞻性，展示了中国现代文学研究的一个方向。

阪本智积遗著《张恨水的时空：中国近现代大众小说研究》（勉诚出版，2019）以崭新的视角论述通俗小说作家张恨水。研究论点备受学界关注，不幸的是作者英年早逝。阪本仔细解读作为旧派小说的张恨水小说文本，发现其现代性要素，并运用文学研究的新方法进行阐释。也许换一种角度看，正是身居易被文学史的固定思维所束缚的中国本土之外，才可突破固有的模式，成就另一种解读的可能。本书还收录了当代文学的论文，可见在现代文学阅读的同时，她对当代中国的关注。

20 世纪 80 年代以后中国文学领域，不仅张恨水，之前被遗忘冷落的作家也重新进入研究视野，称之为新感觉派的作家群便是其中一员。青野繁治《中国现代主义作家的历史重构：施蛰存历史小说论》（朋友书店，2020）便是对新感觉派作家之一施蛰存的研究。作者很早就关注于施蛰存，这部著作论述施蛰存的历史小说，之所以关注历史小说，是基于解开历史与文学之间罅隙的问题意识。这也许与他曾在毛泽东时代看到了对历史事实的解释有关。本书虽然是关于施蛰存的研究，但也记录了从毛泽东时代就开始研究中国现代文学的青野这代学者的学术足迹。

张欣的《越境·离散·女性：徘徊于边界的华语圈文学》（法政大学出版局，2019）是以伪满洲国出身的女作家梅娘为中心的文学研究著作。以20世纪40年代在伪满洲国文坛出道的梅娘为中心，将同时期活跃于上海文坛的张爱玲以及1949年以后在台湾地区出生，一直追寻着1940年记忆的龙应台纳入其研究视野，通过对三位女性作家的论述，彰显出动荡的时代浪潮中女作家被迫跨越边界的命运。这一学术态势既契合当前着眼于"跨界"的文学研究趋势，同时也呼应了张欣个人在各种意义上的持续跨界活动的自身状态。其他作家的研究著作还有林敏洁的《萧红评传：长眠于山青水秀》（藤井省三、林敏洁合译，东方书店，2019），该书从女性研究者的视角论述了女作家萧红。

不同类型的研究著作在此一并介绍。首先是《仓田贞美著作集》（仓田定宣编，明德出版社，2019），这部著作将作者于1937年作为大学本科毕业论文《中国现代诗的研究》收入其中。仓田贞美生于1908年，在东京文科大学师从诸桥辙次，毕业论文研究对象是同时代中国新诗的历史，此后担任香川大学校长，1994年逝世。《中国现代诗的研究》以翔实的资料和具有时代性的清新论点，概括了清末至1930年代中国新诗的全貌。很难想象这是一篇本科毕业论文，即便是在当今，作为是新诗史也有其充分及重要的价值。这部著作还收录了其他有关新诗的论文。在日本中国文学研究的黎明期就有如此精当的研究，这具有改写相关研究学术史的意义。整理并出版遗稿的作者家属功不可没。

作为年轻一代学者的研究，林丽婷《中日近代文学的留学生表象：以20世纪前半叶中国人的日本留学为中心》（中日语言文化出版社，2019）可谓其中之一。此书前三章梳理了中国作家创作的描述清末、20世纪二三十年代日本中国留学生的小说作品，之后三章以日本作家创作的小说为中心，如佐藤春夫的《亚洲之子》、太宰治《惜别》等有争议的作品，最后一章以叙写上海留学体验的日本作家大城立裕的《清晨，伫立在上海》为中心。这部著作呈现了不同时代不同主体留学生群体表象，是比较文学研究的成果之一。

近年来的文学研究，关注到文字文本以外其他媒介的研究，且有所进展。首先介绍田村容子《男旦与摩登女孩：20 世纪中国京剧的现代化》（中国文库，2019）。作者细致认真收集了报纸杂志刊载的剧评，从传统戏剧的环境变化和演员表演革新两方面展开立论，追溯从清末到中华人民共和国历史变革中京剧现代化的进程。田村特别关注京剧中的男旦和女演员，并从男旦扮演女性到女演员扮演女性的时代变迁中，探寻中国社会结构中女性观的变化，以及传统戏剧现代化改革进程中蕴含的错综复杂的多层内涵。

平居高志《冼星海和他的时代：中国第一位交响曲作曲家》（阿尔法贝塔图书，2019）是关于著名左翼音乐家冼星海的评传。冼星海作曲的《黄河大合唱》的魅力吸引了平居，这是一部追寻在日本几乎无人知晓、资料也并不多见的冼星海一生的著作。日本的中国音乐史研究几乎过多集中于讨论上海或哈尔滨等大城市的西洋音乐，而这是一部正面研究左翼音乐，为数不多的成果之一。

文字文本以外的媒介研究，电影研究在质量上占压倒性优势。电影研究方面，出现了开启新的研究方向的重大成果。引领日本中国电影研究的学者白井启介出版了《银幕发光：中国的电影传入与上海放映兴业的展开》（作品社，2019）。著作将报纸等庞大的史料和实地调查相结合，阐明电影是如何传入上海的、当初传入上海电影是怎样的上映方式，以及国产电影是如何诞生的。本书通过翔实的文献资料，论述电影在全球电影发行网络中如何传入上海，又如何与上海观众的欣赏与旨趣形成互动，在此基础上梳理这一相互关系发展的过程。

菅原庆乃《影院中的近代：电影观众的上海史》（晃洋书房，2019），是年轻一代学者的研究者，这是一部同样承载厚重史料，逼近电影鉴赏实态的研究著作。作者利用欧美电影研究的观点，论述了欣赏电影这一行为在近代化进程中逐渐的产生过程，并且明确这个过程与"想象的共同体"即现代民族国家的形成是表里一致的。作者通过对报纸、日记，甚至是小说文本等大量资料的收集与阅读，将丰富的文献与宏大的理论视域相结合，造就出独具特色的上海文化史。白井和菅原对电影的研究不约而同呈现出社会史性质的学术观，从根本上反思长期以来中国电影史以作品为发展历史的研究传统，具有拓展近代文化史新视野的划时代意义。

针对近年来纪录片在中国乃至世界引发热议，佐藤贤《中国纪录片电影论》（平凡社，2019）是日本第一本系统研究纪录片的著作。佐藤贤对于中国的纪录片，所持的观点是独立于"体制"之外的表现形式，而这种独立产生于创作者主体性地把握社会、观众主体性观看的相互依托与相互贯通。著作阐释这样的表现活动在 20 世纪 80 年代末是如何产生的，到 21 世纪又是如何展开的，并将这系列的探讨放置于社会文化的脉络中。关于纪录片的著作，还有土屋昌明与铃木一志编著《纪录片作家王兵：现代中国的叛逆》（ポスト出版プラス，2020），以当今世界上最受关注的中国纪录片导演王兵及其作品《和凤鸣》（2007）为对象，再现了其作品的电影语言并做出解读阐释。

作为地域研究著作，长年引领伪满洲国文学研究的冈田英树出版了第三本专著《伪满洲国的文学及其周边》（东方书店，2019）。在《从文学角度看的伪满洲国的地位》（研文出版，2000）、《从文学角度看的伪满洲国的地位（续）》（研文出版，2013）中，冈田持续不断关注伪满洲国中国文学者的文学活动，这部著作研究了虽然位处边缘，却是探讨伪满洲国文学不可回避的主题。具体来说，著作收录 1930 年代逃离伪满在上海活动的"东北作家"以及满洲作家 1949 年以后的文学作品，以及日本作家在伪满洲国活动的相关论述。

最后是关于台湾文学研究的成果。台湾文学研究在日本已有丰富的学术积累。2019~2020 在以往的基础上，此领域学术研究呈现出新的发展态势。草创时期开始就一直支持台湾文学研究的学者下村作次郎出版了《台湾文学的发掘与探究》（田畑书店，2019）。如题所示，内容涉及新资料的挖掘，新文献的探索。著作将目光锁定于从日据时期到战后初期（20 世纪 30 年代到 40 年代），以鲁迅为关键词，围绕台湾地区作家留学创作的文学杂志《佛莫萨》展开研究，同时论及台湾作家的日语创作。精心发掘资料，并在第一手文献的基础上深耕细读的作者的治学态度与台湾文学研究的历史进程一脉相承。

大东和重《挖掘台南文学地层：日本统治期台湾台南的台湾作家群像》（关西学院大学出版会，2019）与 2015 年的著作《台南文学：日本统治期台湾台湾的日本作家群像》（关西学院大学出版会）属于一个系列的研究。日据时期的台湾地区，特别是台湾地区的地方城市台南，诞生了多个文学团体，作者致力于探索这个小范围的文坛的形成，并解读与中央文坛不同的张力之下其文学活动的真实状貌。前部著作讨论日本作家，而此书中以台湾地区的作家为中心，将两者相互参照的研究视角来探索台南这一场域的文学，由此可见，作为比较文学研究的作者所发挥的真正价值。

台湾文学这部分的结尾，介绍的是松崎宽子《郑清文与那个时代：眷恋故土的台湾作家的一生与台湾身份认同的转变》（东方书店，2020）。郑清文作为日据时期的小学时代便学习日语，战后掌握了中文的精英作家，作者探究其身份认同感如何形成，又如何显现于其文学作品创作中，在解读其特殊性的同时讨论郑清文在台湾社会是如何被阅读与理解的。通过郑清文这一个案，凸显了日据时期到 2000 年前后激荡的台湾社会的变迁，由此可见台湾文学研究进入了成熟阶段。

论文集有特集《中国近现代知识经验与文学》（《中国 21》第 50 卷，2019）。该论文集是对爱知大学研讨会的总结，研讨会主题围绕中国近代知识体系是如何转化为文学实践的，所收录的论文都是与这个主题相关丰富多彩不同形式的讨论，辑录了台湾学界最前沿的研究者与日本年轻学者的深入讨论，展示了中国近现代文学研究的现状并为今后的发展开拓了视野和领域，具有一定的引领作用。此外的论文集有中里见敬编《〈春水〉手稿与中日文学交流：周作人、谢冰心、滨一卫》（花书院，2019），这是关于九州大学举行的谢冰心《春水》手稿研讨会的记录；野拓政编《如何跨越东亚文化》（羊书房，2019），此为早稻田大学举行的东亚文化研讨会的记录。

由于篇幅的关系，此次学界展望不得不舍弃对海外研究著作翻译的介绍。关于小说的翻译，这里予以简单介绍。科幻迷们期待已久的刘慈欣《三体》全五卷（大森望等译，早川书房，2019~2021）出版，这部小说超越了中国文学的范畴，成为热门话题，掀起了中国科幻热。作为科幻作品，除了郝景芳《郝景芳短篇集》（及川茜译，白水社，2019）、郝景芳《生于一九八四》（樱庭由美子译，中央公论新社，2020）的翻译之外，作为选集的有刘宇昆编《北京折叠》（中原尚哉等译，早川书房，2019）、刘宇昆编《月之光》（大森望、中原尚哉等翻译，早川书房，2020）、《中国·科幻·革命》（河出书房新社，2020）、立原透耶编《时间之梯》（新纪元社，2020）出版。

科幻小说题材以外的翻译也很兴盛。阎连科《黑猪毛白猪毛》（谷川毅译，河出书房新社，2019）、阿垅《南京血祭》（关根谦译，五月书房新社，2019）、林奕含《房思琪的初恋乐园》（泉京鹿译，白水社，2019）、三毛《撒哈拉岁月》（妹尾加代译，石风社，2019）、叶石涛《台湾男子简阿淘》

（西田胜译，法政大学出版局，2020）、徐嘉泽《下一个天亮》（三须祐介译，书肆侃侃房，2020）、余华《在细雨中呼喊》（饭冢容译，ASTRA HOUSE，2020）、李昂《睡美男》（藤井省三译，文艺春秋，2020）等话题之作陆续出版。

匆匆介绍如上，敬请指正。期待这两年学术研究的丰硕成果能化作土壤，孕育出新的学术增长点，这既是萌芽也是希望。

（铃木将久）

[译者单位：中国社会科学院文学研究所]

# 学界展望（语言学）

〔日〕秋谷裕幸　桥本贵子　野原将挥　户内俊介

石崎博志　加纳希美　滨田武志　铃木庆夏 撰

王　琼 译

## 引　言

"学界展望（语言学）"由日本中国语学会学界展望编辑委员会（委员长秋谷裕幸）负责。

一如既往，本文原则上以 2020 年 1 月至 12 月在日本公开发行的著作以及学术论文为对象，同时也涉及在海外公开发行的重要研究成果。

研究领域的分类以及执笔人与去年相同。分类包括"引言""音韵""文字·训诂""语法·词汇（上中古）""语法·词汇（近代）""语法·词汇（现代）""方言""教育"，执笔人按栏目顺序依次为：秋谷裕幸（爱媛大学）、桥本贵子（神户市外国语大学）、野原将挥（京都大学）、户内俊介（二松学舍大学）、石崎博志（关西大学）、加纳希美（金泽大学）、滨田武志（神户市外国语大学）、铃木庆夏（神奈川大学）。

本文所用学术杂志略称如下。均为 2020 年出版。

《东方》　　《东方学报（京都）》第 95 册（京都大学人文科学研究所）

《中国》　　《中国语研究》第 62 号（中国近世语学会）

《言语文化》　《中国言语文化学研究》第 9 号（大东文化大学外国语学部）

《出土》　　《中国出土资料研究》第 24 号（中国出土资料学会）

《东京》　　《东京大学中国语中国文学研究室纪要》第 23 号

| 《中》 | 《中国语学》第 267 号（日本中国语学会） |
| 《人文》 | 《人文研纪要》第 95 号（中央大学） |
| 《语学》 | 《语学教育研究论丛》第 37 号（大东文化大学语学教育研究所） |
| 《中教》 | 《中国语教育》第 18 号（中国语教育学会） |

（秋谷裕幸）

# 一 音韵

上古中古方面，吉池孝一的《〈后汉书〉中的阎膏珍是谁?》（《东洋哲学研究所纪要》35）从音韵学观点出发讨论了史学的问题。于《后汉书》中记载为丘就却（Kujula Kadphises）之子的"阎膏珍"，在 1993 年发现罗巴塔克碑文之后多被认为是 Vima Taktu；而吉池通过汉字音译的分析，推定"阎膏珍"为 Vima Kadphises。船山彻的《〈出要律仪〉辑佚中所见梁代佛教的音译词》（《东方》）详尽地收集了于梁初编撰而成的作为佛典音义书原型的《出要律仪》的音义辑佚，并对该资料的构造加以考察。虽不是所谓的汉语音韵学研究，但所收集的音义辑佚以及其中所包含的汉字音译作为梁朝的梵语学资料、梵语对音有重要意义。

就中古音的音值，吉池孝一、中村雅之著有《中古汉语中浊音的送气特征（1）~（3）》。

至于宋至辽期间，在此介绍反切资料的相关研究。水谷诚《〈类篇〉研究》（汲古书院）收集了作者十多年来《类篇》和《集韵》相关性的研究成果，同时也收录了论及《集韵》以及多音字"重"等问题的文章。此外，还有丁峰《宫内厅所藏南宋绍兴府华严会刻八十卷本〈华严经〉及其所附卷末音之研究》（《言语文化》）、大竹昌巳《希麟〈续一切经音义〉反切小考》（《KOTONOHA》208），论证了反切资料中所示与之前相关典籍间的继承关系。后者指出希麟《续一切经音义》音注为参照孙愐《唐韵》系统的韵书与慧琳《一切经音义》两书所附，推定其并非为希麟新著。

吉池孝一、中村雅之《汉语近代音与契丹文字汉字音（1）~（8）》（《KOTONOHA》209~216）基于契丹文字资料讨论了中古音至近代音间中国北方出现的入声韵尾消失现象。文章针对契丹文字所标记的汉字音中入声韵尾的有无，在详细探讨前人研究文献的基础上，确认了 p 被保留下来而 k/t 消失了的现象（但也存在一部分词语保留了 k/t），同时指出这一情况与北宋《皇极经世声音唱和图》相同。

《汉字文献情报处理研究》19（好文出版）中以《数字时代的中国学参考手册》为题的特集里，野原将挥的"音韵调查"以极其通俗易懂的语言说明了音韵学的重要概念，同时介绍了关于上古音的基本研究思路以及近年来的研究成果。其中关于使用网络对中古音、上古音、方言音进行调查的方法以及使用时注意事项的解说都很详尽，不仅适合音韵学入门学习，而且对音韵学相邻领域的学生及学者进行诗歌注音释义、外语汉字音译、上古出土资料分析等研究均有参考作用。

在近代音方面，域外资料相关的研究很活跃。作为使用满洲文字资料的研究，锄田智彦《〈清书对音协字〉中的汉字音（1）》（《博雅教育：岩手大学人文社会科学部纪要》107），以及锄田智彦《〈满汉西厢记〉中汉字音的标音》（《水门：语言和历史》29，勉诚出版）值得一提。其中前者讨论了较早以满文归纳汉字音的资料《清书对音协字》（17 世纪后半至末期刊行）中声母标音的特征。内田庆市编著的《南京官话资料集》（关西大学出版部）影印了三种南京官话资料，并加以转写以及解题。就所影印资料中，法国里昂市立图书馆所藏 *Dictionarium Latino Nankinense Juxta materiarum ordinem dispositum*（1847，一说 1857），葛松在《耶稣会士李秀芳生平及其〈按照主题排列的拉丁语南京话词典〉初探》（《东亚文化交涉研究》13）的研究中指出，书名中虽包含了"Nankinense"，但其实际上所反映的是上海方言。萩原亮《关于中俄对译资料〈华俄初语〉》（《或问》38）及萩原亮《关于〈中俄话本〉的语言》（《中国》）研究了 20 世纪初俄中对音对译资料，指出从资料中可见东北官话以及胶辽官话的音韵特征。

（桥本贵子）

## 二 文字·训诂

首先介绍 2020 年文字、训诂相关的专著。数敏裕《〈毛诗〉的文献学研究——以与出土文献的比较为中心》（汲古书院）是使用包含出土资料的各版本以明确战国至汉代《诗经》实际情况为目的的研究。刘海宇、玉泽友基所编的《日本岩手县立博物馆藏太田梦庵旧藏古代玺印》（上海书画出版社）收录了太田梦庵旧藏的玺印。关尾史郎《河西魏晋五胡墓出土 镇墓瓶铭与镇墓文集成》（汲古书院）对河西地区（也包含一部分河西以外地区）出土的镇墓瓶铭文加以释文及解读。训诂方面可关注渡边义浩主编《全译论语集解》上下卷（汲古书院）以及岩本宪司所著《中国古典翻译的诸问题》（《汲古选书》77，汲古书院）。前者对何晏的《论语集解》附以注释、汉文训读、日文翻译，后者涉及古典翻译的相关问题。此外，1984年讲谈社学术文库所出版发行的大庭修《木简学入门》由志学社再版发行，作为木简学的入门书值得关注。

　　定期刊物与往年相同，出土资料中所见文字及其相关问题的研究很多。《出土》与往年相比刊登论文数有所增多，内容也更丰富。片仓峻平的论文《以清华简为中心的楚简用字避复考察》就古文字资料中所见避免同字重复的"避复"现象加以严密的论证，积极地对"避复"的出现动机提出了新的见解。苏建洲的《"趋同"还是"立异"？——以安大简〈诗经〉"是刈是濩"为讨论的对象》以安徽大学藏战国竹简中所见《诗经》的异文为例，从文字的历史变化、义通换读（同义换读）的视角尝试释读，不失为一篇佳作。陶安《岳麓书院秦简〈为狱等状四种〉第二类卷册案例十二和十三释文、注释及编联商榷》在《岳麓书院藏秦简（叁）》（2013）刊发之后的讨论观点的基础上，对简牍释文与编联再一次进行了探讨。

　　大阪大学中国哲学研究室《中国研究集刊》66所载井上了《关于〈穆天子传〉的后代性》研究探讨了相传为西晋时期汲郡战国时代魏襄王墓出土竹书《穆天子传》的成立。文章就《穆天子传》中的用语进行了探讨，指出虽然《穆天子传》中出现的穆王重臣（毕矩、井利、毛班）也见诸清华简《祭公之顾命》，但书中还可见秦汉以前不可能存在的词汇。菊池孝太郎《中国古代楚地鬼神观的考察——以上博楚简〈鬼神之明〉〈凡物流形〉为线索》，以描述楚地"鬼神观"为目的，在论文中作者同时对上博楚简《鬼神之明》和《凡物流形》加以译注。鸟羽加寿也《为了阅读安大简〈诗经〉——〈诗经〉相关文献提要（一）》介绍了2019年公开的《安徽大学藏战国竹简（一）》的相关文献。同时，虽未在2019年的展望中涉及，《中国研究集刊》65中的福田哲之《水泉子汉简七言本〈仓颉篇〉再考——七言本成立的背景》、鸟羽加寿也《上古汉语声调中的地域时代差——特别关于去声和入声的分类》，以及椛岛雅弘《关于银雀山汉墓竹简的相关新信息——山东博物馆学术调查报告》也不失为有价值的信息。另外，《中国研究集刊》自第66号起完全转为电子版。同样是2019年的研究还有《立命馆白川静纪念东洋文字文化研究所纪要》12 中的张莉（出野文莉）的《白川静的中国甲骨学研究》。

立命馆大学白川静纪念东洋文字文化研究所《汉字学研究》8 中，除"金文通解"以外新增了"甲骨文通解"，其论文为落合淳思的《河南安阳市殷墟大司空村出土刻辞牛骨》。"古文字学研究文献提要"中所列复旦大学陈剑教授的研究论文，也一如往年颇受重视关注。

此外，作为对用字的差异以及称呼的不同等多样化视角下文献背景的讨论，还有金卓的《清华简〈越公其事〉的文献形成初探——兼论竹简排列问题》（《东京》）。

出土资料的译注，包括东京大学东洋文化研究所《东洋文化研究所纪要》176 和 177 中小寺敦的《清华简〈晋文公入于晋〉译注》及《清华简〈子犯子余〉译注》，此外还有《东方》中秦代出土文字史料研究班的《岳麓书院所藏简〈秦律令（壹）〉译注稿其（三）》，《出土》中李筱婷的《清华简〈赤鸠之集汤之屋〉译注》。作为出土资料研究基础的译注编写呈现一派胜景。

（野原将挥）

# 三 语法·词汇（上中古）

首先关于图书，佐藤进、小方伴子所编的《汉学和日本语》（《讲座 近代日本和汉学》第 7 卷，戎光祥出版）中收入了由多位作者执笔的汉语汉文相关的概论类文章。

其次介绍论文。雷瑭洵《古汉语动词"假""借"的音义、句法及其演变》（《中国语学》266，2019）为与四声别义相关的双及物动词的讨论，2020 年获中国语学会奖励奖，现今他仍致力于此方面研究。雷瑭洵的《上古汉语"告"的音义、句法及其演变》（《语言学论丛》61，2020）指出，去声读法的"告"（或"诰"）表示"训告、告诫"之义，另外，入声读法的"告"，在需要用"于/於"引出间接宾语所表达的言说对象时，表示祭祀以及外交礼仪的"礼告"；而间接宾语不需用"于/於"引出时，表示一般言说行为的"言告"。该论文对用例及其注释展开了细致的探讨，极具说服力，同时雷氏的一系列研究也涉及四声别义中所见派生交替是否来源于承担上古语法功能的词缀的问题，其后续进展值得期待。"告"还构成使用

"于/於"指示表达内容的"告＋间接宾语＋于/於＋直接宾语"结构，相关内容可参考宫岛和也的《浅谈〈逸周书·皇门〉"开告于予嘉德之说"以及相关问题》（《东京大学中国语中国文学研究室纪要》22，2019）。

邵琛欣《先秦时期汉语"以"字工具短语语序的动词选择倾向》（《东京》）也是双及物动词相关的论文。先秦时期汉语的工具介词"以"用于前置型"以NP＋VP"和后置型"VP＋以NP"两种结构形式，动词有时使用"假、授、教、告"等双及物动词。迄今为止，这两种表现形式的区别多归因于语用因素，邵氏通过对传世文献的全面调查，论证指出，动词的语义类别制约了"以"字工具短语语序选择——前置型更倾向于选择动作动词，后置型则更倾向于选择表达动作过程/结果的动词。邵氏近年来积极着眼于工具介词相关的研究，2019年还发表了《汉语工具介词的语法化路径及其类型学意义》（《语言学论丛》60）。

三村一贵《关于上古汉语的情态标记"盖"——其中心功能》（《中》）将上古汉语的副词"盖"看作情态标记，同时认为其本质功能在于表达说话时对过去发生事情的真伪判断持保留态度，有时也在语用上派生出礼貌功能。"盖"在迄今的研究中多被认为与传闻的言据性相关，以及表达了说话人的高确信度，而本文作者指出这些并非"盖"的中心功能，前者依存于语境，也就是说传闻中所具备的过去指向性、非直接经验性仅包括在"盖"的中心功能中，而就后者而言，对确信度无所言及才是"盖"的特性。

高柳浩平《关于中古早期的新兼语式》（《人文》）讨论了上古到中古时期所见"动词1＋宾语＋动词2/形容词"的句式。一直以来就此句式存在两种说法，一说为动词与补语由宾语隔开的动补结构，一说为由兼语式（即使动结构）发展而来的新兼语式；高柳氏在仔细总结前人研究的基础上，认为后者更为合理，并在强调了"动词2/形容词"的强独立性的同时推断出新兼语式成立的两类过程。对该结构的论证，不仅涉及结果补语，同时与上古使动用法的衰退以及非宾格动词的不及物化、清浊别义的消长、汉语由综合语到分析语的类型变化等多方面问题相关，值得探讨的问题无穷尽。

户内俊介《海昏侯墓出土木牍〈论语〉初探》（《出土》）为关于海昏侯汉墓出土的木牍《论语》的初步研究，文中以文字的字体、语法特征为线索探讨了文本间的异同和继承关系，同时对上古词汇、语法加以考察。在第5节中，本来作为否定副词的"毋"在木牍《论语》中作为否定动词使用，以此为据本文将木牍《论语》定位为反映前汉中期用字法的文本。在第7节中，立足于今本子罕篇"有鄙夫问于我，空空如也"与木牍本"有鄙夫问乎，吾空空如也"的异同及第一人称代词"吾"和"我"的句法分布，本文认为，"空空如"的主语为"吾"即孔子，同时历代注疏中颇有争议的"空空"为"没有知识"之意。

最后，译注方面，山田大辅著有《阅读佛教汉文（四）——〈百喻经〉卷第四校注训译稿》（《火轮》41）。《百喻经》反映了5世纪末的口语，其中频繁可见与现代汉语共通的语法现象的萌芽。本译注不仅对此类语法现象进行了解释，而且搜罗了尚无定论的词语在其他文献中的用例及词典的释义说明，确定了字句的含义。

（户内俊介）

# 四　语法·词汇（近代）

以宋代到民国时期为对象，在此分类概述"白话资料""满汉资料""域外资料"如下。

吴兰《汉语被动标识的语法化》（《中》）就被动标识"被/给/叫/让"的使用限制，利用理想认知模型（idealized cognitive model）进行了历史分析。文章认为，"被"从直接接动词的短被动句形式（short passive），扩张为后接施事的长被动句（long passive），结果被聚焦；"给/叫/让"的被动用法由授予动词或兼语动词的使役用法拓展而来，"给"聚焦于对某个行为放任的结果（Naru型），"叫/让"则对应动作对象所发生的状况（Suru型）。综上得出结论，不同被动标识对句子结构的限制多少继承了其原有结构的限制。千野万里子《关于叶圣陶的语言（3）——作品修改和普通话，以表达禁止、劝阻的词为中心》（《杏林大学外国语学部纪要》32）作为关于叶圣陶如何将其使用下江官话所著《稻草人》修改为普通话的一系列论文之一，指出其将表达委婉性禁止劝阻的用法的"不要"换为"不用"，同时作品中没有采用单音节的"甭"以及"别"，这点有别于《骆驼祥子》。

满汉资料方面，出版了竹越孝、斯钦巴图编《〈一百条〉系列诸本综合对照文本（I）》（好文出版）。该书取满语教材《Tanggū Meyen（一百条）》第1章至第25章，作者费心倾力，逐句对照了满语、蒙古语、汉语、英语的诸译文。

以下将中国境外编纂、使用的资料统称为"域外资料"，按"唐话、日本资料""朝鲜资料""泰西资料、译语"的顺序依次介绍。唐话、日本资料可见如下两篇。木津祐子《关于唐通事的官话教材〈三折肱〉》（《语言接触研究的最前线》，Junius）指出，作为唐话教材使用的医学书《三折肱》在文体及结构上与《琼浦佳话》存在共同特征，且长崎唐通事使用医学教材旨在同时习得语言与医学知识。借鉴于琉球的官话学习旨在其与"教诲"同时习得，此结论可归结于唐话和琉球官话之间的互动。杨璇《〈士商丛谈便览〉中清末北京话语法的研究：与〈儿女英雄传〉的比较》（《语学》）将北京人金国璞的《士商丛谈便览》（1901～1902）中的语法与藤田益子的《儿女英雄传》（1878）中的语法研究成果加以对比论证。文章指出，两书均以北京话写成，然而，《士商丛谈便览》中可见对文言以及满族相关词语的回避，在被动句中不使用"被"而使用"把"。这一不使用"被"的倾向同时也出现于金国璞的《北京官话〈今古奇观〉》。

朝鲜资料方面出版有竹越孝的《〈老乞大〉四种版本对照文本》（《神户市外国语大学研究丛书》63）。该书将朝鲜半岛官话教材《老乞大》的4种版本以句为单位对比罗列，可以概览旧版本类型和新版本类型的修改过程。在此基础上，徐小茜在《〈老乞大〉四种版本中的"知道"类动词考察》（《中国》）中考察了实词动词"知道"的变迁，结论指出在"知道"类各词逐渐向"知道"一元化的过程中，本为"知道"之义的"理会"转化为表达可能范畴。

至于泰西资料方面，千叶谦悟的《何盛三的汉语认识——立足日本所见20世纪前半的"官话"及其变化》（《近现代中国与世界》，中央大学出版部）指出，北京官话以及南京官话此类"地名+官话"构词在19世纪的本土资料以及欧文文献中几乎不曾出现，"北京官话"这一称呼产生于日本，以及何盛三早在其各类著作中就曾论及官话包含地理变异、阶级变异以及标准变异的诸多方面。2020年发表了多种罗伯聃（Robert Thom）的相关研究，除了收录有罗氏译本《正音撮要 Chinese Speaker》（1846）的沈国威编《西士与近代中国：罗伯聃研究论集（研究与影印）》（关西大学出版部），还有大岛吉郎著《〈北京官话伊苏普喻言〉常用动词辨识初探——以动词重叠式和"把"字句为中心》（《语言文化》）。后者将当时的口语常用动词对比《儿女英雄传》《红楼梦》并加以考察。此外，内田庆市、田野村忠温编著的《〈华英通语〉四种——解题与影印》（关西大学出版部）在新出资料《华英通语》道光本以外，还收录了罗伯聘的《华英通用杂话》（1843）。

域外资料中陆续出版了新资料以及珍本的影印与研究，最后罗列如下并加以总结。唐话资料方面，岩田宪幸的《〈三字唐话〉的研究 基础资料篇》（白帝社）校订了九州大学图书馆石崎文库以及国文学研究资料馆所藏的两种版本。泰西资料方面，内田庆市的《南京官话资料集——〈拉丁语南京话词典〉及其他两种》（关西大学出版部）收录了虽在书名中称为"南京话"但实际为上海方言的法国里昂市立图书馆所藏 *Dictionarium Latino Nankinense*（1847，一说 1857）。

（石崎博志）

## 五 语法·词汇（现代）

关于语法研究，在此首先介绍立命馆孔子学院所编《"初级汉语语法"及之后的汉语语法》中所刊登的论文。该书基于"现代汉语讨论班 2018"的内容，在介绍讨论班讲师的最新研究成果的同时，向从事汉语教育者提议再次构建汉语语法体系以及将研究成果运用于实际教学。杉村博文在《可能补语肯定式的用法》中讨论了可能补语的肯定式。关于可能补语否定式所具不可能含义的表达原理，大河内康宪著有《汉语的可能表达》（《日本语教育》41，1980）。杉村氏在此基础上重新考证肯定式的可能含义，提出了其独到的见解，他指出可能补语结构中的"得或不"作用于动补结构的状态化，并不具备判断是否达成或实现的认识论功能。其立足于细致的实际用例分析的一系列严谨论述，不仅为表情态性可能的"能"与可能补语肯定式共现的现象做出了合理的解释，同时在可能含义的本质及其表达原理的阐明上也极具启发性。木村英树在《思考汉语疑问词——其一》中主要论及疑问词"什么""谁""哪个"的对立，并提议对其体系进行修改。通过在各方面设定三个参数，如语义场中"范畴/个别或具体事物/人物"，语义功能上"标示列表清单的要求/指定对象的要求/描述属性的要求"，文中明确了下面两者的不同：区别于"谁"要求指定个别（人），疑问词"什么"要求指定范畴。此外，其还指出询问个别或具体事物的疑问词的缺失，更就其原因提出广泛适用于一般语言的极为重要的见解：在求解时的探索领域中，关于"人物"其存在以个体为单位的知识储备，而关于"事物"并不存在，此乃原因所在。同一作者的《思考汉语疑问词——其二》条理清晰地点明"什么样""怎么样"等其他疑问词也可在《其一》所述的框架内加以解释。关于"几"和"多少"的本质性区别，在汉语的实际教学中其说明多流于表面，而文中明确归纳指出"几"所问数为"指定"，"多少"所问量为"描述"，疑问词的功能差别在于数和量的功能差别。该文可以说不仅对于疑问词研究，对数量表达方式的研究来说也富含启发性的真知灼见。

接下来介绍定期刊物中的研究成果。小野秀树的《现代汉语中形容词的状语功能》（东京大学大学院综合文化研究科《语言·信息·文本》27）多方位地考察了修饰动词的形容词的语义和功能，并对前人的研究加以修正，文中指出单音节形容词作状语直接修饰动词的 AV 型结构中，仅无标记时与其句式上的平行结构即作定语的名词修饰 AN 型结构相同，具有分类功能。另外，AV 型结构以外的修饰结构中，各类形容词所具功能仅限于（现场）描写，文中指出，例如双音节形容词的 $A_2$ 地 V 结构，与其句式上的平行结构即名词修饰 $A_2$ 的 N 型结构不同，并不具备（认知）描写和限定功能；文中将其归因于对被修饰动词所表达的"行为"的认知上的特性。潘海华、陆烁、陈信杰、芦大鹏《汉语形容词复杂形式的语义属性和句法表现——综合南方四地方言之讨论》（《中》）基于中国南方四地方言的语料，从类型论的角度分析了不同格式的状态形容词（"雪白""白白的""很高""老老实实"等）的语义，同时其将一系列的结构作为词组分析，从而尝试就该形容词的句法特点、程度、主观性等相关语义特征给予统一的解释。王峰《语气词"呢"的人际互动功能》（《中》）将说话人或听话人对某一命题事件的认知或情感状态的预设定位为"语用预设"，并在此基础上总结，语气词"呢"在特指疑问句、"NP + 呢？"问句、陈述句等各类句式中存在凸显此类主观性、交互主观性相关预设的功能。文中还指出，该功能特点缘于听说双方达成认知上的共识或建立交际上的协作，而一直以来被看作"呢"自身所具有的"对比"以及"缓和语气"等功能，其实来源于"呢"所诱发的"语用预设"。陈玥《论"V 着"句与"V 起来"句语义功能的差异》（《中》）通过对"NP$_{受事}$ + V 起来 + AP"（如"这话听起来有些刺耳"等）与"NP$_{受事}$ + V 着 + AP"（如"这话听着有些刺耳"等）加以比较，指出相对于前者倾向于表示事物的属性并可用于对未然事态进行预测，后者则倾向于表示通过知觉体验感知到的事物性状。同时，论文从动作性强度、时态特征等多个角度详细说明了两句式的差异，并分析指出，"V 起来"句转为"V 着"句时所受限制也起因于这一系列的差异。

单行本方面，出版了雷桂林的《汉语数量表达前置句式的语义功能》（东方书店）。书中就"数词 + 量词 + 名词"等结构的数量表达，探讨了其功能与各类句式中其所处位置的关系；该书以作者博士论文内容为主线，同时囊括了其新的研究成果。例如，雷氏在 2009 年获得日本中国语学会奖励的研究中，明确了以"两个留学生来到了我们班"为代表的"无定名词主语句"的场景描写功能，而本书进一步着眼于场景描写的感知方法，将该句式结构定位为比存现句主观性更弱的表达方式。

词汇研究方面介绍如下两篇。中川正之的《日中对照语言学的视角》（立命馆孔子学院编《"初级汉语语法"及之后的汉语语法》）就词汇和语法相关的多个话题从对照语言学的角度展开了多方面的讨论。特别值得注意的是关于表工具名词的考察研究。日语中，工具可两分为：如"湯吞み（茶杯）"和"黒板消し（黑板擦）"这种可看作直接参与了动作的类型〔比如，"湯吞み"可以看作茶杯喝（"吞み"）（茶）水（"湯"）〕，以及如同"靴べら（鞋拔）"这种仅对动作行为起辅助作用的类型。该论点作者早在汉语与英语的对照研究中就已提出（《物（mono）与事（koto）的日中英对照》，神奈川大学中国语学科编《对于现代汉语的视点》，东方书店，1998），在此再次言及并指出将这些个别分析研究的词汇体系化的可能性。彭广陆在《关于"外国语""外语"以及"外国語""外語"》（爱知大学《日中词汇研究》9）中，就表示"外国的语言"的汉语"外国语""外语"和日语"外国語""外語"，基于语料库调查客观地讨论了其词源、使用情况以及对应关系等方面。论文通过从历时性和共时性观点出发展开全面分析，发现"外语"虽在出现时间上晚于"外国语"一千多年，但现在其使用频率远高于"外国语"，并已作为与日语"外国語"相对应的词固定并普及开来。同时，作者还指出其根本原因在于双音节化这一现代汉语的词汇特点。

（加纳希美）

# 六　方言

此类中利用前人研究报告语料以及文献资料的研究很多，首先介绍个别方言的研究。藤原优美在《关于成都方言中"得"的句法功能》（《广岛国际研究》26）中，围绕成都方言的"得"在总结了其各类用法的基础上讨论了其与普通话句法上存在的异同。郑雅云在《台湾华语中助动词"yǒu（有）"所具有的句子时间性解释》（综合地球环境学研究所《语言记述论集》12）里指出，在助动词"有"与动态动词共现的例句中，存在有界性（telic）动词句可以解释为表达属性的例子，同时文中还指出，在表达未来事态时，台湾华语与客家话或台湾话可能存在"有"的使用条件上的差异。渡边俊彦在《关于台湾华语句首的"啊（ah）"》（《拓殖大学语学研究》142）中将台湾华语的句首语气词（相当于文言文的发语词）看作来源于闽南话（台湾话）的要素，但他同时提出，不应仅把句首语气词看作移位的结果，而应作为已固定存在的语法现象之一。语法现象相关的研究以外，张盛开的《平江各地客语词汇对比研究》（静冈大学言语学研究会《静言论丛》3）调查了湖南省平江县内三地及县外三地（梅州、桃园、台中）的客家话词汇，其调查结果表明，平江县内的客家话确实同质性较高，然而其中包含大量来自同县赣语的借词。

作为基于文献的方言研究，远藤雅裕在《论六十年代台湾客家话课本〈新客话课本〉的特点》（《中央大学论集》41）中介绍了1962年天主教华语学院（新竹市）出版的客家话教科书资料《新客话课本》，同时阐明从音韵、词汇、语法的分析结果来看，该书应基于台湾客家话海陆片。川澄哲也在《关于陕北山歌〈信天游〉中的第一人称代词"奴"》（松山大学《言语文化研究》39-2）中指出，陕北地区的山歌（民谣）《信天游》里的不在口语中使用的第一人称代词"奴"，与在近代汉语中一样，明显倾向于由女性（特别是已婚女性）使用。任菲在《〈活用上海语〉中罗马字注音的语音研究》（《语学》）中通过大川兴朔《活用上海语》（1924）的注音复原了20世纪初上海话的语音系统，并讨论了其特点。去年未及介绍的张盛开《关于平江方言韵编〈又一经〉》（静冈大学人文社会科学部《亚洲研究》14，2019）校订了湖南省平江县方言韵书《又一经》的四种版本，并指出该书为以基于平江方言词汇及音韵的韵书为框架的谚语集，同时否定了该书作者为乾隆时期的平江县贡生李映奎这一旧观点。

历时研究方面，大西博子《吴语中的入声舒化——以其变化过程为中心》（《近畿大学教养外国语教育中心纪要（外国语篇）》11-1）在综合分析了吴语入声音节中出现的调值、音长、音值变化的基础上，指出入声舒化的发展因地域不同而顺序不同。远藤光晓《调值的双向变化：来自汉语的证据》（*Bidirectional change in tone: Evidence from Chinese*，青山学院大学经济学部《经济研究》12）基于 19 世纪到 21 世纪所著 11 种变异的报告中所示 37 类调值变化模式，分析指出调型间的变化可以是双向的，并对单向变化假设的声调环流说提出反证。另外，虽为国外的报告，秋谷裕幸在《闽语中早于中古音的音韵特点及其历时含义》（《辞书研究》2020 - 5）中总结了闽语早于中古音的六种音韵特点，并指出闽语可以用上古音时期以后的创新语音演变来定义，同时，以这种共享创新为依据可推断闽语和吴语处衢片源自同一个原始语，文中还主张，在视闽语所有音韵对应为上古音系的反映这一点上需持保留态度。

方言地理学研究方面，在此介绍岩田礼的《汉语方言中词汇变化的特点：类推的作用》（公立小松大学《国际文化》2）。文中使用各时期文献资料中的词语用例，对时间词"大后天、大前天"的词首"大"的成因，以及表示"夜"的词"晚上"和"夜里"同时存在的原因，提出最新假说并加以佐证，作者同时指出，高频率出现由类推以及牵引所产生可论证性的现象或可作为汉语的特点。

方言文字化相关研究方面，在此介绍吉田真悟的《台湾话语言景观中的文字使用》（《日本汉字学会报》2）。该研究笔记将台北和台南城市街区中所见台湾话用字的实例加以分类，并进行了分析。

（滨田武志）

# 七　教育

2020 年的有些论文展现了今后汉语教育研究发展的可能性。首先在此介绍以 2019 年汉语教育学会全国大会上的演讲为基础的两篇报告。

杉村博文《汉语教师应该知道的汉语语法知识》（《中教》）与以往论著着重于教学中针对个别语法现象的问题并提出解决方案的做法不同，作为教师应了解的语法知识，文中论述了共通于个别语法现象的汉语根本问题。作者指出，汉语具有单音节语的特点，句中的词没有反映语法关系以及语法范畴的形态变化，因此在汉语语法结构的基本设计上，可以将汉语类型学上的各特点合理定位为：（一）语序和虚词（功能词）为基本语法手段，（二）主题优先型句法为基本句型结构，（三）以意合法为宗旨，

（四）在 SVO 结构中，谓语前部为开放的，谓语动词与宾语间是半开放的，宾语后部是封闭的。其观点"通过了解学习中的语法与已学语法如何相关，以及对今后要学习的语法提供什么样的线索，可以期待更高效率的语法教育"，对于接触自发学习积极性较高学生的教师来说极具启发性。

对汉语的理解及知识方面以外，汉语教育研究也着眼于学习者在汉语习得过程中的各类现象。如后述内容所示，日本国内的汉语教育研究中，日语母语者作为第二语言学习中文时的调查研究占绝大多数，而在此趋势下，高桥朋子在《外国居民对日本社会所求——对中国裔儿童的汉语教育》（《中教》）中讨论了作为母语的汉语教育，更具体来讲，是作为继承语（heritage language）的汉语教育的重要性。文中就中国裔儿童的语言教育现状，提及家长和孩子苦于没有沟通交流时使用的共通语言的事例，以及汉语与日语均无法如母语者一般灵活使用的"双限型"（Double-limited）事例，同时讨论了生长环境、语言环境的多样性（是否在日出生，幼儿期来日还是学龄期来日，成长时是否频繁往来于日中两国，是否在日中以外国家长大，双亲各以何语言为母语，家中使用何语言等）以及语言能力的多样性等相关课题。

下面介绍的两篇论文针对一直以来很少甚至几乎不曾作为教学项目研究的现象。

单艾婷在《从衔接的观点来看汉语中高级学习者的偏误——着眼于连词性指标》（《中教》）中提及，词汇与语法多在单句中学习，而学习者对于句子之间的衔接以及语篇衔接整体的理解并不充分，语篇层次上的衔接相关的教学法并未确立；该文调查了 61 名中高级水平学习者连词的使用情况（缺漏、混淆、误加），作为降低日语表达方式影响的对策，提出如下建议：（一）日语"テ形"及连用形所示累积关系表达时最好追加使用连词性成分（例如："私は将来沢山の外国人が日本に来て、日本を好きになってほしい。"表达为"＊我希望将来有很多外国人来日本，喜欢日本。"但更好的表达为"［……］，并且喜欢日本"）；（二）日语中具开场白功能的"が"等；（三）日语中多仅用于前句或仅用于后句的连词性指标，在汉语表达时应促使学习者组合使用（例如："爆買いには良い影響があるが、問題もある。"表达为"＊虽然爆买行为有好的影响，也有问题。"但更好的说法是"［……］，但是也有问题。"）等等。

张婧祎、玉冈贺津雄、胜川裕子在《日本汉语学习者对停顿及重音的韵律理解》（《中教》）中提到，如"他拿了封信出来交给我"，据停顿（pause）位置不同，其含义可不同地解释为"他［拿了封信］［出来交给我］"和"他［拿了封信出来］［交给我］"；另外，如"我想起来了"，据重音（tone stress）位置不同也会得到不同的语义解释，即"我<u>想</u>起来了"和"我想起<u>来</u>了"。就此类现象，作者聚焦于 42 名中级学习者能否听出这<u>些</u>歧义句的区别，通过对词汇得分、声调识别得分、停顿判断得分、重音判断得分、短会话听力理解得分、长会话听力理解得分等 7 个独立变量进行层次聚类分析，指出（一）对停顿的理解可以得到提高，但对重音的理解很难得到提高；（二）对停顿的理解能力强的学习者对单句的相关理解十分优秀；（三）对重音的理解力强的学习者倾向于具备较高的产出能力以及长会话听力理解等语篇层次的能力。

（铃木庆夏）

［译者单位：帝京科学大学综合教育中心（非常勤）、

国士馆大学法学部（非常勤）］

专题：科举与中国文学 ◀

# 近百年唐代科举与文学研究进程

## ——前期状况述略[*]

陈 飞

**内容提要** 近百年唐代科举与文学研究的进程大致以十年"浩劫"为界断为前、后两个时期。前期的研究关乎起源和奠基，但尚未引起充分关注。前期研究可以铃木虎雄《唐之考试制度与诗赋》为起点，中国学者的研究则以陈寅恪的《韩愈与唐代小说》为开端。大致从二十世纪二三十年代发端引绪，四五十年代达到高峰，其后走向转变。陈寅恪、施子愉的研究形成"双峰并峙"，后者应该得到更充分的评价，特别是其研究生毕业论文代表着该研究的最高水平。他们与其他学者的研究一起，共同奠定了该研究的基础，包括确立命题、建构格局、开辟途径、基本认识、文献整理以及提出问题等，当然也存在一些不足。凡此皆为后来的研究提供了资鉴。

**关键词** 唐代 科举与文学研究 近百年 研究进程

世人多以为"科举"始于隋代，其实可以上溯至两汉乃至更早，而科举的全盛则始于唐。后世沿承、效法、因变直至衰微、废弃，复以各种变换形态存活至今。宽泛地说，科举对于任何时代的国家与文明都具有重要的作用和影响，这也是"科举"问题长期热度不减的主要原因。"科举"与"文学"的关系尤其密切，故在（唐至清）各个时代的文学研究中，"科举与文学"都是重点问题之一；唐代的"科举与文学"尤其受到学者和公众

---

\* 本文为教育部哲学社会科学研究重大课题攻关项目"唐代文学制度与国家文明研究"（项目编号：18JZD016）阶段性研究成果。

的广泛关注，相关研究也开始较早。古人的谈论暂且不说，具有现代学术意义的唐代科举与文学研究，已有近百年历史，学者之众、成果之多、质量之高、影响之大，可谓各个时代之最。

近百年间中国政治和社会变革急剧，各种运动和思潮此起彼伏，学术研究也日新月异。然而就唐代科举与文学研究进程而言，中间虽经"文化大革命"十年断裂，但前、后两个时期"打断骨头连着筋"，内在部分仍脉络相承。后期的情况论者较多，读者比较熟悉，笔者亦曾有所述论①；而前期的研究，关乎起源和基础，对于认识该研究的发生和发展至关重要，但尚未引起学者的足够注意，一般读者也不甚了解。故本文先就前期的研究状况略述概要，后期的状况拟俟另文。

一

前期的时间下限众所周知，即 1966 年（更准确地说是该年 5 月）；其上限却不易遽断，似可追溯至黄人《中国文学史》问世之时。其书光绪三十年（1904）因东吴大学教学之需而编，1911 年前后由国学扶轮社铅印出版②。书中专设《唐新文体》一节，首列《试律》。黄人《中国文学史》点校者杨旭辉按语："下录唐代试律，其中包括试律赋和试律诗，文不录，仅存其目如下。"其存目有李程《日五色赋》、柴宿《初日照华清宫》（诗）等③。诗、赋为唐代科举（主要是进士科）重要考试项目，也是唐代"试文"的两种代表性文体，本身即是"科举"与"文学"的制度性结合的产物。论者于此多有微词，黄人以专题写入讲义，其识见非同寻常。次列《小说》，论曰："唐人小说，多成于下第之士，即失职侘傺者。"④"下第之士"即科举落第之举子，他们因此而创作的"小说"也属于"科举与文学"的范畴。学者认为黄人此书为广泛借鉴西方文学观念构建中国文学史的早期形态的先锋和代表，"正是这种层累的、多元的西方文学理论资源的移植

---

① 详见拙稿《唐代试策考述·绪言》（中华书局，2002）、《隋唐五代文学与科举制度》（傅璇琮、蒋寅主编《中国古代文学通论》，辽宁人民出版社，2005）。
② 详见黄人《中国文学史》（杨旭辉点校本）之（杨旭辉）《前言》，苏州大学出版社，2015，第 1~90 页。按：本文所引文献仅于初见时详注出处，其后从略。
③ 详见黄人《中国文学史》（杨旭辉点校本），第 220 页。
④ 详见黄人《中国文学史》（杨旭辉点校本），第 221 页。

或吸纳，共同为我国文学史与文学理论的现代转型奠定了基础"①。1905 年，刘师培在《国粹学报》发表《论文杂记》，多次言及唐代科举与文学的相关问题，如谓："隋、唐以来，以诗赋为取士之具，故唐代之文，多小说家言。"又谓："唐代士人始著传奇小说，用为科举之媒，如《幽怪录》《传奇》是也。宋人《云麓漫钞》称其文备众体，足觇诗笔史才。"又谓："自唐迄宋，以赋造士，创为律赋，虽贻俳优之讥，然指物贵工，隶事贵当，铢量寸度，言不违宗，合于指事类情之义。其旨则是，其格则非。"② 这些论述虽较为简略，但仍不妨视为唐代科举与文学现代研究的滥觞。

　　与"唐代科举与文学"命题较为接近的现代研究，可以铃木虎雄的《唐代的考试制度与诗赋》③ 一文为始。其文发表于日本大正十一年（1922），后由张我军翻译发表于民国十八年（1929）三月三十日的天津《益世报》，题作《唐之考试制度与诗赋》④。程千帆《唐代进士行卷与文学》列举张氏译文，云"未见"⑤。今查天津《益世报》，确曾刊有张我军译文，唯文后括号内有"未完"字样。查阅中还发现，民国二十二年（1933）三月三十日《河南民报》刊有张长弓之译文，题为《唐之试验制度与诗赋》，文后括号内云"未完待续"⑥。然检二张译文之后续部分均未获见。铃木氏此文虽然没有使用"唐代科举与文学"为标题，但"考试"为"科举"的关键环节，"诗赋"则为"文学"的代表，故可宽泛地视为具有现代学术意义的唐代科举与文学研究的开始。

　　程著还说道："关于唐代进士科举与文学的关系，前人虽曾经发表过一些零星的见解，而从事较为深入的研究，则实始于当代的学者们。陈寅恪、

---

① 详见陈广宏《中国文学史之成立》第二章《西方文学论的早期传布——黄人的文学观与 19 世纪英国文学批评资源》，上海古籍出版社，2016，第 177～203 页。

② 刘师培：《中国中古文学史·论文杂记》，人民文学出版社，1959，第 124、132、138 页。

③ 〔日〕铃木虎雄：『唐の試験制度と詩賦』，『支那學』第二卷第十號，大正十一年（1922）六月。

④ 《唐之考试制度与诗赋》，题下署：日本铃木虎雄著，张我军译。见民国十八年（1929）三月三十日天津《益世报》之《益世报副刊》。

⑤ 见程千帆《唐代进士行卷与文学》，上海古籍出版社，1980，第 1 页。程注云："此外，日本铃木虎雄曾撰《唐之考试制度与诗赋》一文，由张我军载一九二九年三月三十日天津《益世报》附刊，未见。""附刊"当作"副刊"。

⑥ 《唐之试验制度与诗赋》，题下署"铃木虎雄著，张长弓译述"。见民国二十二年（1933）三月三十日《河南民报》之《茉莉周刊》第二十期。按：本文在文献搜集中，得到张静、孟子勋、刘志强、苏秋成等同志的协助，承蒙范建明先生译赐铃木氏全文，在此一并致谢！

冯沅君等人，对于这个问题，都有所论列。"① 这里的"前人""零星的见解"，盖指古人诗话之类的相关谈论。这里的"当代"，主要是指今人通常所说的"现代"，大体属于笔者所说的前期；而程氏写这段话的时候（姑以1980 年出版日期为准）则为"当代"，属笔者所说的后期，其中隐然含有分期的意思，亦可作为笔者分期之参据。

程著还列举了一些研究成果（论文和著作），兹略依时间先后排列如次：铃木虎雄《唐之考试制度与诗赋》（1926），陈寅恪《韩愈与唐代小说》（1936）、《唐代政治史述论稿》（1944），施子愉《唐代科举制度与五言诗的关系》（1944），刘开荣《唐代小说研究》（1947），陈寅恪的《读〈莺莺传〉》（1948），李嘉言《词之起源与唐代政治》（1948），冯沅君《唐传奇作者身分的估计》（1948），张长弓《唐宋传奇作者暨其时代》（1951），陈寅恪《元白诗笺证稿》（1955）等②。这些都是前期研究的代表性成果。

本期的前十年，研究成果较少，大多发表在报纸上，篇幅较短小，论述也不够深入，以侧面的、局部的、间接性的研究居多，很少正面的、全景的、专门性的研究。这里应为张我军的译介特书一笔，虽然其译文尚非完璧，却是第一次将铃木此文呈现给国内的读者，从此"唐之考试制度与诗赋"作为"唐代科举与文学"命题的初始形态，正式出现在该研究的学术史上。

铃木氏此文的前半部分是对唐代考试诗赋制度的概述，由隋代说到晚唐，举例述事，要言不烦。后半部分是"就考试制度与文学盛衰的关系"

① 程千帆：《唐代进士行卷与文学》，第1 页。
② 按：程著第1 页注释①原文为："请看下列文献。陈寅恪：《唐代政治史述论稿》，中篇《政治革命及党派分野》（一九四四年）；《韩愈与唐代小说》（《哈佛亚细亚学报》*Harvard Journa of Asiaric Studies* 第一卷第一期，一九三六年；译文载《国文学刊》第五十七期，一九四七年）；《元白诗笺证稿》，第一章《长恨歌》（一九五五年）；《读〈莺莺传〉》（《历史语言研究所集刊》第十本，一九四八年）；又见《元白诗笺证稿》第四章《艳诗及悼亡诗》附录）；施子愉《唐代科举制度与五言诗的关系》（《东方杂志》第四十卷第八号，一九四四年）；李嘉言《词之起源与唐代政治》（《文艺复兴》中国文学研究号上，一九四八年；又见《古诗初探》，一九五七年）；冯沅君《唐传奇作者身分的估计》（《文讯》第九卷第四期，一九四八年）；刘开荣《唐代小说研究》，第一章《传奇小说勃兴三大因素——古文运动、科举制度及佛教影响》（一九四七年）；张长弓《唐宋传奇作者暨其时代》（一九五一年）。此外，日本铃木虎雄曾撰《唐之考试制度与诗赋》一文，由张我军译载一九二九年三月三十日天津《益世报》附刊，未见。"兹按时间顺序重排，并有所省略，下文述及上述论著不复一一注明出处。

谈自己的"感想",承认考试制度是唐代文学特别是诗赋"隆盛"的原因之一,但认为:"把它仅仅归于考试制度则是不行的。要把考试作为诗赋隆盛的原因,那么在隆盛之前就得有考试。但是……(开元以前并没有考试诗赋——引者注)唐代文学,尤其是诗赋,如果首推开元天宝,那么把当时诗赋之试的实行看作是诗赋隆盛的一个原因,这当然是不无道理的。"① 又说:"我认为,作为唐代文学隆盛的原因,一般来说,政治上经济上的原因姑且不论,主要可以归之于时代的气运、君主的奖励、士人的好尚、考试制度等等。诗赋隆盛的原因归于考试,这虽然可以评说开元以后的情况,但是用于评说开元以前的情况则是不适当的。开元以前,时代的气运、君主的奖励、士人的好尚之类是主要原因;开元、天宝以后,可以再加上诗赋的考试。晚唐以后,奖励、好尚、考试等原因依然存在而文学趋于衰退,这是为什么呢?这由于时运,时运由人,而此时的时运对使人奋发振起的其他诸因素已经无济于事了。"② 此文的主要贡献,首先在于将唐代的"考试制度"与"诗赋"联系起来,作为一个学术问题提出,这是前所未有的。其次通过举证"事实",对唐代的考试诗赋制度的发展做了简要梳理,指出其明显的时间节点,然后归结并提出问题——考试制度与文学(诗赋)"隆盛"的关系。最后也是最重要的,是对问题的分析,并没有一概而论,而是将考试诗赋制度的有无与文学"隆盛"的关系"辨证"地区别开来,并与其他因素联系起来,包括"时代的气运、君主的奖励、士人的好尚"等等,区分为开元以前、开元天宝以后、晚唐三个阶段,提出(并隐含)问题:在同样多种因素兼具的情况下,为何盛唐、中唐文学"隆盛"而晚唐"衰退"?开元以前尚未实行考试诗赋的制度,其文学的"隆盛"是否与考试(科举)制度有关(铃木氏的意思是无关)?这些都是发人深思的问题,而铃木氏的论证(研究)方法,有着浓郁的现代学术气质。

中国学者有关"唐代科举与文学"的现代研究,可以陈寅恪的《韩愈与唐代小说》为开端。虽然此文的中文版1947年才公诸国内,但英文版发表于1936年,其撰稿时间当更早③。陈氏根据《云麓漫钞》"唐之举人,先

① 〔日〕铃木虎雄:《唐代的考试制度与诗赋》,范建明译,未刊稿。
② 〔日〕铃木虎雄:《唐代的考试制度与诗赋》,范建明译,未刊稿。
③ 陈寅恪《韩愈与唐代小说》原以中文撰稿,由 J. R. Ware 博士译成英文发表于1936年《亚细亚学报》第一卷第一期,后由程会昌(千帆)回译为中文,发表于1947年《国文学刊》第57期。详见程译引言。

藉当世显人，以姓名达之主司，然后以所业投献，逾数日又投，谓之温卷，如《幽怪录》《传奇》等皆是也。盖此等文备众体，可以见史才、诗笔、议论"的记述，考论韩愈对"小说"的爱好、创作及其影响，以及"小说"文体的流行与观念的变化。然则"投献""温卷"虽只是进士举人的习惯和风气，但进士科实为科举制度的代表，而"小说"则是新生的文体，陈氏将二者联系起来加以考论，其识见之深刻、方法之独到，令人耳目一新，启示良多。

## 二

"唐代科举与文学"研究的高峰出现在二十世纪四五十年代，特别是陈寅恪、施子愉的研究，可谓"双峰并峙"。陈氏的《唐代政治史述论稿》于四十年代初在香港完成①，其中大量论及唐代进士科举对阶级升降、党派分野的作用和影响。虽然立足于政治史而非正面直接研究科举与文学，但将进士科作为唐代科举的最重要科目（代表）加以定位和考论，且进士出身者作为唐代文学家的主流，当然亦属"唐代科举与文学"研究的范畴，而且开辟了独特的视野和途径。如谓："盖进士之科虽创于隋代，然当日人民致身通显之途径并不必由此。及武后柄政，大崇文章之选，破格用人，于是进士之科为全国干进者竞趋之鹄的。当时山东、江左人民之中，有虽工于为文，但以不预关中团体之故，致遭屏抑者，亦因此政治变革之际会，得以上升朝列，而西魏、北周、杨隋及唐初将相旧家之政权尊位遂不得不为此新兴阶级所攘夺替代。故武周之代李唐，不仅为政治之变迁，实亦社会之革命。若以此义言，则武周之代李唐较李唐之代杨隋其关系人群之演变，尤为重大也。"② 又谓："可知唐代自安史乱后，其宰相大抵为以文学进身之人。此新兴阶级之崛起，乃武则天至唐玄宗七八十年间逐渐转移消灭宇文泰以来胡汉六镇民族旧统治阶级之结果。"③ 又谓："举凡进士科举之崇重、府兵之废除，以及宦官之专擅朝政，蕃将即胡化武人之割据方隅，其

---

① 蒋天枢《陈寅恪先生编年事辑》（增订本）于"民国三十年辛巳（1941）"云："在港成《唐代政治史稿》。后在渝印行时易名《唐代政治史述论稿》。"（上海古籍出版社，1997，第 128～129 页）

② 陈寅恪：《唐代政治史述论稿》，生活·读书·新知三联书店，2001，第 202 页。

③ 陈寅恪：《唐代政治史述论稿》，第 207 页。

事俱成于玄宗之世。"① 又谓："由此可设一假定之说：即唐代士大夫中其主张经学为正宗、薄进士为浮冶者，大抵出于北朝以来山东士族之旧家也。其由进士出身而以浮华放浪著称者，多为高宗、武后以来君主所提拔之新兴统治阶级也。……总之，两种新旧不同之士大夫阶级空间时间既非绝对隔离，自不能无传染熏习之事。但两者分野界画要必于其社会历史背景求之。"② 又谓："迨自拔起寒微之后，用座主门生及同门等关系，勾结朋党，互相援助，……转成世家名族，虽不得不崇尚地胄，以巩固其新贵党类之门阀，而拔起孤寒之美德高名翻让与山东旧族之李德裕矣，此亦数百年间之一大世变也。"③ 又谓："又唐代新兴之进士词科阶级异于山东之礼法旧门者，尤在其放浪不羁之风习。故唐之进士一科与倡伎文学有密切关系。"④ 凡此之类，不暇遍举。其主要贡献在于：由唐代统治者对进士制度的崇尚，发现"新兴阶级"的崛起及其对"将相旧家"势力的取代、在武周代唐等重大政治和社会变革中扮演的重要角色，以及在其他诸多领域起到的重要作用和影响；揭示进士出身者（包括集团、党派、家族、群体及个体）的性格特点和行为作风，进而论证上述两个方面的相互作用及其造成的观念、习俗和风气。这些论证其实是在更高的层面上统摄"科举与文学"的相关问题，显得更加高屋建瓴，宏通而深刻。

陈氏的《元白诗笺证稿》和《读〈莺莺传〉》是上述观点和方法的进一步延展、实践和示范。在这里，"科举"与"文学"的联系更加明显而密切。《元白诗笺证稿》开篇即谓："鄙意以为欲了解此诗（《长恨歌》——引者注），第一，须知当时文体之关系。第二，须知当时文人之关系。"⑤ 随即引据《云麓漫钞》关于"唐之举人"投献、温卷的记述（见上），论曰："赵氏所述唐代科举士子风习，似与此诗绝无关涉，然一考当日史实，则不能不于此注意。盖唐代科举之盛，肇于高宗之时，成于玄宗之代，而极于德宗之世。德宗本为崇奖文词之君主，自贞元以后，尤欲以文治粉饰苟安之政局。就政治言，当时反正跋扈，武夫横恣，固为纷乱之状态，然就文章言，则其盛况殆不止追及，且可超越贞观开元之时代。此时之健者有韩

---

① 陈寅恪：《唐代政治史述论稿》，第 235 页。
② 陈寅恪：《唐代政治史述论稿》，第 261 页。
③ 陈寅恪：《唐代政治史述论稿》，第 268~269 页。
④ 陈寅恪：《唐代政治史述论稿》，第 281 页。
⑤ 陈寅恪：《元白诗笺证稿》，生活·读书·新知三联书店，第 2 页。

柳元白，所谓'文起八代之衰'之古文运动，即发生于此时，殊非偶然也。又中国文学史中别有一可注意之点焉，即今日所谓唐代小说者，亦起于贞元元和之世，与古文运动实同一时，而其时最佳小说之作者，实亦即古文运动中之中坚人物是也。此二者相互之关系，自来未有论及之者。"① 并谓其《韩愈与唐代小说》的要旨："以为古文之兴起，乃其时古文家以古文试作小说，而能成功之所致，而古文乃最宜于作小说者也。"② 这实际是将"文体关系"和"文人关系"直接与"科举士子风习"联系起来，涉及君主（德宗）对文章的崇奖和利用（包括科举制度）、中唐（贞元）文章的盛况空前（超越贞观开元）、古文运动发生等一系列问题。特别是"小说"与古文运动的关系、最佳小说作者与古文运动中坚人物的关系。陈氏既注意到科举、文章与政局的问题，也注意到科举与士风的问题，同时还注意到科举、文人与古文、小说等文体以及"倡伎文学"之间的关系问题，兼顾宏观、中观及微观的多个层面。很多结论已为学者所熟知，这里不必缕述。

如果说陈寅恪主要是从"史学"本位展开相关研究的话，那么施子愉的研究则是从相对单纯的"文学"本位展开研究，但尚未得到学界的充分关注。事实上，施子愉应是第一个使用"唐代科举与文学"命题的国内学者，他的《唐代科举制度与五言诗的关系》，首次将"唐代科举制度"与"五言诗的关系"联系起来，既提出前人很少注意的问题，并形成完整严密的题目表达，体现出较为清晰的概念和界定意识。文章开头便提出"唐诗中五言律诗特别多，而且愈到后来愈有压倒其他各体的趋势"这一长期以来习焉不察的"现象"，申明"想从唐代的科举制度来解释"，进而指出以往的相关研究多凭臆说，缺乏佐证，"这里想以统计所得的数字提供一些具体的证据。"③ 显然在撰写此文前，施氏已经下过一番种收集资料、研读文献、概括现象、提出问题、统计证据、比较分析、归纳结论的功夫。这样的研究理念、程序和方法，体现出作者具有自觉的现代学术意识和系统的研究训练，故其论断亦多精辟，如谓："文学的发达不一定由于政府以它'取士'，但政府以它'取士'确可以促进它的发达。唐诗——至少是五言律诗——的发达，原因也许很多，但唐以诗'取士'，不失为一重要的原

---

① 陈寅恪：《元白诗笺证稿》，第 2 页。
② 陈寅恪：《元白诗笺证稿》，第 2~3 页。
③ 施子愉：《唐代科举制度与五言诗的关系》，《东方杂志》第四十卷第八号，1944。

因。"又谓："这种诗（省试诗——引者注）就是在五言律诗中间再加四句对偶；或者直捷一点说，就是短的五言排律。五言律诗和五言排律作得好的人，对于此道自然可以驾轻就熟。唐朝的人为要争取功名，就努力作五言律诗。唐诗中五言律诗之多，并不是偶然的。"又谓："所以杜甫诗中五言律诗特别多，不是没有缘故的。我们不是说杜甫的五律都是为了要考进士而练习作的，不过他早年多作五律，成了习惯，后来虽然不参加进士的考试了，仍然常常作五律。"诸如此类，可见其通达的学识和思辨的论证。文中将全唐诗中的各种诗体列成表格、对比辨析，得出初唐五言古诗比五言律诗多；盛唐的五言律诗多于五言古诗，但相差不大；中唐的五言古诗为五言律诗与五言排律的五分之三；晚唐的五言古诗只有五言律诗与五言排律的八分之一。并解释这是因为"唐朝的进士愈越到后来愈难考了""古诗在当时（晚唐——引者注）是不合时的"。这种列表分析、比较论证的方法，在今人的研究中几乎必不可少，但在当时并不多见。

笔者在查阅文献时发现，施子愉还有一篇题为《唐代科举制度与文学》的研究生毕业论文（其实应是一部专著），这是以前所未曾见闻的。据闻一多 1946 年 2 月 3 日致梅贻琦函，其中说道"中国文学部研究生施子愉请求举行毕业初试，该生研究题目系《唐代科举制度与文学》……"①，函中拟聘请参加"毕业初试"的教授有罗膺中（庸）、项觉明（达）、冯芝生（友兰）、雷海宗（伯伦）、朱佩弦（自清）、王了一（力）、浦江清（君练）、许骏斋（维遹），加上闻一多共九人。又同年 4 月 6 日朱自清呈校长、教务长函云："兹定于本月十八日（星期四）下午三时起，在清华办事处举行中国文学部研究生施子愉论文考试。论文题目为《唐代科举制度与文学》。考试委员除本校中国文学系教授外，并拟聘请罗膺中、游承泽（国恩）、冯芝生、雷伯伦四位先生……"② 此函当为闻函的进一步落实，则施子愉毕业论文应在 4 月 18 日通过考试（类似今之答辩）。又据学者介绍：施子愉 1941 年入清华大学文科研究所攻读研究生，1946 年毕业，"毕业论文《唐代科举

---

① 详见闻立雕、闻铭、王克私整理《闻一多全集》第 12 册《书信》之《一九四六年》第 209 通《致梅贻琦》，湖北人民出版社，1993，第 401 页。按：文后括号内有说明文字"根据清华大学藏原信刊印。"

② 详见清华大学校史研究室编《清华大学史料选编》第三卷（上）《抗日战争时期的清华大学》（1937～1946）之《朱自清呈函校长、教务长关于施子愉论文考试事》，清华大学出版社，1994，第 114 页。

制度及其对于文学之影响》"①，此论文题目与闻、朱二函所言稍有不同。然闻、朱二公作为其时文学部教授兼负责人，可能还是施子愉的指导老师，在专为其毕业论文答辩而呈函中，所报题目理应准确。然而，施氏在后来发表的《〈登科记考〉补正》中说："余草《唐代之科举制度及其对于文学之影响》，时就检索所及，取以与徐氏之书（《登科记考》——引者注）相校，其进士科之可以补正者，亦得五十余事。"② 此为本人自道，尤当无疑；又《清华大学史料选编》所附《清华研究院历届毕业生论文题目一览》（1933 年 6 月至 1946 年 5 月）所列施子愉论文题目为《唐代科举制度及其对于文学之影响》③，与本人所言题目相同（仅少前一 "之" 字），亦自有据。推测想来，施子愉毕业论文的原题应为《唐代之科举制度及其对于文学之影响》，闻氏在呈函时将其 "简化" 为《唐代科举制度与文学》，朱函又据自闻函，遂致小异。题目前半部分的 "唐代科举制度" 与 "唐代之科举制度" 意思相同，"制度" 二字显得更加精确、严密。后半部分的 "文学" 与 "及其对于文学之影响" 比较而言，前者更简练，更具包容性与灵活性；后者稍繁，但更加明确、具体。故不妨说《唐代科举制度与文学》这个命题，是他们师生共同完成的，标志着 "唐代科举与文学" 现代命题及研究的正式确立。

遗憾的是，施子愉的这部毕业论文至今下落不明，或许不复存于天壤之间，但它足以提示我们，应当对施氏在唐代科举与文学研究上的造诣和贡献给予更加充分的认识与评价。这不只是基于西南联大和清华研究院公认的学术信誉，闻一多、朱自清等大师的教导和熏陶，以及当年研究生的英才荟萃等诸多因素，更有上文提到的施氏《唐代科举制度与五言诗的关系》《〈登科记考〉补正》④ 作为力证。文中所体现的学术理念方法之先进，分析论断之精辟，可见一斑。总之，这是第一部就 "唐代科举制度" 对于

---

① 详见李燕、刘东霞《重拾西南联大研究生业绩——以在昆明工作的五位研究生为例》，《青春岁月》2011 年 9 月下。文中介绍说："施子愉教授，1919 年生，云南昆明人。1941 年清华大学文科研究所中国文学部读研究生。1946 年与文史学家、北京大学王瑶教授同期毕业，毕业论文《唐代科举制度及其对于文学之影响》。"

② 施子愉：《〈登科记考〉补正》，《文献》1983 年第 1 期。

③ 详见《清华大学史料选编》第三卷（上）《抗日战争时期的清华大学》（1937 ~ 1946）附《清华研究院历届毕业生论文题目一览》（1933 年 6 月至 1946 年 5 月），第 108 页。

④ 施氏终生未婚，近日据其侄女告知，《〈登科记考〉补正》即其研究生毕业论文的最后一部分。

"唐代文学"的"影响"展开全面深入研究的专著。这样的研究是"前无古人"的，直到80年代傅璇琮《唐代科举与文学》出版，才"后有来者"，施子愉之《唐代科举制度与文学》足以代表本期科举与文学研究的最高水平，如果能够及时出版问世，则当是该研究的最早经典著作。

本期高峰的形成，其他学者的研究也与有功焉。如吴烈的《唐代诗歌的嬗变》（1935）第一部分论述"唐代诗歌发达的原因"，将之归结为五点，第三点"是由于科举取士"，并引《全唐诗序》"唐当开国之初，即用声律取士，聚天下才智英杰之彦，悉从事于六义之学，以为进身之阶。则习之者，固已专且勤矣。而又堂陛之赓和，友朋之赠处，与夫登临宴赏之即事感怀，劳人迁客之触物寓兴，一举而托之于诗。虽穷达殊途，悲愉异境，而以言乎摅写性情，则其致一也"一段，谓"故唐时文人之重视科举，又难怪其醉心于诗章也"①。称引本身即有重申和强调之意，是将"科举"作为唐诗"发达"的重要原因之一。尤敦谊在《唐代诗歌发达的原因》（1936）中，将唐诗发达原因归结为六项，其第二项为"选举之影响"。在简述唐代科举试文情况后，谓"科举是做官的终南捷径，人民谁不想取得一官半职来荣祖耀宗。现在科举所注重的既是诗歌，自然大家都耗了毕生的精力，在诗歌上用功夫了。虽然试帖上的名句并不见得多……然而国家当局既以此为考试科目，小百姓们自然'靡然风从''奉之维谨'了。"②随后还引据《云麓漫钞》"唐之举人"行卷的记述（见上）及《集异记》王维获荐解头的故事，谓唐人"借诗歌而直接求进。"虽然文字未免简略，但二文都把唐代"科举"与唐诗"发达"联系起来，体现出某种"共识"的趣向。

相对来说，李高骧的《唐代小说发达的原因及其特色》（1937）对唐代"科举"与小说"发达"关系的讨论更加充分，其第一点就是君主对贤能的任用和对文士的甄拔，尤其是"科举取士"，李氏云"因为君主的竭力提倡文学，所以当时文人，平日多事习作，以便他日应举之资。于是有所谓'行卷''温卷'的名目，其中多为促进小说的原素，在唐代小说史上占极重要的位置。"③作者还将受业生、受知生与师长的关系，举子和文坛名公

---

① 吴烈：《唐代诗歌的嬗变》，《国民文学》，民国二十四年（1935）第4卷2期。
② 尤敦谊：《唐代诗歌发达的原因》，《东南日报》民国二十五年（1936）八月四日。
③ 李高骧：《唐代小说发达的原因及其特色》，《学笺》第一卷第一号，民国二十六年（1937）六月出版。按，封底署："编辑者：《学笺》期刊编辑委员会；发行者：国立武汉大学中国文学习会（原为双行小字）《学笺》期刊社。"

学士的关系，"唐人乃作意好奇，假小说以寄笔端"（胡应麟语）与"行卷之风"的关系联系起来，特别是引据《云麓漫钞》"唐之举人"行卷记述（见上），论证唐人于小说创作的"有心"和"刻意"。并谓当时的小说家如元稹等，"确为一时之上选"。文中还特别提到古文运动对小说发达的影响，举韩愈为代表，谓："当古文运动成功之后，继起的有人所未料即古文运动者亦未预料的另一种文体的成功，那就是我们所讨论的小说——传奇文。小说固是附庸于古文运动而起，其成就确不在古文的成就之下。……所以古文运动的成功，也就是小说鼎盛之时了。"这些观点与上述陈寅恪的见识相同或相近，考虑到当时陈寅恪的《韩愈与唐代小说》尚未在国内发表，似乎是"英雄所见略同"。

刘开荣的《唐代小说研究》（1947）、冯沅君的《唐传奇作者身分的估计》（1948），张长弓的《唐宋传奇作者暨其时代》（1951），对唐代科举与小说（传奇）的关系，有着更为丰富的材料引述和更加充分的分析讨论。如刘著第一章"传奇小说勃兴的三大因素：古文运动、进士科举及佛教的影响"，第三章"朋党之争与周秦行纪"，第四章"进士与倡伎文学"，显然与上述陈寅恪、李高翥等人特别是前者的相关思想观点和理论方法有着密切关系。其第一章第一节"'古文运动'产生的原因及其与传奇小说勃兴的关系"起首即撮引陈寅恪的论述，并标注"陈寅恪先生语"即是明证。冯文开篇即宣称"这个估计将从三点说明：'唐传奇与唐科举'，'唐科举造成的新社会阶层'，'新阶层与唐传奇'。"在展开论述时，首先征引的文献便是赵彦卫《云麓漫钞》"唐之举人"（见上）之记述，可见其所谓唐传奇作者主要是指科举特别是进士科出身的文人。张著分上下两部分，上部题为"传奇作者与社会上的新兴阶级"，一望便知是对陈寅恪学说的沿承。其开篇第一句（其实是半句）"唐代新兴阶级的起来"下注云："陈寅恪《唐代政治史述论稿》（商务版）对于新兴阶级的起来，论述甚详。"第二句"唐代传奇作者的出现，是与新兴阶级以俱来的。"注云："冯沅君《唐传奇作者身分的估计（原作"记"——引者注）》一文，论及传奇作者与进士阶层的关系，足资参考。"又可见其受到冯说的影响。但张著强调"就作者的生活环境去讲传奇的兴起，是本文的主题之一。"因而对"社会经济形态的转变"尤为注意，谓："新兴阶级的起来，主要的原因，是商业经济破坏了农业经济的结果。"然而张氏所说的"阶级"观念，似与陈氏的"阶级"、冯氏的"阶层"有所不同，而与"阶级斗争"的意识形态更为接近，这既是张著的"新"特点，也是 1949 年以后的普遍现象。这当然是由于划时代的政治和社会变革，但就其学术内核而言，仍属 20 世纪三四十年代以来的学说系统。

本期还有李嘉言的《词之起源与唐代政治》（1948），文中引述陈寅恪《唐代政治史述论稿》关于牛李党争起于元和之世、进士新兴阶级崛起以及进士科与倡伎文学关系密切等论述，认为"起于宪宗之世的真正的倡伎文学'词'，其作者必多为新兴的进士阶级，可推想而知了。陈先生书中虽未明白提及进士阶级与词的关系，而其所举之进士阶级的诗人中，今知甚多皆兼为词人。"其下举例论证也多引据陈氏观点，兹不缕述。顺便说一下，本期还有于孝纯的《唐代的科举及试帖诗》（上）①，主要是介绍相关制度和议论，尚未论及"试帖诗"本身的相关问题。

大致而言，本期有关唐代科举与小说、诗、词等关系的研究，在思想观念、理论方法和基本观点等方面，往往是对陈寅恪相关研究的因袭、效仿和发挥，虽然文体上有所侧重，材料上有所丰富，对象上更加具体，书写上更加"规范"，但其高度和深度，大体不出陈氏的范围。稍感费解的是，刘著所附《参考书目》列举古今论著数十种，其中仅有陈寅恪的《莲花色尼出家因缘跋》，却没有列举关系更加密切而重要的《韩愈与唐代小说》《唐代政治史述论稿》，而冯文于陈寅恪及其相关著述只字未提。

本期在相关文献整理和史实考订方面也颇有实绩。清人徐松的《登科记考》是一部有关唐代科举与文学文献资料的集成性著作，四十年代初，罗继祖、岑仲勉差不多同时对其加以补订②，与（上述）施子愉的《〈登科记考〉补正》一起，形成《登科记考》补订校正的第一波高潮。唐人封演的《封氏闻见记》、五代人王定保的《唐摭言》是两部富含唐代科举与文学史料的早期文献，岑氏的《跋〈封氏闻见记〉（校证本）》（1947）、《跋〈唐

---

① 于孝纯：《唐代的科举及试帖诗》（上），《中央日报》（永安）1947 年 10 月 07 第 6 版。按：其文目前仅见上篇。

② 罗继祖：《〈登科记考〉补》，《东方学报》（京都）第十三册第四分册，昭和十七年（1942）六月。岑仲勉的《〈登科记考〉订补》发表于 1944 年《历史语言研究所集刊》第十一本，其卷首按语后署"1941 年 3 月中旬，四川南溪。"按：孟二冬《〈登科记考〉补正》之《自序》（北京燕山出版社，2003，第 3 页）列举罗文"载日本《东方学报》京都第 13 册第 1 分……"疑有误。

摭言〉（学津本）》（1947）① 对其加以考订辨正，虽是跋文，亦具文献整理与研究的性质。岑氏的《隋唐史》（1957）②，专设"进士科抬头之原因及其流弊"一节，在叙述以进士科为主的唐代科举基本史实的同时，还针对陈寅恪的相关论断予以驳难，形成"争议"。

上述研究所形成的基本观点，在本期出现的文学史著作中多有吸收，这里不拟缕述。但有一个现象值得注意，就是五六十年代出现许多集体编写的"中国文学史"（古代文学史），其中往往有唐代科举与文学的论述。如习惯上称为"社科院文学史"的《中国文学史》，在《唐代文学》部分的第一章"唐代文学的繁荣"中谈到"繁荣"原因时说："唐承隋制，采取科举制度，普遍地吸收中下层地主阶级出身的知识分子参加政权，并以诗赋取士；在京城和州、县广设学校，作为知识分子在应举前学习的地方。唐代帝王，自唐太宗以来，即重视文学，爱好诗歌。……帝王们的作品，举子们的应试诗和诗人们的应制诗，它们本身是很少有文学价值的，但最高统治者对文学的提倡和对诗人的重视，并在制度上规定以诗赋取士，这就必然会引起广大知识分子对文学的努力学习和钻研，使他们在艺术修养上有所准备；也必然会引起社会上对作者和诗人的尊重和对文学的爱好。这种延续了整整一代的重文重诗的社会风气，对唐代文学的发展和繁荣显然有着相当大的推动作用。唐代不少作者和诗人都经历过科举道路这一事实，也可以说明这一点。"③ 又如习惯上称为"游编文学史"的《中国文学史》，在第四编"隋唐五代文学"部分谈到唐代文学"繁荣"的"一般原因"时说："隋唐统治者为了扩大统治基础，除经济方面采取措施而外，在用人方面也一反魏晋以来保护士族特权的九品中正制，实行科举，通过明经、进士等常科以及其他种种名目的制科考试，选取官吏。许多宰相、大将都是科举出身，这就在许多中下层地主阶级文人面前展开了比较宽广的出路，激发了他们对功名事业的种种幻想。……儒、道经典都列为科举考试的重要内容，佛教也得到武后、宪宗的提倡，其他宗教和学说也未受排

---

① 岑仲勉：《跋〈封氏闻见记〉（校证本）》，《历史语言研究所集刊》第 9 本，1947；《跋〈唐摭言〉（学津本）》，《历史语言研究所集刊》第 9 本，1947。

② 岑仲勉：《隋唐史》，高等教育出版社，1957。

③ 中国社会科学院文学研究所《中国文学史》编写组《中国文学史》（二），人民文学出版社，1962，第 324 ~ 325 页。

斥，这对文人思想的活跃也是很有利的条件。"① 又说："我们知道，唐代特重进士之科，故有'三十老明经，五十少进士'的谚语。在进士科考试中，诗歌是重要内容之一，所谓'丹霄路在五言中'。这种制度对一般文人普遍重视诗歌技巧的训练即诗歌形式的掌握，也是有一定作用的。"② 诸如此类，这里不必多引。应当注意的是，这种文学史是由国家最高科研单位和最高学府集体编写的，有着特殊的权威地位。总体上可以说是官方性和学术性"结合"的产物，与以往那种学者个人独立研究、自由表达有很大的不同。其理论、方法和结论高度一致，大同小异。这种文学史对以往（主要是1949 年前）的相关研究成果有所接受，但更多"修正"，如将"新兴阶级"说成"中下层地主阶级"，将"文人"说成"知识分子"，将唐代文学的"隆盛""发达"说成"繁荣"，并将"科举"局限于"进士科"或"诗赋取士"，将科举对文学"繁荣"的作用局限于"艺术"的"训练"上。也就是说，既不同程度地缩小了外延，又有意无意地"偷换"了内涵，使得很多概念看似与以往相同或相近，但有着很大差别乃至实质不同。这种文学史主要用作高校教材，同时也具有一定的普及目的。在各种行政因素作用下，此类文学史得到长期的广泛使用，产生的作用和影响极其深远，遂为国人关于唐代科举与文学知识和观点的主要来源。虽然对唐代科举与文学问题的普及推广有一定的促进作用，但也形成诸多不准确的"成见"，对学术研究造成很多不良影响。

# 三

综观本期的"唐代科举与文学"研究，虽然成果数量不是特别多，但学术质量很高，为该研究奠定了基础，主要体现在以下几个方面：

一是确立了研究命题。从《唐之考试制度与诗赋》《韩愈与唐代小说》到《唐代科举制度与文学》，逐渐清晰而明确，完成了命题的确立。由此展开的相关研究及其取得的创获，不仅为后来的研究提供了丰富的资源，也为后来的研究给出了坐标，启示了方向。

二是建构了研究格局。"格局"主要是指研究的空间——高度×广度×

---

① 游国恩、王起、萧涤非、季镇淮、费振刚编《中国文学史》（二），人民文学出版社，1963，第 5 页。
② 游国恩、王起、萧涤非、季镇淮、费振刚编《中国文学史》（二），第 8 页。

深度——及其学术精神和品质。现代意义的唐代科举与文学研究由陈寅恪、铃木虎雄开启，这本身即意味着很多，亦是其现代学术品格的保证。陈寅恪、施子愉的"双峰并峙"，则是支撑该研究格局的两大支柱，二者的现代学术精神和气质都很突出。陈氏以史学为本位，融会中外特别是西方学术理念和方法，立点绝高，视野宏通，考论精密，卓而不凡，无论其思想观点还是治学方法，都具有启示意义。施氏主要是以"文学"为本位，其研究既有文献考据等传统方法，也有很强的思辨性和逻辑性，并参用列表、统计、比较等手段进行分析和归纳，深受现代学术精神和方法的陶冶。总之由陈氏、施氏以及其他学者共同建构起来的研究格局，古今中外兼容并蓄，文史哲多学科融会贯通，既具有中国传统学术的深厚底蕴，又洋溢着鲜明的现代气质，为后来的研究创造了广阔的空间。

三是开辟了研究途径。"途径"包括理论的、方法的、对象和目标等诸多方面。实际上，从"唐代科举制度"入手研究"文学"，本身就是一条新的途径。用今人的说法，属于跨学科研究。陈寅恪的相关研究，可以概括为"制度—文人—文学"的途径，主要是通过考察"科举"（进士科）所造就的"文人"（新兴阶级的地位、性格及作风）来看其对于"文学"（小说、诗歌）发展的作用和影响；同时也很注意"当时文体之关系"和"当时文人之关系"。施子愉的研究，则可以概括为"制度—文学"的途径（当然这只就已知情况而言的），将"科举"与"文学"直接联系起来，考察前者对后者的"影响"。在研究对象上，有诗、赋、古文、小说（传奇）、词、倡伎文学乃至整个"文学"。在研究目标上，大都指向某种文体或文学整体的"隆盛"、"发达"或"繁荣"。然则陈寅恪的研究既是"史学"的也是"文学"的，这种"文史互证"至今仍属"新方法"；而岑仲勉等人的史实考辨、文献补正则属一条"老路子"。这些途径四通八达，为后来的研究开示无数法门；殊途同归，为该研究的发展提供了许多便捷。

四是形成了基本认知。本期研究形成的很多理念、观点和论断，得到了广泛的认同和接受。诸如，大都肯定唐代科举对文学的发达具有重要的促进作用（本期尚未见有"促退"的说法）；承认科举造就了"新兴阶级"或"新的阶层"，他们在文学艺术上训练有素，是文学作者的主体构成；特别是"进士词科"出身的文人，往往不守"礼法"，作风"浮薄"，与小说（传奇）、词、倡伎文学的兴起关系密切。"行卷"之作（如传奇小说）"文备众体"，兼具"史才、诗笔、议论"，是解读当时许多新体文学的关键所在。特别是陈寅恪的一系列论断，受到学人和读者的普遍信奉（很少争议）。这些基本认知在后来的研究中被以不同的方式继承和发挥。

五是提出了许多问题。包括直接提出的问题和其中隐含的问题和矛盾。如铃木氏提出的，同样实行考试诗赋的制度，何以盛唐（诗赋）"隆盛"而晚唐"衰退"？开元以前文学"隆盛"与考试制度否有关？又如陈寅恪的研究固多卓识，但唐代进士出身是否真的形成"新兴阶级"？是否完全取代了旧的统治阶级？在多大程度上决定着当时的政治、社会变革？陈氏一方面说（有指斥之意）进士出身者不守"礼法""浮薄放荡"，另一方面又欣赏其才华和作品，这本身也存在一定的矛盾。至于唐代文学的"繁荣"究竟作何理解，乃至"唐代科举制度与文学"这个命题的内涵和外延如何界定？诸如此类的问题，也是构成"基础"的有机部分，留待后人去进一步考索和解答。至于特定背景下集体编写的文学史教材之类给相关认知和研究带来的不良影响，也有待后人去矫正和消除。

总的说来，本期研究发轫较早，起点很高，基础稳固，品格不俗，这也是该研究在"浩劫"之后恢复较快、发展更好的主要原因。当然，以今天的学术眼光来看，本期的研究也存在诸多不足：一是对"唐代科举制度与文学"命题及研究缺乏理论建设，相关概念术语缺乏明晰的界说和系统建构。二是与该命题完全对应的专门研究不多。严格说来，只有施子愉的研究生毕业论文题目与科举与文学完全切合，此外的研究，要么是局部对应，如以"进士科"对应"科举"，以"小说"对应"文学"；要么是侧面涉及，如在研究历史问题时涉及，或在探讨某个文体时涉及（科举），而很少整体的、正面的研究。三是不够系统和深入。除了施子愉的研究生毕业论文（未见）以外，其他的专门性研究既少，其成果（论著）也较简略。不论是"科举"还是"文学"还是二者之间的"关系"，都缺乏系统梳理、深度辨析和高度概括。四是对"文学"本身（内部）研究不够，大都是将唐代科举作为造成文学发达的"原因"来对待，关注点多集中在制度、文人、风气以及作品的数量、形式技巧等外层问题上，而对文学的精神内涵、人文价值、审美特质等很少深究。五是文献整理还较简略。虽然对《登科记考》《封氏闻见记》《唐摭言》等有所补正，但属"拾遗补缺"，系统性的文献资料汇集整理工作尚未开始。

通观唐代科举与文学研究的前期进程，又可约略分为三个阶段：二十世纪二三十年代发端引绪，逐渐上升，为启程阶段；四五十年代成果最多，水平最高，为巅峰阶段；其后改弦易辙，名同实异，为转变阶段，为后期的再次转变乃至复兴埋下了伏笔。

[作者单位：上海师范大学人文学院]

# 深入、开拓与反思：21 世纪以来的唐代律赋研究述评

赵俊波

**内容提要** 21 世纪以来，唐代律赋研究在前代基础上有所深入：其中文献整理与研究工作最为突出，出现了《全唐赋》等一批辉煌的成果；赋学理论方面，除了前代已有的对白居易赋论、佚名《赋谱》的研究之外，学界更将唐代赋论置于科举、经学等背景中，进一步探讨其中的古律之辨等问题；在文体论、唐代律赋史、作家作品论、科举与律赋的关系等领域，目前的研究也更加细致，尤其是在作家作品、唐代历年试赋情况的考辨等方面。同时，21 世纪以来，唐代律赋研究也注意从文化学、音韵学、叙事学、传播与接受学等新的角度入手，从而开拓了新的研究领域。当然，目前的研究也存在一些不足，如重复研究较多、文献考证粗疏等。展望未来，希望唐代律赋研究能在文化学、音韵学、修辞学及与其他文体的交叉研究方面取得更大进展。

**关键词** 21 世纪 唐代 律赋

唐代律赋的研究者，20 世纪初有铃木虎雄、陈去病等人。但长期以来，赋体文学都被视为冢中枯骨，受到轻视，遑论与科举密切相关的律赋。

20 世纪 80 年代以来，赋学研究回暖，马积高《赋史》、李曰刚《辞赋流变史》、叶幼明《辞赋通论》、何新文《中国赋论史稿》、郭维森与许结《中国辞赋发展史》、俞纪东《汉唐赋浅说》等通史性专著中都有对唐代律赋的体式特点、分期、名家名作等问题的论述。论文如简宗梧《试论唐赋之发展及其特色》、曹明纲《唐代律赋的形成、发展和程式特点》、何新文《论晚唐律赋的艺术变化》、阿忠荣《唐代律赋简论》、邝健行《唐代律赋对

科举考试的黏附与偏离》及《律赋与八股文》、詹杭伦《唐抄本〈赋谱〉初探》、王兆鹏《试论唐代科举考试的诗赋限韵与早期韵图》、许结《中国辞赋流变全程考察》《声律与情境——中国辞赋诗化论》《论唐代赋学的历史形态》、王以宪《唐宋赋学批评述要》等及马宝莲的博士论文《唐律赋研究》，分别从形成、发展、体制、作家作品、用韵与科举考试的关系、赋学批评等诸多方面进行探讨，角度多样。

进入 21 世纪以来，唐代律赋研究出现了一大批可喜的成果，其探讨更为详细、深入，其研究视角更为多元，其范围、深度等皆有可圈可点之处。因此，本文拟对近 20 年的唐代律赋研究做一回顾。需要说明的是，某些 20 世纪的论文又于 21 世纪结集出版，因为经过了作者的修改、补订，所以为了论述方便，笔者将其视为 21 世纪的成果。

# 一　文献整理与研究

近 20 年来，辞赋文献的整理与研究工作最为突出，出现了《历代辞赋总汇》、《历代赋汇》（校订本）以及《全唐赋》等一批辉煌的成果。

## （一）唐代律赋作品的整理

此前傅增湘、洪业、岑仲勉等人的研究中已经大量涉及这方面的内容，21 世纪以来，学界编纂、校订了几部赋学总集，其中唐代律赋作品也得到了很好的整理。

马积高主编的《历代辞赋总汇》是第一部通代辞赋总集，20 世纪末进入编辑程序，21 世纪初正式出版，历时 20 年。此书收录了从先秦到清代的辞赋作品，其中"唐代卷"由万光治、李生龙分任正、副主编，内容包括作家小传、作品、校记等。所收录的唐代律赋作品基本以《全唐文》为底本，以《文苑英华》等为参校本。据"编校凡例"所言，本书主要供研究者使用，为防智虑不周，因此校语只列文字异同，一般不作取舍。许结主编的《历代赋汇》（校订本）则以康熙四十五年（1706）内府刻本为底本，以俞樾光绪间双梧书屋校本《历代赋汇》为主要校本，并参校其他别集、总集、类书等。以上两种总集包括了唐赋，为研究者提供了坚实的文献基础。

专门以唐赋为整理对象进行的文献整理工作，则集中体现于《全唐赋》

的编纂。

简宗梧、李时铭主编《全唐赋》（里仁书局，2011）的主要贡献在于校勘、标点。是书从《全唐文》《全唐文新编》《全唐文补编》中汇辑了唐五代赋 1700 多篇，收录较为全面。全书基本以《全唐文》为底本（《全唐文》未收者，则另择底本），以《文苑英华》《历代赋汇》《古今图书集成》及史传、方志、类书、别集等为参校本，并吸收古今学者的研究成果，对唐赋进行标点、校勘。

在校勘时，对于一般异文，全书只出校而不轻下断语，对于明显错误者才予以改正，较为审慎；在标点时，考虑到赋作的限韵特点，全书于韵脚处施以句号并依韵分段，若有出韵现象，则在校语中予以说明，既便于读者检核用韵情况，又大大方便了阅读。

全文的校勘成果颇为显著。由于广参各种校本，且往往结合文意、对偶、语源、音韵等，因此纠正了大量作者、赋题、限韵、文字等方面的错误。如蒋防《惜分阴赋》（以"光景难驻贤哲无怠"为韵）中"出处无暇"一句，其中"暇"原作"瑕"，编者据傅增湘校《文苑英华》改正，并出校校语云："暇谓暇豫，闲散豫乐也。《书·酒诰》：'不敢自暇自逸。'伪孔传：'不敢自宽暇自逸豫。'句谓出处进退不敢懈怠，与下句'往来不遑'相对，与上句'草草不息'亦相应。"蒋防《姮娥奔月赋》（以"一升天中永弃尘俗"为韵）中"迢望舒兮寥慄"，"慄"原作"慓"，编者据《文苑英华》《历代赋汇》改正，并出校语："'慄'字合韵，又应场《正情赋》：'情惏慄而伤悲。'惏慄，凄怆貌，与寥慄为一音之转。"独孤铉《凿壁偷光赋》（以"将欲贪于麟角之成"为韵）中"乍引潜辉，怯珠投之暗；忽分圆影，疑月出之光"一联，"珠投"原作"投珠"，编者据《文苑英华》改正，并说明原因："作'珠投'与下句'月出'语法对偶。"以上校改，均有理有据，体现出较高的学术性。

辨伪方面，全书纠正了唐代律赋署名的错误。《文苑英华》中，由于作者姓名不明，所以不少作品没有署名，而《全唐文》在编撰时却将前一位作者的名字植入，因而造成了大量错误。对此类问题，《全唐赋》一律将其处理成"阙名"，涉及作品一百篇左右。这样的处理是完全恰当的。

在辑佚方面，限于体例，全书仅收录完篇，而不收零篇断句。有鉴于此，陈尚君有《残佚唐赋篇目考》一文，据文集、史书、笔记、诗话等，辑得唐赋（包括有目无篇者）两百余篇，其中就有大量的律赋作品。

总的来看，《全唐赋》一书代表了目前唐赋整理的最高水平，诚如陈尚君所言："在赋作去取、文本来源、文本校勘、作品鉴别、作者事迹诸方面，都作了难能可贵的努力，是至今为止有关唐赋最完整可靠的编校。"①

**（二）唐代律赋作品的选释**

律赋写作大量用典，因此难读难懂。近几十年来，一大批赋体文学选本大量出现，编者对作品进行校、注、评，大大方便了阅读。这些选本中或多或少也有唐代律赋作品，如《程千帆推荐古代辞赋》中选了王棨《江南春赋》、黄滔《明皇回驾经马嵬赋》等。此类选本还有袁长江编注《中华名赋集成》（唐宋元明清卷）、冷卫国主编《历代赋广选、新注、集评》第五卷、赵逵夫《历代赋鉴赏辞典》等。

专就唐代律赋而言，詹杭伦《历代律赋校注》为此类选本的代表。此书选了102篇唐代律赋，校注并行，而以注为主，其注重在解释篇中所用典故。同时，编者对每篇作品都撰写题解、归纳赋作内容，并提供相关评论资料。这些做法，都有助于对作品的解读。当然，唐代律赋总量在一千篇左右，相对来说，目前的这些注释还远远不够。

总的来看，在学者们持久不懈的努力下，唐代律赋文献整理取得了令人注目的成就，为相关研究奠定了扎实的基础。

## 二　赋学理论研究

以律赋学理论为时代特色的唐代赋论虽然远逊前代，但也有不可忽视的历史价值。

20世纪末，赋论研究开始起步，何新文《中国赋论史稿》是大陆第一部赋论著作，其中触及唐代律赋理论的两个重要方面，即白居易的赋论思想和唐代的赋格书。

21世纪以来，这方面的专著有何新文、苏瑞隆、彭安湘《中国赋论史》，许结《中国赋学历史与批评》《中国辞赋理论通史》等。论文有唐小华《唐代赋学思想发展脉络初探》，孙福轩《唐宋赋学论议》《科举试赋：

---

① 陈尚君：《汇校全部唐赋的可贵努力——〈全唐赋〉述评》，《逢甲人文社会学报》第24期，2012年6月。

由才性之辨到朋党之争——以唐宋两代为中心的考察》《唐末辞赋创作的转向与赋学思想论》等。

何新文等所著《中国赋论史》对《中国赋论史稿》进行了较大的修订和补充，其中探讨了白居易《赋赋》与中晚唐的律赋理论、唐五代的赋格书以及唐代诗论、笔记中的赋论，比较全面地反映了唐代赋论的实际情况。其书议论平实，如指出唐代律赋论的不足，即对律赋的系统论述及理论创新都不多等。

许结在文献整理、赋学理论与批评研究、赋的文化学研究等方面都取得了卓越的成就。其研究立足具体的文献材料，而以思辨性见长，具有宏通的视野，引领了时代风气。其研究方法的特色之一，是将赋与文化相结合。单以唐赋而言，由于唐赋作品、理论建树等均以律赋为特色，而律赋与科举制度关系密切，因此，作者将唐赋纳入科举视野，其论律赋的定型、写作、功能、发展演变以及赋学批评等，均与科举制度相关联。这样的研究方法，的确抓住了唐赋的特色，切合研究对象的实际情况。

许结的赋学理论与批评研究，集中体现在其《中国辞赋理论通史》一书中。全书分上、中、下三篇，分论中国辞赋理论的总述、流变和范畴，其中有关唐代律赋的内容占到了不小的篇幅。其上篇探讨赋论的构建、批评形态等。作者以为，就理论文献而言，唐代的律赋理论以赋格为中心；从制度的角度看，唐代科举制度使得赋学重新回归宫廷统一文学，成为干禄工具，也使得唐代律赋成为中国古代赋史上的两个创作坐标之一，并影响到了赋论、赋体创作体制与内涵的变迁等。其中篇以一整章的内容探讨隋唐"以古赋、律赋为中心的批评"。作者指出，在赋学批评史上，唐代是一个重要的界限。唐代以后，赋论中心由此前的楚辞汉赋而转向古赋、律赋，形成古、律之辨的批评主流。这一论断高屋建瓴，把握住了中国赋学的大趋势。其下篇探讨辞赋理论范畴，包括本原、经义、体类、章句、技法和风格等，其中也涉及唐代律赋的内容。

概而言之，唐代赋论以古律之辨为中心，赋论作品则以白居易《赋赋》和佚名《赋谱》为主。

其一，关于古律之辨。

许著认为，隋唐科举试赋具有大一统帝国文化图式的特征，经学的复兴、《选》学的彰显与类书的编纂融织于唐人对古赋和律赋的思考，形成古律之辨。

围绕科举制度，许结《论唐代赋学的历史形态》一文将古律之辨分为三个阶段：科举试赋之前为序幕，科举试赋时期为争锋、对垒阶段，科举试赋衰微期，是古律之辨的流延。其论著《中国辞赋理论通史》中以为，从史的角度看，隋及初唐的赋论有极强的政教色彩，影响到此后的赋学理论；盛唐开始，围绕着科举试赋与否进行争论，并形成赋学经义观向律体转移；大历、贞元以后，赋学批评向技术化转变，而有关赋体、赋用的讨论也呈多元化的态势。

具体来说，盛唐时期，有考赋合理性的争论。中唐时期，科举试赋制度确定，此时则有古体派与律体派对所考赋体的思考，形成了古律之辨。其中古体派不完全反对试赋，但注重对赋体本原的追寻，向往楚汉之风；律体派赞同试赋，但主张将律赋纳入儒教范畴，提升其现实功用与历史地位，两派观点互融。此后一直到五代时期，律赋批评以经义与技术两方面为主，其理论文献主要有白居易《赋赋》和佚名《赋谱》：前者体现出经义观，论赋尊奉六义；后者论技术，侧重于写作方法。二者视点不同，但也有交融。

此外，如孙福轩《中国古体赋学史论》在分析唐代赋学思想时，也将律赋作为参照。作者在宏观的整体把握中，又能揭出微观方面的特殊现象。全书在分析了唐代辞采派与讽谏派的赋学思想后，也指出古体赋论对晚唐律赋作家的影响，如作为律赋名家的黄滔反而推崇古文，排斥偶俪之词，这与唐代赋学的经学思想、史学意识等相关联。

其二，对白居易《赋赋》和佚名《赋谱》的研究。

何新文等著《中国赋论史》中"白居易《赋赋》与中晚唐的律赋理论"一节，总结了白居易《赋赋》的内容"论赋的源起及其政治作用""对唐代朝廷课赋取士制度和律赋的价值、特征，作了肯定性的说明""提出了律赋创作'以意为先、能文为主'的艺术要求"[①]。许结《中国辞赋理论通史》中分析了白居易《赋赋》的思想，认为其以经义观论赋，偏重于为律赋之体张本。许东海《讽喻与绮丽：白居易诗、赋论及其与〈文心雕龙〉之精神取向》一文则将白居易"讽喻""绮丽"的赋论与《文心雕龙》中的辞赋论相关联，角度新颖。

唐五代有大量指导律赋写作的赋格类著作，今存者唯唐抄本《赋谱》

---

① 何新文、苏瑞隆、彭安湘：《中国赋论史》，人民出版社，2012，第 136 页。

一卷。此书在日本被发现后，引起了学界的密切关注。20 世纪 60 年代以来，中外学者皆有研究成果发表。

进入 21 世纪后，张伯伟首先于 2002 年对《赋谱》做了详细的校订工作，其书参以《文苑英华》、日本的《作文大体》，广引中泽希男、柏夷等人的研究成果，对《赋谱》进行了文字校勘，并指出所引赋句的来源。张校本简洁而能中肯綮，收入其《全唐五代诗格汇考》一书。

2015 年，詹杭伦撰成《唐抄本〈赋谱〉校注》，收录于其《历代律赋校注》书中。这一校本最为晚出，校注者吸收了已有的研究成果，对抄本漫漶不清或者错误之处进行校正，对所引赋句一一查找来源，对关键词语有注释，句下或段落后常有按语，说明自己对原文的理解，所以比较详细。校注者治律赋有年，其校注能结合唐代律赋作品，故多有精彩之处。如原文中多处出现"晕澹"一词，其义难明，因此校注者引郭若虚《图画闻见志》予以解释。原文有"条而来，异绿蛇之宛转；忽而往，同飞燕之轻盈"一联，詹易"条"为"倏"，其校语云："按谢良辅《秋雾赋》'倏而来，比君子之道广；忽而逝，侔至人之性空'，句式与此相同，据改。"其按语则疏通《赋谱》大义，如原文："或有一两个以壮代紧，若居紧上，及两长连续者，仍也。"校注者指出："意谓上两种句法（指'以壮代紧'和'两长连续'）给人以轻佻之感，不够庄重。"这些工作都建立在校注者对唐代律赋作品非常熟悉的基础上，故能深得作者之意。

《赋谱》从多个方面对律赋写作进行指导，詹杭伦《唐抄本〈赋谱〉初探》一文从术语、分段、审题、用事、修辞等方面进行了探讨，其《唐代科举试赋的解镫韵》（收入其《唐代科举与试赋》一书）又根据《文镜秘府论》《赋谱》中的记载，分析律赋中"解镫韵"的特点。

学界还纷纷用《赋谱》中的相关理论来审视唐代律赋，如陈万成《〈赋谱〉与唐赋的演变》、简宗梧与游适宏《律赋在唐代"典律化"之考察》、廖志强《唐写本〈赋谱〉阐微——从中唐几篇律赋说起》、詹杭伦《白居易的赋论与赋作》及《王棨山水写景律赋探析》等。此外，张巍《〈赋谱〉释要》运用对比方法，将《赋谱》与同类文献相对比，阐发其主旨大意，指出其价值所在。程维《从律赋格到文章学》以《赋谱》为主，从文章学的角度立论，说明唐代赋格书建立了作文法则，对宋元文章学有相当大的启发作用。

# 三 研究领域的深入与细化

20世纪80年代起，唐代律赋研究已经逐步得到学界的关注，出现了一批令人瞩目的研究成果。其时的研究，主要集中在文体论、唐代律赋史、作家作品论、科举与律赋的关系等方面。21世纪以来，学者们沿着这些方向，有了进一步的深入、细化的探讨。

## （一）文体论

### 1. 律赋的界定

律赋作品出现于唐代，唐人称之为"甲赋"或"新赋"，而"律赋"之名，出现于五代时期。

"律赋"的"律"到底是什么意思？古人通常认为有律令、声律二义，前者指谋篇造句等方面的规范，后者指声调方面的要求。对于唐代律赋的特点，大家都认为包括对偶工整、声律和谐、限韵、四六句式为主等，但其中哪一项最重要，大家却有分歧。

一种认为律赋最重要的特质是声律，声律必须和谐，否则就不是律赋；另一种观点恰恰相反，认为限韵是最主要的，有限韵的作品才是律赋，两种观点针锋相对。不同的认识，决定了研究对象和范围的不同。

前者以邝健行为代表。邝健行是唐代律赋研究的先行者之一，在20世纪就发表了不少相关论文，提出了一些非常重要的论题。其《唐代律赋与律》《初唐题下限韵律赋形式的观察及引论》《律赋论体》等，都强调律赋之"律"主要指声律。发表于20世纪末的《唐代律赋与律》即持此说，21世纪初，其《律赋论体》中再次强调这一观点："（律赋的）标准体式虽分几项，重要的应该是声音，这样才能紧扣'律'字。"而限韵、对偶等特点最为次要。从这一标准出发，邝先生以为杨炯《浑天赋》为律赋，杜甫《三大礼赋》"有很重的律赋成分，或者更准确地说具有律赋发展初期的面貌"①。

后者的支持者比较多。如陶秋英《汉赋研究》、马积高《赋史》等皆持

---

① 邝健行：《从唐代试赋角度论杜甫〈三大礼赋〉体貌》，《杜甫研究学刊》2005年第4期。

此观点，马宝莲博士论文《唐律赋研究》中"以有无限制韵脚为律赋之义界"①。简宗梧《唐律赋之典律》："律赋是限韵的赋，这原本是毋庸置疑的。"尹占华《律赋论稿》中说："什么是律赋？律赋就是限韵的赋。这是一个'硬'标准。当然律赋还有诸如偶俪、藻饰、用典等特征，但那些都是'软'条件，是可以具备或不全具备的。""律赋是限韵的骈赋，这是区分律赋与一般骈赋的最本质的标准。"② 类似的说法又见于郭建勋《论律赋的文体特征》、赵成林《律赋体式标准问题辨略》、赵俊波《再论唐代律赋的体式标准》等。以此为标准，则限韵之作才是律赋，否则即不是。

但这两种说法实际上都值得思索。前者认为律赋之律指声律，但问题是，如果这种赋体合律的话，那么何以唐人有"律诗"而无"律赋"之称呢？个中原因，大概是因为他们也觉得这种赋体虽然"新"，但还达不到声律谐和的标准吧。实际上，以此标准去观察唐代此类作品，会发现没有几篇的声律是完全和谐的，所谓的唐代"律赋"也就成了一句空话。后一种说法中，又忽略了"律"指声律这一传统认识。

笔者以为，律赋体式有一个产生、发展、成熟的过程。唐代律赋尚未完全成熟，故不应以后代成熟律赋的一些规范去套用。对此种文体的定义既应尊重传统，称其为律赋，以避免更大的混乱，同时也应根据科举试赋的实际情况，重视限韵、句式等，而不必以后世的平仄标准去生搬硬套。因此，今人研究，当既重视限韵，也应重视声律。忽略前者，则律赋将混同于骈赋；忽略后者，则又置对"律"的传统认识于不顾。

**2. 律赋体式论**

作为科举文体，唐代律赋的体式规范非常鲜明。古人如洪迈《容斋续笔》、彭叔夏《文苑英华辨证》、王芑孙《读赋卮言》、浦铣《复小斋赋话》等都从命题、限韵等形式方面做了考察，均以为初期律赋的限制相对较少，命题范围宽泛，韵数、平仄等也无定制，到了晚唐以后才逐渐以八韵为常，且例用四平四仄。20 世纪的一些论著、论文如张正体与张婷婷《赋学》、李曰刚《辞赋流变史》等对此也有说明。

21 世纪以来，邝健行《诗赋合论稿》、尹占华《律赋论稿》、彭红卫《唐代律赋考》、王士祥《唐代试赋研究》与《唐代应试诗赋论稿》等著作

①　马宝莲：《唐律赋研究》，"中国文化大学"中文研究所博士学位论文，1993，第 6 页。
②　尹占华：《律赋论稿》，巴蜀书社，2001，第 1、107 页。

在此前研究基础上，材料使用更为广泛、细致、全面，论述更为详细。

命题方面，傅璇琮《唐代科举与文学》已经指出唐代试赋的命题范围宽泛，进士试赋题目主要有以节令、景物、有一定文史含义的器物、有文学意味的题材为题四类。21 世纪以来，赵俊波《唐代试赋的命题研究——以试赋题目与九经的关系为中心》专门分析试赋中的经学题目，以为唐代试赋多从《礼记》中命题，《尚书》《左传》等次之，可以看出九经在唐代的尊卑。王士祥《唐代试赋研究》统计了唐代进士科试赋题目的出处，认为唐代进士科试赋题目以儒经、史传、道家经典为主。唐代律赋的题目也有不少出自文集的，唐颢宇《浅析唐赋以诗句为题的现象》便以表格的形式罗列这种现象，并分析其写法。

限韵方面，简宗梧《唐律赋之典律》分析了包括限韵在内的律赋的形式特点，王士祥《唐代试赋研究》及《唐代应试诗赋论稿》全面、细致地总结了唐代试赋各种限韵方式，包括"不限韵""任用韵""以题为韵""以题中字为韵""以四声为韵""以五声为韵"等。冯芒《唐代律赋中的"以题为韵"补议》则详细考察了 46 篇以题为韵的作品，对"以题为韵"这种方式进行了深入分析。作者并不盲从已有的研究成果，而从文献学、传播学等角度出发，并结合具体写作中的问题等进行考察，其研究方法颇能启人深思。董就雄《试论唐代八韵试赋的用韵》详细分析了唐代一百余篇试赋，得出其用韵的一些规律，其中多有新见，如以为唐代试赋在唐文宗太和之前就早已限八韵，而非洪迈所言迟至太和以后；宋太宗时期规定限韵四平四仄，但实际上早在中唐，此类限韵方式就已经占到了大多数。

结构方面，赵俊波《中晚唐赋分体研究》联系《赋谱》及具体作品，分析律赋头、项、腹、尾等各部分的写作特点和要求，包括破题、结尾等，王士祥《唐代试赋研究》还注意到试赋的赋序、篇幅长短问题。

## （二）唐代律赋史

20 世纪末已经有不少相关的论著和论文，通史类的有马积高《赋史》、李曰刚《辞赋流变史》、郭维森与许结《中国辞赋发展史》、叶幼明《辞赋通论》、高光复《赋史述略》等，断代的有俞纪东《汉唐赋论》等。21 世纪则有尹占华《律赋论稿》、韩晖《隋及初盛唐赋风研究》、赵俊波《中晚唐赋分体研究》等。这些论著中，唐代律赋都占有一席之地。

**1. 律赋的形成与发展**

对律赋的形成，学界既有共识，也有分歧；同时，在赋史的研究方面，出现了编年史这样的著作，这些都反映了研究的深入和细化。

关于律赋的形成，大家一致认为，六朝题下限韵的写作方法促进了律赋的产生，参见邝健行《初唐题下限韵律赋形式的观察及引论》、韩晖《隋及初盛唐赋风研究》等。

赋的诗化或文化，是考察律赋形成的另一个角度。律赋是赋的诗化的结果，是魏晋以来赋体诗化形式的极端表现，参见许结《中国辞赋流变全程考察》《声律与情境——中国辞赋诗化论》、尹占华《唐宋赋的诗化与散文化》等论文。近年来，学界在此基础上，有了更多的思考。如杨遗旗以为，除了诗化之外，"文化"的力量也促使了律赋的产生。詹杭伦则反复强调律赋的形成是赋体本身格律化的结果，而与诗化无关，如："律赋句式之形成，不是赋体的'诗化'，而是赋体本身格律化的结果，用公式表述如下：骈赋 + 骈文的隔句对偶句式 + 限韵 = 律赋。"[①] "因为诗与赋都是韵文，赋的律化并非是由散文转化成韵文，而是赋体自身的格律化；换言之，律赋是格律化的赋，而不是格律化的诗。"[②] 关于这一问题，还有进一步探讨的余地。

初期的律赋，其限韵字数多寡不定，八韵之限何时成为常态？吴曾《能改斋漫录》以为在开元二年之后。对此，学界也有分歧。邝健行认定初唐现存律赋十三篇，其中八韵之作共十一篇，"这么看来，以八字为韵脚早就接近常态或者就是常态。"而不必等到开元二年[③]。稍后，韩晖《隋及初盛唐赋风研究》、彭红卫《唐代律赋考》等论著中的统计也支持这种观点。而詹杭伦《唐代科举与试赋》中则通过考证，认为初唐律赋中，只有封希颜《六艺赋》押八韵，其他或非初唐之作，或虽属初唐之作却又不押八韵，因此，吴曾的说法"不能全盘推翻，仍可视开元二年试赋'八字韵脚'为初、盛唐试赋形式变化的重要标志"[④]，倒是今人的观点值得商榷。这一问题涉及初唐律赋的界定、辨伪甚至辑佚等，与文献学关系密切。

---

① 詹杭伦：《历代律赋校注》，武汉大学出版社，2015，第 8、9 页。
② 詹杭伦：《唐代科举与试赋》，武汉大学出版社，2015，第 14 页。
③ 邝健行：《初唐题下限韵律赋律赋形式的审查及引证》，《科举考试文体论稿》，台湾书店，1999，第 48 页。
④ 詹杭伦：《唐代科举与试赋》，第 86 页。

关于唐代律赋的发展，20 世纪有马积高、郭维森、许结、邝健行、李曰刚、曹明纲、何新文等人的研究成果，21 世纪有尹占华、韩晖、赵俊波、刘伟生等，各家看法基本一致。大致说来，初盛唐律赋较少，中唐作品多，但文学性不强，晚唐五代律赋脱离科举制度的束缚，出现许多抒情写景之作。

尹占华《律赋论稿》是第一部专门以律赋为题的论著，在律赋研究史上有着重要地位。其论唐代律赋史多有新见，如以中唐为唐代律赋发展的鼎盛期，并将贞元后期的作品分为博雅典丽、清绮俊丽、俊肆豪硕和平直朴拙四个流派，较之前的研究更显细致。韩晖《隋及初盛唐赋风研究》结合初盛唐不同时期的赋学理论，立足文献考辨，分析包括律赋在内的辞赋创作面貌。赵俊波《中晚唐赋分体研究》探讨了中晚唐律赋创作在语言、内容、风格等方面的变化，刘伟生《五代赋家赋作的时代性与地域性》一文则结合政局、时风等分析了五代赋风的特色。

文学史的写作通常以论为主，受著者主观的知识谱系、思想倾向及外界思潮的影响较大，而文学编年史则以文献考订、记录为主，因此更为客观。20 世纪以来，学者们出版了不少断代文学编年史的著作，而从文体角度出发的赋学编年史则始自 21 世纪刘培主编的系列著作。其中，刘培主编、韩晖著《中国辞赋编年史》（隋唐五代卷）客观记录隋唐五代辞赋文学的面貌。著者以政治、经济、社会文化等方面的重大事件为纲，记录辞赋作家、批评家的生卒年、辞赋及批评作品、与辞赋相关的创作活动、学术事件等，展示了政治生活、社会思潮与辞赋之间的互动。此书侧重文献的辑录、梳理与考订，全面反映了隋唐五代辞赋发展的历史，展示了文学自身的复杂性和丰富性，在唐代赋学研究方面有着重要价值。

### （三）作家作品论

作家作品的考证方面，随着出土墓志等新材料的发现，21 世纪以来，这方面的研究目前取得了非凡的成就。彭红卫《唐代律赋考》中《唐代律赋考论》一章考察了唐代律赋的相关问题，包括初唐 11 篇律赋的作者与系年、中唐韦展《日月如合璧赋》的作年、晚唐王棨律赋作品的数量等，并清理、统计唐代律赋名家如王起、李程、王棨、徐寅等十位作家的作品。

考证方面，李德辉《〈全唐文〉作者小传正补》一书取得的成绩令人钦佩。著者广引史书、笔记小说、诗文别集、姓氏谱牒、公私书目、佛道两藏、敦煌遗书、域外汉籍、石刻文献，吸收了 20 世纪以来的研究成果，对《全唐文》中 3035 位作者的小传进行了正误、补阙，其正、补分别占三分之一和三分之二。其"正"的部分，主要是纠正原编小传在姓名、字号、郡望、籍贯、世次、科第、仕历、朝代、官称、生卒、交游等方面的错误，"补"即补充原编小传在叙述上的阙漏，其中就包括大量律赋作者的小传。如"王起"，《全唐文》小传谓其"元和时累官吏部侍郎""大中元年检校司空"，著者指出，小传或误大和为元和，其任检校司空在改元大中之前一年，并补充了王起的著作情况。论文如程章灿《谢观生平及其赋作考》、曾广开《王棨考》、黄大宏《白行简年谱》《白行简行年事迹及其诗文作年考》等，对唐代律赋作家的生平、作品的辨伪等做了考辨。此外，值得注意的是谭泽宁的博士学位论文《王棨研究》（华中科技大学，2012）。该文上编包括王棨生平研究、《麟角集》版本研究、王棨律赋研究等，下编则对《麟角集》进行了校注。作者用力甚勤，其中颇有创获。

对作品的解读、分析等方面，其论述范围及深度皆较之前有所加强。相关研究主要集中在元稹、白居易、王起、李程以及王棨、黄滔、徐寅等人身上，探讨其创作特点，分析其贡献及价值。专著中，20 世纪马积高《赋史》、郭维森与许结《中国辞赋发展史》及 21 世纪初尹占华《律赋论稿》、詹杭伦《唐宋赋学研究》、赵俊波《中晚唐赋分体研究》等均以点带面，在对作家作品的分析中把握唐代律赋的发展，而何易展《初唐四杰辞赋研究》、王良友《中唐五大家律赋研究》、陈铃美《王棨律赋研究》、方静瑛《徐寅律赋研究》等论著则为作家作品专论，分析唐代相关作家作品的内容、特色、影响等。论文则有郭自虎《以古赋为律赋——论元稹对律赋的革新》、付兴林《论白居易律赋的精神特质与艺术成就》、徐继东《白居易律赋创作的特色与影响》、许东海《讽喻·美丽·感伤——白居易之诗赋边境及其文化风情》、詹杭伦与沈时蓉《〈越人献驯象赋〉与杜甫关系献疑》、林毓莎《徐寅律赋艺术管窥》、杨娟娟《黄滔律赋管窥》、于浴贤《论欧阳詹赋》、杨遗旗《论欧阳詹的辞赋创作》、陈良运《说晚唐黄滔的〈课虚责有赋〉》、王子彦《王维〈白鹦鹉赋〉与安史之乱的关系》、何易展《论王勃〈寒梧栖凤赋〉》、姜子龙《徐彦伯〈汾水新船赋〉探微》、程晓璇《王棨律赋艺术特色刍论》等。

大致而言，中唐时期的律赋作家以王起、李程为代表，其作品"内容重视经义，命题往往为经典中语，语言也是既讲究对偶的工巧，又力求典雅庄重"，故尹占华以"博雅典正"概括之，称其为"律赋创作中的正体"。相对而言，中唐其他作家的作品则是"变体"①。元稹、白居易二人则突破律赋创作在句式等方面的局限，"不拘常规，以散文的笔法作律赋"。② 晚唐时期，王棨、黄滔等人则摆脱科举的束缚，以律赋写景抒情，形式精美，语言雕琢求新。

题材方面，彭红卫《唐代律赋考》对唐代律赋的题材进行了定量分析，结论是天道、地道、治道、人道类的题材较多。赵成林《唐赋分体叙论》总结了律赋的内容，即颂美教化、封建治道、阐释道理最后回归文学。王士祥《唐代试赋考》以为唐代试赋的内容反映帝王生活、都城文化，歌功颂德，尊崇儒家、道家思想，借鉴历史经验。

专注于特定题材的研究，如余江《汉唐艺术赋研究》详细考察了汉唐乐舞、书画、杂技三类赋作的发展情况，探讨其在赋史、艺术史上的价值。期刊论文有孙立尧《试论唐代咏史赋的源流与价值》、赵俊波《唐百戏赋简论》、朱国伟《唐代镜赋论》、王思豪《初盛唐山水赋的艺术风貌》、武怀军与刘培《唐代度量衡赋与唐前咏物赋"移德"笔法初探》、于浴贤《论唐代咏史怀古赋》、王树森《论唐代都邑赋及其创作启示》、李慧琳《〈文苑英华〉中"长安赋"概论》等。

港台地区的学者们在这一方面的探讨也很多。黄水云的论著及系列论文从题材的角度切入，贡献尤巨。其论著《传承与拓新——唐代游艺赋书写》着眼于博弈、乐舞、杂技和竞技等方面，分析唐代游艺赋对前代同类题材作品的继承和创新，以及赋作所体现的文化价值。其论文《唐赋节日游艺书写——以千秋节为主的考察》《唐赋寒食、清明节俗书写——以"禁火、改火、赐新火"为主的考察》《唐赋节日活动书写——以〈中和节百辟献农书赋〉为主的考察》《元日节庆书写——以唐代元日赋为主之探究》等主要以律赋作品为例，结合节庆活动，对所涉作品的思想内涵、写作方法等进行考察，说明其在扩大辞赋题材、丰富节庆文化等方面的意义。其《唐代诗赋中之球戏书写》探讨唐代的球戏活动，所举例证也包括不少律赋作品。此外，相关论文还有曾爱玲《唐代音乐思想赋主题探析》等。

风格方面，相关论文有赵俊波《"窥陈编以盗窃"——论唐代律赋语言

<hr>

① 尹占华：《律赋论稿》，第177、179页。
② 尹占华：《律赋论稿》，第208、209页。

雅正特点的形成》《论晚唐律赋的散体化倾向》，姜子龙《论唐代律赋之
"雅"》《论唐代律赋之"丽"——关于"雅正"之外的另一宗》，姜子龙与
詹杭伦《唐代律赋的"雅"与"丽"》等，均从语言、结构等方面进行了
探讨。

### （四）科举制度视野中的唐代律赋

20 世纪末，程千帆、傅璇琮、曹明纲、邝健行等学者就唐代科举试赋
原因、开始试赋的时间、试赋在唐代的反复、律赋对科举的黏附与偏离等
问题已有论述。21 世纪以来，吴宗国《唐代科举制度研究》、金滢坤《中
国科举制度通史》（隋唐五代卷）、韩晖《隋及初盛唐赋风研究》、何易展
《初唐四杰辞赋研究》等也考辨了进士科试杂文、试赋的情况，吴在庆《科
举试赋及其对唐赋创作影响的几个问题》围绕科举试赋的时间、试赋限韵
的时间、科举试赋对唐赋创作的正面和负面影响等问题，对已有的研究有
所补充，取得了一定的成就。同类论文也有不少，但总的来说，受制于文
献资料的缺乏，相关探讨很难有进一步的深入，这里也就不再详细评述。

科举制度对律赋的创作与批评有重要的影响。许结高度重视赋体文学
发展与制度的密切关系，其《从"曲终奏雅"到"发端警策"——论献、
考制度对赋体嬗变之影响》《科举与辞赋：经典的树立与偏离》中论述了科
举制度下经典文本的形成问题，其《制度下的赋学视域——论赋体文学古
今演变的一条线索》从制度出发，将唐代律赋和汉大赋一起并列为赋史上
的重要存在，客观评价了唐代律赋的地位。此外，同类文章还有胡燕《盛
唐律赋与进士科考试》、周兴泰《科举试赋制度与唐代辞赋的文化景
观》等。

资料考辨方面，对唐代各年的试赋情况，徐松《登科记考》有详细的
考证，但其中疏漏不少，因此后人多有补正，出现了陈尚君《〈登科记考〉
正补》、孟二冬《登科记考）补正》、王洪军《〈登科记考〉再补正》、许
友根《〈登科记考补正〉考补》等。此外，如王士祥专著《唐代试赋研究》
则补充徐著进士科试赋 11 例。论文则有陈铁民《梁珰墓志与唐进士科试杂
文》、薛亚军《唐省试赋题限韵正误》、孙福轩《十国科举试赋考议》、胡燕
《盛唐律赋与进士科考试》、姜子龙《初唐律赋补考》等。其中系统考证唐
代试赋情况者，当为詹杭伦《唐代科举与试赋》。

詹书考察了赋的律化特征、唐代科举试赋的来源、唐代科举试赋的场

合等，其中最有价值的部分，是将盛唐至五代十国各年的试赋情况（包括试赋题目、作品、作者等）一一考证、排比，结果总计有五十余年的进士科试、博学宏词科试、府试中的试赋情况有了新的结论。在唐代文献有限的窘境中，这是非常了不起的成就。

例如，徐松《登科记考》天宝二年进士科试赋题缺，詹著则据《玉海》等典籍的记载，不仅考订该年进士科试《集灵台赋》、现存张良器之作，而且纠正了《全唐诗》《全唐文》中张良器小传的错误。又如天宝四载，孟二冬《〈登科记考〉补正》该年"博学宏词"科下无赋题。詹补为"上林白鹿赋"，现存萧昕、李蒙之作。其考证过程如下：《册府元龟》载天宝四载八月宫苑中有白鹿，《旧唐书·萧昕传》载昕天宝初年宏词及第。二事关联，故定该年宏词科赋题当为《上林白鹿赋》。或许读者可能仍有疑虑，因为据《朝野佥载》等记载，李蒙已于开元五年溺死曲江，何能于天宝四载举宏词科？对此，作者指出，一方面，开元五年，萧昕方 15 岁，年龄过小，故此赋题恐非开元五年之前所作；另一方面，笔记中的李蒙与此赋作者李蒙可能是同名同姓的两个人，因为唐代称"李蒙"者不少。因此，笔记中的反证并不影响对此年宏词科赋题及作者、作品的判断。其考论过程思路缜密，考虑周详。

从方法论的角度看，对于以上成就的取得，作者总结出四条考证方法，即"丝牵绳贯"法、"以史定赋"法、"天象印证"法、"域外参照"法。应当说，这四条方法确实行之有效，为学界研究唐代科举与试赋提供了宝贵的经验。当然，由于材料的限制，书中有些结论也还有进一步讨论的余地。作者也意识到了这一点，所以又说："本书的考订成果只是阶段性的，并非最终定论。"① 并将结论分为"有把握的考证成果"和"暂定的成果"两类，显示了审慎的态度。

## 四　新领域的开拓

进入 21 世纪后，唐代律赋的研究逐步走向繁荣，标志之一就是新领域的开拓。

---

① 詹杭伦：《唐代科举与试赋》，第 5 页。

### （一）唐代律赋的文化学研究

赋兼才学，赋作往往体现出多学科知识的综合，因此，赋的研究不能仅仅局限于体物、缘情、形象、意境等文学性的要素之中，律赋也不例外，否则，只能留下"陈陈相因，最无足观"（李慈铭《越缦堂读书记》）的印象。唐代律赋中有大量的经学、宗教、艺术、天文、历法、礼仪制度等题材，从中可以了解到这些学科在唐代的发展情况，以及唐代律赋写作所受到的影响。

这方面的研究以许结为代表。其赋史研究、作品阐释、赋学理论研究等，均重视多学科的交叉研究。其赋学理论研究等重视制度文化的参与，已见上述。其论著《赋体文学的文化阐释》中与唐代律赋相关的有《论赋的地理情怀与方志价值》《论赋的宗教质性、内涵与衍化》《论科技赋的创作背景与文化内涵》《论艺术赋的创作及其美学特征》等。作者一方面从文化学的角度分别探讨地理赋、道释赋、科技赋、艺术赋的文化内涵，另一方面则从创作的角度探讨这些作品的特征，为赋的文化学研究树立了一个典范。其《中国辞赋理论通史》将唐代赋论与科举制度相关联，已见上述。其论文《制度下的赋学视域》指出唐代科举制度的形成，使得赋再度与王朝政治制度结缘，受此影响，赋体的体裁和内涵均发生了变化；其《论唐代赋学的历史形态》探讨经学思想对唐代赋学的影响。此外，如王士祥《唐代试赋研究》《唐代应试诗赋论稿》探讨了唐代试赋的文化精神，挖掘试赋中的儒道思想、史家意识及帝都文化、中原文化等。论文方面，则有一些探讨唐代律赋与儒道思想关系的作品，如任彦智《道家文学思想在唐代试赋中的体现》等。

港台方面，黄水云分析律赋中的节庆、游艺文化，已见上述。吴仪凤《赋写帝国：唐赋创作的文化情景与书写意涵》一书的核心观念是"赋写帝国"，即唐赋作者是站在大唐帝国的立场进行观察、创作的，其作品表现大国恢宏气象和帝国鸿业。以此为中心，全书从"体国经野与汉唐赋的帝国书写特质""唐代自然物象的赋作的书写特质""唐赋的经艺书写""唐代典礼赋创作的文化情景"四个方面探讨唐赋中的政治文化意蕴，研究视角独特。论文有许东海《山岳·经典·世变——唐华山赋之山岳书写变创及其文化观照》、何祥荣《唐代辞赋的兵学思想考论》等。

### （二）唐代律赋的音韵学研究

押韵是律赋的重要特点，科举考试中，落韵即意味着落第，因此唐代律赋尤其是试赋是考察唐代音韵的绝好材料。王兆鹏《唐代科举考试诗赋用韵研究》一书梳理了唐代 139 篇试赋的 4185 个韵脚，得出结论：《广韵》所注的"同用""独用"在开元五年就已确定。同时，全书还从唐代科举考试的诗赋限韵这一角度，讨论了韵图的相关问题，认为韵图为应付科举考试而产生，产生时间大概在乾元（758～760）年间。论文方面，张凯《盛唐赋用韵研究》讨论盛唐赋的异部通押、异调通押等问题；胡建升《从唐宋科举诗赋用韵看〈广韵〉"文欣"同用的起始时间》考察了唐宋科举诗赋的用韵情况后，指出"文欣"同用始于宋景祐四年；张凯《从晚唐律赋三大家用韵看九世纪闽方言若干特点》主要分析了王棨、黄滔、徐寅三人律赋中异部同押的用韵特点。

### （三）唐代律赋的叙事学研究

赋体文学本就有叙事因子，加之唐代律赋有不少题目出自前代笔记，因此其叙事性质很突出，但这一点并没有得到学界的充分重视。20 世纪末，郭维森、许结《中国辞赋发展史》指出："唐代的律赋少有讽谏，较多的是直接的议论或客观的叙事描写。"[1] 21 世纪以来，赵俊波《论晚唐律赋的小说化倾向》对此也有关注，认为包括律赋在内的唐赋作品在题材、写作手法等方面借鉴了小说的叙事技巧。尤其是近年来，周兴泰持续关注包括律赋在内的唐赋的叙事艺术，创获颇多。其《中国文学叙事传统视阈中的唐代辞赋研究》一书共六章，分别从叙事观、题材、文体、叙事特性、修辞、与其他文体的关联等角度进行分析，其中多有关涉律赋者。结论是：唐赋"具有成熟的叙事特性与非凡的叙事价值，对于整个中国文学的叙事传统，是一种极大的丰富、补充、滋润"[2]，反映了中国文学叙事传统生成与演变。相关论文有刘伟生《徐寅律赋的叙事艺术》、张彦《论唐代律赋的故事情节》等，台湾地区则有梁淑媛注意到这一问题，其《唐赋叙事对话主角类型研究》将问对类唐赋中的主角类型归纳为五类并进行分析。

---

[1] 郭维森、许结：《中国辞赋发展史》，江苏教育出版社，1996，第 489 页。
[2] 周兴泰：《中国文学叙事传统视域中的唐代辞赋研究》，中华书局，2020，第 378 页。

### （四）唐代律赋的传播与接受等方面的研究

相关研究有包含纵、横两个方面。

从纵的方面来说，唐代律赋吸收了前代的创作经验，同时对后世的影响较大。目前相关论文有许结《明代"唐无赋"说与赋学复古》、赵俊波《论〈文选〉对唐代律赋创作的影响》、李丹《唐律赋历史评价的边缘性变迁——一个文学接受史现象的个案分析》、杨欣华《从〈文苑英华〉看宋人对唐赋的态度》。台湾地区如简宗梧《清人选唐律赋之考察》运用量化统计的方法，从清代七种赋选里，归纳出最受清人推崇的唐代律赋作家作品。此外，相关论文还有陈成文《从"唐无赋"到"赋莫盛于唐"——唐赋评价变迁之考察》、郑色幸《唐赋女神书写对屈宋神女的模拟与转化》等。

从横的方面来看，唐代律赋对域外文学也有一定的影响。冯芒在这一方面的贡献较大，其《再考白行简的赋与大江朝纲的〈男女婚姻赋〉》《纪长谷雄〈柳化为松赋〉与唐代律赋关系考论》以为大江朝纲《男女婚姻赋》、纪长谷雄的《柳化为松赋》等都模仿了白行简的《望夫化为石赋》，并进一步指出唐代律赋对日本平安时代的辞赋创作有着非常大的影响。其《域外汉籍钞本与唐代辞赋文献整理——以日本〈金泽文库〉本白氏文集为例》以日本抄本《白氏文集》校勘白居易的辞赋作品，说明域外汉籍抄本对唐代辞赋文献整理的重要意义。此外，张逸农《正续〈本朝文粹〉律赋研究——以唐佚名〈赋谱〉为视角》通过命题、限韵、句式等方面的比较，说明《赋谱》对日本平安时代律赋创作的指导作用。

## 五　反思与展望

如上所述，在继承前人成果基础上，目前的研究，其思路更加细致、周详，其视野更为开阔，相关论述也更为深入，取得了显著的成绩。对某些问题的探讨如律赋的界定、产生、具体作家作品的考证等（如《全唐文》中李恽《五色卿云赋》、王勃《释迦佛赋》、杜甫《越人献驯象赋》），既有共识，也有分歧，形成了良好的学术争鸣风气。但与此同时，目前的研究也存在一些不足。最明显的是重复研究比较多，且很难深入，如对律赋的命题与限韵、晚唐律赋新变、中晚唐诸人律赋作品的研究等。另外，文献考证方面或有失之粗疏者。现存的唐代文献材料有限，因此目前对诸如作者、作品、某一年试赋题目及登第人等方面的考证需要更加细心、缜密，避免臆测、武断。同时，在缺乏新的确凿证据的情况下，对某些问题的继续考证或探讨可能没有太大的必要。

展望未来，唐代律赋似应注意加强以下几个方面的研究：

其一，文化学研究。赋兼才学，因此，除了文学方面的探讨外，还需将赋置于大文化的背景下，综合多学科的交叉研究。概言之，即立足文学以探讨其创作方法，立足其他学科以审视其中的文化内涵。唐代律赋中有大量的经学、宗教、艺术、天文、历法、礼仪制度等题材，从中可以了解到这唐代政治、社会文化发展情况以及唐代律赋写作所受到的影响。例如，唐代律赋宗尚儒经，作品多有详细阐释甚至突破儒经者，将其与官方颁布的儒家经典相对比，当有更多新的发现。就文学来看，律赋的语言特征、审美旨趣等都受到经学的影响，其中也有探讨的价值。因此，这样的研究对经学史、律赋的研究都不无裨益。目前，学界已经注意到这一问题，如许结、黄水云等人的论著，期待着更多成果的出现。当然，这一研究难度较大，学者除了文学专业背景之外，还需要了解其他学科的知识。赋兼才学，对作者来说，"会须作赋，乃成大才士"；对学者来说，研究赋，也得具有"大才士"的学养。

其二，修辞学研究。赋非常讲究修辞之美，律赋更是如此，赋中对偶、排比、句式、词汇等的使用往往令人叹服。20 世纪末，饶宗颐先生曾提出，应重视赋之修辞学的独立研究："赋对于诗来说，是文学独立于学术之后发展的一新阶段，内容之充实，艺术形式之多姿多彩，语言之丰富，表现手段之细腻，技巧之臻于成熟，修辞之完美，都是前所未有的。""赋在诸多方面为语言学、为修辞学的发展提供的材料比诗更多更丰富。可是对这样丰富的语言修辞材料，尚无人做系统的研究。"并提出应该建立"赋修辞学"①。具体到唐代律赋，简宗梧《试论唐赋之发展及其特色》一文也认为："我们如果从修辞学及文学语言变造的角度去考察，那么这里有极丰富的材料可供研究。"② 目前在对《赋谱》及一些名家名作的研究等方面已经牵扯到这一问题，但相关研究并不系统，且相对于唐代律赋所提供的丰富的修

---

① 饶宗颐：《赋学研究的展望——在第二届国际赋学研讨会上的演讲》，《社会科学战线》1993 年第 3 期。

② 简宗梧：《试论唐赋之发展及其特色》，《第二届国际唐代学术会议论文集》，台北文津出版社，1993。

辞材料，已有的探讨仍然非常欠缺。

其三，声韵研究。律赋讲究声韵，科举考试中以声韵定去取，因此声韵是唐代律赋研究中不得不面对的一个重要问题，这不仅对律赋，而且对音韵学研究也有积极意义。目前的成果以王兆鹏《唐代科举考试诗赋用韵研究》为代表。此书已经整理了试赋的情况，其他一些学者也陆续有少量论文发表。但相关研究仍然滞后，需要进一步开拓、深入。

其四，唐代律赋与其他文体的交叉研究。一种文体的发展，常与其他文体相关联，律赋也是这样。从体式的形成与嬗变来说，唐代律赋与律诗、古文之间关系密切；从题材来说，晚唐的咏史怀古诗与咏史怀古的律赋也是互相影响。20世纪末，邝健行《律赋与八股文》从结构等方面将律赋与八股文作对比，认为二者关系密切，八股文的某些源头可以上溯至唐代律赋。21世纪以来，相关研究更加多种多样。王红《晚唐咏史赋的诗化倾向及其意义阐发》在将咏史诗和咏史赋进行对比中，凸显晚唐咏史赋的意义。周兴泰《中国文学叙事传统视阈中的唐代辞赋研究》一书也注意不同文体的交叉研究，探讨唐赋与诗歌、散文、小说等文体在叙事性上的异同及同生共渗的关系。另如余恕诚《唐代律赋与诗歌在押韵方面的相互影响》、杨遗旗《古文运动对中晚唐辞赋创作的影响》、曹辛华《论律赋在唐宋词体演进中的作用》、黄水云《论唐代诗、赋间之书写关系——以竞技游艺题材为例》等在探讨唐代律赋的相关问题时，皆将律赋与其他文体如诗词文等关联。

相对而言，唐代律赋的研究还比较滞后。这种文体命运多舛，在唐代就受到指摘，在科举制度中屡次被取消；作为科举文体，又一直背负恶名，学人往往不屑一顾，以为不足与于文学之林。新文化运动以来，赋成为文学革命的对象之一，唐代律赋更是问津乏人。令人欣喜的是，改革开放后，学界逐渐开始正视这一历史上的客观存在；21世纪以来，相关研究更成为赋学研究中的一个重要领域，在深度、广度、研究方法等方面较之前皆有开掘。因此，相信未来的唐代律赋研究将会更加繁荣昌盛。

［作者单位：四川师范大学文学院］

# 唐代士大夫的科举意识

## ——岑参的场合<sup>*</sup>

〔日〕冈本洋之介 撰　林晓光 译

**内容提要**　随着科举考试的制度化，唐代开元、天宝之际涉及科举题材的诗歌明显多了起来，尤其是岑参的表现最为突出，现存有十六首之多。围绕岑参科举诗歌中经常出现的"战胜"一词，本文考察了其在六朝时期的使用情况及其意涵，发现六朝诗歌中的"战胜"一词多用于指涉内心冲突或纠结得到合理的解决。而到了岑参的诗歌中，"战胜"一词主要被用于指代科举及第，明显具有了将通过科举获取功名与通过战场取得战功等量齐观的意味。岑参诗歌中的这种意识，折射出盛唐时期士人对于获得科举功名的渴望，在某种程度上，参加科举成为功名之"战"。中唐之后，此种用法遂得到普遍的运用。

**关键词**　科举　岑参　战胜

# 绪　言

唐代建立政权数年之后，开始实施科举。为了在将来确保高级官僚队伍的这一考试制度，终有唐一代，长期施行不改。然而，身当应试的士大夫们歌咏科举相关情形的诗作，却出现得意外的晚。

清徐松《登科记考·别录下》收入科举相关内容的诗作 152 首。其中

---

＊　按：本文收入吉田富夫先生退休記念論集委員会編：《吉田富夫先生退休記念中國學論集》，汲古書院，2008。

可认为玄宗即位以前之作的，仅有刘希夷在送友人赴科举时所作的《饯李秀才赴举》一首而已。① 在按主题分类编撰的《唐诗类苑》中，情形同样如此。收入卷一百四十三至一百四十六"儒部"中关于科举的诗，合共415首。② 其中可认为初唐之作的，也仅有写自己落第情形的陈子昂《落第西还刘祭酒高明府》一首而已。③

数量开始增加起来，是在开元年间。但仍然不能算多。能够确定作者，且在一定程度上能够系年的作品，可以举出如下若干种：

王维《送綦毋潜落第还乡》。

［按：綦毋潜为开元十四年（726）进士，是此诗作于此年之前。］

王昌龄《送刘眘虚归取宏词解》。

（按：刘眘虚开元年间博学宏词科及第。）

常建《落第长安》。

［按：常建为开元十五年（727）进士，是此诗作于此年之前。］

刘长卿《早春赠别赵居士还江左时长卿下第归嵩阳旧居》。

［按：刘长卿为开元二十一年（733）进士，是此诗作于此年之前。］

卢象《乡试后自巩还田家因谢邻友见过之作》。

（按：卢象为开元年间进士，是此诗作于此年之前。）

萧颖士《送张翚下第归江东》。

［按：张翚为开元二十三年（735）进士，是此诗作于此年之前。］

孟浩然《送丁大凤进士赴举呈张九龄》《送张子容进士赴举》《送张参明经举兼向泾州觐省》《送从弟邕下第后寻会稽》《送洗然弟进士举》。

［按：孟浩然为开元二十八年（740）进士，是此诗作于此年之前。］

如果再加上系年无法确定，但可推想作于天宝末年以前的作品，则有如下：

王维《送丘为落第归江东》《送严秀才还蜀》。④

---

① 山之内正彦已指出此点，参见氏著：「桂——唐詩におけるその〈意味〉」，载『東洋文化研究所紀要』第88卷，1981。
② 其中分类包括：秀才、文学、文士、宏词、有道、孝廉、明经、贡士、赴举、御试、放榜、落第、擢第、及第、座主、先辈、同年。
③ 此外还有《落第今还别魏四懔》。不过这一首未被《唐诗类苑》采录。
④ 咏丘为下第之诗，尚有祖咏《送丘为下第》、严维《送丘为下第归苏州》。唯此二首内容重复，佟培基编撰《全唐诗重出误收考》（山西人民教育出版社，1996）断为祖咏作。又王维有以"裴秀才迪"为题的诗作，但内容则与科举无关，"秀才"只是对裴迪的称呼而已，此置不论。

钱起《送张参及第还家》《长安落第作》《长安落第》《送邬三落第还乡》。

李白《鲁中送二从弟赴举之西京》《送杨少府赴选》《送于十八应四子举落第还嵩山》《同吴王送杜秀芝赴举入京》。

刘长卿《送孙莹京监擢第归蜀觐省》《落第赠杨侍御兼拜员外仍充安大夫判官赴范阳》。

而在此之外，岑参一个人就留下了 16 首。就这一题材诗作兴起之初的开元天宝之际而言，可以说是非常之多了。不仅数量多，而且内容也有引人注目之处：其中赠及第者的 6 首诗中，反复出现了"战胜"的说法。

本文即拟就岑参诗中所见"战胜"一语作一探讨，论述其表现意图，从而揭示当时士大夫科举意识之一端——在他们心目中，是如何看待科举的呢？此外，所用岑参诗以《四部丛刊》本《岑嘉州诗》为底本，其他唐人诗则据中华书局版《全唐诗》。

一

岑参以科举为契机创作的诗歌，共有以下 16 首，本文取为分析之作前则标记★号：

《送许子擢第归江宁拜亲因寄王大昌龄》
★《送魏升卿擢第归东都因怀魏校书陆浑乔潭》
《送魏四落第还乡》
《送韩巽入都觐省便赴举》
★《送王伯伦应制授正字归》
《送孟孺卿落第归济阳》
《送胡象落第归王屋别业》
《送杜佐下第归陆浑别业》
★《送严诜擢第归蜀》
《送周子下第游京南》
★《送薛彦伟擢第东都觐省》
★《送蒲秀才擢第归蜀》
《送滕亢擢第归苏州拜觐》
★《送薛播擢第归河东》

《送严维下第还江东》

《送陶锐弃举荆南觐省》（此诗《岑嘉州诗》未收，据《文苑英华》卷二八四）

以上作品，都是因及第、落第、应制举、放弃应试等事由而写下的赠别友人之作。在开元、天宝年间，以科举为契机，或言及科举对自身影响的诗逐渐开始创作。在这一风潮当中，岑参创作了比其他作者更多的诗。不妨说，他是在有意识地将这种新现象取为诗材。

值得关注的是诗中"战胜"的说法。这一表述见于诗题前标有★号的 6 首。如新免惠子所详论，岑参是那类会反复运用措辞相同的类似句式的诗人。[①] 他无疑有着喜好特定表达方式的倾向。尽管如此，在咏科举及第题材的 9 首诗作中，有 6 首都集中出现了相同的表述，这恐怕很难将理由仅仅归结为岑参的个人嗜好。岑参是否在将科举作为诗歌题材的过程中，将某种意识投影在了"战胜"这一表述上呢？

在探讨岑参的"战胜"之前，首先来确认这一词语。"战"是战斗，"胜"是胜利，这不言自明。然而，"战胜"这一组合背后却是有着特定典故的。《韩非子·喻老篇》有这样的记载：

> 子夏见曾子，曾子曰："何肥也？"对曰："战胜，故肥也。"曾子曰："何谓也？"子夏曰："吾入见先王之义则荣之，出见富贵之乐又荣之，两者战于胸中，未知胜负，故臞。今先王之义胜，故肥。"

曾子向子夏问其肥大之由，子夏回答说，是因为"战胜"而肥。随后解说道，圣人君子之道与富贵荣华之乐过去在我胸中互相战斗，胜负未分，而如今前者已胜，疾病痊愈，故而肥大。换言之，心中的纠结矛盾是为"战"，纠结矛盾的如愿解决则为"胜"。基于这一故事，"战胜"被用来表示内心中的苦恼及其解决。例如六朝诗人谢灵运《初去郡》一诗中就咏道：

> 战胜臞者肥，止监归流停。（《文选》卷二十六）

---

① 〔日〕新免惠子：「岑參の詩について——同一表現の多用」，『日本中國學會報』第 33 集，1981。

诗句描写的是，战斗胜利以后，原本瘦瘠的自己丰肥起来；在静止的水上自照，内心的躁动也回归到了平静状态。李善对此二句的注中，部分引述了前引《韩非子》的内容。吕延济亦注曰："幽居之道亦欲之，富贵之乐亦欲之，二者战于胸中，而幽居之道胜，故使瘦者肥也。"可知谢灵运正是以《韩非子》所载为典故，表达自己在幽居之道与富贵之乐中选定了前者，从而"战胜"了胸中的躁动。

那么，唐代的情形又如何呢？不妨来看看稍早于岑参的王维之作。王维《与胡居士皆病寄此诗兼示学人二首》（其一）中亦可见"战胜"之语。这是王维因胡居士之病，基于佛教观念沉思而作的一首诗，其中写道：

> 战胜不谋食，理齐甘负薪。

在王维看来，胡居士在战斗中取胜，故不必再汲汲于饮食，不管送佛教修行还是隐士栖遁，都是希望脱离俗世，道理并无不同。原本只要是人，就不得不为食物而谋虑，然而胡居士却不需如此，之所以能够如此，王维的解释就是"战胜"。这并非依仗武力得到的胜利，而是借指"战胜"了生而为人理所必有的食欲，及以食欲为代表的人的欲望。

与岑参大致同时代，活跃于盛唐末至中唐时期诗坛的僧皎然的诗中，也可以看到"战胜"。《题报德寺清幽上人西峰》：

> 双塔寒林外，三陵暮雨间。
> 此中难战胜，君独启禅关。

诗中先是描写了报德寺的情景：双塔寒林之外、映入眼帘的三座丘陵、暮雨时分。尽管战斗难以取胜，但身处如此清净胜地中的清幽上人却能抵达禅关，自得开悟。而上人能够得悟的理由，正在于"战胜"。这里的"战胜"，同样也意味着心中纠结矛盾最终能够如愿解脱。

岑参去世后才出生的白居易，写过《老去》一诗，叙述妻子劝导老去后的自己的情形。诗的后半写道：

> 战胜心还壮，斋勤体校羸。

这一联是白居易妻子向丈夫进言的部分内容：如果能够战胜的话，内心确实会更加强大吧，可要是因此就孜孜不倦力行斋戒的话，身体反而会更疲倦的哟。白居易致力于身心清净，希望通过"战胜"而充实心气，然而在妻子看来，过度精进却对身体无益。在这样展开的对话中，"战胜"具体指的是什么呢？唯一的解释就是抚平在斋戒中出现的内心波动了吧。

如上所论，"战胜"是源自《韩非子》的典故，指心中的纠结矛盾往合理的方向得到解决。"战胜"不仅指物理性的战斗及其胜利，而且用于比喻心理性的纠结矛盾。在这一意义上的用例早见于六朝，而入唐以后，不论是岑参之前或之后，王维、皎然、白居易等人也都如是使用这一表述。在此背景下，我们接着来观察岑参的"战胜"。

## 二

以下按照创作时间顺序，依次分析前文中标记★号的 6 首诗。

首先，《送薛彦伟擢第东都觐省》是薛彦伟科举及第归省之际，岑参所作的赠诗，最晚作于天宝八载（749）。

> 时辈似君稀，青春战胜归。
> 名登郗诜第，身着老莱衣。

岑参称赞薛彦伟在士人当中也是出类拔萃，年纪轻轻就战胜还乡，名登郗诜之第，而身着与老莱子相同的衣裳。"郗诜第"是用西晋郗诜举贤良对策之典，借指科举及第；[1]"老莱衣"则是五色之衣，用老莱子着五色衣以娱亲的孝行故事典故。[2] 当时科举及第后，惯例会短期归省，向双亲报告喜讯，岑参所咏即此。在这种诗里出现的"战胜"，总不会是指手执兵器的战斗取胜吧。如果解释为年纪轻轻就抚平了心中的纠结矛盾，归乡孝亲，则何以要在科举及第的作品中提及此点呢，亦不可解。因此这里的"战胜"，只能理解为是将科举比拟为"战"，而将及第比拟为"胜"。

其次，《送蒲秀才擢第归蜀》作年不详，但其表述与前诗相似：

---

① 郗诜在考试中名列第一。转任之际，武帝问其自以为如何，郗诜在回答中将自己比作"桂林之一枝，昆山之片玉"。参见《晋书》卷五十二。

② 老莱子年七十，作婴儿状，着五色衣以娱亲，事见《艺文类聚》卷二十引《列女传》。

> 去马疾如飞，看君战胜归。
> 名登郄诜第，身着老莱衣。

诗的内容与前诗相同，这里的"战胜"也指科举及第。

薛彦伟的从兄弟薛播亦于天宝十一载（752）及第。岑参于其归省之际，赠诗《送薛播擢第归河东》：

> 归去新战胜，成名人共闻。

其后半则写道：

> 夫子能好学，圣朝全用文。
> 弟兄负世誉，词赋超人群。

称赞薛播好学，朝廷推行文治，薛播兄弟行身负家族代代美誉，诗文出类拔萃。当时薛播兄弟皆及第，天下知名。岑参是为了强调薛播也加入了"战胜"队伍，故特别提到其兄弟皆文才不凡。这里的"战胜"仍然是用于比喻科举及第。

《送王伯伦应制授正字归》为天宝九载（750）以前之作：

> 当年最称意，数子不如君。
> 战胜时偏许，名高人总闻。

称赞王伯伦正当盛年，得偿所愿，同辈友人中无人能及，战胜之后，世人无不对你倾心接纳，名闻天下。诗题所谓"应制"，指应考奉皇帝诏命举行的临时科举"制科"。如《旧唐书》卷一百九十中《孙逖传》载"（开元）十年，应制登文藻宏丽科，拜左拾遗"所见，会在制科之上加以形容人才的科目名。及第者立授官职。王伯伦应制科"战胜"，得授官秘书正字。这里的"战胜"，除了制科及第之外，也别无其他解释可能。

天宝十二载（753）所作《送魏升卿擢第归东都因怀魏校书陆浑乔潭》，开头咏魏升卿归乡之姿：

井上梧桐雨，灞亭卷秋风。

古人迳战胜，匹马归山东。

描写梧桐叶如雨般纷纷落下、秋风卷起的灞亭景色之后，随即赞美魏升卿的战胜之情：

问君今年三十几，能使香名满人耳。

君不见三峰直上五千仞，见君文章亦如此。

战胜的结果，是年方三十余岁便名满天下。岑参更进而将魏升卿的文章比作屹立的高峰，称赞以文章而得"擢第"的魏升卿的文才。因战胜而名闻众耳云云，也只能解释为科举及第。

同样的描述，也见于《送严诜擢第归蜀》（此诗系年不详）：

战胜真才子，名高动世人。

诗的后半写到"战胜"的含义：

工文能似舅，擢第去荣亲。

十月天官待，应须早赴秦。

严诜文章之妙与其舅相似，如今正当及第归乡，向双亲报告之时；而十月份就有吏部的甄选考试，还须早日结束归省，回到长安。诗作以此作结。诗中的"战胜"，无论从诗题还是诗中内容来看，都只能理解为科举及第。

如上所见，岑参对"战胜"一语的使用，全都是指科举及第。前文中已经确认过，"战胜"是一个有典故的表述，即使入唐以后人们也仍然基于典故来使用这个词。然而岑参却没有使用这个含义。尽管"战胜"是一个有典故来源，对其含义已经形成共通理解的词语，岑参却仍然有必要将及第歌咏为"战胜"。至少在诗的场合，过去从来没有用这种方式来表现科举及第的。科举为"战"，及第为"胜"，我们必须看到，在这一意义上的战胜，反映了岑参独特的科举观。

# 三

岑参将科举及第称为"战胜"，表现出他对科举的理解方式。尽管此语别有所本，岑参却仍然不惮于用以形容，这正可以见出他对此语的强烈执着。然则其背后有着怎样的因由呢？

在岑参创作的科举及第题材诗歌中，除了"战胜"之外，还有一点引人注目，那就是强调由于及第而名满天下，被众口承扬：

"成名人共闻。"（《送薛播擢第归河东》）

"名高人总闻。"（《送王伯伦应制授正字归》）

"能使香名满人耳。"（《送魏升卿擢第归东都因怀魏校书陆浑乔潭》）

"名高动世人。"（《送严诜擢第归蜀》）

"称意人皆美。"（《送薛彦伟擢第东都觐省》）

"青春登甲科，动地闻香名。"

"到家拜亲时，入门有光荣。乡人尽来贺，置酒相邀迎。"（《送许子擢第归江宁拜亲因寄王大昌龄》）

最后一首《送许子擢第归江宁拜亲因寄王大昌龄》中虽然不见"战胜"之语，不过也是送赠友人及第之作。

因及第而得高名，天下知闻，面对双亲满心光荣，人人称羡。归省之际，地方民众纷纷聚集称贺，设宴相迎。及第乃是无与伦比的名誉，应当享受赞美。将这样的情景写入诗中，不但表现出对受赠者的敬意与用心，同时也投影着这样的看法：科举乃是一个士大夫一旦及第，便可提高名声的场合。而之所以要强调科举及第可以提高名声，应该说，反映出的是将科举当作士大夫获取功名的手段的意识。

岑参对于获取功名是很敏感的。他是一个渴望荣达，意图挽回家势的人物，过去学者对此研究已详。① 尽管在天宝三载（744）及第，但他此后

---

① 专论详见李道英《浅论岑参边塞诗中的功名心》，收入《唐代边塞诗研究论文选粹》（甘肃教育出版社，1988），后又收入《京师论衡》（北京师范大学出版社，2002）。前一书笔者未见。

的仕途却并不顺遂。及第五年后的天宝八载（749），他从中央卑官转任安西节度使掌书记，前往西域。天宝十一载（752）回到长安，度过了一段无位无官的日子，于天宝十三载（754）作为北庭节度使判官再赴西域。在第一次西域之行中，他写下了《日没贺延碛作》：

> 悔向万里来，功名是何物。

岑参后悔远离内地前来此处，感叹功名之为何物，在这背后正明明白白地表示出，在心生悔意之前，他是将功名当作追逐的目标的，前赴西域就是为了获取功名。岑参的打算，是在边境立功，以打破出仕不顺的困境。

在《送李副使赴碛西官军》中，这种心情表达得更为强烈：

> 功名只向马上取，真是英雄一丈夫。

功名乃是从马上，也就是战场上，通过战斗去取得之物。当然，这当中含有激励对方的成分，但同时也是岑参自己心声的流露。在岑参心中，是有着从战场中立功的意识的。

从作战中获得功名，这种思想吐露在了他的诗中。而同时，他也沿着"科举是获得功名的场合"的思路，写下了赞美及第人物的诗作。从战场上获得功名和通过科举及第提高名声，这原本是性质截然不同的两回事。前者为武事，后者则是文事。然而，不管是在边境从军参与战争，还是在科场上以经学、文学之力解答试题，前方等待着的结果都是"功名"，这一点又是没有差别的。作为士大夫而得偿所愿，获取功名荣达之处，时或在于战场，时或在于科场。这就是岑参的想法。正是因为如此，他才会积极地将科举取为作诗的题材，并将科举比拟为"战"，及第比拟为"胜"。尽管"战胜"背后原本别有典故，他却一次又一次地用这个词来表示科举及第，这种做法正强有力地凝缩表现着他的这种意识。将科举及第称为"战胜"的诗，在岑参奔赴西域以前就已经在创作。他并不是在西域切身经历实际战争之后才改变想法的，而是早就有了把科举看作"战"的观念。

岑参在诗中所咏的"战胜"，是指科举及第。对士大夫而言，这是获取功名的场合，因此被比作了同样用来获取功名的战斗场合。岑参眼中映出的，对士大夫而言的科举，就是为了获取功名之"战"。

# 结　语

　　将科举比作战斗，将及第比作取胜。这种意识在科举实行之后，还要经过百余年之久的熟成期，才能发展为视觉可见的形态。这同时或许也正是士大夫获取功名的场合从实际的战场转移到科举的考场上所需要的时间。如是登上历史舞台的岑参，有意识地在诗中歌咏科举相关的情形，终于将科举及第表达为"战胜"。将及第看作士大夫立下的功绩，将提高名声和战场上的立功等量齐观。这就是"战胜"这一表述的理由所在。

　　中唐以后，在诗中描写科举相关题材已成常态，其中也有若干把科举比作战斗的诗作。韦应物《送章八元秀才擢第往上都应制》："决胜文场战已酣，行应辟命复才堪。"姚合《答韩湘》："子在名场中，屡战还屡北。"白居易《醉后走笔酬刘五主簿长句之赠兼简张大贾二十四先辈昆季》："齐入文场同苦战，五人十载九登科。"方干《送喻坦之下第还江东》："文战偶未胜，无令移壮心。"等等皆是。岑参开创的以科举及第为"战胜"的表现手法，在士大夫之间扩散开来。就此观之，这已经不限于岑参个人的问题，而是有必要确认整个唐代科举制度的变迁，追究士大夫科举意识的变化了。关于这一宏大的课题，请待将来别论。

[译者单位：日本大阪大学文学部中国文学研究科]

# 庆历贡举考式与律赋结构

李 栋

**内容提要** 宋仁宗庆历四年，皇帝下诏令简化科举考试中的诗赋考式。通过考察当时作为律赋范本的《性习相远近赋》《放驯象赋》和《动静交相养赋》，可以发现这次贡举改革也一定程度地放宽了对律赋结构的限制。而律赋结构的这个变化，对北宋中期以后文赋的发展也有促进作用。由此可以更清晰地显示律赋与文赋两种体制之间的差异与关联。

**关键词** 庆历 贡举考式 律赋 文赋

## 一 庆历四年贡举考式的变化

宋仁宗庆历四年（1044）三月十二日，因宋祁等人的讨论，皇帝降诏令，放宽进士试赋的要求：

> 范仲淹等意欲复古劝学，数言兴学校，本行实。诏近臣议。于是翰林学士宋祁，御史中丞王拱辰，知制诰张方平、欧阳修，殿中侍御史梅挚，天章阁侍讲曾公亮、王洙，右正言孙甫、监察御史刘湜等合奏曰："……故为先策论过落，简诗赋考式，问诸科大义之法，此数者其大要也……"
>
> 乙亥，诏曰：……其令曰：……又以旧制用词赋，声病偶切，立为考式，一字违忤，已在黜格，使博识之士，临文拘忌，俯就规检，

美文善意，郁而不伸。如白居易《性习相近远赋》①、独孤绶《放驯象赋》，皆当时试礼部，对偶之外，自有义意可观。宜许仿唐体，使驰骋于其间……②

庆历四年的这份诏令，认为"声病偶切"不应过分束缚科举考试中的律赋写作，所谓"声病偶切"指的应该是押韵、格律和对偶。不过，从诏令和庆历四年修订的贡举考式来看，律赋写作的结构限制很可能也得到了缓解。

庆历四年以前使用的诗赋考格，是宋真宗景德四年（1007）十月乙巳（十二日）颁布的《考校进士诗赋杂文程式》，③ 目前已不存。不过，存世的《附释文互注礼部韵略》所附《韵略条式》中有《绍兴重修通用贡举式》，其中的律赋考格与景德年间的《考校进士诗赋杂文程式》，在律赋考式方面应该没有明显差异。④ 因此，通过将庆历贡举考式和绍兴贡举考式对比，我们可以大致了解庆历考式中的律赋部分相对于景德条制的变化。在这些变化中，与"声病偶切"有关的条目如下表所示：⑤

庆历贡举考式与绍兴贡举考式对照表

| 等级 | 对比 | 序号 | 庆历考式 | 绍兴重修通用贡举式 |
|---|---|---|---|---|
| 不考 | 绍兴考式更宽 | 1 | 诗赋脱官韵 | 诗、赋不压官韵（如文意分明，止是漏书字，即依脱字例。谓如……之类） |
| | | 2 | 诗赋落韵（用韵处脱字亦是） | 诗、赋落韵（如文意分明，止是误书字，即依脱字例，谓如……之类） |
| | | 3 | | 诗赋题全漏写官韵 |
| | | 4 | 重叠用韵 | 诗、赋重叠用韵（如文意分明，止是误书字，即依脱字例。谓如……之类） |

---

① 赋题应当作"性习相远近赋"。
② （宋）李焘：《续资治通鉴长编》卷一四七，中华书局，2004，第3565页。
③ 或称"考试进士新格"，见《续资治通鉴长编》卷六七，第1497页。
④ 许瑶丽指出，《附释文互注礼部韵略》中的"贡举条式"记载了北宋元祐五年至南宋宁宗年间历次对贡举条式的修订，"其内容主要是一些名讳、韵字的变化，而对诗、赋、策、论考格则鲜少论及。由此可以反推，《附释文互注礼部韵略》所载'绍兴重修通用贡举式'中所列诗赋考格应当与景德条制无大异"。见氏著《宋代律赋与科举——一种文学体式的制度浮沉》第三章第二节，人民出版社，2016，第59页。
⑤ 刘琳、刁忠民、舒大刚等校点《宋会要辑稿·选举》三之二《贡举杂录》，上海古籍出版社，2014，第5298页；《附释文互注礼部韵略（附韵略条式)》，《四部丛刊续编》本。

| 等级 | 对比 | 序号 | 庆历考式 | 绍兴重修通用贡举式 |
|------|------|------|----------|--------------------|
| 不考 | 庆历考式更宽 | 1 | | 赋协韵、正韵重叠 |
| | | 2 | | 诗、赋失平侧 |
| | | 3 | 小赋内不见题（意通而词优者非） | 小赋内不见题 |
| 抹 | 绍兴考式更宽 | 1 | 诗赋不对（诗赋初用韵及用邻引而不对者非，及诗赋末两句亦不须对） | 诗、赋不对（赋初用韵及用邻韵引而不对者非，诗破题及诗赋末两句亦不须对） |
| | 庆历考式更宽 | 1 | | 诗、赋属对偏枯 |
| | | 2 | | 赋压官韵无来处 |
| | | 3 | | 赋第一句末与第二句末用平声，不协韵 |
| | | 4 | | 赋侧韵第三句末用平声（今谓赋眼，如第一句用侧声，即第三句用平声亦许） |
| | | 5 | | 赋初入韵用隔句对，第二句无韵（用长句引而协韵者非） |
| | | 6 | 小赋四句不见题（意通者非） | 小赋四句以前不见题 |

从上表可以发现，庆历贡举考式不但修订了多项对律赋的押韵、声律、对偶的严格限定，而且对"小赋内不见题""小赋四句不见题"这两个条目，也放宽了规则，分别在后面添加了"意通而词优者非"和"意通者非"，即如果文意通顺合理，则即便律赋的开头没有迅速点明题意，也不算错。这就放宽了切题规则对律赋结构的限制。

## 二　切题规则与咏古事律赋结构

唐宋律赋的结构形式，非常深刻地受到了"切题"规则的影响。"切题"是考试背景下的重要写作原则，在科举律赋考试中则表现得尤其严格。这主要表现在两个方面。

首先，它要求律赋内容时时刻刻都紧扣着题目中的关键字来展开，从而尽量减轻考官评判时的难度，帮助他们较快地从大量考生中选取优胜者。这要求作赋者准确地把握命题用意，如李调元所论"赋贵与题相称，如《禹凿龙门赋》，则不得泛做龙门，须就禹功设想，庄重典切，方不令阅者目厌"①、"唐谢观《越裳献白雉赋》……带定'献'字，落墨不是专赋白雉，古人相题精审如此"，② 题中各字的重要程度不一，作者必须区分轻重，并在行文过程中扣住关键字。

其次，除了紧扣关键字之外，"切题"规则还要求科举律赋申明限韵所规定的主旨。在大多数情况下，赋的限韵也同时是对赋题内涵的提示，如唐懿宗咸通二年（861）的礼部试赋题《盛德日新赋》，限韵是"修乃无已尧舜何远"。这个赋题出自《周易·系辞上》："显诸仁，藏诸用，鼓万物而不与圣人同忧，盛德大业，至矣哉。富有之谓大业，日新之谓盛德。"③ 限韵中的"修乃无已"解释"日新"，而"尧舜何远"解释"盛德"，因此考生写作时，也必须扣住这八个字来申明、阐述。

切题规则明显地影响了律赋结构，这主要包括两个方面：第一，开篇需迅速点明题意、概括题旨。这体现在对"破题"和"小赋"的要求上。"破题"指开头的两句，"小赋"指开头一段，通常是律赋的第一韵。④ 律赋写作要求"小赋"概括赋题主旨，而起始的两句"破题"不但要立刻入题，且须凝练、出众，如秦观所言："凡小赋，如人之元首，而破题二句乃其眉。惟贵气貌有以动人，故先择事之至精至当者先用之，使观之便知妙用。"⑤

开篇概括题旨的要求，使律赋的结构与传统赋作不同。唐人编写的《赋谱》指出："故曰新赋之体，项者，古赋之头也。借如谢惠连《雪赋》：'岁将暮，时既昏。寒风积，愁云繁'，是古赋头，欲近雪，先叙时候物候也。《瑞雪赋》云：'圣有作兮德动天，雪为瑞而表丰年。匪君臣之合契，岂感应之昭室。若乃玄律将暮，曾冰正坚'，是新赋先近瑞雪了，项叙物类也。"⑥ 这就是说，传统赋作往往可以从相关的背景等写起，律赋却必须以"小赋"首先概括题旨，相当于多加了一个部分。如《瑞雪赋》的"若乃玄律将暮，曾冰正坚……"相当于《雪赋》开头的"岁将暮，时既昏……"，

① （清）李调元：《雨村赋话》卷二，巴蜀书社，2013，第182页。
② （清）李调元：《雨村赋话》卷三，第189页。
③ （唐）孔颖达疏《周易正义》卷七《系辞上》，（清）阮元校刻《十三经注疏》，中华书局，2009，第161~162页。
④ 关于"小赋"，也有认为不包括篇首"破题"两句的，如唐人所著《赋谱》云："《望夫化为石（赋）》云'至坚者石，最灵者人'，是破题也；'何精诚之所感……'是小赋也。"见张伯伟撰《全唐五代诗格汇考》附录三《赋格》，凤凰出版社，2002，第568页。但"小赋"终归是对题意的精简说明，则无疑义。
⑤ （宋）李廌撰，孔凡礼点校《师友谈记》，中华书局，2002，第18页。
⑥ 张伯伟：《全唐五代诗格汇考》附录三《赋格》，第568~569页。

但《瑞雪赋》在此之前，却必须先用"圣有作兮德动天"等四句来点明题旨。

第二，行文过程中，赋笔不能脱离题目既定的关键字和主旨，只能变换方式，反复陈说同一个意思。关于律赋如何安排结构、如何区分层次的问题，秦观有清晰概括：

> 凡小赋，如人之元首，而破题二句乃其眉。……然后第二韵探原题意之所从来，须便用议论。第三韵方立议论，明其旨趣。第四韵结断其说以明题，意思全备。第五韵或引事，或反说。第七韵反说或要终立义。第八韵卒章，尤要好意思尔。①

这段总结很契合律赋的常见结构法，如欧阳修于宋仁宗天圣八年（1030）参加殿试所作《藏珠于渊赋》（以"君子非贵难得之物"为韵），其第三至六韵的处理就与秦观的说法一致：

> 诚由窒民情者在杜其渐，防世欲者必藏其机。使嗜欲不得以外诱，则淳朴于焉而可归。将抵璧以同议，谅弹雀而诚非。照乘无庸，尽遗碕岸之侧；连城奚取，皆沈媚水之辉。
>
> 用能崇俭德以外昭，复淳风而有谓，民心朴以归本，物产全而靡费。珍虽无胫，俾临渊而尽除；事异暗投，永沉川而不贵。
>
> 然而道既散则民薄，风一浇而朴残，玩好既纷乎外役，质素无由而内安。故我斥乃珍奇之用，绝乎侈靡之端。将令物遂乎生，老蚌蔑剖胎之患；民知非尚，骊龙无探颔之难。
>
> 是则恢至治之风，扬淳古之式。不宝于远，则知用物之足；不见其欲，则无乱心之惑。上苟贱于所好，下岂求于难得？②

"藏珠于渊"典出《庄子·天地》"藏金于山，藏珠于渊，不利货财，不近贵富"。郭象注云："不贵难得之物，乃能忘我，况货财乎？自来寄耳，

---

① （宋）李廌：《师友谈记》，第 18 页。

② （宋）欧阳修著，洪本健校笺《欧阳修诗文集校笺》，上海古籍出版社，2009，第 1960 页。原文未分段。

心常去之远也。"① 这个比喻本是用来说明个人立身行事的准则，但作为科举考试的律赋题目，欧阳修将之发挥成为君主治理国家的准则，即崇俭抑奢，不特别珍视难得之物，避免因奢侈造成的民间财力消耗，使民众安于本业。此赋第三韵从正面展开议论，表示"应当防微杜渐，将损害道德与风俗的珍珠藏在深渊，使其远离君主"；第四韵总结这样做的意义"君主以俭朴的德行为天下作表率，风俗为之淳厚，民心为之朴实，物产充足、不被浪费"，即秦观所谓"结断其说以明题，意思全备"；第五韵从反面论证：如果君行无道、崇尚奢侈，就会使世风浮薄，民心不淳朴，所以必须摒除珍奇之物；第六韵则再次总结：这样就能获得理想的政治状态，君主不珍视难得之物，臣民也就不会耗费力量去获得它们。总体来看，每一韵的表达方法虽有"正说""反说""结断其说"等变化，但它们并没有将论题的内涵向更深处拓展。

南宋郑起潜的《声律关键》，以及清代赋论作品中也有很多讨论律赋结构的问题，② 与秦观之说差别不大。也有论者提及不同主题的律赋有不同的结构方式，如李元度《赋学正鹄·序目》云：

> 有叙事题之层次，咏物题之层次，言情题之层次，说理题之层次。初学必从叙事题入手，即以所叙之事为层次，事尽而篇法已完。③

但实际上，要使各类主题律赋采用不同"层次"，必须有个前提，即限韵并未规定一个需要辨析的主旨，或创作背景较宽松，因此赋家可以无视限韵的规定。否则，无论是怎样的赋题，也都要扣紧题中关键词，并反复阐明既定主旨，其结构与秦观的总结不会有太大的出入。例如，唐德宗贞元七年（791）的省试题《珠还合浦赋》，以"不贪为宝，神物自还"为韵。"珠还合浦"典出《后汉书·循吏列传·孟尝传》：

---

① （清）郭庆藩撰，王孝鱼点校《庄子集释》卷五上《天地》，中华书局，2012，第407、409页。

② 如汪廷珍《作赋例言》、徐承采《赋法梯程》、徐斗光《赋学仙丹》、侯心斋《律赋约言》、顾莼《律赋必以集》、李元度《赋学正鹄》等都曾言及。清人通常将此称作"层次"问题。

③ 李氏爽溪家塾刻本，同治十年宏道堂梓行，上海图书馆藏。范仲淹《赋林衡鉴》也曾将律赋主题分为"二十门"，并按照这个分类，分别讲述其结构和内容的安排方法。见（宋）范仲淹《赋林衡鉴序》，见曾枣庄、刘琳主编《全宋文》卷三八五，第18册，上海辞书出版社，2006，第397页。

　　（合浦）郡不产谷实，而海出珠宝，与交趾比境，常通商贩，贸籴粮食。先时宰守并多贪秽，诡人采求，不知纪极，珠遂渐徙于交趾郡界。于是行旅不至，人物无资，贫者饿死于道。尝到官，革易前敝，求民病利。曾未逾岁，去珠复还，百姓皆反其业。[①]

"不贪为宝，神物自还"的限韵概括了典故，也限定了律赋的主旨，并且包含一个清晰的因果逻辑（"因为孟尝将廉洁视作珍宝，所以通灵的珠宝重新出现在合浦"），因此，应试者就必须致力于说明这个主旨。以令狐楚的应试赋作为例，此赋除了最后一韵负责表达祈愿，因而对主旨做了一定的引申外，其他七韵都致力于扣住题目中的关键词，反复阐明这个主旨：

　　物之多兮珠为珍，通其货而济乎人。才披沙以晶耀，俄错彩以璘玢。避无厌之心，去之他境；归克俭之政，还乎旧津。由是观德，孰云无神。

　　相彼南州，昔无廉吏。富期润屋，贪以败类。孤汉主析圭之恩，夺苍梧易米之利。滥源既启，真质斯闶。从予旧而不瑕，谅天视兮有自。

　　孟君来止，惠政潜施。欲不欲之欲，为无为之为。不召其珠，珠无胫而至；不移其俗，俗如影之随。尔其状也，上掩星彩，遥迷月规。粲粲离离，与波逶迤。

　　乍入潭心，时依浦口。惊泉客之初泣，疑冯夷之始剖。依于仁里，天亦何言；富彼贪夫，神之所不。

　　沙下兮泥间，韬光而自闲。映石华之皎皎，杂鱼目之鳏鳏。岂比黄帝之使罔象，元（玄）珠乃得；蔺生之诡秦主，荆玉斯还。

　　由是发润洲蘋，增辉岸草。水容益媚，泽气弥好。川实效珍，地宁爱宝。隐见谅符乎龙跃，亏全非系乎蚌老。岂惟彰太守之深仁，所以表天子之至道。

　　观夫果耀外澈，英华内含。饰君之履兮岂不可，照君之车兮岂不堪。犹未遭于采拾，尚见滞于江潭。虽旧史之录，与前贤之谈。终思

_____

①　（南朝宋）范晔：《后汉书》卷七六《循吏列传·孟尝传》，中华书局，1965，第 2473 页。

入掬以腾价，愿得书绅而励（厉）贪。

于惟明时，不贵异物。徒饰表者招累，而握珍者难屈。是珍也，居下流而委弃，历终岁而烟郁。望高鉴兮暗投，幸余波之洗拂。①

此赋第一韵提示题目中的关键字"珠"与"还"，并根据典故内涵和限韵之意，非常简略地概括说明珍珠去而复还的根本原因在于政治的"贪与廉"，即"避无厌之心，去在他境；归克俭之政，还乎旧津"。第二韵及第三韵前半段（至"俗如影之随"）在破题基础上继续展开，介绍典故内容和相关背景，例如时间（汉代）、地点（南州）、人物（孟尝）、事件梗概（"昔无廉吏"，遂"真质斯闷"；孟尝行廉政，遂"不召其珠，珠无胫而至"）。至此，事件和从事件中抽绎出来的道理（即此赋被规定的主旨）已经交代完毕了。不过，这里只提及了最重要的信息，而省略了另外一些细节，其去取的标准，是赋题与限韵。例如在这个历史事件中，珍珠的"去"和"还"本是次要的，百姓的生活变化对于政治而言更为关键，"行旅不至，人物无资，贫者饿死于道""（孟尝）求民病利""百姓皆反其业"。但由于题目和限韵中强调的是珍珠，因此百姓的境遇在此赋中就基本被省略了。由此可见，在切题规则之下，律赋的叙事要为阐明主旨做出牺牲。

从第三韵后半（"尔其状也……"）至第七韵，则几次重复同一个模式：首先描摹珍珠的明亮润泽，然后扣住"还""宝""不贪"等关键词发表议论（加下画线的句子），提示主旨。这就使得描写要为阐明主旨服务，因此它不停地被打断。但同时，这个主旨只是被反复提及，却并未获得多角度、深层次的阐发，因为根据严格的切题规则，律赋的每个部分的表达，都要紧扣着关键词和给定的逻辑关系，不可偏离。例如，第五韵只能简单地列举两个关于"宝物复还"的典故（罔象为黄帝寻回玄珠、蔺相如完璧归赵），泛泛地表示孟尝使合浦珍珠去而复还，比罔象、蔺相如的事迹更胜一筹，却不能从行政的角度广泛引证，论述廉政的必要性。因为后者虽然可以使命题向更深处开拓，但在文字层面上却无法始终保持与"珠还合浦"的关联。也就是说，切题规则同时阻碍了此赋在描写与议论方面的发挥，使两者都只能浅尝辄止，无法充分展开。

可见，只要规定了需要辨析的主旨，以事为题的律赋也并不能"以所

---

① （清）董诰等编《全唐文》卷五三九，中华书局，1983，第 5469～5470 页。

叙之事为层次，事尽而篇法已完"。咏物律赋的情况也与此类似。① 中唐以后，在正式的科举考试中，此类限韵成为主流，② 那么，在严格的科举规范下，大量律赋就必须时刻不离题目中的关键词，同时反复阐明限韵所规定的主旨。这就使得它们实际以"道理"为中心，尽管它们的赋题未必是道理，而是咏物或是咏事。并且，这样形成的律赋结构不但不利于描写、叙事和抒情，在议论方面也难以得到充分施展。

## 三　《性习相远近赋》等赋作的结构

上文的分析已经说明，在切题规则的约束下，科举律赋既无法充分地展开描写与抒情，也不能畅快地发表议论，对论题作严肃、深入的推进。从描写的角度而言，这自然是障碍；从议论的角度来说，它也无疑是非常浅薄的做法。这一点也是律赋在唐宋古文运动背景下受到抨击的重要原因。当人们追求文章的社会功用时，就会尤其意识到切题规范下的律赋主要讲求文辞的联缀，而非辨析明达，从而贬低律赋的价值。改变科举文体的意见和相关尝试在唐代就已出现，③ 而在晚唐至宋初较为消沉。到北宋仁宗朝，随着古文运动进一步发展，这种意见再次变得强势起来。石介《上蔡副枢书》指责华辞丽句不利于道德教化：

> 今夫文者，以风云为之体，花木为之象，辞华为之质，韵句为之数，声律为之本，雕镂为之饰……遗两仪、三纲、五常、九畴而为之文也，弃礼乐、孝悌、功业、教化、刑政、号令而为之文也……而化日以薄，风日以淫，俗日以僻，此其为今之时弊也。④

---

① 笔者另有论文《论唐代咏物律赋的结构形式》（《中山大学学报》2021 年第 6 期）一文专门讨论了这个问题。

② 以现存的唐代省试赋作品来看，到代宗时期，"切题"规则已真正成熟。

③ （唐）杜佑《通典》卷一七《举选五》中就记载了唐人的多次提议，例如代宗大历间，洋州刺史赵匡上《举选议》云："进士习业，亦请令习《礼记》《尚书》《论语》《孝经》并一史，其杂文请试两首，共五百字以上，六百字以下，试笺、表、议、论、铭、颂、箴、檄等有资于用者，不试诗赋。"见《全唐文》卷三五五，第 3604 页。永泰元年（765）上都主试官贾至是宝应二年杨绾意见的支持者，他所出的杂文试题是《辕门箴》，就避开了诗赋二体。是年东都考官是杨绾，翌年上都考官仍是贾至，则这两次考试的杂文试题很可能也不是诗赋。参考薛亚军《唐代试律研究》第一章，中国戏剧出版社，2010。

④ 曾枣庄、刘琳主编《全宋文》卷六二〇，第 29 册，上海辞书出版社，2006，第 205 页。

实际上，律赋考试的题目涉及范围较广，且基本出自经典作品，以当时士人的角度来看，题目并不能说是肤浅。人们关于"肤浅"的批评，应当是想强调律赋并不擅长说理。北宋主张取消诗赋考试者，多希望以经义或策论代替诗赋，这也是期待考生能在其中深入透彻地阐明观点。

庆历四年诏令中提出了白居易《性习相远近赋》、独孤绶《放驯象赋》，作为放宽规则后理想的律赋范本。它们在声律和对偶方面并不完全符合景德考式的规定，例如上表中"抹式"之"赋侧韵第三句末用平声（今谓赋眼，如第一句用侧声，即第三句用平声亦许）"，在《性习相远近赋》① 中就有体现：

| 亦犹 | |
|---|---|
| 一源派别，随混澄而或浊或清， | 入平去入，平去平○去入去平 |
| 一气脉分，任吹煦而为寒为暑。 | 入去去平，去平去○平平平上 |
| 是以君子 | |
| 稽古于时习之初， | 平上○平入平平 |
| 辨惑于成性之所。 | 去入○平去平上 |

此处押上声韵（韵字为"暑""所"），即仄（侧）韵，而无论以"清"或"分"算作第一个出句的末字，第三句（"是以君子稽古于时习之初"）的末字都不应该用平声。根据景德考式，此处将被考官判"抹"。

宋祁等认为《性习相远近赋》和《放驯象赋》"自有义意可观"，是看重它们议论较为顺畅。除此之外，在庆历四年这次关于学校贡举的讨论中，范仲淹还曾提出以白居易《动静交相养赋》作为范本：

上（指宋神宗——引者注）又论范仲淹欲修学校贡举法，乃教人以唐人赋体《动静交相养赋》为法，假使作得《动静交相养赋》，不知

---

① 本文所引《性习相远近赋》原文，均见（唐）白居易著，朱金城笺注《白居易集笺校》，上海古籍出版社，1988，第 2599～2600 页。平仄分析的部分中，底色涂灰的是赋句的节奏点，即用来考察赋句格律的关键对象。本文对格律的分析，参考赵俊波《唐代律赋的声律遵从与避忌——兼与清代律赋相对比》，《辽东学院学报》（社会科学版）2015 年第 2 期。

何用？①

将这三篇赋综合起来，从"说理晓畅明晰"的角度来考察，则他们在当时被视作典范的原因，可能包括句法和篇章结构两部分。

## （一）句法

综合来看，这三篇赋的句法都能使行文较流畅，便于说理，这主要表现为两方面：虚字使用频繁；以散句入对或使用句数较多的长对。

虚词在这里的功用，首先在于使句与句之间的关系更显豁。如"德莫德于老氏，乃曰道是从矣；圣莫圣于宣尼，亦曰非生知之"（《性习相远近赋》）、"与其继之而厚养，孰若纵之而自遂"（《放驯象赋》）②两句，以"乃""亦""与其""孰若"等充分说明了前后句的逻辑，因此意思表达得就相当晓畅。其次，赋中使用大量"同字对偶"和"规则重字对"③，如"非所习而习则性伤，得所习而习则性顺""故圣与狂由乎念与罔念，福与祸在乎慎与不慎""故得之则至性大同，若水济水也；失之则众心不等，犹面如面焉"（《性习相远近赋》）、"且彼集于禁林，我则有五色九苞之禽；在于灵囿，我则有双骼共抵之兽"（《放驯象赋》）等，它们将一个意思分成两个对句来讲，因此能起到强调作用，并且使说理更晓畅。

而白居易的两篇赋中大量使用散文化较强的句子，如"非所习而习则性伤"等构成对仗，又有单边句数较多、因此同样能实现散文化效果的长对如"原夫性相近者，岂不以有教无类，其归于一揆；习相远者，岂不以殊途异致，乃差于千里"等，它们与虚字配合，使得作品既工整又流畅，从而有利于说理明晰。

## （二）篇章结构

《性习相远近赋》以"君子之所慎焉"为韵。此赋在写作中，能够保证

① （宋）李焘：《续资治通鉴长编》卷二七五"熙宁九年五月"条，第6732页。
② 本文所引《放驯象赋》原文，均见《全唐文》卷四百五十六，第4661页。
③ 同字对偶，指上下句的同一位置使用同样的字；规则重字对，指"出句在不同位置重复出现了同一个字，而对句也在与出句重字相对应的位置上重复另一个字"。参考罗积勇、张仪《论古代对偶辞格运用中的羡余问题》，《修辞研究》（第五辑），暨南大学出版社，2020，第78页。

每一韵不脱离"性""习""慎"这三个关键字，其中的第四至六韵符合标准的科举律赋结构。但它的前三韵在说理方面有一定程度的推进拓展，并未限制在一个思路之内：

> 噫！下自人，上达君。德以慎立，而性由习分。习则生常，将俾夫善恶区别；慎之在始，必辨乎是非纠纷。
>
> 原夫性相近者，岂不以有教无类，其归于一揆；习相远者，岂不以殊途异致，乃差于千里。昏明波注，导为愚智之源；邪正歧分，开成理乱之轨。安得不稽其本，谋其始，观所恒，察所以？考成败而取舍，审臧否而行止。俾流遁者反迷途于骚人，积习者遵要道于君子。
>
> 且夫德莫德于老氏，乃曰道是从矣；圣莫圣于宣尼，亦曰非生知之。则知德在修身，将见素而抱朴；圣由志学，必切问而近思。在乎积艺业于黍累，慎言行于毫厘。故得其门，志弥笃兮性弥近矣；由其径，习愈精兮道愈远而。①

第一韵说明了"性""习""慎"三者的关系：习染使性情相近的人有善恶之分，因此君子应当在最初就保持谨慎，分辨是非。第二韵首先详细解释"性相近，习相远"的具体内涵：人人都能接受圣贤之道的教育，因此性情相近；但道路、方法的差异使人们习染不同，于是相隔悬远。然后说明君子应当谨慎：习染的影响巨大，因此必须从开始就谨慎谋划、观察，考察前代的成败，审视其中的善恶，从而有所借鉴，有所扬弃。这样能使那些走向歧途的人回到正道上来，遵从正确的教化。第三韵举老子、孔子为例，说明圣贤也必须通过修身学习来成为圣贤，因此君子应当不断积累学识，并在细微的言行中都保持谨慎。找到正确的门径后，要志向坚定，不断学习修养。

也就是说，第二韵与第三韵对主旨的解释并不相同：第二韵接着第一韵的思路，强调"辨别正确的道路"，第三韵则在这个基础上，强调"不断积累学习"。第三韵最后一联就可以视作一个总结，显示了二者之间的递进关系。这个处理能够更深入地阐明论题。此赋的后半段（即第四至六韵）恢复到了律赋的标准结构方法：变换表达方法来说明第二韵的意思。与它们相比，前半段的三韵在说理方面更有价值。

---

① （唐）白居易著，朱金城笺注《白居易集笺校》，第 2599～2600 页。

独孤绶《放驯象赋》的前半段说理更为畅达，也更不符合标准律赋结构。此赋的限韵"珍异禽兽，无育家国"，解释了"放驯象"这一事件背后的思想主旨。作者在赋的前半部分分几个层次，进一步说明了为什么"珍异禽兽，无育家国"：

> 彼炎荒兮，王国是宾；比驯象兮，越俗所珍。化之式孚，则必受其来献；物或违性，所用感于至仁。
>
> 吾君于是诏掌兽之官，谕如天之意：惟越献象，不远而致。推己于物，曾何以异。徒见骁雄姿而屈猛志，安知不怀其土而感其类？揆夫国用，刍荼之费则多；许以方来，道途之勤亦至。与其缧之而厚养，孰若纵之而自遂？
>
> 且彼集于禁林，我则有五色九苞之禽；在于灵囿，我则有双骼共抵之兽。何必致远物于外区，崇伟观于皇都？是用返诸林邑之野，归尔梁山之隅……①

此赋第一段的主要意思是，接受献驯象和将之放生都有合理的理由"化之式孚，则必受其来献；物或违性，所用感于至仁"。这与限韵不完全保持一致，却相当有现实意义：这批驯象是唐代宗时外邦进贡的，代宗去世后，其子德宗要将它们放归山林，因此只有强调"接受和放归都合理"，才能够同时维护先帝和现在的皇帝。② 第二段从三个方面说明应当将驯象放生：驯象远离故土，屈志于人，其情可悯；养育驯象，花费甚多；开此先例，日后更有无数类似事件，耗费国家资源。第三段则继续提出新的理由：皇家园囿中本已有许多珍禽异兽，接着进行总结：因此它们被放归山林。

《放驯象赋》的前半部分并不完全符合切题规则，例如"化之式孚，则必受其来献"的意思就超出了题目和限韵之意；再者，它从整体着眼，层次分明地解释为什么要放驯象，在这个过程中，文字层面并没有始终扣住

---

① 《全唐文》卷四五六，第4661页。

② （唐）苏鹗：《杜阳杂编》卷上："宏词独孤绶，所司试《放驯象赋》，及进其本，上自览考之，称叹者久，因吟其句曰：'化之式孚，则必受乎来献；物或违性，所用感于至仁。'上以绶为知去就，故特书第三等。先是代宗朝，文单国累进驯象三十有二，上即位，悉令放之于荆山之南。而绶不辱其受献，不伤放弃，故赏知其去就焉。"（《丛书集成初编》本，商务印书馆，民国二十八年，第9页。）

题中的关键字，也没有着力于辨析关键字之间的关系。然而，正是这样的处理，才使得阐释不浮于表面、不陷于琐屑，能够真正深入拓展、明晰说理。也就是说，此赋并未严格遵守切题原则，它因此在议论方面比大部分律赋都更可观。这应当是宋祁等人特别标举它的一个重要原因。

与以上二赋不同，《动静交相养赋》并非律赋，它不讲究声律的抑扬平仄，并且无限韵，还有两次押同一个韵的情况①，应当视作受当时律赋影响的骈赋。此赋赋序中介绍写作缘起云："居易常见今之立身从事者，有失于动，有失于静，由斯动静俱不得其时与理也。因述其所以然，用自儆导，命曰《动静交相养赋》"②。然则白居易写作此赋，的确包含了他想要表达的深意，而不仅是为科举考试作练习。因此，此赋更能体现赋体与"议论"手法的结合，也可以作为一个反例，展示说明严格规范下的律赋在结构上并不适于议论。

《动静交相养赋》围绕着"动"与"静"的辩证关系展开，并在整体上形成了一个逻辑推进的结构："动"与"静"的辩证关系首先体现在"天地之道"的层面上：

> 吾观天文，其中有程。日明则月晦，日晦则月明。明晦交养，昼夜乃成。吾观岁功，其中有信。阳进则阴退，阳退则阴进。进退交养，寒暑乃顺。且躁者本于静也，斯则躁为民，静为君。以民养君，教化之根，则动养静之道斯存。且有者生于无也，斯则无为母，有为子。以母养子，生成之理，则静养动之理明矣。

其次体现在"万物之性"的层面上：

> 所以动之为用，在气为春，在鸟为飞。在舟为楫，在弩为机。不有动也，静将畴依？所以静之为用，在虫为蛰，在水为止。在门为键，在轮为柅。不有静也，动奚资始？则知动兮静所伏，静兮动所倚。

由此进一步得出结论，即人的"立身从事"也要动静相济：

---

① 第六韵与最末一韵均押"之"韵。
② 本文所引用《动静交相养赋》原文，均出自《白居易集笺校》第 2588～2589 页。

吾何以知交养之然哉！以此有以见人之生于世，出处相济。必有时而行，非匏瓜不可以长系。人之善其身，枉直相循。必有时而屈，故尺蠖不可以长伸。

在律赋标准结构中，各部分都必须反复阐释同一个意思，因此它们在内容层面实则构成平行关系。而在这篇作品中，"天地之道""万物之性""人的立身从事"之间不是并列的关系，而是一种因果关系，即前者是后者成立的前提。作者从"天地之道"开始，逐步说明了人的立身从事也必须遵从"动静交相养"的原则，最后又继续推进，感叹立身行事的动静相济很难做到：

嗟夫！今之人知动之可以成功，不知非其时动必为凶。知静之可以立德，不知非其理静亦为贼。大矣哉！动静之际，圣人其难之。先之则过时，后之则不及时。交养之间，不容毫厘。故老氏观妙，颜氏知机。噫！非二君子，吾谁与归？

总之，此赋无论逻辑推进的过程，还是最后的感慨，都显示出论体文的特征。逻辑推演是论体文的基本写作方式，而赋体的基本手法则是敷衍铺陈、平行列举。《动静交相养赋》尽管以"赋"名之，也具备若干赋体因素，如押韵、对偶等，但从谋篇布局来看，它的写作方式更偏于论体。

通过以上的考察可以发现，在庆历四年前后被当作律赋改革范本的三篇唐人赋作，在句法和篇章结构上都有便于说理论述的特质，而不完全遵守标准的律赋结构。

## 四　庆历四年诏令与文赋的发展

庆历四年诏令对贡举考式的修订，在第二年就被官方否定了。庆历五年（1045）三月二十三日，朝廷诏令礼部贡院"进士所试词赋，诸科所对经义，并如旧制考较之"。[①]此后在庆历六年和八年又因贡院的谏言，重申了这个意思：庆历六年二月二十八日，重申科举以文取士，举子应按《礼

---

① 《宋会要辑稿·选举三》，第 5300 页。

部条例》所定文格、程式，不得妄变文体，不得以怪诞诋讪为高、各出新意相胜为奇；庆历八年四月八日，"诏：科场旧条皆先朝所定，宜一切无易"。① 除了党派之争外，这在很大程度上也是由于大规模选拔考试要求操作程序的合理与便捷，而试图通过允许自由发挥来显示个人的真正优长，则必然与之形成矛盾。

从庆历四年之后的文献中，我们可以发现庆历四年修订贡举考式后的律赋有某些特点：篇幅长，句子长，一定程度地脱离了规则限制，即"汗漫无体"。

> 今贡院考试诸进士，太学新体，间复有之。其赋至八百字已上，而每句有十六、十八字者，论有一千二百字以上，策有置所问而妄肆胸臆，条陈他事者。（张方平《贡院请诚励天下举人文章》，庆历六年）②

> 时礼部贡院言："……旧制以词赋声病偶切之类，立为考式，今特许仿唐人赋体及赋不限联数、不限字数。……自二年（指庆历二年——引者注）以来，国子监生诗赋即以汗漫无体为高，策论即以激讦肆意为工……"（《续资治通鉴长编》"庆历八年四月"条）③

研究者已指出，庆历二年欧阳修所作《进拟御试应天以实不以文赋》（以"推诚应天岂尚文饰"为韵）正是一篇符合以上特点的律赋，因此它应该正是张方平所谓"太学新体"的代表作，也是从庆历二年起影响了国子监学生律赋创作的一篇作品。④ 也就是说，当庆历四年诏令放宽律赋考试中对"声病偶切"的限制时，欧阳修此赋应当是一个现成的范本，赋中的句法与《性习相远近赋》等也比较相似。而如果从赋作结构的角度来看，欧阳修此赋像是论与时务策的结合，完全未顾及切题规则对律赋的限制。当然，由于欧阳修毕竟是以朝中官员的身份写这篇律赋，他很可能比应试或备考时

① 《宋会要辑稿·选举三》，第 5300、5301 页。
② （宋）张方平撰，郑涵点校《张方平集》，中州古籍出版社，1992，第 279 页。
③ 《续资治通鉴长编》卷一六四，第 3946 页。
④ 参考许瑶丽《宋代进士考试与文学考论》第二章"论庆历太学新体"，上海古籍出版社，2015；林岩《北宋科举、党争与古文运动——张方平庆历六年科举奏章的再审视》，《第五届中国古代文章学研讨会论文集》，第 176~192 页。

的考生们拥有更多的自由，后者未必能像他这样完全无视切题规则。不过，考虑到《性习相远近赋》等三篇赋的结构，以及庆历考式中对"小赋内不见题""小赋四句不见题"两个条目的调整，或许我们可以认为，庆历二年以来京城国子监生作赋时的"汗漫无体"，也包括了对律赋标准结构的某种程度的背离。

庆历二年，欧阳修奏上《进拟御试应天以实不以文赋》，到庆历四年，官方诏令肯定了它的若干特质，这必然使它更受推重。尽管在庆历五年贡举考式就恢复原貌，但从上面的资料来看，在与科举相关的写作中，这篇赋和庆历四年诏令的影响至少延续到了庆历八年，也就是说，以官方权威都未能完全将它们消除。那么，律赋追求说理明晰、放弃由切题规则带来的标准律赋结构，这个观念也应在相当一段时间内形成了影响。

由于宋代律赋作品大量散佚，现在能支持这一推断的资料并不太多。不过，欧阳修的学生苏轼也在律赋方面继承了老师的思路。神宗熙宁年间，王安石推行变法，取消了科举考试中的诗赋考试，此后作为反对党的苏轼就开始特别强调赋的创作。目前苏轼文集中收录的七篇律赋，可能都是诗赋考试取消后创作的。[①] 它们的结构大都不符合科举背景下的标准，[②] 而更像论体文的结构，能使说理畅达。例如《通其变使民不倦赋》（以"通物之变民用无倦"）的前半段如下：

> 物不可久，势将自穷。欲民生而无倦，在世变以能通。器当极弊之时，因而改作；众得日新之用，乐以移风。
>
> 昔者世朴未分，民愚多屈，有大人卓尔以运智，使天下群然而胜物。凡可养生之具，莫不便安；然亦有时而穷，使之弗郁。
>
> 下逮尧舜，上从轩羲。作纲罟以绝禽兽之害，服牛马以纾手足之疲。田焉而尽百谷之利，市焉而交四方之宜。神农既没，而舟楫以济也；后圣有作，而弧矢以威之。至贵也，而衣裳之有法；至贱也，而

---

① 此外，苏轼还有一篇《复改科赋》很有可能是律赋，但并未标明限韵情况，不便确认。苏轼律赋中，有四篇不能确定其创作时间：《明君可与为忠言赋》《通其变使民不倦赋》《三法求民情赋》《六事廉为本赋》。研究者根据赋的内容，认为可能是元祐年间苏轼给宋哲宗的献赋，意在于进谏。见许瑶丽《宋代进士考试与文学考论》，第 87～90 页。

② 《快哉此风赋》现存部分太短，无法判断；《明君可与为忠言赋》的结构与律赋标准结构相近。

臼杵之不遗。居穴告劳，易以屋庐之美；结绳既厌，改从书契之为。

如地也，草木之有盛衰；如天也，日星之有晦见。皆利也，孰识其所以为利？皆变也，孰诘其所以制变？五材天生而并用，或革或因；百姓日用而不知，以歌以抃。①

此赋开篇首先点题：能够变通，才能使百姓生活便利；接下来以上古圣人为例，说明无论多好的创造也都可能随着时代变迁而被淘汰；然后总结：这是自然规律，上古的人们也只是顺应规律而生活。这一段内容并未始终紧扣关键字、辨析关键字之间的关系，但清晰完整地表达了"古代圣人的发明也有需要改变的时候，顺应规律才能使百姓生活便利"之意，其结构非常有利于说理。

而如果我们将视野从律赋这个体制扩展开去，则可以发现，在贡举考式恢复到较严格的状态之后，欧阳修等仍然鼓励以赋体申发议论，甚至是"破体为赋"的做法。例如，李觏的《长江赋》和崔公度《感山赋》虽以赋名，却更近于论策之体。《长江赋》作于庆历六年（1046），② 李觏在其中表达了对国家战略形式安排的看法，建议朝廷更加重视对东南地区的治理；崔公度《太行山赋》应作于宋仁宗去世前不久，③ 此赋详细分析了太行山地区的形势，可作为治理之资。这两篇赋在当时可能都曾上达君主：《长江赋》并未使用赋体传统的假设对问之体，而其中申明己见时始终以"臣"自称，考虑到李觏之前曾专门就东南问题上书富弼，④ 则这篇《长江赋》很可能也是打算经由某位重臣进呈给皇帝的。而《感山赋》确实是由欧阳修推荐给韩琦，韩琦进献给了英宗皇帝，崔公度因此得到了晋升的机会。⑤ 那么，这些"破体为赋"的作品在当时必然也会影响人们关于赋体创作的观念。此后，更多的此类作品被创作出来，苏轼《天庆观乳泉赋》、黄庭坚

---

① （宋）苏轼：《通其变使民不倦赋》，见《全宋文》卷一八五〇，第85册，第156页。
② 据《直讲李先生年谱》，《直讲李先生集》卷首所附，四部丛刊影印明成化刊本。
③ 《孙公谈圃》云："崔公度伯易，自号曲辕先生。作《太行山赋》，以太行近ךּ忌，改作《感山赋》。裴煜得之献魏公，未及品藻，示永叔，永叔题其后曰：'司马子长之流也。'魏公因荐其文，英庙欲擢以馆职。"见（清）浦铣著，何新文、路成文校证《历代赋话校证·历代赋话续集》卷九，上海古籍出版社，2007，第270页。
④ （宋）李觏：《寄上富枢密书》，见《全宋文》卷八九四，第42册，第3页。
⑤ 《宋史》卷三五三《崔公度传》云："欧阳修得其所作《感山赋》，以示韩琦，琦上之英宗，即付史馆。授和州防御推官，为国子直讲，以母老辞。"（第11152页）

《江西道院赋》等，几乎都可以视作论体文。以赋作实现畅达深刻的说理，在北宋中后期逐渐成为比较常见的做法。

宋人强调说理而忽略"铺采摛文"的赋作，被后世称作"文赋"，意为"以古文的方法作成之赋"，其关键则在于使赋作具有一个便于逻辑推进的结构。① 而欧阳修与苏轼正是文赋最重要的两个代表作家。从赋作来看，他们的文赋写作，与其对律赋的改造具有同样的思路。欧阳修《进拟御试应天以实不以文赋》和苏轼的《通其变使民不倦赋》，从限韵的角度来看，可以视作律赋；从内容和结构来看，则完全可以视作文赋。律赋和文赋的基本判断标准，本就不在同一个层面上：判定律赋只需以形式，② 而判断文赋则必须充分考察内容、归纳结构。当律赋也具备了一个明晰说理的结构时，二者就必然发生重合。

由此我们可以发现，由于科举制度与切题规则的存在，律赋结构中早就潜藏了文赋的某些特质。本文的第二节说明，标准的科举律赋拥有一种自我矛盾的复合式结构：段落内部强调议论明达，段落之间却并无明显的逻辑推进。这使得律赋作者必须同时具备铺采摛文和说理辨析的能力：前者用于在段落之间变化表达方式、反复申说；后者用于在段落内部辨析逻辑、使论述合理。它们分别属于赋体和论体文的传统，彼此并不相似。那么，为何科举考试要求赋作兼具论体文的因素？这一方面来自科举考试"便于去取"的需求，即必须通过切题来形成标准，迅速缩小阅卷范围；另一方面也源于唐宋时期士大夫以文学为政治服务的整体思路，否则科举考试的赋题未必需要典出经史，未必需要设定与儒家政治伦理有关的"主旨"，使考生在作品中反复陈述其意。

北宋庆历四年诏令决定放宽科举考试中律赋写作的限制，就是在"文学服务于政教"思路下，进一步以律赋传达士大夫"言论"、展示应试者从政能力的尝试。他们所期待的，是更强烈地放大律赋中与"论说"有关的

---

① 请参考拙论《苏轼对赋体的标举与宋代文赋的发展——以〈超然台赋〉〈黄楼赋〉为例》，《新宋学》第八辑，复旦大学出版社，2019，第 24～49 页。

② 学者或主张以"限韵"为判断律赋的关键体式标准，或认为应以"格律"为主，均属形式层面的问题。参考赵成林《律赋体式标准问题辨略》，《中国韵文学刊》2008 年第 1 期；尹占华《律赋论稿》，巴蜀书社，第 1 页；赵俊波《再论唐代律赋的体式标准》，《辽东学院学报》（社会科学版）2010 年第 2 期；邝健行《律赋论体》，《四川师范大学学报》（社会科学版）2005 年第 1 期；邝健行《唐代律赋与律》，收入氏著《诗赋合论稿》，江苏古籍出版社，2002，第 115～133 页。

因素，同时削减赋体"铺采摛文"传统的影响。这个主张与文赋的创作思路如出一辙，又借助科举背景，影响广远。对于文赋在北宋中期获得了进一步发展，它应当起到了作用。

总之，律赋、文赋的研究者多曾论及律赋与议论的关系，并比较律赋与文赋的不同，① 但相关讨论尚不能说充分。而通过对科举背景下律赋结构的分析，我们可以更清楚地理解，律赋的标准结构中已经潜藏了文赋"侧重逻辑推进、讲求说理明晰"的特质，但又无法将其充分发挥出来。而在北宋仁宗朝庆历年间，经由修订科举考式，律赋中的这一特质一度获得了更好的强调，从而使律赋与文赋的追求进一步趋同，并一定程度地激励了同时期文赋的发展。

[作者单位：西南交通大学人文学院]

---

① 例如曾枣庄认为"以议论为宗"是律赋和文赋的共同表现，见《宋代的文学与文化》，上海人民出版社，2006，第 87 页；张宏生《文赋的形成及其时代内涵——兼论欧阳修的历史作用》指出律赋的说理倾向有助于"文赋"体制形成，见《文学遗产》2000 年第 6 期。

# 熙丰官学发展与新学后进群体的出现[*]

## ——以黄裳为考察对象

张　弛

**内容提要**　北宋士大夫黄裳之所以宗奉王氏新学，是因为他曾受熙丰官学培养，早年在太学的学习经历，正是他接受新学思想的关键原因。他的交游有着明显的地域特征，在学缘与地缘的双重影响之下，他不仅与一众出身福建路并从习新学的士大夫相交甚笃，还有着建构闽地道统的强烈自觉，这说明北宋中后期很可能存在一个闽籍新学学者群体，而这一群体学术趣味的趋同，可能与福建路士人研习《庄》学的风气有所关联。

**关键词**　黄裳　官学　新学　福建路

荆公新学是海内外学者共同关注的重要课题，关于王安石及其门人弟子的研究，已积累了一定的成果。近年来，研究者注意到北宋中后期政坛上活跃着一批未曾亲炙于王安石，却仍旧宗奉新学的士大夫，并将这一群体的出现归因于王安石变法后建立起的科举、学校体制对士人之培养。[①] 而改革后的科举尤其是学校制度究竟如何对这些新学后进施加影响，值得进一步探究。其中，元丰五年状元黄裳，不仅在学术上承袭王氏新学[②]，且其

---

[*]　本文系中国博士后第 71 批面上资助项目（2022M712810）"王安石学校改革与北宋中后期士大夫研究"阶段性成果。

[①]　参见张钰翰《北宋新学研究》，复旦大学博士学位论文，2013。另见〔日〕梶田祥嗣『「王安石政治思想研究」博士論文概要書』，早稲田大学リポジトリ（nii. ac. jp），2019。

[②]　〔日〕梶田祥嗣：『黄裳の周禮思想：王安石「周禮義」の継承を中心として』，『日本中國學會報』卷 69，2017，第 78 ~ 93 页。

早年曾求学于太学，仕宦历经神、哲、徽宗三朝，正可以作为绝佳个案。目前学界对于黄裳生平行实的梳理已经取得了一些成果，早已有《黄裳年谱》问世①，在此基础上，本文将先厘清黄裳早年周游学校经历中的几个关键问题，再以学缘为线索考察黄裳的交游情况，从而直观地展现出王安石学校改革如何通过制度影响时代风气，引导年轻士子接受、学习新学，而学缘又是如何与地缘因素相互交织，影响当时士大夫人际关系的建构。此外，黄裳对闽地道统的自我认知，亦可揭示出北宋中后期新学学派发展的复杂面相。

# 一 黄裳入太学始末

黄裳，字冕仲，号演山居士、紫玄翁，南剑州剑浦人，《宋史》无传，今存《演山先生文集》六十卷，另有词集单行。现存程瑀所撰之《宋端明殿学士正议大夫赠少傅黄公神道碑》是记载黄裳生平的第一手文献，其中载黄裳"在太学，有同舍生遭丧，无以为归计，罄箧笥所有资之"②。而黄裳本人作《游山院记》有云"治平戊申之仲夏，赴诏西上，逾绝岭，涉巨江，度炎暑，履素秋，凡四十日矣。而后次于雪川之逆旅……"③，马里扬据此判断黄裳应当于治平四年西入东京进入太学，又据《府学解元谢启》判断他曾于熙宁五年应开封府解试，得解元。

仔细考察黄裳这段时间的经历，不难发现其中存在一个问题，黄裳既然治平四年已进入太学，那为何要于开封府取解？国子监自有解额，且单独举行解试。据《宋会要》所载，为了解决解试场地不够的问题，治平四年有司还专门修缮了高翰宅作为考试场所④。而至熙宁八年，开封府、国子监方才将"举人并就一处考试，仍以两处解额通计取人"⑤。此外，黄裳于

---

① 参见马里扬《演山词研究》附录《黄裳年谱》，南京师范大学硕士学位论文，2008。本文对黄裳生平的描述如无特别说明全依马氏所作《黄裳年谱》。

② （宋）程瑀《宋端明殿学士正议大夫赠少傅黄公神道碑》，国家图书馆藏海源阁旧藏清钞本《演山先生文集》附录。如无特别说明，本文所引《演山先生文集》文字均出此本。

③ （宋）黄裳：《演山先生文集》卷十三。

④ （清）徐松辑，刘琳等校点《宋会要辑稿·选举》一五之二十，"治平四年十月四日，三司言：'国子监等处解发举人，并占寺院，秽污未便。欲乞自今后锁厅以嘉庆院、国学以高翰宅充考试院。翰宅倒塌，见在一千八百间，相度只修一百二十五间。'从之。"（上海古籍出版社，2014，第5554页）

⑤ （清）徐松辑，刘琳等校点《宋会要辑稿·选举》一五之二十，第5555页。

熙宁五年得解后所作谢启题为《府学解元谢启》，可当时开封并没有府学，据《宋史·选举志》记载，大观元年"开封始建府学"①，而黄裳的这封谢启中有"南去千山，西来六载"② 作为明确的系年证据，亦不可能作于熙宁五年以外的时间。这样来看，这段经历值得再次推敲。

黄裳在西上游雪川的第二年，曾前往应天府，并作《见南京留守书》云："去年为浙江游……及来睢阳，又来阁下……将欲视其仪，听其倡导，发余怀而新之，乃书所著《中庸义解》以赟于左右。"③ 而后又作《寄及之》一诗，并自注言"睢阳学作"④。范仲淹早年求学于应天府书院时曾作《睢阳学舍书怀》一诗⑤，可知睢阳学乃是应天府学的别称。如果结合黄裳"府学解元"的自称，我们不妨大胆推论，黄裳虽"赴诏西上"，但他并未如愿进入东京国子监，而是以自己所撰《中庸义解》干谒南京留守，才得以进入南京应天府学。另据《府学解元谢启》中"三年一鸣，顾此何由而惊众"⑥ 之语，他进入应天府学的时间可能在熙宁二年前后。虽然宋代异地取解者大多会选择投状于开封府或国子监，但既然黄裳离乡西上的落脚点是应天府学，又在府学中学习了三年之久，那么他应该就是在应天府取解。

参照熙宁之初太学的发展状况，不难理解黄裳的这一选择。熙宁元年宋廷诏"于内舍生二百人外，增一百员名；外舍生逐旋补试……候内舍生有阙，即将外舍生拨填"⑦，至熙宁四年学校三舍法正式推行之前，太学"生员才三百人"⑧，太学名额如此稀少，外舍生补试的选拔想必也竞争激烈，退而求其次进入应天府学实属无奈之举。但是，据程瑀所撰神道碑记载，黄裳的确有在太学学习的经历，那么黄裳究竟何时进入太学？《演山集》中《见陆直讲书》或许可以解答这一问题。书云：

此者来京师，望见天子之学，形势翼翼，吞并数舍，高明爽垲，

① （元）脱脱等：《宋史》卷一百五十七《选举志三》，中华书局，1985，第 3667 页。
② （宋）黄裳：《演山先生文集》卷二十五。
③ （宋）黄裳：《演山先生文集》卷二十四，"著"原作"暑"，此处据四库本改。
④ （宋）黄裳：《演山先生文集》卷六。
⑤ （宋）范仲淹撰，李勇先等点校《范仲淹全集》附录《范文正公年谱》，中华书局，2020，第 763 页。
⑥ （宋）黄裳：《演山先生文集》卷二十五。
⑦ （清）徐松辑，刘琳等校点《宋会要辑稿职官》二八之七，第 3755 页。
⑧ （元）马端临：《文献通考》卷四十二《学校考》，中华书局，2011，第 1223 页。

人之气。又见天下之士接轸而来，促膝而共处，富有千余人，褒衣博带，礼貌容易，壮人之志。夫学者如此之盛多，而学者之所寓如此之观美，已有能感人者。诸公于此，为之出道德，布言教导，发其才性，肃然而师承之。愚始望见学者与学之所寓，其目已明，其志已壮。由是而举首以望诸公风仪德表，使人慨然慕之，非特目明志壮而已。①

《长编》载熙宁四年行三舍法时，"以初入学生员为外舍，不限员；自外舍升内舍，内舍升上舍。上舍以百员，内舍以二百员为限"，此条下注文又引《司马光日记》云："以旧国子监为内舍，武成王庙为外舍，锡庆院为上舍。"② 黄裳这番描绘正可以与当时太学扩张的现实相呼应，"学者之所寓"不仅规模"吞并数舍"，还都经过精心修缮，还有地方士子接踵而来，数量多达上千人，这番景象基本可以确定是熙宁兴学时期。而收信人"陆直讲"，应该就是时任国子监直讲的陆佃。陆佃任国子监直讲在熙宁四年至六年之间③，而黄裳熙宁五年得解，次年应礼部试，他写这封信的时间很可能是在熙宁六年省试落第之后。且此信之末有云："诸公之仁，亦当除道以招之来，开门以延之人，垂手而援之上。希夷之乡，获列于执鞭者，盖其愿也。"按文意来看，黄裳此时是想应试外舍生，这封信应是试前拜谒陆佃时所上。

黄裳的这一选择显然带有更多的功利色彩。他生于庆历三年④，年岁与他上书干谒的国子监直讲陆佃相差无几，不过，与陆佃先得省元、殿试唱名第三的优异成绩相比，黄裳的科场经历实在是坎坷。他曾在为长姊所作墓志铭中自述"裳累举不第"，他先后于治平元年、三年两次在乡应举落第，其姊"乃请于长乐君，使为京师游"⑤，而他离乡西上之后不仅并未如愿进入太学，还又一次折戟于省试。可以想见，最初"赴诏西上"的黄裳很可能本就是以进入太学为目标，只不过因为种种因素未能如愿。而在熙宁六年省试落第之后，由于情形的变化，他重新燃起了试补外舍生的希望。

---

① （宋）黄裳：《演山先生文集》卷二十四《见陆直讲书》。
② （宋）李焘：《续资治通鉴长编》（以下简称《长编》）卷二百二十七，"熙宁四年十月戊辰"条，中华书局，2004，第5529页。
③ 朱刚、张弛：《陆佃年谱》，《新宋学》第九辑，复旦大学出版社，2020，第405~461页。
④ 黄裳的生年采用许起山《黄裳与陈师锡生卒年新考》（《文献》2018年第5期）一文的结论，生于庆历三年。
⑤ （宋）黄裳：《演山先生文集》卷三十四《夫人黄氏墓志铭》。

宋廷宣布大兴学校并进行科举改革的诏书颁布于熙宁四年，其时太学规模大幅扩张，虽然次年即"诏国子监外舍生以七百人为额"①，对外舍生的名额有所限制，但应试入学的机会仍远胜于变法之前。而在黄裳为同乡长溪人王廞所作墓志铭中，也曾提及"熙丰中天子锐意教育，两促应中为太学游"②，说明当时的太学也乐于接受四方士子。同时，在废黜诗赋改习经义后，"朝廷多用讲官考试，诸生在学，熟知其平时议论趋向，则试文易投其好，而远士往往见黜"③，此时太学生在科场上更具优势。这对于在改革后的首次科考中再次惨遭淘汰的黄裳而言可以说是新的机遇，促使他再次萌生了进入太学的想法。

关于这一点，目前收录在《演山集》卷二十三的《代上教官书》可以为我们的推论提供一些线索。此书有云：

> 某方少年时，从事于辞赋，古人大全未之及知，好学之心时为生事夺去，因循至今，且四十矣。……中夜反侧，益惊无闻，好学之心，复炎其中。是故去家数千里，求正于有道者。方当天子建学舍，延儒生，置道德之师，为之导发其德性，而某幸具员外舍，以奉阁下之风教，于此数月矣。阁下不弃其愚不肖，开道而进之，不至于谷，非某所患也。④

此文应当是黄裳进入太学外舍之后，为同舍生代作。这位同舍生姓甚名谁虽不得而知，但根据文中的描述，我们可以略微勾勒出此人的生平经历：年近四十却仍未中第，又历经科举改革，从前所习辞赋之业再无用场，不得不离家千里前往太学，正逢太学规模扩充之际，得以进入外舍生中，数月之后，请求当时的同舍生为自己代写一封干谒教官的书信，表达自己对从前汲汲于诗赋小道的悔恨，以及对至正之"道"的追求。当然，黄裳自矜才华，他在《见陆直讲书》中的口吻不似此文一般唯唯诺诺，但这两封书信中认同新学的努力显而易见，这说明在当时像黄裳一样为求科场捷径而试补外舍的士人大有人在，黄裳在时代风气的影响下做出了与多数人一致的人生选择。

① （宋）李焘：《长编》卷二百三十七，"熙宁五年八月辛卯"条，第5768页。
② （宋）黄裳：《演山先生文集》卷三十三《太原居士墓志铭》。
③ （元）马端临：《文献通考》卷三十一，第911页。
④ （宋）黄裳：《演山先生文集》卷二十三。

　　甚至可以说，黄裳在太学中选择以《周礼》作为专经，可能也与他"事功"的目的密切相关。黄裳《演山集》中收录《周礼义》《论语孟子义》各六篇，这几篇文章都是针对经文中的某一句话进行详细疏解，且独立成篇，应即是当时科场程文——经义文①。且据当时科场规定，应举者须"各占治《诗》《书》《易》《周礼》《礼记》一经，兼以《论语》《孟子》。每试四场，初本经，次兼经并大义十道"②，除了在五经中任选一经之外，作为兼经的《论语》《孟子》是必考的内容，黄裳文集中收录《周礼义》六道，《论语孟子义》六道，基本能够与当时的考场规则对应，他应该是选择以《周礼》作为自己的专经。③ 而据《宋会要》记载，元丰二年八月二十六日，判国子监张璪曾上书有言："治《礼》举人，比《易》《诗》《书》人数绝少。乞自今在京发解礼部进士，《周礼》《礼记》比他经分数倍取。"④ 自张璪提出建议之后，"其后迄元丰间，大率约十分均取，有余不足相补，不过三分而已"⑤。黄裳在太学学习的时间在熙宁六年至十年之间，虽还未曾有这种特殊优待，但是学礼者人数很少肯定是现实的情况，在"十分均取"的情况下，应试者少，试中的可能性自然随之增加。只不过《周礼》《礼记》较其他几部经书而言内容艰深，天下士子自然趋易避难。而黄裳选习《周礼》一方面自是出于他对自身才华的傲气，另一方面，也很可能是想增加自己被录取的概率。

　　关于黄裳在太学中研习周官之学的具体情况，文集中有他代人所撰递呈给王安石的书信《代上时相书》一文可资参照：

　　　　……盖自周而后，天下之士流落于末学，心闭而意实，不能由性而见道，由性而见性。有言非德，有为非理，人伪之中，心劳而日拙。是故其志益微，其气益衰，不能自振，其势然也。天意未丧斯文，以付阁下。能以身与国存亡，而更立天下之法；能以德与神出入，而讲

① 关于宋代经义文的写作参见祝尚书《宋代科举与文学》第十一章《宋代的科举时文：经义》，中华书局，2008，第321～349页。关于黄裳的经义文参见朱刚《从修辞到体制：扇对与八股文》，《南京大学学报（哲学·人文科学、社会科学）》2015年第5期。
② （宋）李焘：《长编》卷二百二十，"熙宁四年二月丁巳"条，第5334页。
③ 鲍睿涵之文中也已经指出这一点，参见鲍睿涵《黄裳生平及学术思想考论》，华东师范大学硕士学位论文，2019。
④ （清）徐松辑，刘琳等校点《宋会要辑稿》选举三之四七，第5310页。
⑤ （宋）李焘：《长编》卷二百二十，"熙宁四年二月丁巳"条，第5336页。

明圣人之道。天下学士，久随老宿而流落，俄闻新美而亨奋。得其统序而学之，某偕天下之士，受其赐者也。所得之言，不过阁下之绪余。然时以类求之，或有得焉。且惧其为智未至乎心彻，为德未至乎智彻，尚有私言者，因书以为献。《周礼》数职，斐然成章，或赐台览，亦见其性分之所至耳。①

这位振兴"斯文"，"更立天下之法"并"讲明圣人之道"的阁下，毫无疑问就是王安石。以王安石拜相的时间与黄裳生平对照，这封信应是他在太学时所作，而这位以"《周礼》数职"敷衍成章上呈并请黄裳代写书信之人，可能是当时的同舍生或太学讲官。王安石熙宁五年方由神宗授意开始撰写经义，《三经新义》的正式定本要到熙宁八年才正式颁布，而太学生们早在此之前就已经开始接触学习王氏新学。《长编》曾记载熙宁四年陆佃、龚原被王安石任命为国子监直讲之后，"佃等夜在介斋，授口义，旦至学讲之，无一语出己者"②，至熙宁五年，方"有旨令曾布撰诏书付直史馆，进从来所解经义，委太学编次，以教后生"③。虽然我们一般认为《诗》义与《书》义由他的学生参与编纂，而《周官新义》则是王安石自撰，但是，太学中的讲官与学生在平日的学习与讨论之余，像此信中所述"惧其为智未至乎心彻，为德未至乎智彻"，因为对讲义有一些疑惑，所以将自己的观点"因书以为献"的情况应该也是客观存在的。我们可以猜测，黄裳正是在与其他太学师生一道学习、整理王氏经义著作的过程之中，不断地学习并接受王氏新学，最终成长成为新一代新学学者。

## 二　学官之任与《杂说》的文本性质

据马里扬编纂的《黄裳年谱》，黄裳于熙宁十年至元丰二年之间，先后辗转各地担任州学教授，这样说来，他在太学学习了大约四年。而他得以获得地方教授的职位，仍然与他在太学的经历有密切的关系。

兴学是王安石变法政策的重中之重，按照王安石的构想，理想状态下，人才的选拔不再依靠科举考试，而是全部经由学校来完成，也就是说，新

① （宋）黄裳：《演山先生文集》卷二十四《代上时相书》。
② （宋）李焘：《长编》卷二百二十八，"熙宁四年十一月戊申"条注，第5546页。
③ （宋）李焘：《长编》卷二百二十九，"熙宁五年正月戊戌"条注，第5570页。

党对学校的大力建设，最终目的是要让学校成为宋廷的人才储备库，王安石还将自己的新学树立为官方意识形态，并通过学校向天下士人推广，从而为新法的推行提供思想上的依据。如此一来，学校地位至关重要，学官的选拔也就愈发得到重视。学校改革开始之后，王安石先将自己的一干学生任命为太学学官，同时规定上舍生成绩优异者可担任太学正、录，此后，科举考试中成绩优异者也大都会被委任为学官，比如黄裳本人在元丰五年高中状元之后，次年即被任命为太学博士。而地方州县学校教授虽然大多仍由州县征辟，但在兴学之初王安石就曾委派五路学官，元丰年间还建立了成熟的学官考试制度，内外学官统一由考试选拔。总体来说，变法以后，无论中央太学还是地方州县，都倾向于选用学校出身并曾学习王氏新学的士人担任学官。

黄裳进入太学时正处于改革紧锣密鼓推进的重要时间节点，他上书干谒的"陆直讲"，就是王安石的弟子陆佃。陆佃在兴学之初曾被任命为五路学官之一，后来在太学苏嘉案发后又被王安石亲自拔擢任命为国子监直讲，而彼时太学之中同任讲官的沈季长、叶涛等人，也都是早在治平年间即从安石学的王氏门生①。在这种时代的风气下，得以进入太学跟从一众王门弟子学习的黄裳，其"学统"不可谓不纯正。黄裳曾多次获得解元，并以文名为神宗、王安石称赏②，他在太学中的学业成绩想必也很是出众。作为优秀的外舍生（甚至可能是内舍生或上舍生），他能够被时知澶州的韩璹延请担任澶州州学教授，也在情理之中。

也许正是出于这个原因，黄裳在元丰五年及第之前，不断辗转于各地州学之间担任学官。毕竟随着科举改革，习王学者在科场中占有着巨大的优势，尤其是熙宁八年《三经新义》颁行以后，"凡以经试于有司，必宗其说，少异，辄不中程。先儒传注既尽废，士亦无复自得之学"③，像黄裳这

① （宋）李焘：《长编》卷二百二十八，"熙宁四年十一月戊申"条，第5546页。
② （清）陆心源《宋史翼》卷二十六《黄裳传》云："未第时，尝作《游仙记》，传于京师，神宗览而爱之。"（浙江古籍出版社，2017，第610页）《游仙记》即《游山院记》。王安石《题燕华仙传》云："燕华仙事异矣，黄君所为传，亦辩丽可喜。"（（宋）王安石：《王安石文集》卷七十一，中华书局，2021，第1246页）又据（宋）章炳文《搜神秘览》卷下"燕华仙"条有云："黄裳为《燕华仙传》。"（《全宋笔记》第3编第3册，大象出版社，2008，第153页）可知王安石所言"黄君"即是黄裳。
③ 《王荆公安石传》，载（宋）杜大珪撰，洪业等编纂《琬琰集删存》卷三，上海古籍出版社，1990，第374页。

样对新学有深入了解的人，自然成为地处偏远的地方州县争相聘请的对象。彼时"澶渊之士，三岁一举于礼部，辄见罢归，不及论而官之，且三十年矣"，澶州州学尚且"斋扉不开，鼠市于昼"①，《顺兴学记》中亦有"顺兴学者百数，无预贡者""不见录于礼部，七十年于此矣"②的记载。黄裳的首要任务，就是向这些身处偏远地区的士子们教授新学，从而为他们应举提供助力。他于熙宁十年受邀担任澶州州学教授，不满一年即离开，元丰元年，他又返回家乡担任南剑州州学教授，其间还曾受到顺兴县令的邀请，前往顺兴讲授《庄子》，随后他在元丰二年经历母丧，丧除之后的元丰四年即应南剑州解试，并于次年被神宗钦点为状元，这样算来，黄裳担任学官的时间大约有三年。

与全国范围内的兴学活动相呼应，基本上黄裳每到一任，都会为当地州学、县学撰写学记，还会为自己的讲学撰写序文，比如在澶州有《重修澶州学记》《讲周礼序》《澶州讲易序》，在南剑州有《延平讲论语序》，在顺兴有《顺兴学记》《顺兴讲庄子序》。而身为一位成绩优异的太学生，黄裳所作诸篇文章都持有鲜明的新学立场，比如《讲周礼序》有云"方今圣人立政造事，追复成周之法，五经之文始得先生巨儒训而发之，分布儒林之官，造成多士"，就是在说王安石及其门生弟子改革学校的实绩，他还以《周官》为五经之首："五经之教固有先后之序，缓急之势，则《周官》之书岂可缓哉?"③这也符合王氏新学对《周礼》的推崇。又如《重修澶州学记》中有"诸生鼓箧而进，难疑答问，发明先王之遗意，稍厌诵数，俱嗜精义"④，其讲授内容也很有新学重视发明经书大义而不重章句的特点。除了讲授科场规定的几部儒家经典之外，在《顺兴讲庄子序》中，黄裳还提出"老、庄之于道，其体同，其用异"⑤的观点，而且他所谓老庄以"过高之言"矫天下之弊的说法，也可以看到王安石《庄周论》中"矫弊"说的影响，可见，他讲学的内容全然遵循王氏经解。

在现存六十卷《演山集》中，保存着篇幅巨大的以《杂说》命名的一组杂文，共十四卷，将近占其全集的四分之一，很可能是黄裳担任学官时

① （宋）黄裳：《演山先生文集》卷十八《重修澶州学记》。
② （宋）黄裳：《演山先生文集》卷十五《顺兴学记》。
③ （宋）黄裳：《演山先生文集》卷二十二《讲周礼序》。
④ （宋）黄裳：《演山先生文集》卷十八《重修澶州学记》。
⑤ （宋）黄裳：《演山先生文集》卷十九《顺兴讲庄子序》。

所撰讲义。从体例上来看，《杂说》多是单句或几百字的小段落，零散而不成体系，近似笔记。笔者对其中的内容进行大致清理之后发现，其中并无烦琐的字句考释，全是对经书大义的串讲，且涉及的经书包括《周礼》《礼记》《易》《论语》《孟子》《庄子》，偶有《老子》中的一些内容，与《诗》《书》相关的内容也非常少，这正好可以跟他的讲学经历一一对照。自任澶州州学教授以来，他分别在学校里讲授过《周礼》《周易》和《论语》《庄子》，而在他的《杂说》中，涉及《周礼》和《礼记》的内容最多，《论语》《孟子》次之，《周易》再次，且《杂说》的最后两篇基本上是对《庄子》中《养生主》和《达生》两篇进行逐字句的讲解，而黄裳至顺兴讲学的内容也是《庄子》，时任南剑州州学教授的黄裳只是临时受邀前往顺兴，其讲学形式很可能类似现代的"讲座"，因此，极有可能是集中讲解《庄子》中的某几篇，这样也可以与《杂说》中的以上内容相对应。①此外，从《演山集》结集的过程来看，虽然现存六十卷本《演山集》是其子黄玠所编，但黄裳本人在世时，至少曾四次将自己的文章整理结集，并撰写自序。其中最早结集的是《书意集》，此集将"元丰己未所为序、记、启、古律诗若干篇，叙而集之"②。《书意集》体量庞大，接近百卷，而《言意文集》只存黄裳自序一篇，③ 所收文章起止时间不明，卷次亦不详。另有《长乐诗集》结集于政和乙未，收录黄裳知福州时"经从游览，所以动予情者为诗"④。在其子黄玠所编《演山集》卷首还收录了另一篇黄裳的自序有云："布衣时，置乡士之列所为文，收拾遗稿，得四十卷。自古善言阴阳者，及今日事皆如其说，故以《演山》名其集。"⑤ 黄裳所言的这个《演山集》收录的皆是"置乡士之列所为文"，那么此集很可能是对《书意集》进行删削简汰之后的版本。不过，黄裳自编《演山集》并为之作序，应该是建炎二年退居剑浦之后的事，而《书意集》和《演山集》篇幅相差如此之大，很有可能是战火中散乱纷失所致。今本《演山集》后附黄玠跋云："自后子孙以先君布衣时所为文章，相继编次为家集，几三十万言。建

---

① 熊铁基主编《中国庄学史》第五章第八节《黄裳的庄学思想》一节中也曾提出这个观点。（福建人民出版社，2009，第329页）
② （宋）黄裳：《演山先生文集》卷二十一《书意集序》。
③ （宋）黄裳：《演山先生文集》卷十九《言意文集序》。
④ （宋）黄裳：《演山先生文集》卷二十《长乐诗集序》。
⑤ （宋）黄裳：《演山先生文集》卷首《演山先生文集自序》。

炎丁未，寓居钱唐，会兵乱，陷围城中，悉皆散亡。比寇平，凡历年求访，仅得二十余万言。其不存者，奏议表章居其半，竟不能成全集。……故尽以其所求访之文厘为六十卷。"① 而乾道二年，王悦序其文集时亦云："在韦布初，收拾遗稿已四十卷，尝自为之序，道其梗概。既而历华要，阶常伯，不倦著述，所积愈多，类而析之，为卷凡六十焉。"② 也就是说，黄玠的编次工作应当就是在黄裳自编《演山集》的基础上进行的，正因为在建炎兵火中散失的大半是"奏议表章"，而这些文类显然是释褐为官之后所作，所以黄玠在四十卷遗稿之外的增补仅仅只有二十卷。这样一来，我们今天看到的《演山集》中，三分之二都是黄裳及第之前的作品，那么《杂说》为黄裳早年所作的可能性就大大增加。至关重要的一点是，日本学者梶田祥嗣将黄裳《杂说》《周礼义》与王安石《周官新义》进行详细对比之后发现，黄裳基本上忠实地继承了王安石的周礼思想。③ 其中，《周礼义》当为黄裳应试程文自不必说，《周礼》和《礼记》是十四卷《杂说》中涉及最多的内容，黄裳频繁地将二者串讲，可知他于礼学颇有造诣，这不仅证实了我们对黄裳在改革后的科举考试中专攻礼学的判断，也可以作为判断《杂说》文本性质的重要证据。

至此，结合《杂说》的文本特征及其内容，我们有理由判断，《杂说》有极大可能是他讲学期间的讲稿，至少，其中的部分内容很可能是从他当时的讲稿整理而来。而《杂说》及黄裳所作学记、序文中体现出他对王氏新学的全盘接受，还有着更深层次的意义。梶田氏的研究从思想史的角度切入，并未考虑黄裳入太学的经历，将他认同新学的原因单纯归结于改革后的科举制度影响了当时士人对新学的接受。而如果结合本文梳理出的"王安石—陆佃—黄裳"的学术传承脉络，新党建立的学校制度所产生的"作新斯人"的巨大力量就得以凸显。而明确《杂说》作为讲义的文本性质，并结合黄裳辗转多地担任地方教授的经历，便更可以具体而微地展现学校、科举制度联动运转，源源不断地为北宋官僚队伍输送新鲜血液的动态过程。

---

① 《演山先生文集》后附黄阶跋。
② 〔宋〕王悦：《演山先生文集序》，《演山先生文集》卷首。
③ 〔日〕梶田祥嗣：『黄裳の周禮思想：王安石「周禮義」の継承を中心として』，『日本中國學會報』卷69，2017。

## 三　学校与乡党：黄裳的交游与闽地道统的构建

学校与乡党是影响黄裳人际交往的两个重要因素。他享年八十有七，而中举入仕时已经四十岁，哪怕除去离乡求学、游历在外的十年，他以布衣身份在家乡南剑州度过的时光，也占据了他整个生命历程的三分之一以上。正因如此，他不仅在早年居乡期间结识了一大批来自福建路各地的乡里友人，在步入仕途之后，也仍然选择将乡党作为支持自己未来宦途的重要力量。根据《黄裳年谱》，出身福建一路的士大夫几乎占据他整个交游圈的百分之八十。与此同时，他在布衣时就曾周游太学及地方学校，在及第次年被命太学博士，后又盘桓任上五年之久，他的求学与仕宦生涯都与学校密不可分。在这两个因素的双重影响之下，黄裳与一批同样出身太学并以新学为宗的福建籍士大夫们结下了深厚的友谊。

熙宁六年黄裳省试落第后试补外舍，就很可能是获得了同乡范镗的引荐。《演山集》卷九所载《和范宏甫》一诗可以为证：

> 不于场屋便横行，安用诗书寄此生？万里一飞虽有志，十年三战未成名。风霜已是知秋柏，雷雨何妨借海鲸。自愧壮图犹未效，几时樽酒与君评。①

此诗作于熙宁六年，建州浦城人范镗正是于本年进士登第。看到同时参加考试的同乡得以高中，而自己却再三失利，这不得不令黄裳心怀愤懑。不过，他的进取心并未因此被摧折，范镗的成功反而向他展示了谋取仕进的另一种可能途径。南宋李壁注释王安石《题雾祠堂》诗中"一日凤鸟去，千秋梁木摧"一句时有云："公父子皆以经术进，当时颂美者多以为周、孔，或曰孔、孟。范镗为太学正，献诗云：'文章双孔子，术业两周公。'公大喜，曰：'此人知我父子。'"②范镗不仅曾在太学中学习，还曾担任太学正，这在当时是成绩优异的上舍生才会被授予的职位。王安石之子王雱被擢用大约就在熙宁四年，这样算来，太学正范镗在献诗之后两年就进士及第，

---

① （宋）黄裳：《演山先生文集》卷九《和范宏甫》。
② （宋）王安石撰，（宋）李壁笺注，董岑仕点校《王安石诗笺注》卷二十二，中华书局，2021，第767页。

太学生涯想必为他的科举之路提供了不少便利，或许黄裳正是受到范镗经历的启发。

在黄裳进入太学之后，亦与一众福建籍士大夫相交。建州建阳人陈师锡、南剑州沙县人陈瓘（字莹中，号了斋）分别在熙宁九年、元丰二年的殿试中获得第三，据《宋史》本传载陈师锡"熙宁中，游太学，有俊声"①，陈师锡在绍圣时写给陈瓘的《与陈莹中书》中有云："吾辈在学校时，应举觅官，析字谈经，务求合于有司，不得不从其说。"② 这样算来，陈瓘、陈师锡"游太学"的时间应该与黄裳有所重合，他们或曾同学于上庠。时人有云黄裳与陈瓘"二人实平生之友，而了斋登科先于冕仲，书问之间，虽各以字呼，不为过。而了斋以冕仲既作侍从，止称其官，盖尊之也"③，元丰七年，黄裳还作《陈莹中赴定远》一诗为陈瓘送行，其中有"想因尘果下栟榈""便须养气观双剑"④ 之句，其中"栟榈"是沙县名山，"双剑"典出延平剑浦，黄裳以双方家乡名胜入诗，特别强调二人的乡里之谊。在政和三年与政和五年，陈瓘还为黄裳《委羽居士集序》两次写作跋文，称"余抵丹丘之三年，左经臣携黄公《序》见访，尝为跋其后。今又两年矣，复持以相示"⑤，"黄公"即黄裳，他们二人直至政和年间仍有文字因缘。而陈师锡崇宁五年曾与黄裳同游洞霄山，黄裳有《次陈殿院游洞霄》《游洞霄简陈伯修》二诗。在陈师锡去世之后，黄裳亦曾作《悼伯修殿院》三首以示纪念。此外，兴化军兴化县人林自"元丰五年由上舍生两优释褐"⑥，与黄裳同年登第，同时也是他的太学同学。元祐间黄裳曾以《送林疑独教授》一诗送林自赴郓州教授任⑦，诗云："犹记龙津曾把手，闲对云山一樽酒。谈高稍犯禅师疆，遥指青尖露疏牖。辟水起人新思浓，旁释奇文到科斗。自笑山翁缄默多，来处长疑抱真叟。"⑧ "龙津"是指太学附近

---

① （元）脱脱等：《宋史》卷三百四十六《陈师锡传》，第 10971 页。

② （宋）陈师锡：《与陈莹中书》，（宋）吕祖谦编，齐治平点校《宋文鉴》卷一百二十，中华书局，2018，第 1672 页。

③ （宋）陈渊：《与梁兼济提刑书一》，《全宋文》第 153 册，上海辞书出版社、安徽教育出版社，2006，第 221 页。

④ （宋）黄裳：《演山先生文集》卷六《陈莹中赴定远》。

⑤ （宋）陈瓘：《跋黄裳委羽居士集序二》，《全宋文》第 129 册，第 129 页。

⑥ （清）陆心源：《宋史翼》卷四十《林自传》，第 1057 页。

⑦ 《长编》卷四百六十七，"元祐六年十月癸酉"条载"林自为郓州教授，自言为郓州人刘仿所夺"（第 11151 页）云云，可知林自或于元祐间得此任。

⑧ （宋）黄裳：《演山先生文集》卷二《送林疑独教授》。

的龙津桥①，"辟水"句是在回忆二人在太学探讨学问的求学生活。而"旁释奇文到科斗"一句或暗示林自于王氏字学有得，也许正是出于这个原因，林自后来在绍圣元年被蔡卞推荐为太学博士。②

以状元登第入仕后，黄裳不仅将长女嫁给蔡京之子蔡修为妻③，所汲引奖掖的也多是福建一路的新学后进。比如兴化军莆田县人方天若是绍圣四年进士④，又是蔡京门客，黄裳曾作有《送方彦稽解元》一诗，中有"失第春官恬自笑，归去壶公山下游"⑤，据《元丰九域志》记载，壶公山地处兴化军治所莆田县⑥，方天若或曾于绍圣元年应礼部试，落第返乡之际黄裳以同乡身份作此诗给予劝慰。《演山集》中还收录有黄裳为方氏之母所作《方彦稽母安仁县太君黄氏挽辞》，说明在方天若入仕之后，二人关系依旧紧密。

可能是由于同治礼学的缘故，福州闽清的陈祥道、陈旸兄弟也与黄裳有所往来。虽然黄裳并没有留下与陈氏兄弟二人唱和、交游的文字，但他曾以一女妻"左承议郎、监察御史陈积中"⑦，此人是政和五年进士，陈旸之子。⑧ 陈旸曾在"徽宗初，进《迓衡集》以劝导绍述，得太学博士、秘书省正字"⑨，还曾著《礼记解义》十卷⑩。崇宁元年，时任礼部尚书的黄裳上书言北郊祭典诸神祇名位不明，"欲乞令太常寺丞陈旸考其名位，取其可

---

① （宋）孟元老撰，伊永文笺注《东京梦华录笺注》卷二"朱雀门外街巷"，中华书局，2007，第 99～100 页。
② （清）陆心源：《宋史翼》卷四十《林自传》，第 1057 页。
③ 马氏《黄裳年谱》据王称《东都事略》卷一百一《蔡卞传》，以蔡修为蔡卞之子，不确。（参见赵铁寒主编《宋史资料萃编》第一辑，文海出版社，1979，第 1560 页）方勺《泊宅编》三卷本卷中云："枢密蔡公卞只一子，名仍，今为显谟阁待制。"（中华书局，1983，第 86 页）可知蔡卞子名仍，又据《宋会要辑稿·乐》三之二八，"辅臣蔡京二子儵、修可并除集贤院修撰，改提举宫观。"（第 389 页）又《宋史》卷三百五十四《蔡薿传》载："（蔡薿）旋进给事中。一意附蔡京，叙族属，尊为叔父。京命攸、修等出见，薿亟云：'向者大误，公乃叔祖，此诸父行也。'"（第 11171 页）蔡修当为蔡京之子。
④ （清）陆心源：《宋史翼》卷四十《方天若传》，第 1058 页。
⑤ （宋）黄裳：《演山先生文集》卷三。
⑥ （宋）王存撰，王文楚、魏嵩山点校《元丰九域志》卷九，中华书局，1984，第 407 页。
⑦ （宋）程瑀：《宋端明殿学士正议大夫赠少傅黄公神道碑》，《演山先生文集》附录。
⑧ （明）黄仲昭纂修：《（弘治）八闽通志》卷四十六，弘治四年刻本，《北京图书馆古籍珍本丛刊》第 33 册，书目文献出版社，1988，第 633 页。
⑨ （元）脱脱等：《宋史》卷四百三十二《陈旸传》，第 12848 页。
⑩ （元）脱脱等：《宋史》卷二百二《艺文志一》，第 5050 页。

以从享者，详具以闻，列于成墟"①，足以见得二人在礼学上多有共识。陈旸之兄陈祥道是王氏门人，所作《论语解》一书在绍圣之后行于场屋。② 而据《长编》卷四百二十二"元祐四年二月癸卯"条，"翰林学士许将言，太学博士陈祥道尤深于礼，尝著增广旧图，及考先儒异同之说，著《礼书》一百卷。望试以礼官，取所为书付之有司。诏以何宗元为国子监丞，陈祥道为太常博士"③，在《宋会要辑稿》中也有内容几乎相同的记载④，可知陈祥道曾于元祐四年在太学博士任上进呈《礼书》。而黄裳自元丰六年被神宗亲自任命为太学博士之后，直至元祐二年方迁知大宗正丞事，如果陈祥道有过任太学博士的经历，且元祐四年仍在任，他们二人很可能曾共事过一段时间。同时，还必须要注意的一点是，陈祥道是治平四年进士，投身新学的时间必定早于黄裳，黄裳选择以礼学立身，未必不是受这位福建同乡的影响。

我们可以看到，学缘是维系黄裳与上述诸位士大夫交往的关键因素，同时，黄裳还格外重视同出福建路的乡里因缘。他在进入太学之后不久，还曾上书出身泉州晋江的参政吕惠卿。《见吕参政书》有云：

> 闽之举进士自詹始，而士之学为有道者则自阁下始矣。况其所倡非特闽之人哉！裳和公之鸣者，惧其所养之或乖，其声高下之不齐，不能雍然在其后，乃书其言，求正于左右。裳之学，方其进之时，昨日以为得，而今日或自非去之。其心甚虚，而能有所受，阁下不以其不肖，一赐德言为之正焉，则裳虽疲驽，自当鞭其后，不敢怠也。⑤

黄裳所言吕惠卿倡导"非特闽之人"的"有道"之学，应该就是指新学，毕竟时人曾称颂"有四大儒，越出古今。王氏父子，吕氏兄弟"⑥，吕惠卿

---

① （清）徐松辑，刘琳等校点《宋会要辑稿》礼二五之六六，第 1227 页。

② （宋）晁公武《郡斋读书志》卷四载："王介甫《论语解》十卷、王元泽《口义》十卷、陈用之论语十卷，右皇朝王安石介甫撰，并其子雱《口义》，其徒陈用之《解》，绍圣后皆行于场屋。"（上海古籍出版社，2011，第 136 页）

③ （宋）李焘：《长编》"元祐四年二月癸卯"条，第 10210 页。

④ （清）徐松辑，刘琳等校点《宋会要辑稿·选举》二八之二三，第 5799 页。

⑤ （宋）黄裳：《演山先生文集》卷二十三《见吕参政书》。

⑥ （宋）吕希哲：《吕氏杂记》卷下，王水照主编《王安石全集》第十册《附录　王安石轶事》，复旦大学出版社，2016，第 264 页。

可算得上是当时鸿学巨儒。吕惠卿任参知政事在熙宁七年四月至八年十月之间，这时黄裳刚刚进入太学不久，此书中"昨日以为得，而今日或自非去之"的自陈，正是黄裳初窥新学门径的真实感受。这封书信值得注意之处在于，黄裳着重强调了吕惠卿的闽士身份，并将吕惠卿视为闽地道统的开创者，这并不是他为求攀附的信口胡言，在《送黄教授序》中，他再一次表达了类似的观点：

> 闽中山水之聚，水甘而山秀。居民之域，旗剑排空，人天在鉴，能使过者皆欲寓焉。气象之中，含蓄奇秀，埋郁而未发者，不知其几千岁。盖自唐德宗以前，未常举进士。其后虽有欧阳詹、徐寅辈相次而出，特以文辞稍闻于天下，未有华显者，又二百余岁矣。虽然，岂人力所能为哉？盛衰之数然也。自有宋闽中之士始大振发，温陵、建安先有将相，出佐真主。方怪莆田有山圆锐而中峙，居民四望，而向之号称壶公，昔有异人之谶，以为水环其山，当有通显之儒，下副人望，今未之见，何也？未几果闻应谶者，盖虽温陵、建安莫之比也。莆田之俊，实吾宗人，适丁斯时，例当随数出而有为于世。①

此文构建闽地道统的意识与他早年上吕惠卿之书并无二致，黄裳对唐代闽士的评价却更加毫不留情。他在与吕惠卿之书中尚且承认欧阳詹算是有才之士，而在此文中，不止以词赋闻名的徐寅是只知文辞的浅薄之辈，连为韩愈所推崇的欧阳詹也不值一提。如以后来者的眼光，黄裳构建的这个闽地道统的脉络于宋代而言也并非主流。事实上，不仅唐代闽地进士人数众多，宋代闽中士子更是素以向学闻名，黄裳却只提到温陵、建安代出将相，兴化军最近方有一位"通显之儒"，就文名、政绩而论，出身莆田的北宋名臣蔡襄并未上榜，就所谓"道统"而言，与黄裳交好、在北宋学术史上闻名的"闽中四先生"也并不在"华显者"之列。

如果结合黄裳对吕惠卿的推崇，并将新党主政与新学大盛的时代背景纳入考量，他所谓"闽中之士始大振发"应是特指新党中的福建籍士大夫群体。宋代以来辅佐真主的将相"温陵""建安"，即是指出身泉州的吕惠卿、蔡确与建州浦城人章楶、章惇，而随后出现的"虽温陵、建安莫之比"

---

① （宋）黄裳：《演山先生文集》卷十九《送黄教授序》。

的"壶公山异人"，既是"未几果闻应谶"，那么应与黄裳年岁相仿，则大概率是祖籍仙游的蔡卞。《太平寰宇记》载："兴化军，本泉州莆田县地也，皇朝太平兴国四年于泉州游洋镇置兴化军……并割莆田、仙游等县以属焉。"① 壶公山地处莆田，与蔡卞祖籍仙游同属兴化军。蔡卞亲传王氏衣钵，他在学术上的地位自非蔡确、章棻、章惇可比，更要比后来与王氏交恶的吕惠卿高出一截。

黄裳在绍圣元年饯送方天若的《送方彦稽解元》一诗中就曾以"壶公山下多伟人"一句标榜同乡蔡卞的学术成就，而此序文中又以"莆田之俊，实吾宗人"勉励这位同出莆田的黄姓学官，"吾宗"的说法显然隐含着黄裳作为闽地新学者的自我身份认同。显然，在黄裳眼中，当时存在一个独属于闽地新学士大夫的道统体系，这与《宋元学案》中的记载判然有别。梶田祥嗣就曾注意到，虽然黄裳的思想有强烈的王氏新学的烙印，但他却每每以"神宗之学"自我标榜，并不言"王学"强调学术师承。② 这既是因为他在"天子之学"太学接受新学教育，也与新学官学化的历程密不可分。黄裳在熙宁六年之后方才进入太学，而在熙宁八年三经新义正式颁布之后不久，王安石就再次罢相，黯然退出政治舞台，亲自见证了王安石几次起复、直至熙宁十年才离开太学的黄裳，自然不会将新学单纯视为王氏家学，也正因如此，他对于新学学术体系的认识是基于自己的人生经历，也就与那些曾亲炙于王安石的王氏门生有所区别。

而黄裳对新学"道统"中"福建学脉"的重视，并不仅仅是出于他对自己籍贯的强调，所谓"闽地道统"也并不是仅凭想象建立的"空中楼阁"，细细考究，出身闽地的新学学者在学术趣味上确有相似之处，除了前文提到的礼学之外，还需要注意的是他们对《庄子》的研习。福建一路道教盛行，宋时不仅兴修了许多宫观，还流传着不少方外之士在此修道成仙的传说，在这种文化风气的影响下，当地士人亦不免受到道家思想的浸染。如魏泰《临汉隐居诗话》卷三曾有云："章丞相惇自少喜修养服气，辟谷飘然，有仙风道骨。在东府栽桐竹，戏作诗云：'种竹期龙至，栽桐待凤来。

---

① （宋）乐史撰，王文楚等点校《太平寰宇记》卷一百二《兴化军》，中华书局，2007，第2037页。

② 〔日〕梶田祥嗣：『「王安石政治思想研究」博士論文概要書』，早稲田大学リポジトリ（nii. ac. jp），2019。

他年跨辽海，经此一徘徊。'"① 出身建州浦城的章惇少时起即沾染方士习气，所作诗中"栽桐"一句正是典出《庄子·秋水》。也许与对道教的热衷相关，《庄子》不光是丞相章惇个人的阅读爱好，更是当时在福建路士人中流行的书籍。在这种文化氛围的影响下，黄裳青年时期就喜读《庄子》，无论文风还是思想都深受《庄子》一书的浸染。新学学派本就于老、庄之学沾丐颇多，张钰翰曾指出，"新学对于道的认识，在根本上是得自于老庄之学的"②，而巧合的是，上文提到与黄裳交好的几个福建籍新学学者，都曾有研习《庄子》的专著，吕惠卿撰有《庄子解》十卷③、陈祥道和林自曾分别对《庄子》进行注释④，况且黄裳游走于州县学校之间从事的讲学活动，也以《庄子》为重要的讲授内容。也许，黄裳对《庄》学的浓厚兴趣正是他上书干谒吕惠卿的最初动机，也成为他与陈、林二人交好的原因。我们也有理由猜测，黄裳与闽地新学学者的交往及其对闽地道统的强烈意识，很可能是建立在地缘与学缘两重因素之上，至少，当时闽籍新学士大夫拥有并共享着一些共同的思想资源，这既是他们投身新学的关键所在，同时也成为联结这一群体的重要纽带。

## 结　语

北宋中后期新学学派的扩张与官学繁荣关系密切，与侧重于选拔人才的科举制度相较，官学对新学后进的成长发挥了更为关键的作用。太学生黄裳恰在熙丰兴学之际求学入仕，因此其经历具备相当的代表性。我们可由此想见，变法之后由新党建立起的学校制度不断运行，的确能够源源不断地为这一学派提供新生力量。

而由于太学生们都由官学培养，并不直接受业于王安石，所以他们不再视新学为王氏"一人之学"，在这一点上与王门弟子有显著区别。我们可以看到，在同学、乡党、地域文化等多重因素的作用下，黄裳开始有意识

---

① （宋）魏泰撰，陈应鸾校注《临汉隐居诗话校注》卷三，巴蜀书社，2001，第 118 页。
② 张钰翰：《北宋新学学派思想述论》，《新经学》第 2 辑，上海人民出版社，2018，第 177 页。
③ 关于此书的流传及版本，参见方勇主编《〈庄子〉提要》，《诸子学刊》第十五辑，上海古籍出版社，2017，第 292 ~ 294 页。
④ 陈、林二人的注文散存于褚伯秀《南华真经义海纂微》一书中，焦竑《庄子翼》亦曾收录陈著的部分内容。参见肖海燕《宋代庄学思想研究》（华中师范大学出版社，2011）及杨文娟《宋代福建庄学研究》（三晋出版社，2012）。

地转向"一地之学"的建构，他不仅主动与一众出身福建路、从习新学的士大夫交往，还着力于强调独属于闽地士大夫的道统体系，这或可揭示出北宋中后期新学发展过程中尚未为人注意的新动向。我们不禁要追问，黄裳所言发轫于福建路的"闽地道统"，在当时整个新学学派中有着怎样的地位？这是否意味着在从习新学的庞大群体中存在着一个相对独立的地域性分支学派？这些问题都有待进一步深入研究。

[作者单位：浙江大学文学院]

# 宋代中国的科举社会与解额*

## ——以南宋吉州为例

〔日〕 近藤一成 撰　段　宇 译

**内容提要**　日本京都东福寺塔头栗棘庵所藏《宋拓舆地图》，是日本"国指定重要文化财"。此图左上部有题为《诸路州府解额》的表格，对于研究宋代科举之解额，具有重要文献价值。本文通过对此表的分析运用，指出宋代江西吉州的科举解额，一直得到增加，从而成为解额最多的几个州军之一。进而通过对江西地区人口移民状况的分析，显示出吉州地区人口密度较高而人均土地占有率相对较低，推动了应举风气的兴盛。而江西地区书院的大量存在，以及书院背后家族的大力支持，或许是吉州地区人才辈出的重要原因。吉州解额不断扩充的背后，与社会、经济、地域的变迁，有着直接而复杂的联系。

**关键词**　宋代　吉州　解额　人口

# 前　言

根据推断，宋朝曾拥有一亿以上的人口（徽宗崇宁元年［1102］时的统计数字），而随着金的南侵，宋丧失了"秦岭—淮河"一线以北的领土，版图仅存"南壁之地"，成为一个南朝国家。于是后世以"北宋""南宋"呼之。不过，时至南宋中叶、十三世纪初，宁宗嘉定年间的人口依然达到8060万，迫近北宋的全盛时期，较之同时期金国的4380万人口，几乎拥有

---

* 按：本文原刊于歷史学会研究会编『歷史学研究』977『特集 人口と権力（Ⅰ）』，續文堂出版，2018。

成倍的优势。① 在南宋，在社会、经济、文化等多个方面，长江流域以南的繁荣之势成型，后世明、清都继承了这一态势。显而易见的是，截至南宋，这都是前所未见的景象。

发轫于隋代的科举制度在北宋历经了多次改革，其制度框架得以确立，并同样延至明清。其中，解试（乡试）作为科举三级考试的初级，是由州所主办的，各州有数量不等的登科者名额，称为解额；到了中央举办礼部试（省试、会试）层面，就不再以各地域出身来选定登科者，而是实现了全国范围内的自由竞争。这堪称宋代特有的制度设计。究其本源，解额最初用于在应试（取解）者中按一定比例进行选拔。而后，随着取解人数的增加，原本的礼部试方案已穷于对应，弊端丛生，故而在北宋中期转而规定总录取人数，在此基础上实行选拔。据上述规则推断，各州解额数量本应与取解总人数的多少成正比；不过详细记载北宋治下近三百州（军、州、监）中各州解额数的官方文件已然散佚，南宋治下近二百州（军、州、监）的相关文件也已不存。唯一一份记录了南宋末期解额数值的表单流传到了日本。

这份文献名为《日本栗棘庵藏舆地图诸路州府解额》，本文将首先展示根据其内容整理而成的一览表（下文简称《解额表》），并就此对解额数量分配的特色进行分析。在此基础上再以人口问题为切入点，尝试解释为何解额数较多的地域并不在经济文化"发达"的江南地区，而是中国历史中始终处于"落后"地带的江西、福建等地。最后选取位于"落后地区"的江西吉州进行个案分析。当地是文天祥故里，文天祥至今仍被树立为忠君爱国模范，结合其历史地位的确立过程，尝试探寻这处州治被赋予解额甚多的历史背景。

## 一　关于《舆地图》诸路州府解额的探讨

京都东福寺塔头栗棘庵收藏的《宋拓舆地图》是日本"国指定重要文

---

① 吴松弟：《南宋人口史》，上海古籍出版社，2008。按：吴松弟另著多部有关宋代户口的论著，如《中国移民史》第四卷"辽金宋时期"（福建人民出版社，1997）；《中国人口史》第三卷"辽宋金元时期"（复旦大学出版社，2000）等，本文主要参考《南宋人口史》，因其在前述诸著作的基础上对南宋进行了更为详尽的叙述。书中考订宋元诸史书中所见的各种宋代户口的相关数字，到宋朝的各种籍帐中追溯其出典，并在考订各种籍帐的性质和目的的同时对其所载户口数进行翔实绵密的检证。经历这一过程后得到的数据在目前可算是最具可信度的。

化财"，左上部有题为《诸路州府解额》之表。森鹿三、青山定雄等曾探讨过流传到日本的《舆地图》拓本的相关事宜，包括地图的制图时间、制作意图和输往日本的过程种种。有关《解额表》的专论则仅有中嶋敏所作说明短文。[①] 本节以中嶋整理拓本所得一览表为基础，选取除淮南东西二路、四川四路和广南东西二路的诸路解额，列于下方。之所以不选择上述地区，除顾及全文篇幅之外，还考虑到上述地区异于其他州路，具有自身的特殊情况。如淮南是对金战备的前线地带、四川执行的是类省试、而广南则处于摄官制度之下等。[②]

表 1　栗棘庵解额表

| 路 | 府·州·军 | 县数 | 解额数 | 绍兴十八年进士 | 宝祐四年进士 |
|---|---|---|---|---|---|
| 福建路 | 福州 | 12 | $62 + 38 = 100$ | 26 | 56 |
| | 建宁府 | 7 | 83 | 12 | 12 |
| | 泉州 | 7 | 40 | 7 | 13 |
| | 南剑州 | 5 | 37 | 4 | 5 |
| | 汀州 | 5 | 12 | | 1 |
| | 漳州 | 4 | 21 | 2 | 1 |
| | 邵武军 | 4 | 26 | 3 | 5 |
| | 兴化军 | 3 | 44 | 11 | 17 |
| | 小计 8 | | 363 | | 110 |
| 两浙东路 | 绍兴府越州 | 5 | 18 | 8 | 9 |
| | 庆元府明州 | 6 | $24 \to 28$（$14 \to 28$） | 2 | 10 |
| | 台州 | 5 | $16 + 29 = 45$ | 3 | 20 |
| | 瑞安府温州 | 4 | ? $18 \to 50$? | 9 | 19 |
| | 婺州 | 7 | 17 | 8 | 11 |

---

① 〔日〕森鹿三『栗棘庵所蔵輿地図解説』，『東方学報（京都）』11 - 4，1941。青山定雄『栗棘庵所蔵輿地図』，収入氏著『唐宋時代の交通と地誌地図の研究』，原載『東洋学報』37 - 4，題為『栗棘庵所蔵輿地図について』，1955。中嶋敏『南宋の解額—栗棘庵所蔵輿地図諸路州府解額—』収入氏著『東洋史學論集』，汲古書院，1988。

② 南宋初年，通过解试者因战乱无法前往首都参加会试，则前往管辖其原籍地域的转运司所在地参加类省试来替代省试。战乱结束后，只有四川继续举办类省试，一直持续到南宋末年。广南东西路通行的办法则是，在两次通过解试之后，再通过转运司举办的刑法考试，即可授予摄官（待次摄官），历经两任后无过失可转正式官职。

续表

| 路 | 府·州·军 | 县数 | 解额数 | 绍兴十八年进士 | 宝祐四年进士 |
|---|---|---|---|---|---|
| 两浙东路 | 处州 | 6 | 2? | 11 | 8 |
| | 衢州 | 5 | 32 | 10 | 6 |
| | 小计 7 | | 192 | | 83 |
| 两浙西路 | 临安府杭州 | 9 | 17（70?） | 5 | 8 |
| | 安吉州 | ⑥ | ? | 7 | 3 |
| | 平江府苏州 | 5 | 10 | 7 | 2 |
| | 镇江府 | ③ | ? | 2 | 2 |
| | 嘉兴府秀州 | ④ | 40 | 3 | 4 |
| | 建德府 | ⑥ | ? | | 4 |
| | 常州 | 5 | 24 | 13 | 4 |
| | 江阴军 | ① | ?（9） | 1 | 1 |
| | 小计 8 | | 91（153） | | 28 |
| 江南东路 | 建康府昇州 | 5 | 16 | 5 | 4 |
| | 宁国府宣州 | 6 | 10 | 4 | 3 |
| | 徽州歙州 | 6 | 12 | 1 | 4 |
| | 太平州 | 3 | 10 | | 1 |
| | 池州＊ | 5 | 5 | | 2 |
| | 饶州 | 7 | 55 | 13 | 6 |
| | 信州 | 6 | 24 | 7 | 4 |
| | 广德军 | 2 | 5 | 1 | |
| | 南康军 | 3 | 14 | | 4 |
| | 小计 9 | | 151 | | 28 |
| 江南西路 | 隆兴府洪州 | 8 | 32 | | 8 |
| | 赣州虔州 | 10 | 32 | | |
| | 吉州 | 8 | 68 | 10 | 23 |
| | 江州 | 5 | 10 | | 1 |
| | 袁州 | 4 | 9 | | 3 |
| | 抚州 | 5 | 39 | 1 | 11 |
| | 瑞州筠州 | 3 | 8 | | 2 |

续表

| 路 | 府·州·军 | 县数 | 解额数 | 绍兴十八年进士 | 宝祐四年进士 |
|---|---|---|---|---|---|
| 江南西路 | 兴国军 | 3 | 5 | 1 | 1 |
| | 南安军 | 3 | 8 | 1 | |
| | 临江军 | 3 | 32 | 5 | 5 |
| | 建昌军 | 4 | 30 | 5 | 3 |
| | 小计 11 | | 273 | | 57 |
| 荆湖南路 | 潭州 | 12 | 30 | 1 | 5 |
| | 衡州 | 5 | 16 | | |
| | 道州 | 3 | 29 | | 2 |
| | 永州 | 3 | 8 | | |
| | 郴州 | 4 | 6 | | |
| | 宝庆府邵州 | | | | |
| | 全州 | 3 | 5 | | |
| | 武冈军 | 2 | 1 | | |
| | 桂阳军 | 2 | | | |
| | 茶陵军 | 0 | | | |
| | 小计 10 | | 95 | | |
| 荆湖北路 | 江陵府 | 8 | 11 | | 1 |
| | 鄂州 | 8 | 7 | | 4 |
| | 德安府安州 | 5 | 7 | | |
| | 常德府鼎州 | 3 | | | 1 |
| | 沣州 | 4 | 5 | 1 | 2 |
| | 复州 | 3 | 7 | | |
| | 峡州 | | | | 1 |
| | 岳州 | 4 | 7 | | 3 |
| | 归州 | | | | |
| | 辰州 | 4 | 3 | | |
| | 沅州 | 3 | 5 | | 2 |
| | 靖州诚州 | | | | 1 |
| | 汉阳军 | 2 | 5 | | |

续表

| 路 | 府·州·军 | 县数 | 解额数 | 绍兴十八年进士 | 宝祐四年进士 |
|---|---|---|---|---|---|
| 荆湖北路 | 荆门军 | 2 | 5 | | |
| | 寿昌军<br>原系鄂州武昌 | 1 | 2<br>（《寿昌乘·贡举》） | | |
| | 信阳军 | 2 | | | |
| | 小计 16 | | 64 | | |
| 总计 | 含淮南、四川、广南 194 | | 2065 | | |
| 玉牒所 | （包括宗正寺） | | | 16 | 75 |
| | 开封府 | | | 14 | |
| | 北宋境内其他各处 | | | 10 | |

　　还有必要追加说明的是，表中数据虽原则上照搬中嶋前文，而原文中江东池州的解额被误作信州，故遵从拓本原文改正，并以星号标示。拓本上的漫漶难辨之处，中嶋基于《宋史·地理志》所载推算后补入，以空心圆为记号标示。此外浙西临安府杭州的解额，图中记为"十七"名，这对于堂堂首都而言人数太少，当为"七十"之误。如此推断的根据在于《梦粱录》卷四《解闱》条的记载："杭城辇毂之地，恩例特优。本州元解额七十名，今增作八十九名。诸州各有定额。"① 不过即便上述推断看似妥当，就《咸淳临安志》卷五六所载历代解额数目来看，在北宋末期，宣和五年时杭州十九名；南宋绍兴二十六年有十七名、端平元年十九名、宝祐三年二十一名；最晚的记载是景定五年（1264）的二十二名。绍兴二十六年时，因南方大量收容了北方流寓的士人，各地解额均有普遍增加，也可能就是这一年的解额数用于刻碑流传。杭州虽曾贵为吴越国的首都，北宋以来则无非普通一处州治，在南宋成为"行在"之前其境遇并无改观。景定五年的次年即改元咸淳，一般认为该表所载解额数量正是反映了这一时期的实况，如果解额从二十二名陡增为七十名，也会显得非常突兀、不符常理。有关这一点可详见后文分解。另外，两浙西路中常州的二十四名，依《咸淳毗陵志》卷十一，宣和五年恢复科举时取四十三名乃是最高纪录，至南

---

① （宋）吴自牧著，〔日〕梅原郁訳『夢粱録』，東洋文庫674，平凡社，2000。译注解说序文中"甲戌岁"并非指南宋咸淳十年，而应为元统二年，元初编纂。

宋时期解额增减颇有反复，至咸淳年间则有记录，为三十四名。

关于《舆地图》的制图年代问题，青山定雄推断（参第 172 页注①），原图作成的时期是南宋中叶、光宗朝绍熙年间，而《解额表》则是南宋末期咸淳年间改定州府名称时所重刻的内容。举一例证，两浙东路的温州升为瑞安府是在咸淳元年。中嶋敏以四川潼川府路广安军的动向为着眼点，推定《解额表》所反映的时期当在咸淳元年至咸淳二年之间。本文略过对这一地区的讨论，也认为表中解额数目当反映这一时期的实情，不过，包括前述临安的数目争议，表中所述解额数目仍存在一些问题。例如，表载广南东路广州解额为十三名，但是据《大德南海志》卷九，则嘉定三年为十五名、端平元年十七名、淳祐二年二十名、宝祐二年二十一名、咸淳七年二十三名——南宋任何一次取士的解额都高于表载数目。不过依照"旧志贡额"条所述，为十三名，这与表中所见相吻合。再参照现存有历代解额记录的《宋元地方志》来看，与表中数字相符相违之处皆有，无法断定。总而言之，也无法直接断言表中数值都精确反映咸淳时期的史实，其所出处或有从别的时期所采纳的数目，同时也无法否定其他来源。《解额表》勒石之后，南宋还举行过三次科举考试，亦无法否定在这三次科举中会出现解额增加的可能性。姑且把这些围绕解额的不详尽之处，都看作南宋时期科举的一个特色，作为前提。

一直以来，登科者存在出身地域之差的现象已为先学所关注。两宋经由科举考试获登科者总数，在十通本《文献通考》卷三二中，引《宋登科记总目》进士条，将北宋太祖建隆元年至南宋理宗嘉熙二年之间，加上度宗咸淳四年，共计有三万五千二百二十七名（依元泰定元年版则为三万四千九百九十三名），是统计了全 118 次科举中 107 次的登科者总和。贾志扬（John W. Chaffee）主要依据现存明清时期成书的各地方志，统计出各州获录取的进士人数总和达到二万八千九百三十三名。近年来龚延明、祖慧全面搜罗了各种史料中宋代登科者姓名，依照这项研究，正奏名进士总人数达四万二千五百八十八人。① 在《登科记总目》缺少南宋后十一次科举相关数据的情况下，粗略以每次科举中正奏名进士平均六百余人进行估算，可得与龚延明等所做统计大致相符的数字。这应当如实反映了登科总人数。

---

① John W. Chaffee, *The Thorny Gates of Learning in Sung China*, New York: Cambridge University Press, 1985；龚延明、祖慧编纂《宋登科记考》，江苏教育出版社，2009。

贾志扬的统计既包括了各府州登科人数的总和，也包括各时期的相关数据，由此可以看出南宋时期沿海地区的显著发展趋势。第一名福州、第二名温州、第三名明州、第六名泉州、第八名兴化军、第十名杭州，都是登科人数排入前十名的州治。其中福州登科者有八成、温州有九成都是南宋时期的进士。福建路在两宋时期登科者辈出，此后乃成为人尽皆知的事实，贾志扬统计出宋代登科总人数排名前十位的府州中，福州、建州、兴化军和泉州分列第一、第二、第四和第六名。与之相对，举办三年一度的礼部试（省试、会试）之时，通过解试之后聚往临安的举人人数在南宋末达到一万余人。[①]《解额表》的人数总计仅 2065 人，就算考虑到一部分州的数据欠缺，仍然存在巨大的差额。解试原则上是遵从原籍进行取解，而解额还分配给位于首都的太学、高级官僚子弟、恩荫、并非进士出身而已有官位的下级文武官员、出任各地的官僚子弟等，由各级转运司举办分数制的漕试或宗室考试定夺。巧妙地利用这些渠道可以通过录取率相对较高的漕试而取得功名，特别是在竞争激烈的州府，不乏走此一途的士人。另外，如果满足一定的条件，诸如多次参加解试等，也可获得免解的恩典，直通礼部试。如此，围绕科举来窥探各地域士人层的动向时，如果仅仅通过登科者人数来判断，其结果恐怕会与事实南辕北辙。而在这一点上，解额反映的是本地应试者的人数，对于思考科举社会相关问题而言，聚焦于此甚有必要。[②]《解额表》中附记有绍兴十八年和宝祐四年各府州的进士登科者数目。[③] 虽然仅存南宋最初和最后一次科举的数据，但这些第一手史料仍提供了精确的数据并具有极高的置信度，可以用以结合解额展开讨论。还须注意的是，绍兴十八年时宗室登科者为十六人，仅次于福州；而宝祐四年时宗

---

① （宋）吴自牧：《梦粱录》卷二《诸州府得解士人赴省闱》。《西湖老人繁胜录》不分卷"混补年"。

② 笔者将自认或经他人认可为能作诗文、具备参加科举考试能力者称作"士人"。用"统治—被统治"的关系为着眼点看待天子（皇帝）治下的前近代中国社会时，士人阶层则存在于作为统治者的士大夫官僚与作为被统治者的平民之间。换言之，笔者认为士人阶层位于"士—庶"之间。宋代以降，"士—庶"关系借由科举制度而存在，这也使得流动性较高的社会得以出现。这种社会可称为科举社会，并作为中国"近世"社会的一大特征加以认识。比起有限的登科者而言，数量上占据绝对优势的本地士人阶层才是支撑科举社会得以成立、使得科举社会再生产成为可能的决定性要素。有关这一点可参看近藤一成『宋代中国科挙社会の研究』，汲古書院，2009。

③ 《绍兴十八年同年小录》《宝祐四年登科录》存有多种版本，本稿选取民国十二年徐乃昌《宋元科举三录》本，为复刻明影钞宋本。

室登科者有七十五人，占登科者总数的一成以上，也超过任何一个府州的登科人数。宗室出身的进士登科者人数的增加也是南宋科举的特色之一。①

《解额表》中以右箭头和十字符号标示出四处府州，属于特殊例。这是示意原拓本上以"今"字和"添"字所标示的"两浙东路 庆元府（明州）二十四人今廿八人，瑞安府（温州）十八人今五十人，台州十六人添二十九人，福建路 福州六十二人添三十八人"之处。中嶋敏认为"今"和"添"出于何时，虽于目下暂无详考，但可以由地图来粗定为南宋末的咸淳年间较为稳妥。求诸各地方志，"今"当为理宗端平元年、"添"当为咸淳年间。②

取表中解额数位列前十的府州，将宝祐四年与绍兴十八年的进士登科者数目列为表2。另将可知的宝祐四年与绍兴十八年时的解额数字也附记其中。

表2　宝祐四年与绍兴十八年进士登科者数目、解额数

| 各州解额数量排名 | 解额数 | 宝祐四年登科者数 | 解额数 | 绍兴十八年登科者数 | 解额数 |
|---|---|---|---|---|---|
| 1 福建路福州 | 100 | 56（《三山志》43） | 62 | 26 | 宣和中60 |
| 2 福建路建宁府 | 83 | 12 | | 12 | |
| 3 江南西路吉州 | 68 | 23 | | 10 | 绍兴17年30 |
| 4 江南东路饶州 | 55 | 6 | | 13 | |
| 5 两浙东路瑞安府温州 | 50 | 19 | | 9 | |
| 6 两浙东路台州 | 45 | 19 | | 3 | 宣和中8 |
| 7 福建路兴化军 | 44 | 17 | | 11 | |
| 8 福建路泉州 | 40 | 13 | | 7 | |
| 9 两浙西路嘉兴府秀州 | 40 | 4 | | 3 | 宣和5年8 |
| 10 江南西路抚州 | 39 | 11 | | 1 | |

表2中列入了宝祐四年（1256）和绍兴十八年（1148）的情况。其中，

① 有关南宋宗室，参见贾志扬（John W. Chaffee）『宋代宗室（Imperial Clan）の政治の社会の变容』，『東方学』103，2002，及 *Branches of Heaven: A History of the Imperial Clan of Sung China*，Cambridge Mass：Harvard University Asian Center，1999。另有笔者所作书评，载『東洋史研究』61－1，亦可资参照。
② 此处考证较为繁杂，可参见拙论『「参天台五台山记」科挙記事と北宋応試者数』，『史滴』第35号，2013。

宝祐四年距解额数对应的时期更近，易于比较，故而对两个年份做了倒序调整。可见两次科举中都是福州出身的登科者取得了数量上的遥遥领先，此外福建路出身的登科者也呈现突出态势，整体趋势与两宋登科者总的分布情况呈现正相关，但仍体现了一些南宋特有的状况。笔者之前曾指出过，南宋时期两浙东西路的科举登科者的变迁并不体现在其实际数量的变化方面，而是随时间变迁显现下列态势：自南宋初期至南宋下半叶，位于东南沿海的浙东各州的登科者数量逐渐增加；而与之相对，浙西诸州则是渐次减少的态势，二者形成了明显的对比。特别是以明、台、温三州与湖、常二州相对照，形成了鲜明对比，似可以拟照施坚雅（G. W. Skinner）提出的"经济中心地域的阶层体系"论，构想一种"文化中心地域的阶层体系"来划分次地域（sub-region）。[①] 如果说较之绍兴，宝祐的登科者数量较少这一史实可以放在解额数量与登第者数量同步扩大的大背景下得以解释的话，而在建宁府（建州）、饶州、嘉兴府（秀州）这三处地方，条件近乎同等，也并非位于沿海地带，依然显示了上述倾向。

　　如果将视野扩大至解额数前二十的府州，新增福建的南剑州，浙东衢州，江西隆兴府洪州、赣州（虔州）、临江军、建昌军，浙西常州，还有成都府路的成都府与眉州，荆湖南路的潭州这十处。成都府、眉州与潭州是表 1 之外仅有的解额数超过三十的府州，故而在入于前二十的州府之中，各路的的府州数排名是江西路6、福建路5、浙东路3、浙西路2、成都府路2、荆湖南路1。江西、福建二路中解额最多的是吉州与福州。在现存史料中查找两地的解额数，吉州依照乾隆四十六年所修《庐陵县志》卷二二"解试"，有"嘉祐治平间三十人"的记载；福州则有《淳熙三山志》卷七"试院"中"治平四年三十一人"的记载，可见北宋同时期两州拥有几乎相同的解额。有关解额具体如何分配以及调整其分配的具体规定等问题，限于笔者目力实难得之，不过很容易推测，解额的设定会参考科举参加者的人数以及之前登者的人数。由史料可知，北宋初年按比例取士时，成绩位于前两成者晋级省试，而后竞争愈加激烈。北宋靖康元年举办最后一次解试时，常州有两千二百八十二人参加、通过者四十三人——选拔比例是

---

① 前揭拙著『宋代中國科舉社會の研究』「Ⅱ部地域篇」第 1 章「南宋地域社會の科舉と儒学—明州慶元府の場合—」。此处将增加或渐减作为文人文化浸透程度的指标。有关 sub-region 概念的提起是由故冈元司在座谈会的发言中所提倡的。可见拙论『「参天台五台山記」科舉記事と北宋応試者数』。

五十三选一（《咸淳毗陵志》卷十一"贡举"）；同一时期的吉州则是四千二百零二人应试、六十七人通过——选拔比例是六十二点七选一（前揭《庐陵县志》）。时至南宋，情势则更趋白热化，绍兴六年科温、台、婺州都达到二百选一，明州、福州等则超过一百选一（《建炎以来系年要录》卷一七二"绍兴六年四月戊子"）。其中福州在开禧三年时更是达到了三百选一，当时有人提议，将选拔比例降至二百选一（刘宰《漫塘集》卷一三）。对此形成补充的有，《宋会要辑稿·选举》卷一六"发解"部分，提到南宋上半叶成都府路的成都府、隆州与简州之间，随着贵平县和籍县划归隆州，诏令从成都和简州各减解额一名划归隆州。不过贵平县的应试者仅为四十七人；而简州之前的应试状况是七百九十八名应试者对应七个解额，之后应试者则增为一千二百零二名，故而又将随贵平县划归隆州的一名解额又划回简州。① 这虽然是县政区调整带来的特殊事例，但是侧面反映了各县应试者的人数也是解额分配时所考虑的要素。

至此，关于宋代的科举，本文举福建福州、建州为焦点进行了论述，而江西特别是吉州也在科举方面显现出特殊的地位值得瞩目。前揭《庐陵县志》中，关于作为解试会场的贡院有如下记述：绍兴十四年（1144）建成了供三千人使用的考点。乾道、淳熙以来考生破万，已另行增筑；绍熙二年（1191）又另增一处，合计可供两万余人使用。吉州举子甚众，堪与福州相伴，其成因将在下一节中详述。

## 二　从人口迁徙方面考察宋代吉州

中国历史上有三大南迁之说，是指西晋永嘉之乱、唐代安史之乱及宋

---

① 《宋会要辑稿·选举》16–5"发解"："乾道六年八月五日，隆州言：'本州元隶四县，后废两县。今蒙仍复贵平、籍两县，归隶本州，解额自合增添，乞详酌比类增添施行。'礼部勘会：'宣和间罢三舍法，分立诸州解额。时贵平、籍县士人，已累举在成都府简州取解。今既将贵平、籍县拨归，欲将成都府解额拨一名还籍县，及将简州解额拨一名还贵平县，并入隆州，立为解额。'之之"。《宋会要辑稿·选举》16–22："淳熙六年正月二十三日，诏简州解额仍旧作七名取放。礼部国子监言：'简州元应举七百九十八人，立额取放七名。乾道六年，缘本州贯贵平镇改县拨隶隆州，将解额七名内拨一名入隆州。时贵平县止有四十七人赴试，却侵取简州解额一名。今据四川安抚制置使司申，淳熙四年，简州解发就试终场一千二百二人，止取六（百）［名］，委是亏额。'故也。"此外李弘祺在《宋代科举解额制度的政治及社会意义》（《教育与考试》2017 年第 2 期）中也提到领有解额的基本单位是县。

代靖康之变时，北方人口多迁往南方，引起社会变动。据各类史料推算，从北宋灭亡直至南宋绍兴年间，战乱造成约 500 万人逃往南宋境内。① 南宋享国约有 150 年，初期和末期分别遭到金和元的大规模南侵；除此之外的时期虽与金缔结讲和条约，但仍有海陵王南伐、韩侂胄北伐等事件。位于江淮之间的淮南东西路、京西南路成为前线地带，情势严峻，特别是金灭亡（1234）之后，蒙古掀起攻势，给四川的各个州县带来了残酷的兵祸。情势如此，自然造成了江西乃至吉州的人口流入，而基于同样的原因，南宋其他地域也形成了各有特色的新情况。

例如，江西向称"健讼之地"。明清时有不少具体地展示这种"健讼"的司法文件留存至今，如巴县档案等，而宋代的这类文件并无留存。不过，《清明集》等判牍类文献尚存，其内容为当时地方官和士人所述，可以经受实证检验，此外还有各地方志和《宋史》地理志中关于此地健讼的记载可资旁证。青木敦在《宋代民事法的世界》中把人口问题与江西"健讼之地"相结合提起探讨，富有启发意义。② 第二章的结论部分有以下论断："对科举的执着、追求进取的风气、官僚的同业互助、开垦造成的土地纠纷、不彻底的移风易俗……开垦扩大和人口增加带来了方方面面的特征。而本章有意强调的则是有关江西一地的健讼风气，移民和人口增加招致了诉讼多发，有直接史料可以证明这一点。此外，实际上查考户口数据，会发现那些所谓健讼、难治的地域和那些人口增加、人口流入的路州基本一致，这一点无可置疑。"青木敦在这部著作中没有直接给出移民、人口增加与健讼之间有因果关系的具体例子，而是本着"诉讼费用相对较低的情况下诉讼会倾向多发，反之费用相对较高则诉讼会减少"这种一般认识来立论，分析江西的诉讼费用。进而认为："印刷技术的发展与科举制度的铺开，对诉讼费用有以下影响：……江西坐拥出版中心地的优势，应当能够有效降低诉讼费用。……开垦与物价上涨带来地价上涨，这明显也是健讼风气形成的重大要素。"

---

① 吴松弟：《南宋人口史》，第 142～147 页。据该部分，崇宁元年的数字相对可以置信，以此为基础，结合了战火中丧失的人口数、自然增加率与战后人口数，推算了各地区移民的大概数量。在绍兴三十二年的阶段，地域整体包含了北方移民及其二、三代后裔共 138 万户，约 700 万人自北方移入。其中再除却军人，由北方移居南宋的人口数有 500 万人上下。

② 〔日〕青木敦：『宋代民事法の世界』，慶應義塾大学出版会，2014。特别参见了「第一章　宋朝と長江中下流域」「第二章　珥筆の民」「第一〇章　江西における文明の領域」。

　　青木敦在该著第一章写道："研究指出宋代专业健讼和讼学的出现就是在江西，然而这一处健讼的先锋地区绝非举办科举、文人文化的先进地带，反倒应该属于后进地带。从科举、士大夫的先进后进方面来看当地健讼状况，它们之间的关系接近呈反比。"① 科举与健讼的关系是正比还是反比？实际上只从上下文来判断，并不会得出如此简化的选项。这一点留待下一节详述，而在此之前，先把宋代的江西，特别是吉州作为典型，概略性地回顾一下它们的人口动向与社会经济状况。

　　日本的宋史研究中早已提出过"宽乡狭乡"的概念，已注意到宋代社会并非均质，各地存在经济发达程度、风俗文化的差异，并在此基础上试图阐明王朝的一元统治如何推行。社会、经济、文化是一幅斑驳交织的图景，走向沿着赣江的江西路也不能例外，而人口的移动定会对宋代江西的社会形成带来极大影响。青木敦已经提及，北宋元丰三年到南宋嘉定十六年之间，对南宋各路的人口增幅排序的话，第一名就是江西；通过《元丰九域志》和《元史·地理志》所记载的数字，可以比较属于江西的十处州军各自的户数增长率，而吉州在其州排位第三。不过，分列一、二位的筠州、临江军的户数，相对元丰时期吉州 273397（崇宁 335710）户而言，筠州仅为 79591（111421）户、临江军为 89397（91699）户，人口规模存在相差数倍的根本差异。② 如果以户口数为基准，另作人口增量统计排行的话，那么吉州当升至第一位。吴松弟著《南宋人口史》对人口密度和户均田亩数展开讨论，谈到其结果显示"在南宋人口密度较大而且经济文化比较发达的六路（引者按：即两浙、江西、江东、福建、成都府、潼川府六路）中，人均田亩较少的路的人们对科举的热情高于人均田亩相对较多的路的人们，似乎已是普遍规律。"③。除去潼川府，其他五路的户均亩数分别是江东 39.9 亩、江西 33.1 亩、成都府 28.0亩、两浙 19.8 亩、福建 11.2 亩④。这并非将土地肥瘠、栽培技术的精粗、劳动力的质量等包含了既有投资收益后的面积与生产力去简单作比。比起其他手段，福建开发非农业维生手段则更为必要，前述比值有利于增进对

① 〔日〕青木敦：『宋代民事法の世界』，第 11 页。
② 括弧内崇宁元年的数字依据梁方仲编《中国历代户口、田地、田赋统计》（上海人民出版社，1980），甲表 38《北宋各路府州军监户口数及每县平均户数和每户平均口数》，是在订补《宋史·地理志》所载数据的基础上得出的。另外也参考了前揭青木敦著作第 45、46 页。
③ 吴松弟：《南宋人口史》，第 333 页。
④ 吴松弟：《南宋人口史》，第 231 页。

这一点的理解。下一步在此寻求宋代福建科举盛行的主要原因就变得十分自然了。比之于福建，江东、江西都是相对的"宽乡"。

关于南宋吉州，能够细致描绘社会经济发展状况的统计数字似乎已荡然无存了。不过如前所述，青木敦列出了北宋中叶至元代期间，户数增长率超过50%的州，其中毗邻长江的江东路饶州有着360%的增长率，可作为特例先行排除。尽管如此，江西路筠州、临江军、吉州，荆湖南路道州、郴州、桂阳监都位于赣江及其支流、湘江及其支流的上游，由此可以一窥渡过长江的移民溯赣江和湘江而上，往这些区域移居的情景。后文中会提到，文天祥遭元军俘虏后送往大都的路线，即广州→英德府→大庾岭→江西南安军→（赣江水路）赣州→万安县→太和县→吉州→临江军→隆兴府（洪州）→江州湖口→长江→安庆府→池州→鲁港→采石→建康府→真州→维扬→大运河。这条路径是北方前往广州的交通主动脉之一，文天祥被押送路线则与之反向。从鄱阳湖平原到位于赣江盆地南端的吉州、赣州也是隆裕皇太后最后的逃亡所，靖康之变时她奔出开封，在金军尾追之下最终到达此地。

## 三　吉州与科举

如前所述，北宋吉州的解额在仁宗朝为30人、神宗朝以后45人，至北宋最后的靖康年间则达到67人，超过了北宋期间福州最高的60人，是除首都之外拥有最多解额的州治。这反映了北宋时期吉州就拥有人数众多的应举士人。及至南宋，吉州的解额数量有进一步扩大的趋势，乃为此建设能容纳二万人同时考试的贡院。《舆地纪胜》卷三十一引用登临吉州、面对风俗形胜之时，周必大的感言"吉为大邦，文风盛于江右"（《省斋文稿》卷二十八《咏归亭记》）。唐代以前庐陵仍被视为僻远之地，传杜甫的祖父杜审言出任吉州司户后渐传诗赋，此后文教才走向兴盛。[①] 五代被看作武人的时代，那时的吉州属于南唐，而南唐又以唐文化的继承者自相标榜，这也影响到了吉州。庐陵出身的宋代文人士大夫以欧阳修为代表（虽然他本人几乎没有在庐陵常住过），人数众多；到了南宋又出了杨万里和周必大这样

---

① 丁功谊：《白鹭洲书院与庐陵文化》，载沈翔、何忠礼主编《第三届中国南宋史国际学术研讨会论文集》，浙江大学出版社，2017。庐陵有两层含义，既是吉州的郡名，也是宋代吉州的倚郭县名。后者在本文中以庐陵县作称呼。

的大人物。时至今日，他们的后代也人物辈出，常致力于旌表祖先的功绩。有关他们的研究也颇为盛行，① 这顺理成章，本文正有意考察这处不断涌现文人士大夫的灵脉：人文基础（humanities infrastructure）。

秦汉以来，中国王朝绵延两千余年，始终处在"皇帝—官僚制度"的统治之下，整个后半共约一千年间，只除却元朝上半叶四十年，在官僚选拔登用中起核心作用的一直是科举制度，就算处在非汉族王朝的统治下也依然如此。从制度的持续运行角度考察科举，客观上掌控这一制度的乃是士人阶层。尽管士人阶层当中的大多数也是在科举中遭到淘汰者，对于王朝而言仍然有必要对他们在社会地域方面给予结构性的优待。学校和书院都是这一结构性基础的重要构成因素，这区别于近代的学校，它们额外具备将指向王朝的向心力进行凸显的意义，都是统合国家机器的手段，能够充分抵御其所在地域社会所具有的多样性，其本身就是具备向心力的统合制度。②

依照邓洪波著《中国书院史》，典型的书院包含了讲学、藏书、祭祀和学田这四大要素，虽然并非所有书院都能集齐这四要素。该书中列举先行研究中所见的北宋书院 73 座、南宋书院 442 座，分时段、分地域进行了统计分析。结果显示，分地域统计中，两宋书院都数江西最多：北宋达到 23 座，紧随其后的是湖南 9 座、河南 6 座；南宋江西书院达 147 座，其中有 94 座属于新建、7 座属于重建，另有无法把握具体状况者 46 座，江西之后是浙江 82 座、福建 57 座，显而易见江西领先幅度之大。③ 在此基础上，再加以独创性的史料搜集工作，统计两宋书院总数合计达到了 720 座，其中包括江西 224 座、浙江 156 座、福建 85 座、湖南 70 座。仅此四地就占了全体数量的 74%，而江西又独占此四地的四成以上。下文将解析江西的书院是如何进行日常运作的。

---

① 针对江西和吉州出身的士大夫所做的研究实在是不胜枚举。值得一提的是近年小林义广所发表的系列研究。在其『欧陽脩その生涯と宗族』（創文社，2000）出版之后，对胡诠、周必大、欧阳守道、王庭珪、曾三异、杨万里、谢谔等人都从其家族与地域社会的关系为出发点加以分析，总体情况汇总于『南宋吉州の士人と地域社會』（『東海史学』52，2018）一文中。

② 虽然未入士大夫之列，士人却从身份上区别于庶人并受到优待，对其优待是在北宋徽宗朝的宰相蔡京推行学校政策的契机下得以形成制度。拙著『宋代中國科舉社會の研究』「I部国制篇」第四章「蔡京の科舉・学校政策」中已做讨论。地方州县学的学生可免服徭役、减免税收，在官司审判中也可受到与庶人不同的待遇。

③ 邓洪波《中国书院史》（东方出版中心，2004）第三章"书院制度的确立"。先行研究主要以白新良《中国古代书院发展史》（天津大学出版社，1995）为据，对其中数据进行分析。

　　受限于史料，宋代在县之下的乡村层级上进行地域交流的实态已多不可考。① 不过，如张艺曦在《经学、书院与家族——南宋末到明初江西吉水的学术发展》一文中所揭示的那样，南宋末年至明初之间，朱子学的普及和学术的发展并非依赖大儒之间的师承关系，而是在以吉州吉水县同水、文昌两乡和县城为中心的地域社会层面所造就的。并且，虽该书主要研究的时段在元朝，其所述地域的状况则是南宋之延续，这对于本文多有启发。② 其中所举书院是位于同水乡的涩塘、杨庄杨氏家族的南麓斋，花园王氏三松书院，泥田周氏磻溪书院；县城东门的古城义塾与解氏东山书院东门；文昌乡的带源王氏文昌书院；等等，追踪在书院或塾中施教受学者的行迹。从北宋到明永乐年间，涩塘杨氏有杨万里等 8 人登科（其中进士 3 人，下同），谷平李氏出了李次鱼等 6 人（2 人），花园王氏出了王端礼等 5 人（1 人），泥田周氏出了周子渊等 25 人（7 人），秀川罗氏出了罗鼐等 21 人（9 人），县城东门解氏出了解谷等 18 人（6 人），夏朗刘氏出了刘方正等 15 人（6 人），带源王氏出了王相等 6 人（4 人），虎溪萧氏则出了萧来新等 9 人（4 人），并且尽可能地再现了他们的学术与师徒关系。移居庐陵县者，南宋前期有刘清之、南宋后半期有欧阳守道，从邻近各地赴吉水讲学者如抚州崇仁县的吴澄等人也在所并包。不过出身吉水的刘岳申等人因为仅有文名，并未列入考察范围。

　　吉水县毗邻赣江，与庐陵县北部相接壤。文昌乡与县城位于赣江东岸一侧，西侧对岸乃是同水乡，庐陵县城则反向位于西侧。拥有如此地形也并不能保证吉水县各乡之间的学术交流的繁荣。书肆将杨万里的《易》学著作以《程杨易传》为名刊行，其内容与朱子学颇多分歧，与吴澄的《易学》分庭抗礼，截至明朝都保持了在同水乡的持续影响，却并未能够渗透至文昌乡。刘岳申得知邻县安福县彭丝在经学方面的建树，是由于读了刘辰翁向他推荐的彭著《小学进业广记》；而得知江西五经学代表人物之一的吉州王天与（1299 年任临江路儒学教授），乃是因为读了王著《尚书纂传》，并非由于乡里人际交流所致，是凭借书本知识去减少时空障碍，终成一代佳话。

───────────────

① 作为宋代地域社会研究的第一人，黄宽重在《宋代基层社会的权力结构与运作》（收入氏著《中国史新论》（基层社会分册），联经出版事业股份有限公司，2009）一文中，以县为单位对县学、乡贤祠、地方家族、义庄、地方武力等进行了考察。

② 张艺曦：《经学、书院与家族——南宋末到明初江西吉水的学术发展》，《新史学》23 卷第 4 期，2012。

　　张艺曦在精读明清时期的地方志、学术史、经学著作以及存世文集等史料基础上得出结论，归纳其要义为以下三点：其一，吉水县同水、延福两乡与县城学术的发展，特别是解氏家族的学术，其渊源本自杨长孺和刘清之，在接下来的时代也先后有人拜往欧阳守道、吴澄门下，于是在江西大儒辈出。这显示了江西并未在全国性的学术路径转换中独善其身。与之相对，文昌乡有着以刘实翁、王充耘为主的《尚书》学，二人堪称地方儒者，学问也符合科举所规定的层次。地方特色的经学并未完全埋没在朱子学的潮流之下。其二，比起一直在庐陵本地讲学的刘清之与欧阳守道二人，吴澄的主要活动地域在江西北部一带。不过，他既与郭正表、罗履泰等人结交，又有解观、解蒙兄弟赴其门下求学，使他对于吉水的影响力绝不在其他朱子学者之下。由这一点来看，有必要重新对吴澄在元代江西理学上的位置展开考察，较之之前及同时代的理学家，吴澄可能有着非同一般的重要性。其三，不论朱子学或者地方特色的经学，其长期发展的趋势往往与地方上的大族密不可分。将视野放宽至二三代人，考察这样一个更长的时段，会发现一门以内的学术传承常常有后继无人之忧，这时会通过大家族内开展协作，推举旁系族人，从形式上宣称继承了这门学问。如涩塘杨叔方，曾以南麓斋为中心活动，后来同水乡杨庄杨氏的族人宣称继承了他的学问，正可作为这样一个例子。从长期的视角出发，我等并未能看出以吉水地域为范围有所谓的地方学术传统存在，所见则无非以各大家族的家学为中心所构筑的学术发展史。

　　上述摘要虽仍嫌烦琐，参照其中吉水诸例，眼前能浮现出南宋时期那些普通士人阶层成员的形象，他们面临各种困难，却仍然为考取吉州的解额而不懈努力。在形成身份认同方面，白鹭洲书院应当有着重要的职能，使得吉州的本地士人自我区别于其他州县，这在张艺曦的结语中也有所涉及。至此也令人联想到从北宋后期到南宋中期，浙东明州庆元府的高门大族的事例。由黄宽重所明晰的这一事例，也显示了大家族为了本族子弟的教育而设立的家塾面向乡里开放，并顺应时机从外部引进讲师带来学术的新潮流，与此同时积极准备参加科举的状况。①

---

　　① 黄宽重：《四明家族群像》，收入氏著《宋代的家族与社会》，东大图书公司，2006。该文中提及袁、楼、汪、高四家族及其姻亲在明州组成了覆盖全州的浓密多层次的人际关系。不过在吉州，一般的印象是这种人际关系并没有达到遍布全州的水平，而是停留在覆盖同水乡等乡行政区的水平。张、黄两篇论文的视点存在差异，可以从时代差异、沿海和内陆之差等方面加以比较研究，这是今后待开展的课题。

　　在所有书院与科举的相关史料中，元初赵文的《集义堂记》具有相当的价值。从庐陵沿赣江而下，越过临江军（译注：当为临江路）可到达富州（原隆兴府丰城县），大德二年（1298）其东有当地李克家（肖翁）等所建同文书院，赵文所作是为该书院的堂记。建立书院的目的是为有志共同勉学的乡里子弟提供集体教育，并通过购入的学田解决学徒的生计问题。《记》在堂落成之际加以盛赞之外，还记载了当时对学校、书院等表达不满的言论："抑吾有忧焉。科举以取士，而坏士心者科举，利禄为之累也；学校以养士，而坏士心者学校，饮食为之争也。科举未兴，士得免于利禄之累，而士习犹未尽古，以犹有学校也。学校有田，本以养士，士果尽养乎？否也。学校设官，本以教士，又果有教乎？否也。子以为学校之所谓教，与子之书院所谓教，孰有益乎？吾非以学校为可废也，使主学校者以家塾为心，则学校之弊庶可革也。……嗟夫！文运之兴衰，其非人力之所得为也，必矣。斯文未丧，诸君世有贤子孙，书院必不废也。以无田之学校，延不官之师儒，读非科举之书，他日以之应选举者，所谓风俗淳一、运祚长久，终必赖之。嗟夫，余之望于集义之诸生也远，诸生其勉之哉。"①

　　谈到士心败坏的士人，不得不让人联想到讼师。在明刻本《名公书判清明集》中，他们常常是遭到批判的存在，此书卷十二"惩恶门·把持"目下记述了一个讼师项元明，其人"垄断小人，嚣讼成风"（《讼师官鬼》），因健讼而被纠弹。他出借金钱给捕吏，以求随意操纵案件，因此被问罪，本应处以杖打八十的刑罚，却因为具有士人的身份而被减刑为竹篦十五。此外，还有纠集大批手下，在县衙为所欲为的讼师刘涛。他因行贿获罪，而身份则是"其职在学校"的士人，虽学术能力低下，却仍可凭士人身份免除杖刑，改科教刑竹篦十下、于学校的禁闭室自讼斋中留置（《士人教唆词讼把持县官》）。另外《名公书判清明集》卷十三"哗徒"目下《哗鬼讼师》中，金千二教唆胁取，所犯三十四项，入己赃二千四百六十余贯；钟炎教唆胁取，所犯一十七项，入己赃一千三百余贯。他们作为讼师坐镇后台，教唆讼棍多行恶事。虽然如此，文中提到（疑似钟炎）冒名郡庠、冒玷乡举，是州学在籍、参加科考（或已考取举人）的士人，因此受

---

　　①　（元）赵文：《青山集》卷三，转引自陈谷嘉、邓洪波主编《中国书院史资料》，浙江教育出版社，1998，第299页。

到减刑。从这一例也可看出，有士人身份而去做讼师者并不少见。他们是不是最初都抱有纯洁的"士心"却最终沦丧，这是有疑问的，不过对于同属士人阶层的赵文而言，他创作《学记》（译注：当为《堂记》）的背景下对此所做的思辨也并非毫无道理。前节所提到的科举与健讼之间存在关系，不论其具体是正相关还是逆相关，至少科举的渗透与健讼的现象之间存在着明确而紧密的关联。

赵文批评说不如干脆废止科举，他出身庐陵，曾是临安府的太学生。发出这种论调，因其所处的南宋时代，太学、学校都转变为科举补习班一样的存在。他后来参加文天祥的反元活动，在宋亡后回到庐陵专事讲学，后任南昌东湖书院的山长。令人觉得讽刺的是，延祐元年（1314）——就在他去世的前一年，元朝也恢复了科举制度。

## 余论：文天祥与邓光荐

文天祥是吉州庐陵县出身的"状元宰相"，被誉为"忠君爱国的民族英雄"，至今仍然受到推崇。之前笔者已经发表过两篇关于他的论文。[①] 宝祐三年（1255）文天祥在吉州解试中考中举人后，次年文天祥、文璧兄弟二人又顺利通过了省试。文天祥夺得状元，文璧则放弃殿试，待下次科举取进士，二人就此殊途。原因在于殿试之前，入临安陪考的文父染疾危笃，文璧因此留在旅栈照顾父亲。而最终南宋灭亡之后，哥哥文天祥矢志殉宋，而弟弟文璧却入仕元朝，可谓做出了正相反的选择。文璧蒙受贰臣之污名，但是庐陵士人层为之辩护，提出文天祥与文璧的"忠""孝"分担论。而在被排挤出南宋朝廷后，支持文天祥抗元活动的是以"义"为纽带的同乡关系。上述是笔者第一篇文章的内容。另一篇文章是讨论明刊文天祥《文山先生全集》的编纂经过。这部文集收入《四部丛刊》，借由影印通行。文天祥曾长期随身携带全集书稿，在抗元活动中与随身的告身（辞令书）一并佚

---

① 参见拙稿『つまるところ文天祥は何のために死んだのか？ —文天祥研究の課題と展望—』（『早稻田大學大學院文學研究科紀要』第59集，2014），另参拙稿『文天祥の語りと語られ方』，『早稻田大學大學院文學研究科紀要』第60集，2015。［译注：前文有中译，为近藤一成著、尤东进译《文天祥的"自述"与"他述"——以〈文天祥全集〉的编纂为中心》，《暨南学报》（哲学社会科学版）2018年第10期。］

失，而在大都的狱中写下若干种著作，收入明刊本《文山先生全集》。探讨文天祥狱中著作的编纂，梳理文璧和他过继给天祥的次子文升、天祥子文富以及吉州的士人们在其中起到的作用。另外还指出，文天祥狱中所著书，有自传年谱《纪年录》，其注文中引用的邓光荐《海上录》实际上是崖山海战时担任宰相的陆秀夫有关"二王"（景炎帝与祥兴帝）的记录（或题《宰相日录》）。当时陆秀夫临终嘱咐将二王记录传之后世，邓光荐受命后浮海脱离战场，克服艰难困苦，将年幼的二王（景炎帝与祥兴帝）政权海上时期的记录留存后世，这是邓光荐所做的重大贡献。

邓光荐是文天祥在白鹭洲书院的同门，二人师从欧阳守道，天祥出身富田，而光荐出身就在邻村。逃离崖山海域之后，邓光荐即被元军逮捕，却幸会了文天祥。文天祥更早沦为元军的战俘，在元军战舰中目睹宋军一败涂地的全程。元军大将张弘范之父是著名的汉人世侯张柔，弘范以客礼对待他们，并护送前往大都。这次北行的路径已在前文叙述。一行在建康停留时，邓光荐病危，就此与文天祥作别，而文天祥只身北上，嘱邓光荐为自己写作墓志。此后邓光荐身负遗嘱回到庐陵，著《文丞相传》与《文丞相督府忠义传》。二书与刘岳申的《文丞相传》一并影响了后世对文天祥的评价，并对其评价起了决定性作用。如此，文璧、文升、文富对文天祥的纪念表彰得以自洽，"忠孝分担"的理论也使得富田文氏入仕元廷的行为有了正当性，在受到当时庐陵士人阶层的接纳与支持的同时，在元朝官僚之间对此也广为接受。这股思潮传入明代以后更为高涨，"状元宰相、忠君爱国的民族英雄"形象在整个东亚得以牢固确立。对文天祥的评价可以说是吉州科举社会的产物。

明代邓鹤轩曾任兵部员外郎，他是邓光荐的后代，在洪武十三年（1380）从庐陵出发，赴蜀履职，此后定居广安，成为广安邓氏的始祖。换言之，他是邓小平的祖先。① 另一方面，文天祥是江西文氏的十三世孙，始祖是五代时期出仕南唐的文时。文时的五世孙、文天祥的八代世祖中有文卿，其弟文小山有玄孙文伯琦，后去往湖南湘乡定居，是为湘乡文氏的始祖。文伯琦的十九世孙文锦薰的第三个女儿素勤，在《高冲文氏支谱》中

---

① 邓小平的女儿邓楠曾往庐陵富田横坑村调查相传为其祖上的邓光荐之墓。此事笔者已作短文，题为《中国的深南部》，于《史滴》第38期作为卷首寄语刊发。

记录为"适毛"。① "毛"即毛贻昌，是毛泽东的父亲。毛泽东直至八岁都在母亲文氏的娘家长大，多与外祖母贺氏相守。母亲的二兄文正莹（1859～1929），号玉钦，教导年幼的外甥读书写字，他的教育也对童蒙时期的毛泽东产生很大的影响。② 由此而言，毛泽东之母文素勤虽非嫡系，仍是文天祥同族的后人。清代高冲文氏较热衷于修谱事业，领有房长头衔的人物常有"监修房谱""修谱"等语注之。毛泽东的堂外祖父文绵芳也担任过房长、祠长，也负责"监修族谱"。文素勤的长兄文玉瑞也参与了族谱的编辑工作，因此对于毛泽东母亲的娘家人而言，他们对于同族祖先之中出过文天祥这样一位人物应当有着深刻的认识。

湖南文氏和四川邓氏分别在宋代和明代迁徙并定居，表面上看关系很远，但是各自以族谱为线索，上溯血脉源流，会发现二者最终交汇在宋代的吉州。讲述从宋代至于现代的中国历史之际，人的思考遵从逆时间轴而上和顺时间轴而下两个方向。不论选取哪个方向，从人口和移居方面来着眼都是不可欠缺的思维方式。

[译者单位：日本学习院大学文学部]

---

① 有关毛泽东之母文七妹的大名，参见高菊村《让文物与老人"对话"——韶山毛泽东家庭历史研究新成果》，《党的文献》2015年第5期。此外《高冲文氏支谱》（1937年雁门堂木活字本，《湖南名人家谱丛刊》据以影印，全国图书馆文献缩微中心，2002年）的《例言》中有"照《四修族谱》加以损益"之语。此处提到的《四修族谱》当是指同治四年（1865）同由雁门堂刊行、文道杰纂修的《湘乡高冲文氏族谱》（不分卷）。考其凡例，开头题写的书名则为"湘乡文氏四修族谱"（《中国家谱总目》032－0062）。《总目》中，仅现存高冲文氏族谱就有8件收入，由此也可窥见高冲文氏对于修谱之热情高涨。依照其中记载，在明末遭受兵乱导致族谱散失之后，有"心宇公"收集散佚谱牒、涉足山野、广访文氏族人，由此得以编纂墨谱，并考证湘乡文氏和散居江西吉州永新、庐陵、永和三地的文氏家族出自共同的祖先。
② 张民、胡长明主编《毛泽东家事图系》，中央文献出版社，2003。

# 地域社会视角下的金元科举与华北士人

## ——《另一种士人：金元时代的华北社会与科举制度》读后

林　岩

**内容摘要**　辽、金、元的出现，是中国历史上的一个重大转变，如何统辖华北地区的汉人，如何得到汉族士人的支持，成为一大关键问题。作为统治策略的一部分，科举制度被引入政治体系中来，但是对于科举制度实施所产生的社会影响，尤其是对于华北不同区域、家族、族群的影响有何差异，向来缺少精细而缜密的研究。日本学者饭山知保在广泛网罗文献的基础上，从多角度、多层面考察了金元时期科举制度对于华北士人的诸多影响，其于不同地域层级之观照，尤见匠心独运之处。其著作《另一种士人：金元时代的华北社会与科举制度》，值得学界参考借鉴。

**关键词**　饭山知保　金元　科举　华北士人

令人炫目的大唐，远没有一般人所想象的那么强大。在经历了短暂的辉煌之后，一场安史之乱使其迅速走向衰落，从此一蹶不振。唐朝在十世纪初走向覆灭，留下了巨大的权力真空。一方面，在原先的统治疆域内，出现了分崩离析的政治局面：华北地区，五个政权先后更迭，短命的后汉，只维持了四年的统治；而在南方，六七个政权同时并存，呈现出一幅支离破碎的景象。另一方面，就在传统中原地区陷入混乱之际，原先在羁縻体制下效忠于唐朝的边疆少数民族却趁势崛起，建立起崭新的政权体制。在旧秩序的废墟之上，契丹辽朝横空出世，一时成为了新秩序的中心。

利用华北地区内部的争斗，辽朝轻而易举地从后晋手中攫取了山西与河北之北部的燕云十六州，并由此确立了自身胡汉治理的"二元体制"。但契丹毕竟只是跨越了草原地带的生态边界，而止步于农耕区的边缘。但一个世纪之后，金朝的建立，则更进了一步，它不仅推翻了辽朝统治，而且灭亡了北宋，实现了对于淮河以北地区的占领。如此一来，边疆少数民族不仅深入汉地，而且实行了直接统治。到了十三世纪，蒙古的崛兴，则又以狂飙突进的方式，先后灭亡了西夏、金和南宋。如此一来，辽、金、元三个先后接续的政权，就如同不断荡漾开去的涟漪一般，不断激荡着，终于实现了全域占领和统治。

辽、金、元近四个半世纪的统治到底对中国历史造成了何种影响，这是一个不断引起争论的议题，长期以来，聚讼纷纭。[1] 大体来说，过往的研究多偏重于从军事体制、政府模式、制度法令、族群政策等方面进行整体性的描述，这主要归因于这些领域的文献资料比较集中，易于爬梳和清理；相反，对于体现民众生活面貌的社会层面，却因文献较为零散，不易董理，令学者有些力不从心。另一方面，相较于同一历史时期对南方地区的精细化研究，颇多基于州县的地域性考察，华北地区的研究则显得较为粗放，地域性的差别更是疏于照应。考虑到辽、金、元最长期的统治区域，恰好就是以中原为中心的华北地区，那么显而易见，华北地区的深度研究，就显得极为薄弱，亟须弥补。日本学者饭山知保的《另一种士人：金元时代的华北社会与科举制度》（浙江大学出版社，2021，以下简称《另一种士人》）一书，就是这样一部以深度挖掘地方史料为基础，以金元时代华北地区的士人与科举为研究对象的社会史研究力著。

## 一　金元时代的华北：有何意义，如何突破？

金元时代的华北，为何会遭到忽视，或者说没能得到深入研究，其原因所在：一个自然是文献资料不够丰富的缘故，但另一个不容忽略的因素，则涉及我们对于中国历史发展脉络的理解，而这又牵涉到唐宋之际中国经济重心南移的问题。

---

[1]　这方面比较综合性的论述，可参见〔德〕傅海波、〔英〕崔瑞德编《剑桥中国辽西夏金元史（907–1368 年）》之"导言"，中国社会科学出版社，1998。

　　从史实层面看：自中唐以后，中国经济重心出现了南移，南方地区的发达程度远远超过了北方，至北宋时期基本定型。南北经济发达程度的差异，渐次造就出了两种不同类型的社会，而到了金、宋对峙时期，在不同的政权体制下，则进一步加剧了这种差异性；元朝灭亡南宋后，顺应了南北社会的差质性，采取了不同的统辖方式，从而固化了南北社会形态的不同。从历史叙述层面看：由于边疆少数民族在北方建立政权，南宋朝廷偏安江南一隅，就现有的研究成果来说，我们显然对于南方倾注了更多的注意力。那么，北方的政权更迭对于中国历史的进程就毫无影响吗？或者只是暂时性的微弱干扰吗？显然这都需要实证性的研究来给出答案。

　　饭山氏的著作，恰好就是兼顾了南北地域差异性与历史叙述的歧异性，试图给出自己的一个解释性说明。从某种意义上来说，本书也是在试图回应前辈学者关于金元时代南北社会差异的疑问，不过饭山则将关注点投射于长期少人关注的华北社会。《另一种士人》，如果被视为一部华北区域社会史的著作，应当不算是误判。

　　任何有深度的学术著作，即便明确了研究对象，也必须具备一定的问题意识来推动研究的逐层展开。问题意识之有无，或者价值如何，会在很大程度上决定研究成果的"成色"。饭山氏此书当然也有自己的问题意识。不过，他的问题意识，却是来自于对既有主流研究成果的一种延展性思考。

　　由于受到内藤湖南"唐宋转型"说的激发，在很长时间内，学界对于宋代科举与社会流动问题进行了广泛而深入的研究，从而对于宋代士人阶层的形成，以及科举士人与地方社会的结合等问题，累积了丰硕的成果，并达成了一些基本性的共识：宋代科举以其开放性，为士人提供了一条走入仕途的主流通道，也确实可以为宋代士人带来常人难以企及的荣耀，在此刺激下，宋代士人的应试规模出现迅速扩张，到南宋晚期已经达到40万人。与此同时，宋代士人具有较高的社会地位，在役法和诉讼中享有一定的特权，从而使他们在地方社会中占有优势，能够参与公共事业，介入文化活动，成为操控地方社会的重要势力，而他们彼此之间的联姻则更加稳固了这种地方上的影响力。尤其是到了南宋时期，由于科举竞争的激烈，士人与地方社会的结合呈现更加紧密的特征。有鉴于此，饭山氏的老师近藤一成甚至将宋代称之为"科举社会"（《另一种士人》"绪论"，第5~7页）。但是这幅宋代社会（尤其是南宋）的图景，是否可以直接套用于同时期的华北地区呢？或者说，华北地区是否存在这样一个具有相当规模的士人阶层呢？这正是饭山氏深感疑惑的地方。他在书中做了如此表述：

> 总之，深受"汉文化"浸染，将参加科举奉为人生信条，对科举实施持积极态度并且主动应举的"汉人"士人层，在当时的华北地区是否真实存在，抑或说，从社会地位及特权的角度而言，是否能将他们与同时期的南方士人层同等看待，这可以说是关于华北士人层的最基本问题，却至今尚未明确。①

简言之，就是辽、金、元统治下，是否存在一个主动参加科举的汉人士人层？如果有，他们是否与南方的士人层具有同样的社会地位与特权？这便是全书紧扣的问题。

在"绪论"中，饭山氏对于前行研究，进行了颇为详备的清理与总结，并在书中各章的注释中做了具体的征引和说明，网罗范围兼及中国、日本以及西方学术界，真可谓一网打尽，巨细靡遗。这一方面，固然体现了他对于前贤努力的尊重；另一方面，却也体现了饭山氏对于海内外学术动态的精准把握与及时追踪。通过这些回顾和征引，我们不难看出，围绕金元科举制度本身，已经有了较好的研究成果。例如，元史学者萧启庆通过对于文献竭泽而渔式的爬梳，辑考出 870 名元代进士的名录，占了元代进士总数的四分之三以上，即是一例显证。② 但是，至于科举对于金元时代的华北社会造成了何种影响，具体体现在哪些方面，则有待进一步研究。因此，如何在一个文献史料不太丰沃的领域进行开拓，同时又要避免浮光掠影式的泛泛而谈，力求呈现出丰富的历史层次感，这无疑是摆在饭山氏面前的一个难题和挑战。然而，饭山氏尽其最大的努力，克服了重重困难，最终为我们绘制出了一幅华北社会士人层的细密画。他之所以能够别开生面，超迈前人，在于两个方面的突破：一是研究角度的多元化，以及对于议题刨根究底式的追索；二是对于文献资料的深度发掘与史料的精细整理。

依循宋代科举研究中提炼出来的既有议题，饭山氏围绕金元科举，从多个角度设定出了自己的研究议题。如果试加归纳，或许可以分为四个方面。

---

① 〔日〕饭山知保：《另一种士人：金元时代的华北社会与科举制度》，浙江大学出版社，2021，第 14 页。

② 萧启庆：《元代进士辑考》，台北"中研院"历史语言研究所，2012。

一是华北内部地域差别的考察。从事区域社会史的研究者都明白，不同地域的自然条件（如地形、地貌、气候、土壤）与历史传统，以及该地发生的政治事件，都会影响本地域的社会面貌的转变。另外，即使在同一大区域内部，中心与边缘区域，甚至不同亚区域之间，都会呈现出微妙的差别。如何在历史进程中，充分揭示这些不同层级区域间发生社会变迁时的差异之所在，正是区域社会史的引人入胜之处。饭山氏的著作，恰好就在展现地域性差别方面，进行了层次分明考察：一方面，在涉及大区域时，《另一种士人》既有对于整个华北地区金代科举及第者之出身地域分布的全面呈现（见该书第三章），又有对于元代山东全境、河北西部、陕西奉元路三个地域官吏出仕倾向的比较性研究（第九章）；另一方面，在涉及小区域时，则对于山西忻州定襄县在金元过渡时期所发生的内部变化，进行了长时段的连续性考察（第一、八章）。此外，对于一些局部区域，如晋北、晋东南地区，也采取了见微知著的方式进行附带性阐述（第四、第十三章）。全书的叙述脉络，就如同绘图一般，浓淡相间，彼此照应，巧相印证。

二是金元科举与华北家族的起落。科举成败与家族兴衰，不仅是传统中国社会一个反复出现的现象，同时也是社会史研究的重要议题。自宋迄清的科举研究中，科举如何影响了家族的兴起、辉煌与衰落，都是历久弥新的研究课题。因此，探讨金元科举的社会影响，自然不能对此避而不谈。即使大略翻阅此书，我们也可以看到，饭山氏对于金元科举如何华北家族，可以说下了十足的气力。单单是书中列出家族谱系图的就有九个，而且分布于不同的区域：

山西地区：

忻州定襄县——南王里周氏（第43页）；砂里樊氏（第45页）；东霍里霍氏（第48页）；

忻州秀容县——元好问家族（第131页）；

绛州稷山县——段氏家族（第417页）；

太原、麟州——杨氏家族（第134页）。

河北地区：

真定——苏氏家族（第105页）；

大名濮阳县——唐兀氏家族（第479页）。

除了杨氏家族属于武将家族，其余的八个家族，都与科举有着程度不同的联系。这些家族或借助于科举上的成功而得以发迹，或因科举的失败而走向衰落，或转而采取别的途径延续辉煌。饭山氏正是试图通过这一个个家族的兴衰起落，来检视、印证其关于金元科举社会影响的大结论。

三是科举与非汉族群之儒学研习的重新审视。但凡研究辽、金、元历史，必定要涉及族群问题，尤其是非汉族群（契丹人、女真人、蒙古人）如何面对汉地文化，更是一大关键。作为题中应有之义，此书自然概莫能外。当然，相关议题已有太多的前行研究，笼统的制度层面的探讨，意义已经不大，重要的是能寻找到真实的案例，从中发掘出更多的生动细节。饭山氏显然对此明了于心，在书中几乎不从宏观角度做泛泛之论，而是选取了两个非汉族群的案例，细加审视和推敲，并谨慎地给出了自己的判断。这两个案例，一个是地方社会中的女真儒士群体，一个是屯驻于河南濮阳县的探马赤军唐兀台氏家族。在饭山氏看来，这两个案例所呈现出来的现象，既有其共通性，但也存在某种差异。而这种比照式的案例研究，恰好可以去检验学界成说是否成立。正是在此基础上，他对于当前流行的观点，进行了一定的修正。

四是儒吏个案的立体呈现。众所周知，到了元代，科举取士的功能已被极度弱化，转而由吏员出职任官的制度取而代之。① 对于绝大多数的汉人、南人来说，若想走入仕途，最现实，也是最直接的方式，就是从成为吏员起步。虽说这已成为治元代文史者的共识，但是没有元代吏员这一群体，却很少精细入微的个案研究。因而对于他们如何成为吏员，如何迁转，如何成为流官，他们的社会交往如何，具有何种社会形象，很大程度上仍只是保留了朦胧模糊的认知。但是此书的一个贡献，就在于通过对于稀见文献的发掘利用，为我们呈现了一个元代儒吏郭郁的仕宦轨迹以及他的社会交游网络，从而较为清晰地勾勒出元代儒吏的真实身影。这样的案例呈现，无疑是多多益善的。

通过众多的案例分析和丰富的史实细节，来挑战学界通行的观点成说，同时在此基础上提出自己的一得之见，这无疑是本书得以实现突破的着力之处。但饭山氏为了能够达成如此目的，确也在文献资料的搜寻发掘，以

---

① 相关研究，参见许凡《元代吏制研究》，劳动人事出版社，1987。

及对于史料的归纳整理上，下了十足的功夫。

就史料的搜寻而言：一方面，为了使自己的论证具有足够的说服力，饭山氏几乎对现存金元时代华北的相关文献资料进行了通盘的检阅，举凡正史、方志、文集、石刻等资料，都做了竭泽而渔式的搜讨。正是通过这样辛苦的文献爬梳工作，书中对于辽、北宋、金、元时期晋北地区的科举及第者情形，才有了足够丰富的史料依据（见《另一种士人》书中表3、表4），来展开长时段的描述。此外，虽然薛瑞兆在《金代科举》一书中，已对金代进士名录做了大量文献钩稽工作[1]，但饭山氏在剔除了一些误收事例之外，又从文集、石刻中，增补了32例（见《另一种士人》第113~114页之说明），从而在此基础上，得以对金代科举及第者的出身地域分布，进行更为精确的统计（见《另一种士人》书中表2）。另一方面，对于新出史料的重视和巧妙利用，也使得本书在一些具体案例的分析方面，给人以耳目一新的感觉。如利用新发现的元代西夏遗民文献《述善集》，重构了元代一个探马赤军户家族的兴衰轨迹，以及这个家族与儒学研习之间的关系，从而使我们对于一般色目人家族的"士人化"现象，多了具体而微的认知（第十五章）；又如依据前人较少关注的《运使复斋郭公言行录》《编类运使复斋郭公敏行录》两部文献集，实现了对于元代儒吏郭郁的精细化研究，而这属于真正的原创性开拓（第十四章）。

就史料的整理而言，则体现出日本学者在文献处理中长于归类统计、分析细腻的治学特点，同时又极具层次感。例如，为了描述蒙元时期华北地区官吏出仕途径的变化，书中一共搜集了409则事例，工作量不可不大。然后，又将其按地域划分为山东、河北西部、陕西奉元路，并在此基础上，根据出仕途径之不同，结合时段和代际，进行了数量统计，又以柱状图的方式直观呈现出来。如此一来，浩繁的文献史料，化作了简洁明了的趋势图，自然极具说服力。又如，一部《定襄金石考》，经过饭山氏的精细化研读，不仅以之重构了忻州定襄县的地域图景，更使之成为考察整个金元时期这一长时段内社会变迁的重要线索（第一章、第八章）。两种史料，分别用于考察大区域与小区域的情形，虽然处理方式不同，但都运用得恰到好处，这才真正体现了功力。

金元时代的华北区域社会史研究，因史料的不充分，长期以来得不到

---

[1]　薛瑞兆：《金代科举》，中国社会科学出版社，2004。

足够的推进。但是饭山氏却通过他的研究工作，向我们提供了一个示范：如何去发掘史料、如何去整理史料，又如何由此寻求突破。他的成功，说明此一研究领域仍是大有可为。长期从事明清时代华北区域社会史的赵世瑜先生说："要想真正了解明清以来的华北社会，不了解金元以来的情况是不行的；就像南宋对于江西、福建的历史一样重要。"[①] 诚哉是言，如果明清时代的华北研究都要上溯到金元时期，那不正说明金元时代华北区域社会史的研究，会是今后学界努力的一个方向吗？

## 二　华北内部的区域再平衡——从科举制度的视角

依照"唐宋转型说"的观点，宋代科举以其开放性、公正性，创造出了一个具有阶层流动性的近世社会。凭借科举体制，宋朝不仅选拔出一个效忠于君主专制的官僚队伍，而且也构造了一个以应举入仕为目的的士人阶层。然而不容忽视（但却常遭忽视）的是，对于科举考试的适应，在北宋时期就已经呈现出巨大的地域差异。相较于南方（尤其是东南地区）的强势竞争，北宋的华北地区——尤其是京东、京西、河北、河东、陕西构成的"西北五路"，显然处于相对劣势的地位，在某种意义上，它们可谓是科举竞争中的落败者。令人意想不到的是，随着北宋的灭亡，以及金朝在华北地区建立统治，此种情形却发生了戏剧性的逆转。原先"西北五路"在科场竞争中的颓势，不仅得到遏制，甚而在部分地区还出现了科举盛极一时的景象。对此，饭山氏不仅予以充分揭示，而且通过多层次的描述，为我们勾勒了此种转变发生的轨迹，并给出了颇为合理的解释，令人印象深刻。

或许是为了避免旁涉，饭山氏没有太多着墨于北宋时期科举竞争的南北地区差异，以及华北地区在科场竞争中如何处于颓势。但为了凸显其研究之意义，我们仍有必要略做一点补充论述。大约在治平元年（1064），围绕要不要按照地区来分配登科名额（所谓"逐路取人"）的问题，朝堂上曾发生过一次激烈的争论，司马光、欧阳修分别发表了针锋相对的观点。正是透过他们的争论，北宋中期科场竞争的南北差异，得以显现出来。

在司马光的奏章中，他引述了时任广南东路封州知州柳材的一段话，

---

① 赵世瑜：《小历史与大历史：区域社会史的理念、方法与实践》，生活·读书·新知三联书店，2010，第10页。

来描述当时科场登科的地域分布情形：

> 天下发解进士到省，常不下二千余人，南省取者，才及二百。而开封、国学、锁厅预奏名者，殆将太半；其诸路州军所得者，仅百余人尔。惟陕西、河东、河北、荆湖北、广南东西等路州军举人，近年中第者或一二。①

根据柳材的叙述，给人留下的印象有两点：一是京城地区在科场中占据绝对优势，登科者中大多是开封府学、国子监解送的举人；二是华北地区与两湖、两广地区在科场中登科者寥寥，几乎处于同一水平。为了佐证柳材的说法，司马光特意开列了嘉祐年间三次科举考试中涉及各地的解额人数与登科情况，华北地区更是其重点关注对象（见表1）：

表1　嘉祐年间华北地区进士解额与登第人数一览表

| | 嘉祐三年 | | | 嘉祐五年 | | | 嘉祐七年 | | |
|---|---|---|---|---|---|---|---|---|---|
| | 得免解进士额 | 及第人数 | 及第比率 | 得免解进士额 | 及第人数 | 及第比率 | 得免解进士额 | 及第人数 | 及第比率 |
| 京东路 | 157 | 5 | 31：1 | 150 | 5 | 30：1 | | | |
| 河北路 | 152 | 5 | 30：1 | | | | 154 | 1 | |
| 河东路 | 44 | 0 | | 41 | 1 | | 45 | 1 | |
| 陕西路 | | | | 123 | 1 | | 124 | 2 | 62：1 |

通过上表，可以看出：在整个华北地区中，京东路（今山东地区）、河北路、陕西路，举人解额相对接近，都在百人以上，倒是河东路（今山西地区）只有前者的三分之一，显示出河东路科举的不发达。但结果却是相同的，以上地区的科场登科者都是屈指可数。正是有鉴于此，司马光支持按照地区来划分登科名额。

但出身于南方地区的欧阳修，却予以坚决反对，在他看来，此种做法只做到了表面上的公平，而实质上却极大伤害了南方士人的利益，他的理由是：

---

① （宋）司马光撰，李文泽、霞绍晖校点《司马光集》卷三〇《贡院乞逐路取人状》，四川大学出版社，2010，第725页。

今东南州军进士取解者，二三千人处只解二三十人，是百人取一人，盖已痛裁抑之矣。西北州军取解，至多处不过百人，而所解至十余人，是十人取一人，比之东南十倍假借之矣。若至南省，又减东南而增西北，则是已裁抑者又裁抑之，已假借者又假借之。①

他进而解释到，由于东南地区的举人在解试中已有过一轮激烈的角逐，所以他们才会在省试中有更多的胜出机会：

东南之士于千人中解十人，其初选已精矣，故至南省，所试合格者多。西北之士学业不及东南，当发解时又十倍优假之，盖其初选已滥矣，故至南省，所试不合格者多。②

此外，欧阳修认为，虽然东南士人在以文辞为主的进士科中占有优势，但华北士人却在注重经典记忆的诸科考试中占有优势，所以他觉得在总体上仍保持了平衡：

东南之俗好文，故进士多而经学少；西北之人尚质，故进士少而经学多。所以科场取士，东南多取进士，西北多取经学者，各因其材性所长，而各随其多少取之。今以进士、经学合而较之，则其数均，若必论进士，则多少不等。③

由于在北宋前期，进士、诸科一直并行取士，因而出现了东南重进士科，西北重诸科的局面，但进士科无疑更受社会尊崇，因此实际上西北五路的士人仍处于劣势，自是不言而喻。到了熙宁年间，王安石进行贡举改革，彻底取消了诸科，虽对西北五路的士人多有照顾，但情形显然没有改观。陆佃在元丰八年（1085）的一份奏章中说：

---

① （宋）欧阳修撰，李逸安点校《欧阳修全集》卷一一三《论逐路取人札子》，中华书局，2001，第1717页。
② （宋）欧阳修撰，李逸安点校《欧阳修全集》卷一一三《论逐路取人札子》，中华书局，2001，第1717页。
③ （宋）欧阳修撰，李逸安点校《欧阳修全集》卷一一三《论逐路取人札子》，中华书局，2001，第1717页。

臣伏见诸路州军解额多寡极有不均。如京东西、陕西、河东、河北五路，多是五六人辄取一人，而川、浙、福建、江南往往至五六十人取一人。窃缘士人之盛，无如川、浙、福建、江南，今解名极少，不无遗才，其京东等路，荐送之数太宽，滥得者众。①

显而易见，在地方举行的解试中，西北五路（华北地区），较之于四川、东南地区，科举竞争的激烈程度要小得多。由此推之，估计在省试中仍会处于劣势地位。②

有了以上的背景参照，对于接下来将要在金朝统治下华北地区所发生的戏剧性转变，我们就会明白其具有何等重要的历史意义。

金朝的崛起相当迅速，自完颜阿骨打1115年建国，用了不到十年的时间，就将辽朝灭亡，随后迅即将矛头指向北宋，在两三年之内，就致使北宋覆灭。随着金朝军队不断南进，占领的地域迅速扩张，为了有效地控制占领区域，金朝在所控制的地区，几乎毫不犹豫地就实施了科举制度，以此来笼络士人，简直堪称是无缝对接。相应地，此种经略华北的举措，也取得了不错的效果（参见《另一种士人》第二章）。

经过细致考察，饭山氏注意到，在金朝初年经略华北的过程中，随着科举考试的渐次举行，不同地区受到的影响存在一定程度的差异：一是原先辽人统治下的汉地，华北汉人早已参加辽朝的科举考试，所以当地士人阶层并没有受到太大干扰，只是出现了一定程度的重组；二是天会六年（1128），金朝首次在燕京举行"南北选"考试，录取了大量华北士人。特别值得注意的是，这次考试紧接在北宋靖康元年（1126）的解试之后，显然是意在接续北宋的科举考试。此种举措，不仅有效地招致了华北士人的归附，而且在某种程度上也确立了自身的政权合法性，体现了金朝经略华北的良苦用心。三是金朝扶持的伪齐政权（1130～1137）虽然也举行了两次科举考试，但在其统治下的河南、陕西地区，因其处于军事对峙的前沿，士人阶层受到巨大冲击，科举表现不佳，呈现出衰落的态势。但更为重要的，也是饭山氏特别予以指出的是：由于政权的更迭，在金朝与南宋对峙

---

① （宋）陆佃：《陶山集》卷四《乞添川浙福建江南等路进士解名札子》，《丛书集成初编》本，商务印书馆，民国24年，第43页。

② 关于北宋时期科举竞争的地区差异，更详细的论述，可参看林岩《北宋科举考试与文学》，上海古籍出版社，2006，第24～34页。

的新形势下，原先科举竞争中表现强势的东南地区，不再成为华北地区士人的竞争对手，因而华北地区得以从科举竞争的桎梏中解脱出来，形成一个独立的科举竞争区域，从而涌现出大量新兴士人家族，并成为当地的望族，并逐渐取代了北宋以来的名门。饭山氏进而总结说："换言之，12世纪初的战乱对华北士人层的'势力分布'进行了大规模刷新。"① 也就是说，政权更迭，以及金、宋的划疆而治，在某种意义上，给华北地区士人的复兴提供了历史契机。

如果说以上的论述仅仅是提供了一个宏大的叙事背景，那么饭山氏对于不同层级的地域分析，则更为有力地揭示出金朝科举制度的实施，如何深刻影响到了华北社会，以及华北士人层的构建。在第一章中，饭山氏借助于丰富的石刻资料，对于山西北部的忻州定襄县进行了一个小区域的微观考察。由于地处边境地带，大约在1125年年末，定襄县就已落入金人之手。但随后不久，在天会六年（1128），定襄士人孙九鼎就在金朝举行的科举考试中，成为"经义第一人"。② 有意思的是，孙九鼎原本为北宋政和年间的太学生，多年失意科场，现在却成了金朝的状元。③ 这一幕确实颇富戏剧性，但似乎预示了一个转折点的开始。通过对定襄县域内南王里周氏家族、砂里樊氏家族的考察，饭山氏发现，到了金代中期，当地的一些家族开始通过科举起家发迹。再联系到在北宋时期，定襄县参加科举的士人并不太多，而在女真统治下，当地却开始不断出现科举中第者，由此，他推论说，定襄县士人层的稳定存在，并非是在北宋，应是金朝统治时期。④

在第四章中，饭山氏进一步对整个晋北地区的社会转型进行了追踪，这可以视为一个中等区域的考察。在北宋与辽朝对峙时期，晋北作为边境地带，尚武的风气颇盛，因而涌现了诸多武官辈出的"将门"，太原王全斌家族、盂县李允则家族，都是出身于这个地方。而以杨业为代表的太原杨氏一族，更是赫赫有名的将门。但是，随着金朝占领山西之后，晋北的将门从金初开始就慢慢消失了。取而代之的，却是出现了科举中第者的大幅

---

① 〔日〕饭山知保：《另一种士人：金元时代的华北社会与科举制度》，第76~77页。
② 饭山氏认为孙九鼎登科于天会七年（见《另一种士人：金元时代的华北社会与科举制度》，第40页），此说显误，据元好问《中州集》，孙九鼎乃"天会六年经义第一人"，见（金）元好问编纂，薛瑞兆点校《中州集校订》，广陵书社，2019，第108页。
③ 此事亦见于洪迈《夷坚志》中，见（宋）洪迈撰，何卓点校《夷坚甲志》卷一，上海古籍出版社，1981，第1页。
④ 〔日〕饭山知保：《另一种士人：金元时代的华北社会与科举制度》，第50页。

增加，为此饭山氏搜集了大量事例作为证据（见《另一种士人》书中表4）。通过分析，饭山氏指出，有诸多因素促成了晋北地区由尚武向科举的转型：一是由于国界线的南移，通过从军征战而飞黄腾达已几乎不再可能；二是由于无须与东南地区的士人一起竞争，加之河南、陕西在金初的战乱中遭遇重创，晋北士人获得一个有利的时机；三是金朝中期以后科举、学校政策的实施，也使得读书应举更具吸引力。在此情形下，山西中南部的平阳甚至成为了华北出版业的一个中心，从而更是为晋北士人读书应举提供了便利。正是在这一转变过程中，浑源刘氏、浑源雷氏、顺圣魏氏、襄阴李氏成为进士辈出的科举家族。由此，饭山氏得出结论说："对于晋北社会而言，金代是一个明显的转折期。"①

在第三章中，饭山氏基于搜集到的金朝981名科举及第者的信息，以表格的形式，呈现了金朝统治下整个华北地区科举及第者分布的地域差异（见《另一种士人》书中表2）。依照他的分析，有以下几个方面值得注意：一是以燕京为中心的中都路地区，长期以来保持了10人以上科举及第者的记录，而且与东京路（辽阳及其周边地区）一样，不少家族从两三代以前就有应举出仕的记载，这说明中都路、东京路作为辽朝统治下的汉地，一直延续了科举入仕的传统。二是河北西路（以真定府为中心地区）、河东南路（以平阳、泽州为中心地区）、河东北路（以太原为中心地区）、西京路（以大同为中心地区）科举及第者众多，若与北宋时期相比，可以说一跃成为了科举发达区域。三是山东东路、山东西路、南京路、京兆路，在金朝中后期科举及第者有显著上升，但较之河北西路、河东南路，仍然较为逊色。概括言之，在金朝统治下，河北地、山西地区，成为了整个华北科举及第者最多的地区，显示出当地士人对于应举入仕的热衷，以及科场上的优异表现。② 另有学者指出：河北西路、河东南路作为金朝疆域内核心地区，已经成为金朝最具优势的进士产地。尤为突出的是，山西在科举竞争中的崛起，主要是在金朝完成，而同一时期，山东地区则呈没落之势。③ 两者的观点，正好可以相互印证。

回顾北宋时期"西北五路"在科场中的表现，再结合饭山氏关于忻州

---

① 〔日〕饭山知保：《另一种士人：金元时代的华北社会与科举制度》，第149页。

② 〔日〕饭山知保：《另一种士人：金元时代的华北社会与科举制度》，第89～92页。

③ 参见陈昭扬《金代汉族士人的地域分布——以政治参与为中心的考察》，《汉学研究》第26卷第1期。

定襄县、晋北地区，以及整个华北地区三个层级的考察，我们能明显感受到形势的巨大变化：在宋、金对峙之局面下，由于摆脱了与东南地区士人的竞争，华北地区不仅开始不断产生自己的科举进士，而且更重要的是，在金朝统治的华北地区内部，出现了科场竞争中新的地域分布差异。概括言之：一是作为京城所在地，中都路在科举竞争有了不同寻常的表现，显示了作为政治中心的优势地位；二是邻近政治中心，且能享有长期和平的河北、山西地区，成为科举发达地域，尤其是山西地区的迅速崛起，极其引人注目；三是山东、河南、陕西地区，沦落为科场中竞争力较弱的地区，这可能与它们接近宋金对峙之前沿有关；四是原先就在辽朝统治下的汉地，如东京路（辽阳一带），一直延续了科举入仕的传统，出现了一些官僚辈出的科举家族。在某种意义上，或许可以说，由于金朝对于华北的统治，华北内部出现了区域再平衡，起码在科举上是表现如此。

金朝的科举考试，最初分为乡试、府试、会试、殿试四级，但到了明昌元年（1190），废除了乡试，府试遂成为初级考试。相较于北宋州、军一级的解试，金朝的府试乃是覆盖多个州级行政区的大区域考试，这显然是一种制度上的突破。据《金史》卷五一《选举一》记载：

> 凡词赋、经义进士及律科、经童府试之处，大定间，大兴、大定、大同、开封、东平、京兆凡六处。明昌初，增辽阳、平阳、益都为九处。承安四年复增太原为十。中都、河北则试于大兴府，上京、东京、咸平府等路则试于辽阳府，余各试于其境。①

金朝设置的十个府试地点，分别代表了一个大区域的中心。而作为举行科举考试的场所，也在某种程度上反映出，在北宋灭亡之后，华北地区如何重建了自己的文化中心。到了元朝，随着统治疆域的扩大，初级考试（乡试）设置了十七个考区，据《元史》卷八一《选举一》记载：

> 乡试，行省十一：河南，陕西，辽阳，四川，甘肃，云南，岭北，征东，江浙，江西，湖广。宣慰司二：河东，山东。直隶省部路分四：

---

① 《金史》卷五一，中华书局，2011年，第1146页。

真定、东平、大都、上都。①

但在元朝的十七个考区中，去除在原先南宋疆域设置的考区，以及在新控制地域设置的新考区，金朝华北地区的十个考区几乎被原样保留了下来，只是进行了局部的调整，主要是河北考区被一分为二，而山西的三个考区被合并为一个（见表2）。

表2　金、元时代华北科举考区一览表

| | 金朝 | | 元朝 |
|---|---|---|---|
| 府试地点 | 覆盖区域 | | 考区 |
| 辽阳 | 上京路、东京路、咸平路 | | 辽阳行省 |
| 大定 | 北京路、临潢路 | | 上都路 |
| 大兴 | 中都路、河北东西路 | | 大都路 |
| | | | 真定路 |
| 东平 | 山东西路 | | 东平路 |
| 益都 | 山东东路 | | 山东东西道宣慰司 |
| 大同 | 西京路 | | 河东山西道宣慰司 |
| 平阳 | 河东南路 | | |
| 太原 | 河东北路 | | |
| 开封 | 南京路 | | 河南行省 |
| 京兆 | 京兆路、凤翔路、鄜延路、庆原路、临洮路 | | 陕西行省 |

　　不止是金朝设定的大考区制被保留了下来。1314年，元朝恢复科举考试之后，虽然华北士人与东南地区士人再次一同走进考场，但因为元朝按照四等人的划分实行了配额制度，华北汉人享有特定的登科名额，无须与南人竞争，因而成为制度设计的受益者。另一方面，元朝仍然选定金朝的中都作为都城，同时又将河北、山西、山东作为"腹里"地区进行直接管辖，确保了这些地区作为核心地区的存在。总而言之，金朝通过科举制度建立起来的华北地域平衡，在元朝仍然得到了很大程度的维系，且能确保华北士人在科举竞争中取得一定的成功。② 显然，在经历了金元之际的兵燹战火之后，金、元的这种延续性，非常有助于华北士人层的存续。

---

①　《元史》卷八一，中华书局，2011年，第2021页。
②　相关论述，可参见萧启庆《元代进士辑考》之"导论"。

## 三 何谓"另一种士人"：华北士人的地位、
## 出路与应举问题

在金元时代的华北地区，士人究竟以何种面目存在，这是饭山氏着力探讨的核心议题，同时也是一个迄今仍未得到深究的问题。自唐朝以科举取士，士人遂将读书与应举结合在一起，以之作为晋身之阶。到了宋代，科举更具开放性，因而成为一般士人实现阶层跃升、跻身官僚队伍的主要通道；即使是普通读书人，也会因为具有应举的资历，而得以享有一定的社会地位和法定特权。于是，读书与应举似乎成为了一个士人的天然印记，而士人也凭借其应举的资历，扮演了某种社会精英的角色。然而，通过审慎的考察，饭山氏却似乎要颠覆人们这一近于常识性的观念，或者说，他要力图勾画出金元时代华北士人另一种迥然有别的样貌。那么，他所说的"另一种士人"，到底有何不同呢？

毋庸置疑，饭山氏在考察金元时代的华北士人时，他是以宋代的士人作为参照之物。尤其是高桥芳郎有关宋代士人身份的研究，成为他立论的一个基本出发点。依照高桥氏的考察，可以做如下概括：作为介于官僚（士大夫）与庶民之间的读书人阶层，宋代士人不仅在社会身份上，而且在法律身份上，都享有一些普通民众无法企及的特权。就前者而言，在地方社会中，宋代士人一方面得到地方官的信任，得以参与地方事务与地方建设，如协助办理赈灾、参与社仓运营管理、为州县学的修建、桥梁的建造等提供帮助，扮演着"长者"的角色；另一方面，士人也会与乡居官员勾结，利用自己的特权身份，横行乡里，为非作歹，甚至会操控州县行政，成为"豪横"者。就后者而言，一部分士人，如得解举人、太学生，不仅可以在役法上得到优免待遇，而且在刑法上，也得以享受减轻处罚，或者以赎代罚的宽大处理。即使没有这些应举资历，如果可以证明自己是读书人，地方官也往往会在在刑法上予以从轻发落。① 简言之，宋代士人凭借其读书应举的资历，就可以享受一系列的身份特权，因而成为地方社会中不

---

① 参见〔日〕高桥芳郎著，李冰逆译《宋至清代身分法研究》第五章《宋代的士人身分》，上海古籍出版社，2015。另外，梁庚尧《宋代科举社会》（台大出版中心，2015）第十一讲《官户、士人的特权及其限制》、第十二讲《官户、士人与地方事务》也较多涉及宋代士人的身份问题，可一并参看。

可忽视的精英群体。

作为经略举措的一部分，金人在占领华北之初，就毫不犹豫地继承了北宋的科举制度，天会六年（1128）的南北选考试，即是接续了前朝未来得及举行的省试。如果说在制度上，金朝完美地实现了与宋朝的接榫，那么在教育资源方面，华北士人与南方士人显然仍存在着巨大的落差。最突出的表现，就是对于官方学校的兴建，政府没有给予足够的重视。北宋时期，由于庆历新政的推动，在州县兴建学校，一时蔚为风气，此后在神宗朝、徽宗朝，由于三舍法的推行，更是促成了学校系统的日渐完备。但是相较于南方地区，华北地区在学校兴建方面，却一直显得有些滞后。在金初的早期统治下，官方学校的兴建，也未能引起政府足够的重视。由此可以想见，华北地区能够读书应举的士人数量，必然受到了极大的限制。另一方面，金初的华北士人虽然凭借其儒学素养，享有一定的社会声望，但并不享有法定的特权。即便如此，科举却已经开始具有相当的诱惑力，因为从贞元二年（1154）起，只要是七品以上的官员，就可以享有荫补子孙的权力，而且品级越高，可以荫补的人数就越多。因此，如果一个士人能通过科举走入仕途，那么不仅能够荣享富贵，而且能惠及子孙后世。①

尽管海陵王完颜亮是一个残暴的君主，但他也确实做出了许多制度上的开创，金朝的科举制度即在他手上定型，而国子监也是在他手上得以创立。紧随其后在位的世宗、章宗，号称是金朝的"小尧舜"时代，文治趋于极盛，学校的兴建也恰在此时进入鼎盛时期。先是在大定六年（1166）建立太学，接着又在大定十六年（1176）下令创建府学，随后又下令设立州学。虽然据学者的估计，金朝官学生人数最多时，全国范围内也不到一万人（见《另一种士人》第96页）。但更重要的是，从世宗朝开始，规定"终场举人、系籍学生、医学生"得以免除差役，这就意味着具有应举的资历，即可享有一定的身份特权。在这一系列举措的推动下，金朝士人应举的热情有了显著的高涨。最直接的体现，就是在府试地点，由大定年间的6处，增加为明昌初年的9处，最终在承安四年（1199）增加到10处。② 由此所带来的后果就是，科举竞争日趋激烈，而稍后荫补特权的进一步限制，更是加剧了竞争的激烈程度。到了金朝末年，在蒙古的紧逼之下，华北士

---

① 〔日〕饭山知保：《另一种士人：金元时代的华北社会与科举制度》，第99～100页。
② 金代科举考试的扩张，可参看〔美〕包弼德《寻求共识：女真统治下的汉族士人》，《中外论坛》2019年第2期。

人纷纷移居到开封地区，科举竞争已经出现了混乱的局面，愈发不可收拾，直至金朝沦亡（见《另一种士人》第三章）。

如果以上的描述尚嫌笼统，那么饭山氏对于金朝应举人数，则做了一个大致的估算。根据他估算的结果，金朝华北士人的应举人数，在海陵王时期为 10000～15000 人，大定二十五年（1185）以前 12000 人以上，大定二十八年（1188）则为 7000～9000 人，而泰和五年（1205）约为 24000～30000 人①。尽管笔者怀疑饭山氏对于 1188 年应举人数的推算有可能过低，但是金朝华北士人的应举人数，在海陵王一朝之后不断扩张，在十三世纪初达到顶峰，应该是可以确信无疑的。有了这些估算的应举人数，再将其与同一时期南宋时期 40 万人的应举人数相比，那么巨大的悬殊立刻就显现了出来。由此，饭山氏得出结论说："总而言之，金代华北地区科举制度的渗透是无可置疑的，但并不能由此认为，这种渗透带来士人群体的迅速增加。"② 而且，由于金朝对于士人的优待资格做了极大的限定，金朝并未容忍不断增大的士人层在地方社会享有特权，从而形成自己的势力。③ 宋、金士人社会地位的差别，于此可见。

在金朝统治下，尽管已存在吏员入仕制度，但吏员的升迁之路十分坎坷，而且儒、吏的界限也十分清晰，吏的地位仍受到士人的轻视。（参看《另一种士人》第七章）因而，科举仍是华北士人入仕的主要通道，华北士人也热衷于科举功名的追求，这与宋代保持了某种程度的一致性。但是，一旦进入蒙元的统治下，一切似乎都变了样。金朝正大七年（1230），举行了最后一次科举考试，此后直至延祐元年（1314），元朝第一次开科，在 74 年的时间里，华北中断了科举考试。70 多年的科举中断，也就意味着差不多三代人无法通过科举来走入仕途。结果，别的晋升途径取而代之，华北士人的入仕途径变得多样化，最终彻底将科举取士边缘化。可以说，金元之际华北士人的入仕方式，发生了一个翻天覆地的变化。

为了揭示这一巨变，在第九章中，饭山氏投注了巨大精力，尽其所能广泛搜集了事例，通过对山东全境、河北西部、奉元路（金朝的京兆府地区）的分别考察，运用数据统计、图表呈现的方式，予以了极具说服力的

---

① 〔日〕饭山知保：《另一种士人：金元时代的华北社会与科举制度》，第 196 页。按：此处书中原文作泰和二年（1202），但依据其注释 11 所引述的文献依据，应是泰和五年。

② 〔日〕饭山知保：《另一种士人：金元时代的华北社会与科举制度》，第 200 页。

③ 〔日〕饭山知保：《另一种士人：金元时代的华北社会与科举制度》，第 110 页。

论证。通过对山东境内 176 例、河北平原西部 177 例、奉元路 56 例仕宦履历的分析，饭山氏发现：一是以上三个地区，在南宋灭亡之后，通过军功出仕的途径大幅减少，对于军人家族来说，除了碌碌于现有职位的世袭，只能谋求别的升迁机会。因此，从第二代起，中高级军官家族的子孙多转换为世袭文阶官，而低级军官家族，则开始致力于吏员出身等其他途径；二是三个地区中，任何时段中，吏员出身都是数量最多的入仕途径。但是在元代，一个士人要从州县吏员做起，最终成为入流资品官，实在太过艰难。于是，进京干谒权贵，获得进入中央官衙成为吏员的机会，就成为了一条捷径。三是由于元代诸王分封制的存在，接受王侯的征召，或是担任王侯领地的投下官，往往会获得较好的入仕机会，这在安西王忙哥刺开府于陕西时表现最为明显。这种分地区考察、案例汇总式的分析充分说明，在金元之际的科举中断时期，一种多元化的入仕途径正在被构建起来，而且趋于常态化。

在此背景下，或许就能明白，元代科举为何迟迟没能实施，因为它作为选拔官僚的机制，已经有了别的替代物。而元仁宗下令恢复科举的初衷，在很大程度上，也只是想改善吏员出身制度的一些弊端。所以，在他下诏恢复科举时，曾一度限制了吏员升迁的最高品级。结果，遭到了强烈反对，而未能完全实施。另一方面，元代每次开科录取 100 人，且又按照族群进行划分，汉人每科只有 25 人。而元代开科 16 次，总共才产生了 1139 名进士，汉人进士不会超过 300 名。[1] 因此，就整个官僚队伍的构成来说，进士出身者占比极其有限。此外，元代士人参加科举的回报率也较低，如果不能登科中进士，那么即使通过了乡试、会试，顶多也只能得到一些出任州县儒学教官的机会，而由此途径入仕，最终大多是沉沦下僚。但另一方面，国子监对于元代的官僚子弟来说，却具有特别的吸引力：一是有岁贡出仕的可能性；二是有可能受到各衙门的举荐而入仕；三是至正元年（1341）再度恢复科举之后，国子生只要能通过内部的贡试，就可以直接参加会试，去竞逐特设的及第名额。然而，随着南人以及一般家庭子弟不断涌入国子监，到了元朝后期，以国子监作为进身之阶，似乎也越来越困难。最终，饭山氏得出结论说，相对于其他入仕途径——凭借与蒙古权贵的个人关系成为中央吏员、获得举荐之类，科举在元代并不是一个特别有吸引力的选

---

①　参见萧启庆《元代进士辑考》之"导论"，第 19～20 页。

择（参看《另一种士人》第十章）。或许是为了印证这一点，饭山氏对于元代的应举人数进行了一个估算。据他推算，元初华北地区参加儒人选试的人数约是 20000 人，而延祐恢复科举之后，华北参加科举的人数最多是 23000 人。也就是说，相较于金朝的应举人数，有了明显的下降。[①]

至于元代华北士人的社会地位如何，则须区分作为特殊户计之一种的儒户，与一般自费进入学校、书院或民间教育机构学习的读书人。前者是蒙元统治下的一种制度性产物，但人数极其有限，华北地区大约有 3890 户，且自至元十三年（1276）经由政府考试认定后，就很少再增加。[②] 儒户因有制度上的保障，从而享有免除差役和在刑法上得到照顾的待遇，可以说是享有一定社会特权的士人群体。[③] 至于一般读书人，则无法享有这些待遇。儒户的出现，是此前金朝所没有的现象，属于元朝的一种特别制度设计，其目的是给一部分读书人群体以特殊照顾。但相较于南宋，士人凭借其应举资历享有身份特权，元代儒户的身份特权却与其应举资历无关，元代华北的儒户在科举恢复之后的表现并不突出，也间接印证了这一点。这说明，虽然入学读书是华北儒户的法定义务，但应举却不是他们的必然选择。[④]

除了这些制度层面的描述之外，饭山氏还就其如何对地方社会造成影响，予以了细致的剖析。在第八章中，饭山氏延续了对于忻州定襄县的小区域考察。他发现，在蒙元军队占领晋北地区之后，定襄县出现了大量的归降人家族，因而导致了地方精英的重组。这些重组后的地方精英群体，成为蒙元时代定襄县不断培养出文武官员的载体，他们或被编列为儒户，或以吏员出仕，或者凭借与蒙古王侯、权贵的关系得到辟召、荐举，或者从军出征，总之出现了入仕途径的多元化，而科举则丧失了金朝统治下那种至高无上的独尊地位。他的一段总结性描述是值得注意的：

　　金元时代定襄县的社会样态正是以蒙古入侵为界，明确分为了自北宋以来明显具有连续性的女真统治下的样态，与经过出仕途径多样

---

① 〔日〕饭山知保：《另一种士人：金元时代的华北社会与科举制度》，第 392 页。

② 据《元史》卷九《世祖本纪》记载："（至正十三年三月）戊寅，敕诸路儒户通文学者三千八百九十，并免其徭役"。则 1276 年确立的华北儒户为 3890 户，但书中第 387、388、401 页都作 3980 户，应是偶误。见《元史》，中华书局，2011，第 180 页。

③ 关于元代儒户的专门研究，可参看萧启庆《元代的儒户：儒士地位演进史上的一章》，收入氏著《内北国而外中国：蒙元史研究》，中华书局，2007。

④ 〔日〕饭山知保：《另一种士人：金元时代的华北社会与科举制度》，第 409 页。

化、地方精英层重组后形成的蒙元统治下的样态。尽管儒学修养依然保持着权威性，但除了科举考试以外，还出现了其他通过儒学修养而实现出仕的途径，士人的存在形态也就变得多种多样。可以说，蒙元统治的开始，是金元时代定襄县历史上具有重要意义的分水岭。①

饭山氏认为，单从定襄县的案例来看，该地区自北宋到金朝这一长时段内，保持了一种相对的延续性，科举成为士人入仕的主要途径；而进入蒙古统治之下，此种相对单一的途径被打破，多元化的入仕途径出现，由此也造成了士人形态的多样化。也就是说，金、元之间出现了某种程度的断裂。笔者认为，这一段概括不仅适用于忻州定襄县，也同样适用于大部分的华北地区。

与此同时，饭山氏还特别予以指出，定襄县所显示出的入仕途径多元化，也体现出蒙元政权各种权力主体对于地方社会更深的介入和控制。在他看来，无论定襄县的地方精英群体，是入编为儒户，或以吏员入仕，或凭借与蒙古王侯的关系获得举荐，或者从军，甚至获得僧官，都意味着中央政府、地方官衙、蒙古王侯、宗教势力对于定襄县施加了自己的影响，他们都以比金朝更多样的方式，介入和影响了定襄县地方社会的动向，其强度甚或超过了金朝。这就与南宋士人在地方社会中作为精英群体所拥有的巨大影响力，显示出了本质的差别。简言之，国家与地方之间的权力博弈，金元体制与南宋体制，或许有着不容忽视的差异性。

那么，金朝时期华北地区涌现出的众多科举家族，又如何在金、元之际的巨大转变中，来实现过渡呢？在第十三章中，饭山氏以地处汾水下游的稷山段氏为例，集中考察了入元之后晋东南地区士人层的存续与变化问题。段氏作为稷山县的大族，在拥有大量田产的基础上，开始培养子孙通过应举来走入仕途，经过数代人的努力，终于在北宋末年出现了首位踏入仕途的子孙。这完全符合北宋时期华北地区新兴官僚家族的一般特征。进入金朝之后，段氏家族不仅延续了读书应举的传统，而且在四代人中，产生了三个进士及第者，这在整个华北地区都属于比较罕见的事例。同一时期，在金朝整顿学校和扩张科举的影响下，与段氏家族相类似，汾水下游晋东南地区出现了不少因科举而繁荣的家族。但是遭遇蒙元入侵之后，这

---

① 〔日〕饭山知保：《另一种士人：金元时代的华北社会与科举制度》，第250页。

些金朝出现的科举家族却在经历了动乱之后消失了，取而代之的，则是重演了一幕与晋北定襄县相类似的地方精英重组，以及入仕途径的多元化：或是归降于元人之后获得官职，或是以吏员入仕，或是凭借个人关系得到保举，或是成为蒙古王侯的投下官员。入元之后，稷山段氏家族子孙凭借其"河东文献故家"的声望，一方面得到了蒙古军阀与地方官的关照，另一方面则通过让子弟进入中央官衙，从而与朝廷高官构筑了私人关系，维持家族声望于不坠。在元朝，段氏家族仍然官员辈出，甚至还出了一位吏部侍郎（段辅），凭借他的荫补特权，子孙仍然得以做官，或者进入国子监。在饭山氏看来，稷山段氏正是顺应了蒙元统治下新的出仕制度，才得以延续家族的长盛不衰，而那些不能顺应形势的科举家族则走向了没落。

即使在科举恢复之后，段氏家族也是通过将子弟送入国子监的方式，选择了一条有可能进士及第的捷径。而那些在科举恢复之后，投身于应举的汾水下游地区士人，经过饭山氏考察，却大多是出身于父祖辈没有仕宦经历的家庭，而自身又缺乏与蒙古高官的个人关系，于是只能通过科举来寻找出路，可以说那是迫不得已的选择。因此，就金朝科举家族在入元之后的衰落与消亡而言，饭山氏认为，"金代与蒙元时代的士人层之间，存在着明显的断层"。而且，由于出仕途径的多样化，"保持儒学素养的士人层的存在方式，并不只等同于应举者层，而是随着多种出仕途径的出现，呈现出多样化的倾向"。[①] 换句话说，宋代普遍存在的士人层与应举者重叠的现象，在元朝出现了明显的分离。

那么，当科举不再作为主要的入仕途径，华北地区的士人又以何种面貌登场呢？于是，一个蒙元时代吏员出身的华北汉人官僚——郭郁，经过饭山氏素描式的勾勒，呈现在了我们的面前。郭郁出生于1259年，从小接受过儒学教育，师从于真定学者侯克中，但是在科举停废之后，他显然只能另谋入仕之途。他在19岁时，经由某种机缘，被辟充为江淮行枢密院令史。出任吏职长达二十年之后，成为河南行省令史。在此职位上，他有幸受到当时河南行省左丞卜怜吉歹、右丞马绍的赏识，经由他们的推荐，任满后转任为本省幕官。随后，他又受到中书丞相哈剌哈孙的赏识，成为都省掾。元代中央官衙的令史，具有入流成为资品官的机会，因而他得以由吏职入流，任承务郎、宣徽院都事，后又出任江浙行省都事。于是在他50

---

① 〔日〕饭山知保：《另一种士人：金元时代的华北社会与科举制度》，第434～435页。

岁左右的时候，命运迎来了转机。元仁宗在位时，他原来依凭的政治靠山卜怜吉歹深受皇帝信赖，被封为河南王，郭郁也因此受益，开始出任地方官。在十多年的时间里，他先后出任过知浮梁州、知高邮府、同知两浙都转运盐使司事、佥江西湖东道肃政廉访司事等职务，最后一直做到福建等处都转运盐使。当时他已 70 岁左右，身居正三品的官位。或许是为了谋求进一步的升迁，在他的授意下，出现了编纂成书的《运使复斋郭公言行录》与《编类运使复斋郭公敏行录》。正是凭借这两本书，我们才得以知晓他的仕宦履历，以及他的交游网络，乃至更多的生平细节。

回顾郭郁的一生，在他 50 岁以前，主要是以吏员的身份，缓慢地谋求升迁，但幸运的是，他凭借与蒙古高官的私人关系，后来却一帆风顺地做到了三品高官。依循着他的仕宦轨迹，他的社会交往也变得丰富起来。一个明显的转折点，就是在他就任都省掾之后，开始与一些著名的文人官僚，有了密切交往。如王恽、邓文原、袁桷、元明善，都与他过从甚密，甚至袁桷还为他的父亲撰写了神道碑。郭郁的政治庇护者卜怜吉歹深受元仁宗的信任，而这些人则是元仁宗身边的侧近儒臣，政治立场的相近，可能起到了某种纽带作用。但郭郁自身的学识，显然也得到了这些名士的认可。作为华北汉人的郭郁，到南方出任地方官之后，在与江南士人的交往过程中，他则有意识地凸显了自己作为儒学士人的一面。除了整顿浮梁州和庆元府的学校之外，他还积极推动真德秀从祀宣圣庙，并邀请当地的著名学者吴迁在浮梁州学执教，同时刊行著名学者胡炳文的《易本义通释》，并亲自为之作序。通过这些学术活动的参与，郭郁充分展示了自己作为儒学者的素养，同时也赢得了江南士人的好感，以至于不少南方名士为其撰写诗文。

郭郁虽然是吏员出身，但是他却凭借自己的儒学素养，与著名文士、南方士人建立了良好的社会关系，这反映出一种时代状况，那就是不管官僚的出身背景如何，儒学作为一种共享的文化背景，可以成为南北士人彼此沟通、相互认可的联结纽带。正是在这样的氛围中，"以儒饰吏""儒吏兼通"，就成为了吏员出身官员的一种自觉追求。如果没有说错，郭郁大概就是饭山氏眼中"另一种士人"的一个代表。

## 四　金元时代的科举、儒学与族群身份

在中国历史上，辽、金、元所统治地域，往往伴随着边疆少数民族向

中原内地的迁徙，从而形成了一种多元族群共存的社会形态，同时又以人数较少的少数统治人口众多的汉人作为其显著标志。虽然在政治上，少数民族统治者为了防范和压制汉人，采取许多因族群不同而区别对待的统治措施；但是由于长期的杂居共存、相互熏染，在社会生活和文化观念方面，不同族群吸收、效仿汉地文明的现象却十分突出。在受汉地文明的诸多影响中，往往又以不同族群人士研习儒学、诗文、书画等汉人精英文化之情形，最为引人瞩目。

在早期的研究中，学者们多偏重于考察不同族群人士如何学习汉文化，因而称其为"华化"或"汉化"。陈垣在二十世纪二十年代初出版的《元西域人华化考》，即可作为代表。而对于金朝的研究，陶晋生也持有"全盘汉化"的观点。① 但鉴于辽、金、元少数民族统治者拥有政治上的优势地位，始终没有放弃其族群认同，在近来的学术研究，对于这种"汉化"概念，又有了不同程度的修正。如包弼德将金朝对于汉地制度、汉地文化的吸纳，称之为"文明化"；② 而萧启庆则提出"士人化"的概念，用于解释元朝的不同族群人士一方面研习汉文化，一方面又不放弃其族群身份。③ 显而易见，饭山氏在考察金元时代的华北社会，也必然要面对族群问题，尤其是非汉族群士人为何要参加以儒学素养为基础的科举考试，这对他们有何意义？研习儒学、参加科考，是否会影响他们的族群认同，或者说，导致他们同化于汉人呢？

为了避免先入之见的影响，饭山氏没有采用"汉化"的概念，而是将女真人对于儒学素养和汉文化的接受称之为"儒化"。同时他还认为，以往的先行研究过于关注女真上层阶级"儒化"现象，实在有失偏颇，因此他给自己设定的任务，是去揭示地方社会中女真儒士的真实形象。而这就引导他去关注那些移居中原、以猛安谋克的组织形式存在的女真家庭的居住形态。猛安谋克本是女真人的一种军事兼行政编制，以三百户为一谋克，以十谋克为一猛安，原先主要存在于东北地区的上京路、东京路和咸平路。女真人占领了华北地区之后，为了实施有效的控制，于是就采取了军事驻防制度，将东北地区统辖于猛安谋克之下的女真家庭，分三批移居到汉地

---

① 陶晋生：《女真史论》，稻乡出版社，2010。可参见此书"导言"与"结论"部分。
② 〔美〕包弼德：《寻求共识：女真统治下的汉族士人》，《中外论坛》2019年第2期。
③ 萧启庆：《论元代蒙古色目人的汉化与士人化》，收入氏著《元代的族群文化与科举》，联经出版事业股份有限公司，2008。

疆域之内，安置于除山西、陕西之外的华北大部分地域。① 在第五章中，饭山氏通过考察发现，这些移居汉地的女真人，绝大多数都并非居住在城市里，而是以猛安谋克为单位居住在村寨、屯营之中，他们与周边的汉人居民虽然保持了一定程度的交往，但是仍主要生活在界限分明的屯驻地之中，也就是生活在自己相对独立的小天地里。为了增强说服力，饭山氏还专门提供了一个案例。经他查考，河南滑州白马县的董固台，可能就是金朝的一个名为"札迷里山谋克"的村寨。这个村寨不仅保持了军事体制的架构，而且明显独立于周边的居民，甚至围绕者寺观的建立，形成了自己独立的信仰范围。简言之，移居于华北汉地的女真人，基本是以猛安谋克为单位，生活在相对独立的村寨或屯驻之中，与周边的汉人居民，保持了一种疏离的状态。

根据学者的研究，女真人移居华北，到海陵王初年就已经宣告结束。但是移居汉地之后，由于受到汉人生活方式的影响，女真人逐渐丧失了尚武精神，趋于浮华、懒惰；同时，由于不善经营土地，经济上也陷于贫困。面对这种情况，金世宗在位时，就发起了一系列改革运动，试图振兴女真文化，恢复女真人的尚武精神，同时改善女真人的生活处境。② 作为改革举措的一部分，他在大定十三年（1173），设立了专门面向女真人、使用女真文字来应试的"策论进士科"，同时还设立女真国子学、府学、州学，以登科的策论进士来教授女真文字。③ 那么，早已移居华北的女真家庭如何对此做出回应呢？饭山氏正是从这里寻找到了自己的切入点。他发现，自从完颜亮南侵失败之后，女真人已无法通过南侵战争来分享战利品，同时由于荫袭制度所能带来的世袭职位十分有限，加之自身繁衍带来的人口压力，已使得大部分女真家庭无法谋求稳定的生活，对于未来前景感到渺茫。但是"策论进士科"的设立，以及女真官学的设置，却为女真人找到了一个升迁的机会，起码是提供了一条出路。尽管"策论进士科"录取的人数甚少，女真人登科及第的机会不多，但是进入官学读书，却可以带来实际的利益。这是因为，"大定制随处设学，诸谋克贡三人或二人为生员，赡以钱

---

① 参见〔日〕三上次男著，金启孮译《金代女真研究》，黑龙江人民出版社，1984；刘浦江：《金代猛安谋克人口状况研究》，收入氏著《辽金史论》，中华书局，2019。
② 参见陶晋生：《女真史论》第五章《世宗时代的改革运动》。
③ 参见陶晋生：《金代的女真进士科》，收入《边疆史研究集——宋金时期》，台湾商务印书馆，1999。

米。至泰和中，人例授地六十亩。所给既优，故学者多"。① 正是注意到这一点，饭山氏得出结论说，女真人的"儒化"并不是在某种条件下潜移默化之后出现的既成事实，而是为了寻求将来的生活和社会地位的保障做出的一种战略选择。②

与此同时，鉴于前述华北社会中女真人的居住形态——以猛安谋克为单位的独立村寨，他还提出了两个十分值得注意的观点：一是研习儒学的女真士人，即使在其所处的女真社会中，由于周边大多是军人，他对其自身社会的影响也相当有限；他们作为地方知识分子，仅可能是"培养出科举应举者的母体"，而不太可能成为地方社会的领导者。二是由于女真村寨与周边社会的隔阂，女真儒士不太可能融入进当地既有的普通士人层，从而也就无法被他们所同化或融合。也就是说，无论是女真儒士，还是当地的汉族士人，都生活在自己的社会结构之，而无法突破各自的限制。唯有在金朝灭亡之后，随着女真社会自身社会结构的消失，才会导致他们被同化于汉人之中。应该说，这些观点极具新意，可惜饭山氏却未能进行更深入的论证，令人颇感遗憾。

相较于金朝，元朝统辖的疆域更广，境内分布的族群更多，因而出于政治控驭的需要，元朝采取了一种在族群上区别对待、因俗而治的分化政策。在科举制度恢复之后，它就体现为按照族群来分配登科名额。因而，元代科举的族群背景就显得更为复杂，也更为引人注意。萧启庆在辑考元代进士名录的基础上，曾对登科的蒙古、色目进士，就其社会背景进行过深入的考察。通过统计分析，他发现：自家族仕宦履历来看，多达八成的蒙古、色目进士来自于官宦家族，而来自于布衣之家者不足二成。而且进士三代直系祖先中，曾任中上官职者将近五成，而未曾仕宦的祖先仅占三成。由此言之，科举制度的主要作用是为官宦子弟增加一条入仕的途径。而出身于布衣家庭的进士，则多来自于普通的军户之家，这反映出科举制度也激励了下层家庭的子弟通过研读诗书来入仕。③ 如果说，萧启庆对蒙古、色目人参加科举的结果做了一个概要式的总结；那么饭山氏则是在此基础上，就非汉民族研习儒学的契机问题，进行了一番追根溯源式的

---

① 《金史》卷五一《选举一》，中华书局，2011，第 1143 页。
② 〔日〕饭山知保：《另一种士人：金元时代的华北社会与科举制度》，第 177 页。
③ 萧启庆：《元代蒙古色目进士背景的分析》，收入《元代的族群文化与科举》，联经出版事业股份有限公司，2008。

考索。

　　在第十五章中，饭山氏基于一部蒙元时代屯驻军家族遗留的文献《述善集》，以一个探马赤军户唐兀氏作为主要考察对象，同时通过对比其他屯驻军家族的事例，探讨了普通军户子弟为何会转向研习儒学，以及走上读书应举的道路。唐兀氏家族，最初是作为探马赤军户，隶属于河北山东蒙古军都万户府，而世代屯驻于其大本营河南濮阳。这个家族早期曾参加了伐宋之役，以及参与平定叛乱，但是家族成员中却没人能升迁到百户长以上的职位，因而属于下层军户家庭，几乎无法通过荫袭来实现升迁。于是，从第三代起就开始着力培养子孙研习儒学，结果第四代的崇喜、第六代的伯颜不花都曾进入国子学。与此同时，这个家族还积极扮演倡导地方教化的地方领袖角色，甚至还创建了"崇义书院"。可以说，唐兀氏家族主动选择了自我儒学化的道路。

　　那么，这种家族转向因何而发生呢？通过对于三十例屯驻军家族事例的考察分析，饭山氏发现，自从灭亡南宋之后，因为战争的减少，绝大部分下层军户家庭已经无法通过从军立功而得到升迁，而只能植根于地方社会。而到了十三世纪末十四世纪初，随着军役体制走向混乱，屯驻军家庭更是受到了冲击，生活境况更加糟糕。正是在这种情形之下，随着科举制度的恢复，以及国子监的整顿，军户子弟开始选择选择研习儒学，将其作为一条出路。单就唐兀氏家族而言，他们就试图通过将子弟送入国子监，来寻求入仕的捷径。简言之，作为新出仕途径的科举、国子监制度，以儒学素养作为评判标准，为那些既无个人关系，又无恩荫机会，更无能力进京干谒权贵的下层军户子弟，提供了一个机会。最后，饭山总结到：蒙元时代华北地区北方民族的儒学，其实也并不是自然而然的一个渐进累积过程，而是在社会结构或入仕制度发生变动的背景下，出于家族未来发展的考虑，而采取的一种的有计划的行为。① 换言之，他认为华北非汉民族的儒学研习，现实利益的考虑，远远大于文化上的倾慕。

　　既然作为非汉民族的下层军户子弟，也要努力通过研习儒学，来寻找自己的升迁之路，那么这就涉及元代的族群划分与社会阶层之间，到底是一种怎样的关系？萧启庆对此曾有一段相当精辟的概括：

---

　　① 〔日〕饭山知保：《另一种士人：金元时代的华北社会与科举制度》，第495页。

　　严格说来，元代社会并不是一个种族社会，而是一个门第社会——用当时名词言之，是一个"根脚"社会。若干蒙古、色目、汉人家族，因在蒙元建国过程中立有大功而具有"大根脚"之身份，世享封荫特权。普通蒙古家庭子弟或为小吏或为士卒，和汉南人中下层并无不同。出身"大根脚"的蒙古人，因享有特权，可以骤获高位，而不必以经术文学与汉人、南人争胜于场屋之中。但是熟谙汉人经术文字，可以增益其在汉人社会中之领导力及统治能力，因而若干高门子弟也不得不研习汉学。加以自忽必烈定立制度后，文官子孙仅可降四品承荫，且限一名，武官子孙可以承袭，亦限一名。虽然这些规定并未严格执行，"大根脚"子弟在充任怯薛歹——即宫廷侍卫——后即可出仕，但并不是人人可得的机缘。因此蒙古、色目名门子弟往往充实学养，以求出仕。科举恢复以后，便有不少高门世家子弟经由科举而登庸。至于出身"小根脚"的蒙古人——尤其是文官子弟及为数众多的军户子弟，荫袭制度全然不可凭借，必须充实学养开拓自身的政治前途。①

这里虽然主要是就蒙古人而言，但是也必定适用于其他诸多非汉族群。如此我们或可明白，在元朝，不只是南人受到压制，任何处于社会下层的族群，都必须通过自己的努力，来寻求自己的上升通道，而研习儒学，就是其中的一种路径选择。

## 五　从华北来审视金元：断裂中的延续

　　自北宋灭亡之后，华北地区就处于金元少数民族政权的统治之下，长达两个世纪之久。在这两个世纪里，少数民族政权的统治给华北社会造成了何种影响，留下了怎样的深刻烙印，以及对于中国历史的走向，具有何种意义，这都是学界经常会提出的疑问。饭山氏的研究，显然在尝试给出自己的答案。《另一种士人》以金元时代的科举运作作为切入点，以华北士人层的存续问题作为核心议题，通过基于丰富史料的实证式研究，就诸多方面都进行了精雕细琢式的追索考察，在一定程度上廓清了我们对于金元

---

① 萧启庆：《元代蒙古人的汉学》，收入氏著《内北国而外中国——蒙元史研究》，中华书局，2007。

时代的误解，无疑是一本高水准的学术著作。尤其是他对于许多家族案例、区域案例的细致分析，不仅为我们提供了许多富有趣味而生动的历史细节，更为我们深入华北社会内部，提供了极好的观察视角。正是基于这些突破，使我们可以从华北的视角，来重新审视金元时代的历史意义。兹就阅读所得，稍加申说。

## （一）金、元的断裂与延续

金朝在占领华北之后，迅速实施了科举考试，以此作为掌控地方精英的一种手段，也成为女真人建立稳固统治的一个重要步骤。可以说，在科举制度方面，金朝确实实现了与北宋的无缝对接，科举由此成为华北士人入仕的主要途径，而且也给华北社会带来十分深远的影响。由于无须与势头强劲的东南士人竞逐于科场，北宋时期在科场上长久处于颓势的华北士人，在金朝统治下，显示出读书应举的巨大热情。尤为突出的是，河北、山西两地，成为了金朝的科举发达地区。整个山西地区，几乎经历了戏剧性的转变，甚至连一向以武将辈出的晋北地区，都出现了弃武从文的风气。尤其是在金朝中期，整顿了学校制度之后，读书应举的士人更是出现了明显的增长。于是，一个稳定存在且不断在增长的士人层开始出现，同时华北各地区也出现不少因科举而起家的官僚家族。

但是，在蒙元占领华北之后，却中断了科举长达七十余年，也就是长达三代人的时间。也正是在这段时间内，出现了多元化的入仕途径，从军出征、成为吏员、凭借个人关系获得荐举、进京干谒权贵、成为蒙古诸王封地内的投下官，都可以成为华北地区的一条升迁之路。即使在科举恢复之后，多元化的入仕途径依然存在，加之元朝录取名额少，回报率低，更是使得科举缺乏吸引力，一个最直接的证据，就是元朝的应举人数较之金朝，反而出现了下降。许多在金朝出现的科举家族，因为没能适应元朝新的出仕制度，进入元朝后就消失了踪迹。而那些能够适应这些变化的家族，如稷山段氏，则在元朝依然保持了家族地位。当然，元代的国子学仍为官宦子弟开了一条入仕的方便之门，但是到了后期，竞争趋于激烈，似乎也不那么容易。正是由于入仕制度的变化，在元朝，吏员出身反而成为了华北士人最常见的入仕途径，于是就出现了像郭郁那样的"儒吏"型官僚。至此，研习儒学的士人层与应举之间，出现了分离现象。

正是基于以上的史实，饭山氏特别强调了金、元之间由于入仕制度的变动所带来的社会重组问题，也即金、元朝代之间，出现了断裂。他认为：

> 坦白地说，开始于北宋、辽代的科举应试群体的扩大，在蒙元时代戛然而止，而在作为官僚世家的地方精英层中，发生了使他们更顺应蒙元统治下的官吏任用制度的重组。正如历来研究也曾多次强调的那样，蒙元统治作为中国本部历史上的转折点或分水岭，我们应当重新认识其重要性。①

但是，在承认这一事实的同时，我们更应该看到另一方面，即在金朝科举制度、学校政策的刺激下，大约在开封陷落两代人之后，一个自我赓续的士人层得以形成，而他们正是以研习儒学作为应举的必备素养。所以，包弼德特别强调了这个士人层的出现，与金朝末期的思想复兴，有着直接的关系。② 而傅海波则强调了金朝士人所扮演的过渡者角色：

> 在金统治下对中国文化的一个决定性因素是 1161 年以后民族对抗逐渐减少。形成了一个包括汉人、汉化女真人和契丹人的新的知识分子精华。这个阶层甚至越来越趋向于把自己看作是中国传统的保存者而不是侵略者的后裔。当蒙古人成为北中国的新主人时，这些金国末年的知识分子真正作为中国社会准则的传播者而行动。没有金统治下中国传统的留存，中国文化不可能经过蒙古屠杀之后幸存下来。蒙古人正是从金的这个知识分子精华中吸收了他们在北中国的行政官员，……1234 年金国灭亡，标志北中国一个重要时代的终结，同时也是一个新历史时期的开始，中国许多传统和社会准则经受了蒙古人的考验，由女真金国的精华分子传给了蒙古人。③

单从科举制度（入仕制度）来看，金、元之间确实出现了断裂，但是金朝通过科举制度锻造出来的士人层，却在很长一段时间内，影响到元朝的多方面，并把儒学研习的传统接续下来，尤其是对于道学在元朝确立官学地

---

① 〔日〕饭山知保：《另一种士人：金元时代的华北社会与科举制度》，第 508 页。
② 〔美〕包弼德：《寻求共识：女真统治下的汉族士人》，《中外论坛》2019 年第 2 期。
③ 傅海波撰，黄时鉴译《关于金史的两篇讲稿》，收入黄时鉴《黄时鉴文集 Ⅰ 大漠孤烟——蒙古史、元史》，中西书局，2011。

位，起到不容忽视的作用。

### （二）南北士人社会的差异

由于受"唐宋转型说"的影响，学界一般都以宋代（尤其是南宋）士人社会作为近世社会的一个原型，并由此探寻其在此后朝代的演化，而对于金元时代的华北士人向来不甚留意，也未做出明确的界划描述。正是鉴于此，饭山氏一方面是以南宋的士人社会作为参照物进行比对，另一方面又着重强调了华北士人社会的差异之所在。

首先，最为直观的方面，就是应举士人的数量上，南北之间就存在了巨大差异。南宋时期，应举人数可以达到 40 万人，而金朝各类科目的应举人数也不过 4 万人，而元朝更是下降到 23000 人左右。显然，华北的士人规模要小得多。其次，在社会地位和法定特权方面，宋朝是以应举资历作为标准，广泛地赋予得解举人、太学生以一定的免役优待和法律上的保护，即使是一般读书人也会得到官府的关照，从而使得宋代士人在地方社会具有不容小觑的影响力，甚至可以左右地方行政；反之，金朝士人受到的优待的对象较为有限，仅是那些终场举人、系籍学生才能得到除差役的优待，而在法律上则无特权；而元朝则只有那些特定的"儒户"才能享有免除差役、法律优待等特权，一般读书人则与平民无异。而且由于金、元的士人受到政府的严格管控，在地方社会中也无法起到领导者的角色，更是凸显了他们与宋代士人的地位差别。

应该说，如此细致而深入地考察华北士人的社会地位及其所能享受的待遇，是饭山氏此书的一大贡献。虽然，由于文献证据不足，没法达到对于宋代士人那样的了解程度，但起码勾勒了一个轮廓，便于后续的继续推进。但饭山氏的观点是十分明确的：

> 总体来说，科举制度在地方社会中起到保持社会地位的重要作用，成为王朝与社会之间纽带的南方式社会结构，在华北地区终究没有出现。而比起南宋统治下的士人层，金元时期华北地区的士人层则处于更为强有力的中央政府控制之下。换言之，女真、蒙古统治下的华北社会与南宋统治下的南方社会，在科举制度方面演绎出了完全不同的历史过程。在南方士人层作为南方社会领导层的地位形成的同时，北

方则形成了其独有的"另一种士人层。"①

就南北士人社会的差异，其实很容易就引申出来另一个问题，那就是宋代的国家与地方社会之间，与金、元时代的政权与地方社会之间，是否存在治理方式的不同。这种不同，是因为华北处于少数民族统治下的缘故吗？还是说，由于南宋的国家能力不及，所以将权力让渡给地方士人呢？这都是可以继续深究的问题。

另外还有一个不应忽视的方面是，华北地区还存在一些非汉民族的儒士，其中不少人还以读书应举作为入仕的途径，这是辽、金、元统治下的特殊现象。在饭山氏看来，不管是金代的女真儒士，还是元朝的色目儒士，他们选择研习儒学或参加科考，主要是由于自身境遇不佳，缺乏上升通道，加之政府有一些照顾性措施，因而出于深思熟虑，将之作为一种社会出路而进行的选择，而不是一种自然而然的文化熏染的结果。最重要的是，他们即使研习儒学，接受汉文化，也始终没有放弃自己的族群认同，也就是说他们并没有被"汉化"。

但是换一个角度来看，不管出于何种目的，非汉民族主动去研习儒学，毕竟使他们受到了汉文化的熏陶，逐渐接受了一些儒家的观念，也便于他们汉族士人进行沟通、交流，起码在文化交流方面，突破了族群的界限。尤其是元朝，更是出现了多族士人一起唱和、雅集、结为师生、姻戚的现象。如萧启庆就认为，多族士人圈的形成，已经为族群融合跨出重大的一步。② 非汉民族之所以不愿放弃族群认同，只是因为他们在族群体制下，还享有身份上的优越感，一旦政权崩解，他们便迅速同化于汉人之中。如果单从结果的角度来说，"汉化"一词仍是可以成立的，研习儒学就是"汉化"的契机。

### （三）对于明清的影响

如果站在明清的视角，来回望金、元时代，其实还是可以发现不少有不少遗产被继承下来。首先，金、元政权都将政治中心移到了中原，定都于北京，这对于华北内部的区域再平衡起到了根本性的影响。以北京为中

① 〔日〕饭山知保：《另一种士人：金元时代的华北社会与科举制度》，第511页。
② 萧启庆：《九州四海风雅同——元代多族士人圈的形成与发展》，联经出版事业股份有限公司，2012，第392页。

心，河北、山西作为文化中心地带的地位得以被确立，各大地区内以科考地点的设置作为标志，成为各自的文化中心，这些从金到元都一直延续下来，甚至到了明清时期，也没有太大变动。其次，从金朝开始，科举考试逐渐确立了大考区制，相较于宋朝一直以州、军作为解试单位，金朝的府试则涵盖了十几个州、府，后来的元朝乡试也基本如此，而明清的涵盖全省的乡试，其实就是金、元乡试制度的定型。再次，从明代开始，生员（秀才）作为一种应考的必备资格被确立，生员同时也是一种功名，且系籍于州县学，享有法令的一些特权，我怀疑这可能也是"儒户"的一种变形。

赵世瑜先生曾说："政治史更多地让我们看到断裂，而区域社会史更多地让我们看到连续。"[①] 若从饭山氏对于金元时代华北社会的考察来看，我觉得，有的时候断裂中也存在着连续，甚至更多的连续就存在于断裂背后。

[作者单位：华中师范大学文学院]

---

① 赵世瑜：《小历史与大历史：区域社会史的理念、方法与实践》，生活·读书·新知三联书店，2010，第 7 页。

# "将开端当做开端去发掘"
## ——本杰明·艾尔曼的明清科举研究

刘　倩

**内容提要**　美国汉学家本杰明·艾尔曼的两部明清科举研究专著，今年终于都出版了中译本，填补了其汉学研究三个领域（明清学术思想史、明清科举、中国古代科学技术史）中缺失的一环。从方法论上看，艾尔曼的明清科举研究是一种文化史研究，或者说语境化研究。艾尔曼明清科举研究的学界反响，目前主要集中在科举与社会流动的关系、科举对学术发展的影响、如何重新评价八股文这三个方面。

**关键词**　本杰明·艾尔曼　明清科举　方法论　学界反响

美国汉学家本杰明·艾尔曼（Benjamin A. Elman）的两部明清科举研究专著，今年终于都出版了中译本：（1）*A Cultural History of Civil Examinations in Late Imperial China*（美国加州大学出版社 2000 年），中译题名《晚期帝制中国的科举文化史》（以下简称《科举文化史》），高远致、夏丽丽译，社会科学文献出版社 2022 年 8 月出版；（2）*Civil Examinations and Meritocracy in Late Imperial China*（美国哈佛大学出版社 2013 年），中译题名《晚期中华帝国的科举与选士》（以下简称《科举与选士》），刘倩译，香港中华书局 2022 年 1 月出版。

这两部著作关系密切，艾尔曼本人在《科举与选士》书末"致谢"中讲得很清楚，新著是对旧作《科举文化史》的"重组、重构和修订"。① 确实，两部著作的论题和主要观点并没有什么实质性的不同，《科举与选士》几乎可以说是《科举文化史》的"精简版"。这种"精简"，最直观的体现就是篇幅上的差异：《科举文化史》英文版全书共 847 页，正文 625 页；《科举与选士》英文版全书共 416 页，正文 321 页。除合并章节、凝练表述外，《科举文化史》书末附录的"1148～1904 年间科举原始文献目录（1042 种）""魔门族谱图书馆馆藏科举原始文献""650～1905 年间科举考试科目变化""地志之外科举原始文献主要种类"，不见于《科举与选士》；《科举文化史》书末附录的 82 份定量分析图表，《科举与选士》也只保留了 15 份插入正文，不再作为"附录"单列。两部著作哪个更好？"求全"的读者恐怕会首选《科举文化史》，但参读《科举与选士》也很有必要，因为至少从翻译的角度看，《科举文化史》的中译在核查史料方面略有欠缺。

学术翻译滞后，对明清科举研究者可能影响不大，新千年以来国内的明清科举研究论著，无一例外都会提及艾尔曼的名字；对普通文史工作者来说，如果读过艾尔曼的自选集《经学·科举·文化史》（中华书局 2010 年）和一些学术访谈②，多多少少也熟悉他的基本观点。无论如何，"晚到总比不到好"，这两部译著出版，总算填补了艾尔曼汉学研究三个领域——清代学术思想史、明清科举、中国近代科学技术史——中缺失的一环。③

笔者不是明清科举研究的专家，这里只作为译者从普通文史工作者的

---

① 〔美〕本杰明·艾尔曼著、刘倩译《晚期中华帝国的科举与选士》，香港中华书局，2022，第 406 页。

② 〔美〕艾尔曼、顾钧《艾尔曼教授访谈录》，《国际汉学》2010 年第 1 期；黄圣修：《专访艾尔曼教授》，《明清研究通讯》第 53 期（2016 年 2 月）；〔美〕艾尔曼、刘海峰：《科举与中国历史文化——艾尔曼教授访谈录》，《科举学论丛》2017 年第 2 期；张泉：《中华文明访谈录·突破史学危机》，当代世界出版社，2021，第 93～104 页。

③ 艾尔曼的汉学专著，清代学术思想史方面有（1）*From Philosophy To Philology: Intellectual and Social Aspects of Change in Late Imperial China*，Harvard University Asia Center，1985；中译本见赵刚译《从理学到朴学：中华帝国晚期思想与社会变化面面观》，江苏人民出版社，1995；（2）*Classicism，Politics，and Kinship: The Ch'ang-chou School of New Text Confucianism in Late Imperial China*，University of California Press，1990；中译本见赵刚译《经学、政治和宗族：中华帝国晚期常州今文学派研究》，江苏人民出版社，1998。中国近代科学技术史方面有（1）*On Their Own Terms: Science in China，1550～1900*，Harvard University Press，2005；中译本见原祖杰等译《科学在中国（1550～1900）》，中国人民大学出版社，2016；（2）*A Cultural History of Modern Science in Late Imperial China*，Harvard University Press，2006；中译本见王红霞等译《中国近代的科学文化史》，上海古籍出版社，2009。

角度简要介绍艾尔曼明清科举研究的方法论和学界反响。

# 一　艾尔曼明清科举研究的方法论

葛兆光将艾尔曼《科举文化史》称为"明清科举的新文化史研究"，认为这本书"从文化史的角度，深入而细致地叙述了明清科举史的变迁、科举如何影响了传统中国皇权与精英士绅、科举文化与社会生活怎样形成复杂关系，以及它如何塑造了文化史意义上的中国"。①

什么是"文化史"/"新文化史"？非常复杂，很难一言以蔽之。无论如何，"文化史"是一个伞形概念（umbrella term），存在被滥用的风险，有论者就合理地质疑说："一切历史都是文化史，任何事物都有其文化史，既如是，那还要'历史'有什么用？什么不是（新）文化史呢？"② 同样，对于艾尔曼的《科举文化史》，周启荣也批评说，此书出现了大量与"文化"有关的词汇，如"文化资源""文化监狱""文化精英""文化再生产""文化控制""文化工程""文化恐惧""文化正统""文化健康""文化范围""文化自治""文化保守主义""文化光辉""文化团结""文化忠诚""文化冲突""文化维护""文化体系""文化维度"，等等，但"文化"本身有多重意涵，涉及语言文字、社会、意识形态、象征/符号、文明等多个层面，"文化"的定义并不是不言自明的，艾尔曼没有根据不同语境阐明这些词汇的具体用法，读者只能自己摸索它们的含义。③

艾尔曼本人好像没有直接使用过"新文化史"一词，但这并不影响他被视为新文化史家，他考察科举考生心态、情感甚至梦境的微观史学，他对布尔迪厄"文化再生产""策略""市场""资本""投资"等概念的借鉴，都是新文化史研究的特色。④ 艾尔曼本人谈得更多的是"文化史"或"语境化"，都与他的中国思想史研究密切相关，如他说："中国的思想史家和社会史家，能够从对方学到很多东西。我个人喜欢将这种重叠称为'文

---

① 葛兆光：《明清科举的新文化史研究》，《读书》2021 年第 5 期。
② 张仲民：《新文化史与中国研究》，《复旦学报》（社会科学版）2008 年第 1 期。
③ 周启荣对艾尔曼《科举文化史》的书评，见 *American Historical Review*，2002 年 2 月，第 169 页。
④ 〔英〕彼得·伯克著，蔡玉辉译《什么是文化史》，北京大学出版社，2010，第 50、65～66 页。

化史'。"① 又说："我研究中国思想史，主张'语境化'（contextualization），也就是把思想史同经济、政治、社会的背景相关联。"②

在艾尔曼这里，无论是"文化史"还是"语境化"的研究方法，简言之，就是主张将中国思想史研究与中国社会、政治和经济史相结合，以代替思想史的单向分析。③ 这种研究方法，主要针对的是当时中国思想史研究的两种取向：一是费正清学派的社会经济史研究方法，这种方法把思想史过度"化约"为社会政治和经济的简单反映；一是当时思想史研究中流行的内在论、观念史取向，在将中国人的文化、社会、政治与经济生活"化约"成儒家和新儒家哲学的演变过程的同时，认为儒家伦理能决定现代中国的社会、政治和经济变迁。艾尔曼认为，这种观念史取向的错误与经济决定论如出一辙，虽然在方法论上为中国哲学提供了一条可行的途径，得以重构儒家和新儒家思想的内在完整性，但是，"学说如何变成意识形态，正是一个重要的历史问题。一旦提出这个问题，我们就离开了哲学立场的内在整体性，进入了观念在特殊历史语境里在政治、社会和经济上如何被运用的层次。观念如何指引和发动行动的问题，带领我们离开'纯粹'哲学和传统观念史的领域。我们不再追问'文本'（text）里观念的普遍'意义'，而是要解明这些观念如何显现当事人所处的特定'语境'（context），因为他们的行动本由这些观念所指导和支持的"。④

艾尔曼所说的"语境化"，还涉及另外两个问题：首先，强调学界应认真对待精英文化与大众文化的关系问题。他说："传统的思想史都注意精英的思想，特别着重儒家学派，尤其是程朱学派。但在中国社会中真正了解程朱学派的人在总人口中所占不多，虽然这些人是极重要的。……因此，有一个我们所研究的思想史是'谁'的思想史的问题。是士大夫的？是精英的？是江南的思想史？……难道说中国只有一种哲学即儒家哲学吗？那

① 〔美〕艾尔曼：《中国文化史的新方向：一些有待讨论的意见》，《台湾社会研究季刊》第十二期（1992 年 5 月）。

② 汪晖、〔美〕艾尔曼：《谁的思想史？》，《读书》1994 年第 2 期。

③ 参见张旭曙《思想史和社会史的沟通与整合——略谈艾尔曼"新文化史"研究的方法论意义》，《中华文化论坛》2002 年第 1 期；宋宏：《艾尔曼与美国的中国思想史研究》，《国际汉学》2006 年第 1 期；吕杰：《语境化研究与反现代化叙事——本杰明·艾尔曼的中国思想史研究述评》，《高校社科动态》2009 年第 3 期；王俊义：《我与艾尔曼教授的交往及其学术成就略述》，《文化学刊》2017 年第 10 期。

④ 〔美〕艾尔曼：《中国文化史的新方向：一些有待讨论的意见》，《台湾社会研究季刊》第十二期（1992 年 5 月）。

我们与传统士大夫就没有分别。"① 其次，强调学界应自觉反思书写历史时的"现代化叙事"（modernization narrative）逻辑。艾尔曼认为，以往的社会经济史家和观念史家容易掉入"现代化叙事"的陷阱，以今度古，"今"的标准一变，对"古"的评价也随之而变，中国落后西方时，儒家被揪出来为落后负责，中国迎头赶上时，儒家的形象也变为促进现代化的功臣，历史就此被"化约"为迈向现代化过程中的"步骤"或"障碍"。"可是一旦对中国历史上国家与社会构造里尚不见现代化的时代，要运用现代化模型所提供的概念架构，问题就产生了。换言之，将适用于分析 1860 年以后中国历史现象的框架，用在更早的时期，乃是一种年代错置。"因此，艾尔曼主张，"要将开端当做开端去发掘，不要流于事后聪明的历史目的论"，"现代化依然是近代中国史的重要探究对象，但是它已经不再是评价前现代中国的整体框架了"。②

这种文化史或语境化的研究方法，在艾尔曼明清科举研究的三个问题上体现得最为突出：

首先，对于程朱道学如何成为晚期帝国正统主流意识形态这个重要问题（即"学说如何变成意识形态"），艾尔曼在结合政治、社会、知识背景的基础上对这个问题进行了"语境化"处理。他的一个重要观点是，明初洪武、永乐年间程朱道学从一种"地方性的士学"跻身为帝国主流意识形态③，离不开后元时期的历史条件，具体说来，正是明初的一些历史事件，如朱元璋与浙东士人群体的关系、《孟子节文》风波、朱棣篡位事件、重修明初《实录》和朱棣启动的文化工程，等等，造就和巩固了程朱学说的无上地位。脱离这些具体历史事件的语境，就不能真正理解明初确立的以程朱道学和"三部大全"为基础的官方课程何以能在此后的五百年间被亿万科举考生学习和掌握，也不能真正理解科举考试制度何以是一种将文化、社会、政治与教育结合的有效机制，这个有缺陷但运转顺畅的"教育陀螺仪"（educational gyroscope），既适应了官僚政治的需要，又维持了晚期帝国的社会结构。

① 汪晖、〔美〕艾尔曼：《谁的思想史?》，《读书》1994 年第 2 期。
② 〔美〕艾尔曼：《中国文化史的新方向：一些有待讨论的意见》，《台湾社会研究季刊》第十二期（1992 年 5 月）。
③ 包弼德（Peter K. Bol）不赞同程朱学说在明以前只是一种地方性士人学说的看法，包弼德对艾尔曼《科举与选士》的书评，参见 *American Historical Review*，2014 年 12 月，第 1671 页。

其次，艾尔曼试图用科举制度来连接精英文化与大众文化。《科举文化史》/《科举与选士》用了一整章的篇幅来讨论精英文化与大众文化的相互影响、相互渗透，这部分内容广泛利用了士人著述、通俗小说和民间故事，讨论士人如何诉诸宗教、梦兆这些大众化的、非正式的维度来应对激烈的考试竞争，试图阐明科举考试何以是调整帝国利益、家庭发展策略和个人志向的焦点，中国人的"考试生活"何以像西方人的死亡和税收那样，成了精英教育和大众文化的一个固定组成部分（fixtures）。

第三，将语境化的"反现代化叙事"用于明清科举研究的一个后果，便是如何看待中国科举制度的历史意义。葛兆光总结说："在历史中直陈科举文化弊病的艾尔曼，与试图在历史中发掘科举文化意义的艾尔曼互相冲突；反观历史的后见之明，和追溯历史的同情了解彼此矛盾。……从历史学的角度说，究竟怎样既避免后见之明即'事后诸葛亮'的批判，又同时避免堕入'存在即合理'那种看似公正的陷阱？"① 这里，我们或可大致感受到葛兆光和艾尔曼学术志趣的差异所在，归根结底，他们一个是思想史家，一个是历史学家。艾尔曼说："哲学家要研究什么是真实的，什么是有价值的，什么是美的。历史学家要研究的是当时的情况，为什么当时会出现这样的思想，为什么国家、社会和知识分子会支持这样的思想。我主要是历史学家，不是哲学家。"② 艾尔曼对明清科举制度的讨论，摒弃了"当代的、非历史（ahistorical）的标准"，坚持语境化地回到历史本身，他认为，"科举制度既不是前现代的错误（premodern anachronism），也不是反现代的独块巨石（antimodern monolith）"，只有从明清时期具体的教育、社会和政治实践出发，才能公允地看待这个制度。③

艾尔曼对明清科举制度的整体评价——我们不能想当然地认为这个制度是中国现代化进程的障碍，明清科举作为现代社会世界各国考试制度的

---

① 葛兆光：《明清科举的新文化史研究》，《读书》2021 年第 5 期。

② 〔美〕艾尔曼、顾钧：《艾尔曼教授访谈录》，《国际汉学》2010 年第 1 期。

③ 参见〔美〕艾尔曼 "Political, Social, and Cultural Reproduction via Civil Service Examinations in Late Imperial China", *The Journal of Asian Studies* vol. 50, no. 1（1991）: 7 ~ 28。这篇文章是艾尔曼明清科举研究的纲要，中译有两个版本，表述略有差异：（1）吴薇译，刘海峰校《中华帝国后期的科举制度》，收入复旦大学文史研究院译《经学·科举·文化史——艾尔曼自选集》，中华书局，2010；（2）谢海涛编译《艾尔曼论中华帝国晚期科举的三重属性——政治、社会和文化再生产》，《北方民族大学学报》（哲学社会科学版）2020 年第 6 期。

早熟先驱，"这个制度不仅对研究中国历史是重要的，对研究世界历史也是重要的"①——既是他语境化地研究历史本身的结果，也深受宫崎市定的影响。宫崎市定说："我的任务在于从过去的事实中找出被认为最为重要的部分，并尽可能客观地将这个介绍给社会。事实才是比任何东西都更具有说服力的。轻率并且夹杂着主观判断而进行加工就好像是评论家的态度，本人对此并不擅长。"②从某种程度上说，艾尔曼的明清科举研究与宫崎市定、何炳棣（详见下）的研究形成了一种对话关系，确实是"海外学者有关明清中国科举研究领域第三本标志性著作"③。

宫崎市定先后出版了三部科举研究著作：1946 年的《科举》（秋田屋）、1963 年的《科举——中国的考试地狱》（中公新书）、1987 年的《科举史》（平凡社）④。这三部著作有一定的连续性，关注焦点都是具体的考试流程，其最大特点是把从参加县府院试开始，一直到参加乡会试和殿试的每个细节步骤都讲得一清二楚，对中国科举考试制度的整体评价也较为客观中立。1963 年版在 1976 年被谢康伦（Conrad Schirokauer）翻译为英文在耶鲁大学出版，题名 *China's Examination Hell*。艾尔曼明清科举研究的核心概念"文化监狱"（cultural prison），其灵感来源除了福柯的"全景敞视监狱"⑤，明显可以看出宫崎市定"考试地狱"的影响。而且，对于宫崎市定"科举是否发挥了作用""科举的理想与现实""落第者的悲哀与反抗""科举的优越之处"等相关论述，艾尔曼都做了不同程度的扩展和深化。

## 二  艾尔曼明清科举研究的学界反响

正如沙培德（Peter Zarrow）所言，艾尔曼的《科举文化史》，"任何这种体量的书都会在具体问题上引发争议"⑥。这些争议，主要涉及三个方面的问题：科举与社会流动的关系、科举对学术发展的影响、如何重新评价

---

① 〔美〕艾尔曼、顾钧：《艾尔曼教授访谈录》，《国际汉学》2010 年第 1 期。
② 中译本见宋宇航译《科举》，浙江大学出版社，2018。
③ 葛兆光：《明清科举的新文化史研究》，《读书》2021 年第 5 期。
④ 中译本见马云超译《科举史》，大象出版社，2020。
⑤ 见〔法〕米歇尔·福柯著，杨远婴，刘北成译《规训与惩罚：监狱的诞生》，生活·读书·新知三联书店，1999。
⑥ 沙培德对艾尔曼《科举文化史》的书评，见 *The China Quarterly*，No. 168（2001 年 12 月），第 1019～1021 页。

八股文。①

## （一）科举与社会流动的关系

科举是否促进了充分的社会流动，是科举研究中的一个重要问题。前面已经说过，新千年以来国内的明清科举研究论著，无一例外都会提及艾尔曼的研究，大部分又都聚焦在科举与社会流动的关系问题上。

1940 年代的潘光旦、费孝通、柯睿哲（Edward Kracke），以及 1960 年代的何炳棣，都得出了科举有助于社会流动的结论。② 何炳棣的研究影响很大，反弹也很大，反对的声音主要来自美国的杜希德（崔瑞德，Denis Twitchett）、郝若贝（Robert Hartwell）、韩明士（Robert Hymes）、艾尔曼等。③

艾尔曼主张科举本身并不是一种能促进大幅度社会流动的途径，其他论者所说的"流动社会"或"社会流动"（fluid society/social mobility），在他这里只有下层和上层精英的"适度流通"（modest circulation）。艾尔曼认为，明清时期，尽管理论上科举考试对所有人开放，但就考试内容所使用的语言而言，超过 90% 的中国人从第一步起就被排除在了何炳棣所说的"进身之阶"（ladder of success）之外。参与科举竞争的只是出身士人或商人家庭（或家族、宗族）的少数年轻人，这些家庭拥有足够的语言、文化资源用于投资教育他们的男性后代。绅士对考试所需的文化、语言资源的垄断，使得有钱有势的家族能够在几代人的时间里继续垄断这些资源，而在科举考试中取得成功，又反过来强化了这些家族对地方文化、教育资源的支配地位。换句话说，中古时期（唐和北宋）官位的世袭传承，变成了明清时期文化资源的世袭传承。

---

① 目前所知《科举文化史》最翔实、最有深度的书评，当属李弘祺《中国科举制度的历史意义及解释——从艾尔曼对明清考试制度的研究谈起》，《台大历史学报》第 32 期（2003 年 12 月）。

② 潘光旦、费孝通：《科举与社会流动》，《社会科学》第 9 卷第 1 期（清华大学，1947 年 10 月）。柯睿哲："*Family vs. Merit in Chinese Civil Service Examinations during the Empire,*" *Harvard Journal of Asiatic Studies* 10（1947）：103 – 123。何炳棣，*The Ladder of Success in Imperial China: Aspects of Social Mobility*，*1368 ~ 1911*，Columbia University Press, 1962；中译本见徐泓译注《明清社会史论》，中华书局，2019。

③ 相关概述，见徐泓译注《明清社会史论·译者序》，中华书局，2019，第 XX ~ XXX 页；李弘祺：《中国科举制度的历史意义及解释》，《台大历史学报》第 32 期（2003 年 12 月）；唐滢：《美国的科举学》，《厦门大学学报》（哲学社会科学版）2004 年第 4 期；郭培贵：《二十世纪以来明代科举研究综述》，《中国文化研究》2007 年秋之卷。

　　艾尔曼讨论科举与社会流动关系的基础是"家族"／"宗族"（lineage）概念，因此，他认为柯睿哲、何炳棣的统计低估了"低估了与官员有同宗或姻亲关系的平民人数。有些人表面上看是一介平民，但这种同宗或姻亲关系对他们学业有成的可能性来说很可能是决定性的"①。相应地，学界对艾尔曼的批评也主要围绕"家族"／"宗族"定义而展开。李弘祺指出，杜希德率先用家族或亲属组织来取代过去一般常用的"家庭"概念，这种做法越来越膨胀，以至于到了韩明士，"更把朋友关系都算进去，宣称中国社会里科举考生的社会流动等于零"。② 同样，周启荣认为"家族"／"宗族"是个很难界定、很容易引发争议的概念，像艾尔曼这样从"家族"／"宗族"的角度来讨论社会流动，"在根本上是有缺陷的，在分析上也是无用的。当家族／宗族包括有不同职业和经济状况成员的家庭时，我们如何对家族／宗族进行分类，并衡量其在社会等级中的上下流动"?③

　　何炳棣没有专门撰文，只在自传《读史阅世六十年》中简单回应韩明士、艾尔曼等人的观点说：韩明士对"家""族"的定义含混不清，举凡同乡同里者俱视为同"族"，根本不顾及中国传统所谓"族"乃指五服之内的血缘组织，且韩明士扩大化"精英"概念，举凡官员、乡贡、寺庙施主、地方社会主持公益慈善活动者，都属于"精英"，甚至与上述任何一类人士有婚姻或师生关系者，也一同视为"精英"；至于艾尔曼，其《科举文化史》所用的大量殿试、会试和各省乡试录等只有姓名、籍贯、本人简历和全榜中试者的总数，却没有最能反映社会血液循环的祖上三代履历，这些史料虽然有助于研究科举制度本身，但就科举与社会流动的关系而言是"无机"的，而艾氏书中仅有的两种"有机"性的统计表（"明清举人世家""明代及清初进士世家"）中，"平民出身的中试者的百分比与拙著同期间的统计大都符合，甚或稍高"。④

---

①　〔美〕本杰明·艾尔曼著、刘倩译《晚期中华帝国的科举与选士》，香港中华书局，2022，第 174 页。

②　李弘祺：《中国科举制度的历史意义及解释》，《台大历史学报》第 32 期（2003 年 12 月）。

③　周启荣对艾尔曼《科举文化史》的书评，见 American Historical Review，2002 年 2 月，第 169 页。

④　何炳棣：《读史阅世六十年》，广西师范大学出版社，2005，第一章《家世与父教》附录"家族与社会流动论要"，第 23～29 页。何炳棣这篇附录的第一句话就很耐人寻味："我之所以据实无隐，叙述何家一门四房的内情，特别列举堂哥何炳松和堂侄何德奎资助提携族人的事迹及其限度，是为了纠正近十余年来美国有些中国史界中人对两宋以降家族功能的误解。"

### （二）科举对学术发展的影响

科举与学术发展的关系，以往的研究更多停留在宏观评论的层面上，缺乏深入、细致的研究。① 艾尔曼明清科举研究的最大特点在于他对科举试卷的研究和分析，试图利用这些试卷来重构学术思潮的发展变化。对此，李弘祺给予了高度评价："过去中国的学者确实比较少就考试的题目和答案作系统地分析。就这一点言之，艾尔曼的贡献可以说是以前所没有的。他花了很多时间研究试卷，阅读它们，加以分类和统计，这种精神很值得我们钦佩。"②

艾尔曼对科举试卷的分析，对考试实践与学术风尚关系的探讨，始终都围绕士人考官的中介作用而展开。艾尔曼认为，官方知识（formal knowledge）的阐释群体、权威标准和制度控制，都体现在全国考场中的考官身上。一方面，士人考官作为经学和文学专家群体为朝廷服务，是朝廷调整考试市场的合作者，负责与朝廷一起共同制定科举考试的文学和学术标准，他们的阐释权威有助于再生产或改变考场中的正统道学学说；另一方面，考官不仅是朝廷及其官僚机构的代表，同时也是士人文化的参与者，与士人文化的变迁步调一致。通过分析科举文献中保存的明清乡试、会试策问试卷，艾尔曼总结说，经由士人考官（大多出自长江三角洲）的中介，科举考试与不断变化的知识语境保持了紧密联系，从明到清，策问中的经学、史学主题逐渐压倒道学主题，印证了清代考证学和史学的学术新发展。

当然，利用科举试卷来描绘学术思潮的演变，也存在一定问题。首先，就像李弘祺批评的那样，"科举文字一般都受到心理上和制度上的约束，不能畅所欲言"，至于艾尔曼从现代科学的角度探讨策问中的"自然学"（天文、历法、音律等）问题，"这些考卷里头所谈论的至多是一些牵涉到自然的问题和应该采取的态度而已，没有什么真正属于基础科学的推算的问题"。③ 其次，就像马国瑞（Rui Magone）批评的那样，如果"同步"讨论学术发展史和科举制度史，就会陷入史学"悖论"，艾尔曼花了很大

① 参见冯建民《清代科举与经学关系研究》，华中师范大学出版社，2016，"绪论"第25~31页。
② 李弘祺：《中国科举制度的历史意义及解释》，《台大历史学报》第32期（2003年12月）。
③ 李弘祺：《中国科举制度的历史意义及解释》，《台大历史学报》第32期（2003年12月）。

力气来研究明清策问，试图表明 1800 年以前科举制度在内容和方向上经历了重大的内部变革，但策问始终在明清科举考试科目中叨陪末座，程朱道学在第一、第二场的重要地位从未有所改变。艾尔曼将乾隆年间恢复诗歌考试与考据学的发展直接联系在了一起，也是这种史学"悖论"的另一个例子。艾尔曼认为，音韵学作为十八世纪考证研究中的文献学女王，其兴盛发展使得乾嘉"古学"学者充分认识到诗歌，尤其是律诗，对于复古的重要意义。对此，马国瑞批评说："艾尔曼认为汉学对音韵学的关注使得乾隆年间恢复了诗歌考试，但如果这些方面的关注对汉学家来说是至关重要的话，那我们可以认为这些学者也会关注八股文，因为八股文的很多修辞特征与诗歌相接近。但据艾尔曼，实际上只有道学学者才拥护八股文。"①

值得注意的是，通过分析明代科举策问，艾尔曼还将十七世纪兴起的"考证学"（evidential research）的"概念根源"（conceptual root）追溯到十五世纪末的"考据学"（reliable learning）。李弘祺认为，艾尔曼对"考据"一词的历史溯源发前人所未发，"艾尔曼等于是把它最早使用的证据找出来的人，贡献不可谓不大"，但他只根据几个考官用"考据"一词评判试卷的例子，来谈考据学作为一门学问的兴起过程，难以令人信服，明人使用"考据"一词，大多是从是否合乎圣人或经典的角度出发，"这个和可以验证的理性或怀疑论的考证方法是有相当的距离的"。② 周启荣的看法也与此类似，认为艾尔曼"将两种截然不同的知识实践混为一谈，忽略了二者对证据性质和具体证明方法在观念上存在根本不同"。③

### （三）重新评价八股文

艾尔曼认为，八股文作为一种基本的、被广泛使用的文学体裁，其认知层面反映了数以百万计的中国男性精英从年少时起为准备地方考试而不断练习的说理形式。如果从"比较认识论"（comparative epistemology）的角度看，八股文的修辞风格，堪比亚里士多德的三段论（syllogism）。十八世

---

① 马国瑞对艾尔曼《科举文化史》的书评，见 *Tudes Chinoises*，vol. 20，No. 1～2（2001），第 238～246 页。

② 李弘祺：《中国科举制度的历史意义及解释》，《台大历史学报》第 32 期（2003 年 12 月）。

③ 周启荣对艾尔曼《科举文化史》的书评，见 *American Historical Review*，2002 年 2 月，第 169 页。

纪清廷支持方苞编纂《钦定四书文》，足以证明顾炎武等十七世纪文人的批评声音，不是主流，而是例外。①

李弘祺承认艾尔曼是"当今世上读过最多八股文文章的人"，但认为艾尔曼替八股文所作的翻案文章并不成功，"毕竟还是说不出一个令人信服的理论"。② 艾尔曼的翻案文章做得好不好姑且不论，他重新评价八股文的努力并不是孤例，就在《科举文化史》英文版出版的 2000 年，启功、张中行、金克木合撰的《说八股》（中华书局 2000 年 6 月）③ 也是当年的畅销书，很多人可能还记忆犹新。总之，目前学界对八股文的评价已经不再一味否定，而是渐趋理性客观。④

最后，李弘祺的长篇书评对艾尔曼的著作没有谈及"一些最基本的学校教育"表示遗憾。⑤ 其实，就学校教育与科举的关系而言，艾尔曼和李弘祺的态度差别并不大，就像大多数研究者一样，他们都同意明清官学被纳入考试体制，学校名存实亡，官学不以大众教育为目的，几乎没有任何教育活动，只是供学生准备科举考试的中途站；艾尔曼也没有否认李弘祺所说的明清书院的意义，只是强调帝国王朝更关心科举考试的组织化和制度化维度，艾尔曼认为，限制、控制和选择"写作精英"（writing elite），而不是扩大"阅读大众"（reading public），才是明清朝廷以科举考试选拔官员的首要目的。

艾尔曼的《科举文化史》/《科举与选士》从政治、社会、文化、教育、学术思潮、人口压力等多个角度研究明清科举，时间跨度长达五百年，内容涉及科举取士的方方面面：从制度史的角度看，有官方"道学"经典

---

① 艾尔曼讨论八股文，在引用浦安迪（Andrew Plaks）的观点的同时，却忽略了浦安迪的这段话："今天我们所能看到的清代考试文选，至少是在方苞编选的《钦定四书文》中，著名文人的范文已经显著减少，这就是值得注意的事情了。"见 Andrew Plaks, "*The Prose of Our Time*", in *The Power of Culture: Studies in Chinese Cultural History*, ed. W. J. Peterson, A. H. Plaks, and Y. S. Yu（Hong Kong: Chinese University Press, 1994），206–217。

② 李弘祺：《中国科举制度的历史意义及解释》，《台大历史学报》第 32 期（2003 年 12 月）。

③ 此书初版于 1994 年 7 月，收长文三篇：启功《说八股》（原载于《北京师范大学学报》1991 年第 3 期）、张中行《说八股补微》（原载于《读书》1992 年第 1 期）、金克木《八股新论》（出版社所约特稿）。有意思的是，邓云乡的专书《清代八股文》也写于 20 世纪 90 年代初，1994 年 3 月由中国人民大学出版社出版。《说八股》《清代八股文》都不约而同地强调应当科学、冷静、客观地看待八股文。

④ 郭培贵：《二十世纪以来明代科举研究综述》，《中国文化研究》2007 年秋之卷。

⑤ 李弘祺：《中国科举制度的历史意义及解释》，《台大历史学报》第 32 期（2003 年 12 月）。

课程的确立，地方、省会、京城三级考试的具体流程和后勤组织，明清两代大大小小的科目改革，考官选任和衡文标准，各地取士定额的调整，科举人才的出身、地理和年龄统计，捐纳制度；从教育史的角度看，有古典教育理想与科举现实的依违，亲属群体对教育的影响，文言的权威性，士子的读书分年日程，科场外的文人异议；从政治史的角度看，有皇权与绅权的角力，宫廷政治，士人党争，满汉关系；从社会文化史的角度看，有作为"文化监狱"的考场空间，应试考生的心理状态和反抗形式，承载了佛道和民间信仰的丰富的科场异闻录。

这么多内容要整合为一部专著，难度可想而知。《科举文化史》全书共十一章，结构松散，论述也略显凌乱。到了《科举与选士》，全书精简为八章，分出三个部分：第一部分"成为主流：晚期帝国的'道学'"，着重讨论程朱道学如何确立为明清帝国正统意识形态的历史过程，以及考试竞争如何创建了一套考试科目，将绅士、军人和商人家庭整合为一个从文化上定义的科举功名持有者的身份群体；第二部分"科举考试的意外后果"，主要讨论精英流通（政治再生产）、精英养成（社会再生产）和科举考试何以成为明清社会文化的中心事件（考试生活不仅连接了"道学"话语和士人日常生活，还将大众化的、非官方的维度引入精英世界），所谓"科举考试的意外后果"，即艾尔曼再三强调的数百万科举失败者的"成功故事"，实际上并没有具体展开论述；第三部分"调整科举考试，适应时代变化"，针对以往元以来科举制度或其考试科目基本保持不变的论调，讨论了从明末到清末的科举改革。精简后的《科举与选士》，就章节安排的合理性和论述的连贯性而言，也很难说达到了理想状态，形式和内容的这种相互牵制、相互缠绕，仿佛再次印证了艾尔曼对明清科举制度的一个基本判断：科举不只是一个选官制度，晚期帝国的科举考试是当时政治、社会、经济与思想、学术、生活之间互动最为频繁的交汇点之一。

[作者单位：中国社会科学院文学研究所]

# 中国台湾地区唐宋科举与文学之研究综述

岑天翔

**内容提要** 台湾学界围绕唐宋科举与文学的议题做出了不少优秀的研究成果。在科举制度方面，就科目沿革、考试内容、取士情况等进行了翔实的考释；在科举与文学创作方面，针对科举与诗赋关系、科举与文学风尚、科举文体等有着较为深入的研究；在科举文化方面，围绕士人的生活与心态、书籍的制作与流通等拓展出新的学术领域。本文围绕科举制度及相关史实的考释、科举考试与文学创作的研究、科举社会下士人与书籍的研究等三个方面，针对台湾学界历年来有关唐宋科举与文学的研究成果进行较为全面的综述，同时在回顾既有成绩的基础上提出日后研究的展望方向。

**关键词** 台湾地区 唐宋 科举与文学

自程千帆《唐代进士行卷与文学》、傅璇琮《唐代科举与文学》二书相继出版并传入台湾以来，有关"唐宋科举与文学"的跨学科研究议题，在台湾学界引起较大反响，涌现了颇多值得关注的研究成果。但台湾学界的相关研究成果，尚未得到全面性的回顾与检讨。管见所及，侯美珍《台湾的科举学》曾回顾台湾学界的科举研究论著，但对于"科举与文学"的交叉研究着墨不多；此外，杨亿力《"科举与唐代文学"的研究综述》对于台湾学界的研究给予较多关注，但受限于论文主题与篇幅，仍有未尽之处。①

本文尝试梳理台湾学界历年来关于唐宋科举与文学的研究成果，在回

---

① 侯美珍：《台湾的科举学》，《厦门大学学报》（哲学社会科学版）2013 年第 6 期，第 86 ~ 95 页；杨亿力：《中晚唐科举与南方士人阶层的崛起》绪论第三节《"科举与唐代文学"的研究综述》，南京大学博士学位论文，2015，第 5 ~ 15 页。

顾既有成绩之余，同时提出日后研究之展望方向。

# 一　科举制度及相关史实的考释

与大陆学界的情况相似，早期台湾学界由于对唐宋科举制度本身的认识尚不全面、深入，故研究主要集中于制度及相关史实的考释。

## （一）唐宋科举制度的研究

唐代科举制度的研究，早期有陈光荣、赵同喜、卓尊宏等人的著作，[①]但以史料排比为主，论述较为简略。张正体《唐代的科试制度与试赋体制研究》考述唐代贡举科目及考试内容，特别对试赋的构篇、用字、造句、押韵等做了较为细密的论述。[②]

至1999年，高明士的《隋唐贡举制度》细致考察隋唐贡举科目的演变，并探讨其社会影响与历史意义，其中第五章提出唐代贡举有助于文学发展、投机学风盛行等多方面影响。[③]该书代表了这一时期台湾学界唐代科举制度研究的最高水平，刘海峰撰写的书评高度评价称："《隋唐贡举制度》作为详他人所略的专精之作，将隋唐科举研究提高到一个新的高度，对隋唐史研究与'科举学'研究皆有重要意义。"[④]

晚近，尚有叶宪峻、洪铭吉、李昱东等人关于唐代科举制度的研究，但以叙述与介绍为主，相较前人的研究，发明不多。[⑤]

宋代科举制度的研究，早期以金中枢与林瑞翰最具代表性。金中枢于20世纪60年代在香港新亚研究所完成题为"北宋科举制度研究"的硕士论

---

① 陈光荣：《唐代科举制度之研究》，中国文化大学硕士学位论文，1980；赵同喜：《唐代考选制度》，考试部，1984；卓尊宏：《唐代进士与政治》，"国立"编译馆，1987。

② 张正体：《唐代的科试制度与试赋体制研究》，《中华文化复兴月刊》第20卷1期（1987年1月），第25~37页。

③ 高明士：《隋唐贡举制度》，文津出版社，1999年。

④ 刘海峰：《评高明士著〈隋唐贡举制度〉》，《台大历史学报》第25期（2000年6月），第290页。

⑤ 叶宪峻：《唐代科举制度之建立》，《台中师院学报》第14期（2000年6月），第213~227页；洪铭吉：《盛唐的科举制度》，《侨光技术学院通观洞识学报》第10期（2008年12月），第37~47页；李昱东：《唐代科举制度的演进》，《空大人文学报》第19期（2010年12月），第179~208页。

文后，① 于 80 年代前后又陆续发表多篇论文，系统考察北宋科举制度的沿革变迁、进士诸科之解省试法、进士诸科之殿试试法，以及正赐第人员之任用等问题。这些论文后结集收入氏著《北宋科举制度研究》。② 同是在 80 年代，林瑞翰亦针对北宋中前期的科举制度与士风、文风的变化，以及宋代制科与词科的科目沿革、考试格法、取士情况等进行考述。③

至 90 年代，宁慧如在其硕士论文基础上，出版《北宋进士科考试内容之演变》。④ 该书细致梳理北宋进士科考试内容演变的情况，着重讨论了北宋前期偏重诗赋、策论之消长与古文运动的交互作用，北宋中期熙丰新制与经义考试的缘起，以及北宋晚期党争介入下考试科目的更改等问题，最后论述进士科考试内容演变带来的影响。

此外，类似的研究尚有王德毅《宋代贤良方正科考》、周建文《宋代制举制度之研究》、林天蔚《南宋时四川"类省试"的分析》、林丽月《宋元明的科举制度》等，不一而足。⑤

## （二）唐代进士科试诗赋的讨论

在唐宋科举制度的研究中，台湾学者对唐代进士科试诗赋的开始时间、

① 金中枢：《北宋科举制度研究》，香港新亚研究所硕士学位论文，1960。
② 金中枢：《北宋科举制度研究续（上）——进士诸科之解省试法（上）》，《成功大学历史学报》，第 5 期（1978 年 7 月），第 135～243 页；《北宋科举制度研究续（下）——进士诸科之解省试法（下）》，《成功大学历史学报》第 6 期（1979 年 7 月），第 87～186 页；《北宋科举制度研究再续——进士诸科之殿试试法（上）》，《成功大学历史学报》第 7 期（1980 年 7 月），第 37～85 页；《北宋科举制度研究再续——进士诸科之殿试试法（中）》，《成功大学历史学报》，第 9 期（1982 年 7 月），第 111～203 页，等。后结集为《北宋科举制度研究》，收入氏著《宋代的学术和制度研究》第二册，稻乡出版社，2009。
③ 林瑞翰：《宋太祖至仁宗朝乡贡考》，《台大历史学报》第 6 期（1979 年 12 月），第 69～92 页；《宋太祖至仁宗朝乡贡续考》，《台大历史学报》第 7 期（1980 年 12 月），第 217～229 页；《宋代制科考》，《台大历史学报》第 8 期（1981 年 12 月），第 67～82 页；《宋代词科考》，收入许倬云等著《中国历史论文集》，台湾商务印书馆，1986，第 29～46 页。
④ 宁慧如：《北宋进士科考试内容之演变》，知书坊，1996。宁氏科举相关的研究尚有《侧写北宋进士科考试内容屡经var革的本质》，《建国学报》第 15 期（1996 年 6 月），第 159～172 页；《宋代贡举殿试策与政局》，《宋史研究集》第 32 辑，兰台出版社，2002，第 183～230 页；《朱熹论科举》，《宋史研究集》第 33 辑，兰台出版社，2003，第 125～166 页。
⑤ 王德毅：《宋代贤良方正科考》，收入氏著《宋史研究论集》，台湾商务印书馆，1968，第 117～195 页；周建文：《宋代制举制度之研究》，中国文化大学硕士学位论文，1980；林天蔚：《南宋时四川"类省试"的分析》，《书目季刊》第 14 卷 3 期（1980 年 12 月），第 54～61 页；林丽月：《宋元明的科举制度》，《故宫文物月刊》第 8 卷 4 期（1990 年 7 月），第 22～33 页。

形成原因等问题尤其关注，展开了较多讨论。如罗联添考证唐代进士科试诗赋相关问题，得出进士科加试"杂文"在高宗永隆二年（681），而进士科试"杂文"以一诗一赋为题始于开元二十二年（734），以一诗一赋为常例则在代宗大历八年（773）以后；制举试诗赋始于天宝十三载（754），而代宗大历末年吏部铨选试的博学宏辞科也以诗赋为题。① 这些观点，现在看来已是学界习知的通说，但考虑到文章的撰作时间，实属不易。此外，简恩定在回应简锦松质疑的基础上，对唐代进士科考试项目的演变，"杂文两首"的释义，以及诗赋在中唐以后进士科考试中的地位做出申论。②

至于唐代"以诗赋取士"的原因，王梦鸥以为主要在于诗赋"以成格可守"。③ 马宝莲则将之归纳为文体本身之发展与诗赋合流、诗赋胜于其他文体、知贡举者考核之便、政治考量之因素、帝王之好尚等五点。④ 简恩民则从制度层面和诗歌理论的革新发展做出探讨，提出在制度方面，进士科考试循着客观化及标准化的要求演进，最终形成"试诗"的考试方式；在诗歌理论的革新发展方向，陈子昂提出"崇尚风骨"理论使得初盛唐诗风完成转换，而盛唐诗风的出现，为"以诗取士"的形成奠定了社会基础。⑤

## 二　科举考试与文学创作的研究

"科举与文学"的研究，主要目的在于探讨科举考试与文学创作之间的影响关系，故而影响如何发生、影响的性质为何、影响具体表现在哪些方面，是研究者主要关心的话题。以下就台湾学界研究的实际情况，分别予以介绍。

---

① 罗联添：《唐代进士科试诗赋的开始及其相关问题》，《中国历史学会史学集刊》第 17 期（1985 年 5 月），第 9~20 页。后收入氏著《唐代文学论集》，台湾学生书局，1989，第 379~395 页。

② 简锦松：《唐人以诗取士吗？》，《国文天地》第 5 卷 7 期（1989 年 12 月），第 32~35 页；简恩定：《再谈唐人以诗赋取士吗——兼论"诗赋"在唐代进士科考中的地位》，《国文天地》第 5 卷 10 期（1990 年 3 月），第 92~94 页。

③ 王梦鸥：《晚唐举业与诗赋格样》，《东方杂志》第 16 卷 9 期（1983 年 3 月），第 18~56 页。后收入氏著《传统文学论衡》，时报文化出版公司，1987，第 189~203 页。

④ 马宝莲：《唐律赋研究》，中国文化大学博士学位论文，1992。

⑤ 简恩民：《唐代"以诗取士"形成之研究》，政治大学硕士学位论文，1997。

### （一）科举与诗赋关系的讨论

唐代进士科"以诗赋取士"，而有唐一代的诗赋创作又格外繁荣，二者之间是否存在因果关系，历来争讼纷纭。有关这一问题，在台湾学界也曾引起热烈的讨论。

罗联添对杨慎、王世贞及近人苏雪林、郭绍虞等的说法提出质疑，认为不应根据现在流传唐人应试诗的精工与否，判定唐代"以诗取士"与唐诗兴盛无关。罗氏认为由科举考试而派生的文学风尚才是促进唐诗兴盛的原因，他指出受到科举考试的影响，唐代士人群体间形成隐居山林习业、苦吟赋诗及投诗求荐的三种风尚，进而形成推动唐诗兴盛发展的一股力量。[①]

傅璇琮《唐代科举与文学》于大陆出版后，在台湾学界也引起较大反响。傅先生在书中主张进士科试诗赋对诗歌发展产生促退作用，徐治平在为该书撰写的书评中回应了这一观点，认为傅先生夸大了考试文体对于文学创作的影响作用。他延续罗联添等人的思路，认为若讨论科举与诗歌创作的关系，不应局限于考试文体，应当结合科举考试派出而来的行卷、上书等风气一同讨论，而后者无疑是对诗歌创作起到促进作用的。[②]

陈明恩也认同罗联添、徐志平的意见，认为唐人对创作省题诗与一般抒情言志诗歌的态度有着明显的区隔，不能将二者混同为一。同时他认为在讨论科举试诗与唐诗发展关系时首先应当做出时段划分，提出科举试诗成为常态性制度，其时间已入中唐，因此主张科举对唐诗产生影响应该是到了中唐以后。[③]

陈素贞的《唐代科举与诗赋关系再探》可以视作台湾学界对此问题的总结性讨论。[④] 该文在检讨学界诸种旧说的基础上，重新厘清唐代科举与文学发展的关系，将唐代科举制度对于文学发展的促进与影响总结为：就以

---

[①] 罗联添：《唐代进士科试诗赋的开始及其相关问题》，《中国历史学会史学集刊》第 17 期（1985 年 5 月），第 9～20 页。后收入氏著《唐代文学论集》，台湾学生书局，1989，第 379～395 页。

[②] 徐志平：《书评：傅璇琮〈唐代科举与文学〉》，《汉学研究》第 10 卷 1 期（1992 年 6 月），第 441～457 页。

[③] 陈明恩：《论科举试诗与唐诗发展的关系——一个新的理解角度》，《国文天地》第 9 卷 3 期（1993 年 3 月），第 70～77 页。

[④] 陈素贞：《唐代科举与诗赋关系再探》，《中台学报（人文社会卷）》第 14 期（2003 年 6 月），第 171～205 页。

诗赋取士与诗赋体式的发展而言，表现为诗赋的命题与限韵、诗赋的字数句数与形式结构规定的渐趋严密等，对唐代新体诗赋的形成有着决定性的影响；就伴随科举而来的上书干谒、行卷纳省的风气而言，造成诗文写作的昌盛、文集编选的风行，以及文学理念的凝合等。

陈氏最后对唐宋科举的变革与诗歌风格的转轨提出看法，认为宋代科举改革干谒荐举、先杂文后经论等制度，使得文人与政治关系愈加密切，进而影响其诗文的写作意图、内容取向及风格特征。换言之，唐宋科举的变革，产生了"唐音"与"宋调"的变易分野，使得诗歌创作理论与审美取向的发展，分畛流衍。但可惜未见深入讨论。

## （二）科举与文学风尚的讨论

从以上的梳理可知，台湾学界很早就从科举制度派生出的文学风尚入手，讨论科举与文学创作之间的关系，除罗联添外，早期如李树桐、罗龙治等人都曾关注到唐代科举考试影响下的干谒、行卷等风气。①

而在围绕科举派生出的文学风尚的讨论中，以行卷风尚与唐人传奇的问题最富争议，引发较多讨论。关于行卷与唐人传奇的论述，最早见于南宋赵彦卫《云麓漫钞》，近人刘师培始倡"唐人以传奇小说为科举之媒"之说，陈寅恪亦肯定唐人传奇与科举之间的联系。台静农受到刘、陈等人的影响，在《论唐代士风与文学》中提出唐代传奇盛行与当时投献主司以自荐的"行卷"风尚相关，提出举子为免其作品遭受阅卷者之废弃，便在文体与内容上下功夫，于是古文、传奇小说等新文体渐次产生。②

但随后冯承基、罗联添等人相继发表文章，对《云麓漫钞》的记载及前人论说提出质疑，认为现存传奇作品大部分都是作者擢进士第或入仕以后所作，而唐五代文献中未见举人投献传奇小说的记载，故主张《云麓漫钞》所言不足以为据。③ 晚近，又有朱介国梳理相关学术史，再次申论"唐

---

① 李树桐：《唐代科举制度与士风》，《华冈学报》第 6 期（1970 年 2 月），第 97~164 页，后收入氏著《唐史新论》，台湾中华书局，1972，第 1~68 页；罗龙治：《进士科与唐代文学社会》，台湾大学文学院，1971。

② 台静农：《论唐代士风与文学》，《台大文史哲学报》第 14 期（1965 年 11 月），第 1~14 页。后收入氏著《静农论文集》，联经出版事业公司，1989，第 105~118 页。

③ 冯承基：《论〈云麓漫钞〉所述传奇与行卷之关系》，《大陆杂志》第 35 卷 8 期（1967 年 10 月），第 8~10 页；罗联添：《唐代文学史两个问题探讨》，《书目季刊》第 11 卷 3 期（1977 年 12 月），第 11~22 页，后收入氏著《唐代文学论集》，第 253~274 页。

人传奇与行卷无关"的观点。①

罗联添随后又发表长文《论唐人上书与行卷》,通过细致爬梳史料,揭示唐人上书与行卷两种风气的差异及各自的形成脉络,同时阐述唐人上书行卷的内容、成因以及其中反映的士人心态,最后将上书行卷的影响归结为两方面:一者有助于寒门举子之仕进,亦使朝廷得以拔擢真才;二者有助于唐代文学之兴盛与发展,"唐代诗歌、古文之成就,实得力于此风之盛行"。②

需要说明的是,90 年代之前两岸学术交流阻绝,故罗联添等人撰文时并未见到程千帆《唐代进士行卷与文学》一书,但是却展现出与程先生相近的问题意识,可见两岸学者之同理同心。罗联添的观点为之后的学者所接受,目前台湾学界倾向于认为唐人不以传奇小说行卷,但由科举考试派生出的行卷风尚确实推动了诗歌、古文等其他文体的发展。

除单一讨论行卷风尚外,龚鹏程的《论唐代的文学崇拜与文学社会》从更为宏阔的视角,论述了唐代在科举考试影响下形成的"文学崇拜"的社会风尚与社会价值观,在台湾学界产生较大的影响。③ 龚氏认为唐代推行的进士科举,原本是政府为建立官僚体系而施行的抢才制度,但随后转变为文学价值的品评、具有社会仪式化意义的典礼,同时培养了一个新兴的文士阶层,使文学得以在各种社会空间、阶层、观念中渗透,由此整个唐代社会呈现出"文学化"或"文人化"的样态。

在龚鹏程的唐代"文学崇拜"说的基础上,钟晓峰《论晚唐的"诗名"——一个文学社会学的考察》以"诗名"作为切入点,考察晚唐的文学风尚与诗人的自我意识,其中特别强调进士科考试对社会风尚与士人心态的影响,认为正是在科举场域争名、重名的风气影响下,"诗名"成为晚唐诗人不断强调的社会价值与文学资本。④

---

① 朱介国:《唐传奇与古文运动和行卷的关系》,《中国文化大学中文学报》第 16 期(2008 年 4 月),第 69~87 页。

② 罗联添:《论唐人上书与行卷》,收入《郑因百先生八十寿庆论文集》,台湾商务印书馆,1985,第 663~754 页。后收入氏著《唐代文学论集》,第 33~135 页。

③ 龚鹏程:《论唐代的文学崇拜与文学社会》,收入淡江大学中文系编《晚唐的社会文化》,台湾学生书局,1990 年,第 1~86 页。相近的论述,又见于氏著《文学崇拜与中国社会》,收入《文化符号学》第三卷第一章,台湾学生书局,1992,第 313~383 页。

④ 钟晓峰:《论晚唐的"诗名"——一个文学社会学的考察》,《师大学报:语言与文学类》第 57 卷 1 期(2012 年 3 月),第 71~102 页。

### （三）科举文体的研究

与科举派生出的行卷等文学风尚相比，台湾学界对于科举制度下的直接产物，如试帖诗、甲赋、经义、策论等考试文体关注较少。

**1. 科举诗赋的研究**

刘巾英《唐代科举诗研究》采用广义的"科举诗"的概念，将唐代科举诗分作"赴举诗""私试诗""温卷诗""试帖诗""及第诗""落第诗"等六类，针对科举诗的产生背景、情感内容、形式特征等，逐一做出论述，最后将科举诗于近体诗之价值与影响归结为两端：一者促进律诗之繁荣，二者规范近体诗之用韵。① 值得一提的是，该文的附录部分，细致梳理试帖诗五言近体与齐梁体之平仄组合情形，并分析试帖诗"一首一韵"之用韵情形，颇见用心。

至于科场律赋的研究，则以邝健行《科举考试文体论稿：律赋与八股文》最具代表性。该书收入《唐代律赋与律》《初唐题下限韵律赋形式的省察及引论》《唐代律赋用韵叙论》《唐代律赋对科举考试的黏附与偏离》《律赋与八股文》等论文，对唐代科场律赋的限制规则、形式特点，以及与八股文的关系做了详细的考察。②

简宗梧、游适宏考察律赋在唐代"典律化"的历程，指出科举制度是其中的关键因素。③ 作者对"制度—人—文体"之间的隐微关系做了精要的阐发，提出国家以律赋为考试文体，并利用经书史籍的文句设计赋题，使得士子为仕进而不得不"穿穴经史""驱使六籍"，在此过程中同时接受书中的政治、伦理等价值观。换言之，国家透过律赋塑造知识分子，借此维系权力与组织的稳定。

游适宏还曾将唐代进士科所试的甲赋视作为现代"限制式写作测验"的渊源，进而分析唐代甲赋的限制规则以及企图测验考生的能力指标等。④

---

① 刘巾英：《唐代科举诗研究》，嘉义大学硕士学位论文，2006。
② 邝健行：《科举考试文体论稿：律赋与八股文》，台湾书店，1999。按：邝先生任教于香港中文大学及香港浸会大学，但前揭著作在台湾出版且在台湾学界产生较大影响，故此处一并予以介绍。
③ 简宗梧、游适宏：《律赋在唐代"典律化"之考察》，《逢甲人文社会学报》2000 年第 1 期，第 1~16 页。
④ 游适宏：《限制式写作测验源起之一考察——唐代甲赋的测验型态与能力指标》，收入氏著《试赋与识赋——从考试的赋到赋的教学》，秀威资讯，2008，第 15~45 页。

但现代的测验观点能否完全彰显唐代甲赋考试的特点，似乎需要进一步检视。

此外，洪铭吉的博士论文《唐代科举明经进士与经学关系之探讨》涉及科举诗文赋命题与经学的关系，该文通过统计试律诗、试律赋等命题引用经籍的次数及内容，分析各经籍在唐代科考命题中受重视的程度。①

**2. 科举经义及策论的研究**

叶国良是台湾学界较早关注宋代经义的学者，他在《八股文的渊源及其相关问题》一文中细致分析明清八股文的写作宗旨与技巧，进而阐述八股文与宋代经义之间的渊源关系，并从文体演变的角度予以通贯式的论述。②

蒲彦光的《宋代科举时文研究——"经义"文体初探》似乎没有很好地区分宋代考试中的经义与论之间的差异，但仍可视作针对宋代考试文体的专门研究。③ 该文分析宋人经义的行文格式与审美要求，将经义文体的特色归结为两端：一者，书写者对于经典古籍必须融会贯通，有见于古道；二者，行文时重视章法格式，以期立论精严分明、使人信服。值得注意的是，蒲氏在论述经义文的兴起时，将之与唐宋古文运动相联系，提出"宋代科举时文之经义文，能够说是古文运动中以文体'载道'主张的具体呈现"；同时论述经义的流变与影响，认为经义文体间接促成宋、明新经学的发展，更对明清两代八股文体制的形成有着直接的影响作用。

台湾学界关于考试策论的研究较少，所见有戴丽霜在北宋文学与经术消长的背景下，讨论宋代采用策论作为考试文体的原因，认为策论可以满足宋代经术之士发挥儒学义理及经世治国道理的需求。④ 另有李文政以苏轼的"时务策"为研究对象，梳理策体的文体源流、现实功能及写作要求等，进而以内容为纲，将苏轼的时务策分作六类，依次进行探析。⑤

---

① 洪铭吉：《唐代科举明经进士与经学关系之探讨》，逢甲大学博士学位论文，2011，第243～275页。
② 叶国良：《八股文的渊源及其相关问题》，《台大中文学报》第6期（1994年6月），第41～59页。
③ 蒲彦光：《宋代科举时文研究——"经义"文体初探》，《中国海事商业专科学校学报》第90期（2002年3月），第153～188页。
④ 戴丽霜：《北宋科举与文学之研究》，《岭东学报》第8期（1997年2月），第298～377页。
⑤ 李文政：《苏轼〈时务策〉研究》，高雄师范大学硕士学位论文，2010。

### （四）科举与文学批评的研究

关于科举与文学批评的研究，台湾学界的讨论主要集中于时文及古文批评方面。如沈秀蓉关注到科举时文对立面的意见，细致梳理韩愈在不同阶段对于科举时文的态度，以及随着时间推移其批评角度的变化，进而阐述韩愈的文学观念与科举时文之间存在着根本性的矛盾。[①]

郑芳祥以论说体的写作为例，探讨了宋代文话中流行的"学古"观念，指出文章学古论经历了"由博通经史百家到研钻篇章字句"的转变，作者认为这与宋代科举时文的程式化密切相关。[②] 郑芳祥还曾利用《蛟峰批点止斋论祖》一书中针对陈傅良论体时文的评点，探讨宋元之际颇为流行的"时文取法古文"的观念，指出时文的取法对象集中于先秦与唐宋名家，而学习方法则涵盖从字句到篇章、论证到叙事等各方面。[③] 此外，郑芳祥对南宋陈骙的《文则》进行了专门研究，认为该书虽然成书于南宋科举风行的语境下，但超越一般的科举评点，具备了文学批评的审美眼光。[④]

此外，盖琦纾以中唐柳宗元《封建论》与晚宋徐霖《太宗治人之本》两篇论体文为例，论述南宋古文文法与时文程式之间相互融渗的情况，指出古文与时文不仅使用共通的文法术语，而且皆以"命意布局"为核心，两者融渗有助于文法精密。[⑤]

## 三 科举社会下士人与书籍的研究

钱穆将唐代以后的中国社会称之为"科举社会"，认为"这一种社会的中心力量，完全寄托在'科举制度'上"。[⑥] 台湾学界从科举社会的视角出发，对唐宋士人的生活与心态、书籍的制作与流通展开研究，取得了不少

---

① 沈秀蓉：《韩愈对时文的批评》，《中国学术年刊》第 30 期（2008 年 9 月），第 33～56 页。

② 郑芳祥：《宋代文话学古论研究——以论说体为例》，《辅仁国文学报》第 37 期（2013 年10 月），第 107～136 页。

③ 郑芳祥：《时文如何取法古文——以〈蛟峰批点止斋论祖〉为例》，《淡江中文学报》第 39期（2018 年 12 月），第 69～101 页。

④ 郑芳祥：《超越"进取之累"——陈骙〈文则〉新论》，《东吴中文学报》第 33 期（2017年 5 月），第 81～108 页。

⑤ 盖琦纾：《从文章评点看南宋时文与古文"论体"之交涉及其意义——以柳宗元〈封建论〉、徐霖〈太宗治人之本〉为例》，《淡江中文学报》第 44 期（2021 年 6 月），第 63～99 页。

⑥ 钱穆：《中国社会演变》，收入氏著《国史新论》，九州出版社，2011，第 27 页。

成果，以下分别予以介绍。

## （一）科举社会下的士人生活与心态

台湾学界关注唐宋笔记小说中保存的科举史料，从笔记小说入手考察当时士子真实的生活方式与心态。如陈素贞通过分析《北梦琐言》中科举记述，就科举考试与晚唐五代的士风文风，以及作者孙光宪本人的态度展开论述。[①] 李昭鸿从《云溪友议》入手，分析其中反映的晚唐科举社会下士人的自我认知与应试心态。[②] 黄淑恩、邱维楷都利用《唐摭言》，针对科举制度下呈现的社会风尚、士人生活，以及士人心态等进行分析。[③] 至于宋代，类似进路的研究亦有叶虹汝《宋人小说中士人的科举历程》、陈美玲《从〈夷坚志〉之"科举故事"观宋代科考情形》等。[④]

除笔记小说外，林燕玲在论述唐代科举制度及缺陷的基础上，分析其对唐代士人的心态以及隐逸风气形成的影响。[⑤] 汪娟讨论了"千佛名经"原本作为佛经的概称，在唐代被科举士人转化为一个有关进士登第的典故，并在后代不断被挪用、赋予意义的过程，彰显出佛教文化与科举文化的交涉。[⑥]

李奇鸿的博士论文《从科举到文学——唐末孤寒诗人研究》则是最近从科举社会视角考察士人及文学的重要研究。[⑦] 该文对前人研究偏重制度下"产物"（如省试诗、下第诗等作品）的取向进行反思，转而以"人"为中心，重新思考科举制度与文学之间的关系。李氏选取"孤寒诗人"作为研究对象，动态地观察科举社会下士人的行为及思想心态，着重针对自我推荐

---

① 陈素贞：《一位晚唐五代笔记史家对科举的观察与省思——孙光宪〈北梦琐言〉中的科举记述》，《中台学报》第 17 卷 4 期（2006 年 6 月），第 99～129 页。

② 李昭鸿：《从范摅〈云溪友议〉看中晚唐文人对科举之观感及文学想象》，《华梵人文学报》第 20 期（2013 年 7 月），第 43～70 页。

③ 黄淑恩：《唐摭言研究——科举制度下的士人风貌与心境》，政治大学硕士学位论文，2007；邱维楷：《唐代科举文化之风尚与意涵——以五代王定保〈唐摭言〉考察为主》，中兴大学硕士学位论文，2018。

④ 叶虹汝：《宋人小说中士人的科举历程》，政治大学硕士学位论文，2002；陈美玲：《从〈夷坚志〉之"科举故事"观宋代科考情形》，《淡水牛津台湾文学研究集刊》第 7 期（2004 年 12 月），第 49～72 页。

⑤ 林燕玲：《唐人之隐——文学社会学角度的观察》，中兴大学博士学位论文，2006。

⑥ 汪娟：《〈千佛名经〉衍生之登科典故析论》，《玄奘佛学研究》第 6 期（2007 年 1 月），第 45～59 页。

⑦ 李奇鸿：《从科举到文学——唐末孤寒诗人研究》，台湾清华大学博士学位论文，2021。

的干谒诗、表达自我形象的苦吟诗、感叹时不我予的隐逸诗等三方面进行探讨，提出颇多新颖的观点。

近年来，台湾历史学界从早期传统的士族研究，转向重视士族的社会文化面向，其间也颇多涉及科举与士人文学活动的议题，此处也附带加以介绍。胡云薇的博士论文《延续与断裂：唐宋之间北方的士人研究》则聚焦于北方士人群体，探讨他们在中晚唐五代的科举参与、组成结构与文化活动，其中第五章是针对河朔士人的个案研究，重点探讨他们作为新兴科举家族的文学表现。①

胡馨怡的硕士论文《唐代前期山东士族的科举活动和文学参与》亦采取上述的研究路径。② 该文在重建唐前期山东士族参与科举情况的基础上，重点关注在唐代进士科特重文学的时代风气与价值标准影响下，卢照邻、崔融、崔沔等山东士族对于文学风潮的接受与参与情况，由此考察这些山东士族的家学所面临的文学化转型。

邹武霖同样关注科举社会下士人转型的议题，他以"措大"一词作为切入点，探讨唐宋变革期士人的阶层流动与社会认知的变化，提出唐末五代以"措大"讽刺、嘲弄新晋士人；至北宋随着科举社会的成熟，"措大"则成为揶揄举业未成的士子、穷困潦倒的应举者的措辞。③

### （二）科举社会下的书籍制作与流通

在西方学界史学研究转向的影响下，21世纪以来的台湾学界对于社会文化史的研究投注颇多的热情，在唐宋科举研究的领域，亦偏重于科举文化史的研究，而科举社会下的书籍制作与流通显然是其中一个重要的面向。

其实早在20世纪80年代，王梦鸥就关注到唐代中后期因受科场风气影响，时人多将科场流行的诗赋体格编辑成书，以供举子参考的事实。④ 王福寿曾列举唐宋以降至清代的主要科举参考书，但较为粗略。⑤ 周彦文通过考述历代书目，指出为科举考试所编的参考书籍滥觞于唐代，而在宋代得到了

① 胡云薇：《延续与断裂：唐宋之间北方的士人研究》，台湾大学博士学位论文，2014。
② 胡馨怡：《唐代前期山东士族的科举活动和文学参与》，台湾大学硕士学位论文，2012。
③ 邹武霖：《唐宋变革期的士人转型——以"措大"一词的出现与转变为例》，《暨南史学》第23期（2020年7月），第1~34页。
④ 王梦鸥：《晚唐举业与诗赋格样》，收入氏著《传统文学论衡》，时报文化出版公司，1987，第189~203页。
⑤ 王福寿：《科举的参考书》，《故宫文物月刊》第8卷4期（1990年7月），第52~57页。

极大的发展，从书目著录的情况来看，此类书籍在宋代社会已经十分盛行。①

姚政志的论文虽然侧重讨论两宋类书中有关草木花果叙述的变迁，但文中针对《永嘉先生八面锋》《群书会元截江网》《锦绣万花谷》《山堂先生群书考索》等科考类书的性质、内容，以及其中反映的知识体系做了颇为精要的论述。②

此外，许媛婷利用台北故宫博物院所藏善本，考察南宋的纂图互注类考试大全、科考用经史节本、时文书籍以及怀挟舞弊之用的巾箱小本等诸种科举参考书的形制与出版情况，同时作者也关注到国家权力与书籍出版、流通之间的关系，围绕科举参考书的出版，阐述了官方的态度、来自政府的禁令与出版商的因应手段等。③ 不过，作者最后提出"在国家禁令的干预下，南宋时文书籍的刊印地从福建建阳转移至四川地区"的结论，是否允当，仍须进一步检视。

台湾学界关于科举参考书的研究，以刘祥光的研究最具代表性。刘祥光《时文稿：科举时代的考生必读》以在宋元明清科举士人的生活中占据重要地位的时文稿作为研究对象，分析了宋代时文稿出现与流行的原因，以及时文稿之于当时考生的重要性。④ 该文注意到"宋代的时文也有唐代士子投行卷的作用"，但未进一步展开论述。

进入21世纪，刘祥光又相继发表两篇长文，针对宋代科举参考书与社会文化展开了更为全面、深入的研究。其中《印刷与考试：宋代考试用参考书初探》全面探讨了宋代科举参考书的起源、流行及高涨的市场需求，通过分析政府的态度、采取对策以及最后失败的实情，讨论了时文印刷对于考试文化的影响。⑤《宋代的时文刊本与考试文化》则通过爬梳史料，阐述宋代时文稿的编辑、刊印的过程以及举子阅读时文的情况，并讨论科举制度与考试书籍出版、流通之间的关联，从而阐明时文在宋代社会文化中

---

① 周彦文：《论历代书目中的制举类书籍》，《书目季刊》第31卷1期（1997年6月），第1~13页。

② 姚政志：《宋代类书中草木花果类叙述的演变》，《政大史粹》第15期（2008年12月），第53~90页。

③ 许媛婷：《南宋时期的出版市场与流通空间——从科举用书及医药方书的出版谈起》，《故宫学术季刊》第28卷3期（2011年春），第109~147页。

④ 刘祥光：《时文稿：科举时代的考生必读》，《近代中国史研究通讯》第22期（1996年9月），第46~68页。

⑤ 刘祥光：《印刷与考试：宋代考试用参考书初探》，《政治大学历史学报》第17期（2000年5月），第57~90页。

的意义与地位。[①]

# 四 台湾学界的成绩与展望

受限于学术体量，与同时期的大陆学界相比，台湾学界关于唐宋科举与文学的研究成果要稍逊一筹。这一方面体现为成果数量上相对偏少，另一方面体现在没有出现像傅璇琮《唐代科举与文学》、祝尚书《宋代科举与文学》、林岩《北宋科举考试与文学》等系统性考察某一时段科举与文学关系的学术著作。但台湾学界的研究也体现出鲜明的特色，呈现"点状式"的分布，在不同的细部问题上有着较为精深的论述。本文将台湾学界唐宋科举与文学研究的成绩归纳为以下三点。

一、早期关于科举制度与史实的考释，翔实可信。如高明士考述隋唐贡举制度，金中枢、林瑞翰考述北宋科举制度，罗联添考证唐代进士科试诗赋时间等，都立足于丰富的史料与严谨的考证，得出的结论坚实可信，为后续的研究奠定了基础。

二、注重由科举制度派生出的文学风尚的研究。相比科举制度下的"产物"，台湾学界更加关注科举制度派生出的文学风尚，认为正是后者推动了文学的繁荣发展。如罗联添对唐人上书与行卷风尚的论述，龚鹏程关于唐代社会"文学崇拜"的论述，晚近又有钟晓峰对科场争名风气与晚唐诗名的研究，都有重要的学术价值。

三、注重科举社会视角下唐宋士人与书籍的研究。如胡云薇、胡馨怡探讨科举风尚下唐代士族的文学活动，李奇鸿从科举社会的视角阐述晚唐孤寒诗人的行为、心态及诗作，都展现出开阔的学术视野与新颖的问题意识。而刘祥光关于宋代科举参考书的研究，则堪称该领域最重要的研究之一。

台湾学界在上述研究成果的基础上，仍有可进一步拓展的面向，试提出以下三点。

一、宋代科举与文学的研究。综合上述，台湾学界显然对于唐代研究倾注了更多的热情，而对于宋代科举与文学的关注似乎不足。但相比唐代，

---

① 刘祥光：《宋代的时文刊本与考试文化》，《台大文史哲学报》第 75 期（2011 年 11 月），第 35~86 页。

正如傅璇琮所言宋代科举"对士人生活及社会风尚、文学风气的影响更为深广"①，如何在现有研究成果的基础上，推进宋代科举与文学的研究，或许是台湾学界下一阶段应当思考的课题。

二、科举制度下的"行动者"。科举与文学的研究，容易陷入单纯的制度考证或文本分析的困局，如何在科举与文学二者之间建立起联结，分析其影响关系，是历来研究者关心的话题。上述李奇鸿的研究引导我们重新思考制度究竟如何影响文学的生成，在他看来，制度的影响最终还是得通过"人"作为中介环节来完成。那么，科举与文学的研究，或许还是要回归到以"人"（即科举士人）为主体的研究。当以"人"为主体时，诸如求学、漫游、干谒、行卷、社交、待时归隐等诸多活动都可以纳入研究范围中；同时既然以"人"为主体，则不能拘于制度条文，而应该在制度的具体运作以及特定的历史脉络下，探讨士子如何行动与思考。这样的视角或许有助于拓展科举与文学研究的视野。

三、科举衍生文本的研究。一者是科举参考书的研究，如上所述，台湾学界在该领域已经积累较多的研究成果，但是科举参考书中反映的文体观念、与当时文学风尚的联系等议题，仍未获得应有的关注，值得进一步抉探。二者是科举文化衍生文本的研究，台湾学界的科举文化研究同样积累了深厚的成果，如梁庚尧的城市建筑与科举文化研究，廖咸惠的考生信仰研究，刘祥光的卜算与风水文化研究等。② 这些科举文化活动衍生出数量丰富的文本，如书院记、进士题名记、贡院记、贡士庄记、与术士的赠答诗文等。这些文本的书写与传播，显然是唐宋科举社会下的特定产物，也应该纳入科举与文学研究的范围之中。

[作者单位：日本大阪大学中国文学研究科]

---

① 傅璇琮：《序》，载祝尚书《宋代科举与文学考论》卷首，大象出版社，2006，第2页。

② 梁庚尧：《士人在城市：南宋学校与科举文化价值的展现》，收入刘翠溶、石守谦主编《经济史、都市文化与物质文化："中央"研究院第三届汉学会议论文集（历史组）》，"中央"研究院历史语言研究所，2002，第265~326页；廖咸惠：《祈求神启——宋代科举考生的崇拜行为与民间信仰》，《新史学》第15卷4期（2004年12月），第41~92页；刘祥光：《宋代日常生活中的卜算与鬼怪》，政大出版社，2013。

# 21 世纪以来宋代古文选本文献及其
# 与科举关系研究综述<sup>*</sup>

李 由

**内容提要** 21 世纪以来宋代古文选本文献及其与科举关系的研究主要在三个方面取得新进展：一、在文献研究方面，利用新材料进一步解决了关于《古文关键》《崇古文诀》《文章正宗》等选本的文献问题，发现了一批新见古文选本，如《古文标准》《文髓》《古文集成》《古今文章正印》等；二、在科举对古文选本内容、形式的影响研究方面，有更深入的讨论；三、利用古文选本考察宋代古文、理学、科举之间的互动情况。

**关键词** 宋代古文选本 理学 科举

宋代古文选本，尤其是古文评选本，多与科举有关，其中绝大部分是为传授举子作文方法而编写的教材。如乾道九年（1173）吕祖谦向朱熹解释编选时文、杂文的原因时说："拣择时文、杂文之类，向者特为举子辈课试计耳。"① 所谓"杂文"其实就是《古文关键》中所谓的"古文"。编选《文章轨范》的谢枋得更是在批语中直言："初学熟此，必雄于文。千万人场屋中，有司亦当刮目。"② 陈亮解释《欧阳文粹》的编选旨趣，亦云：

---

\* 本文系国家社会科学基金项目"宋元文章学在日本的传播与接受研究"（项目编号：18CZW026）阶段性研究成果。

① （宋）吕祖谦：《东莱吕太史别集》卷八《与朱侍讲书》，黄灵庚等主编《吕祖谦全集》（第1册），浙江古籍出版社，2008，第418页。

② （宋）谢枋得：《文章轨范》卷二，日本嘉永六年（1853）覆元刻本。

"姑掇其通于时文者，以与朋友共之。"① 编选古文范文，揭示古文与时文相通的文法，以此指导年轻学子作文，这是在宋代科举制度影响下诞生的新的文学文化潮流。关于宋代古文选本及其与科举的关系，一直以来都有非常丰富的研究成果，尤其是近年来，一批新材料进入研究者的视野，使得这片熟耕之地再次焕发出新的风貌。本文将从古文选本的文献研究，科举对古文选本内容、形式之影响研究，科举、理学与古文选本的互动关系研究等方面，对近年来主要的研究成果进行回顾，对重要而值得继续推进的问题予以讨论。挂一漏万之处在所难免，野人献芹之讥亦不敢避，不揣谫陋，愿为对此感兴趣的学者提供一些参考。

# 一　古文选本的文献研究

宋代古文选本如《古文关键》《崇古文诀》《文章正宗》《文章轨范》等虽早已成为学界关注的对象，相关研究也不绝如缕，但其中仍然存在很多有待解决的基本文献问题，研究的文献基础较为薄弱。主要原因在于宋代古文选本，尤其是古文评点本在后世翻刻的过程中会出现诸如版本异同、选篇分卷差异、圈点符号淆讹脱乱等问题。而限于客观条件，此前学者难以见到宋元时期的善本，尤其是境外所藏善本，只能根据明清时代的翻刻本，甚至是没保留圈点的《四库全书》本、排印本等进行研究。可想而知，不仅一些基本的文献问题难以得到解决，建立在这样的文献基础上的文学研究，其可靠性也值得推敲。幸运的是，得益于时代、技术的进步，珍贵古籍的公开程度在不断提高，跨境的学术交流也越来越容易，借助影印出版、互联网影像公布、境外访书等手段，学者可以见到更多、更好的版本，进而推进相关研究。一些旧有的问题或可重新讨论，一些新的视角或可渐次打开。下面将结合笔者个人的文献调查与研究，依次对近年来宋代古文选本文献研究方面取得的主要成绩进行回顾。

## （一）吕祖谦《古文关键》

作为现存评点第一书，《古文关键》虽早已进入研究者的论域，但其基

---

① （宋）陈亮著，邓广铭点校《陈亮集（增订本）》卷二三《书〈欧阳文粹〉后》，中华书局，1987，第 246 页。

本的文献问题依然困扰着人们。首先面对的问题是《古文关键》到底是不是吕祖谦所选。之所以会有此一问，主要是因为清徐树屏刻本《古文关键》前的张云章序称其"非东莱所选"，证据是曾见一旧跋云是书"乃前贤所集古今文之可为法者，东莱先生批注详明"①，也就是说吕祖谦只是批点者。吴承学《现存评点第一书——论〈古文关键〉的编选、评点及其影响》（《文学遗产》2003 年第 4 期）留意到这一点，并举出此书编选中的几个疑问，如所选文章与同为吕祖谦编选的《宋文鉴》重合率不高，卷前"总论"提到王安石，却没有选入王安石的文章，"总论"中出现"说斋先生唐仲友亦常以此说诲人"，也很奇怪。吴先生一方面怀疑《古文关键》不是吕祖谦所编，一方面又认为没有足够的证据推翻成说。江枰《吕祖谦编选〈古文关键〉质疑》（《贵州文史丛刊》2004 年第 4 期、《古籍研究》2005 年第 2 期）也同样注意到这些问题。该文详细梳理了《古文关键》的传世版本情况，分析了卷前"总论"与选文的矛盾，认为《古文关键》是前贤所选，吕祖谦取以批点，并总结出卷前"总论"的那些内容。

其实对于《古文关键》为吕祖谦所编选批点历来鲜有异词，距离吕祖谦不远的陈振孙，其《直斋书录解题》即云："《古文关键》二卷。吕祖谦所取韩、柳、欧、苏、曾诸家文标抹注释，以教初学。"②而学者举出的那些疑点却也让人不得不在意，问题的关键还在于卷前"总论"。四库馆臣就说："考《宋史·艺文志》载是书作二十卷。今卷首所载看诸家文法，凡王安石、苏辙、李廌、秦观、晁补之诸人俱在论列，而其文无一篇录入。似此本非其全书。然《书录解题》所载，亦祇二卷，与今本卷数相合。所称韩、柳、欧、苏、曾诸家，亦与今本家数相合。知全书实止于此。《宋志》荒谬，误增一'十'字也。"③虽然国家图书馆藏宋刻二十卷本《古文关键》（收入《中华再造善本》）今已为学者所见，馆臣"误增一'十'字"的说法不攻自破，但卷前总论的问题还没有得到彻底的解决。推动这一研究的是巩师本栋《〈古文关键〉考论》（《文学遗产》2020 年第 5 期）。该文对比宋刻二十卷本《古文关键》（前无"总论"）、二卷本《古文关键》（前

---

① （宋）张云章：《古文关键序》，见日本文化元年（1804）覆刻清徐树屏本《古文关键》。

② （宋）陈振孙撰，徐小蛮、顾美华点校《直斋书录解题》卷一五，上海古籍出版社，1987，第 451 页。

③ （清）永瑢等：《四库全书总目》卷一八七"《古文关键》"条，中华书局，1965，下册第 1698 页。

有总论）等版本，同时利用国家图书馆所藏宋刻孤本《续增历代奏议丽泽集文》中所附《关键·总论看文字及作文法》以及台北"国家图书馆"所藏残宋刻孤本《精骑》等材料，考述今传本《古文关键》前所附"总论"的形成经过。文章认为吕祖谦最初编《古文关键》时，并没有卷前"总论"即《看古文要法》等内容。这些内容是后来的刊刻者重新附在《古文关键》之前的，刊刻者之身份可能是吕祖谦、唐仲友的门人。而所谓"总论"出自《关键·总论看文字及作文法》，内容却大为减少。而它们极可能共同出自今已亡佚的吕祖谦《丽泽文说》，是吕祖谦平日授徒论文之语的辑录。这为解释《古文关键》卷前"总论"与选文不一致的问题提供了一种解答思路，也在很大程度上消除了吕祖谦是否为《古文关键》编者的疑问。

《古文关键》的文献问题还在于评点。康熙年间徐树屏据家藏两宋刻本覆刻《古文关键》时，已经注意到两宋本点抹有较多差异，一本抹笔少，一本抹笔多；一本有点无圈，一本圈点并用。而国家图书馆藏宋刻二十卷本完全没有标抹等符号，批语也是小字双行的夹注形式，显然不是吕祖谦"标抹"的原貌。而《丛书集成初编》本《古文关键》据《金华丛书》本排印，《金华丛书》本是同治十年（1871）胡凤丹翻刻徐树屏本，在翻刻过程中，胡凤丹将徐树屏本中的点抹符号全部删去，《丛书集成初编》排印时自然也不会有点抹符号。《四库全书》本也完全没有保留点抹符号。因此欲研究《古文关键》的评点，对历代流传的版本进行比勘、选择合适善本是不可缺省的步骤。笔者发现，徐树屏本与宋刻二十卷本不仅分卷不同（徐树屏本分上下卷），而且批语亦不完全相同，尤其是宋刻二十卷本将原本的旁批变成了夹批，批语插入位置时常不准确，给阅读带来了阻碍。如《获麟解》"惟麟也，不可知。不可知，则其谓之不祥也亦宜"，日本文化元年（1804）覆徐树屏本及静嘉堂藏明刻本《古文关键》在"惟麟也，不可知"旁批"序前意尽"，并抹"则其谓之不祥也亦宜"，配以旁批"说不祥"，而宋刻二十卷本则在"惟麟也"下夹批"序前意尽说不祥"，原本是针对两句话的批语合并到一处，文本指向讹误，给批语的理解带来了困难。欲研究《古文关键》评点，徐树屏本可谓善本。吴承学就曾利用日本文化元年本，重新讨论《古文关键》的评点思想。① 当然也应认识到徐树屏本未必可

---

① 吴承学：《现存评点第一书——论〈古文关键〉的编选、评点及其影响》，《文学遗产》2003 年第 4 期。

以完全呈现《古文关键》评点的原貌。综合历代《古文关键》刻本，针对评点进行详细的文献研究，或许可以廓清我们对其评点的一些认识。

### （二）楼昉《崇古文诀》

《崇古文诀》版本系统十分复杂，根据文献著录及传世版本情况，可知有五卷、十卷、不分卷、二十卷、三十五卷等。陈振孙《直斋书录解题》著录：“《迂斋古文标注》五卷。”是为五卷本最早记载，然此本今已不存。十卷本亦不存，仅见于刘克庄淳祐年间所作《迂斋标注古文序》，序中称楼昉弟子郑次申又“刊《标注》十卷”①。宋刻本今只存不分卷本、二十卷本。不分卷本题为《迂斋标注诸家文集》，仅存六册三集，藏于国家图书馆。二十卷本有两种，皆题为《迂斋先生标注崇古文诀》，一为黄丕烈、汪士钟、陆心源旧藏，系以两残宋刻拼补而成，今藏日本静嘉堂文库；一为周九松、潘宗周旧藏，今藏国家图书馆，仅存卷四至十一、十九至二十。三十五卷本传本最富，题为《迂斋先生标注崇古文诀》，现存以元麻沙巾箱本为最早，此本国家图书馆（收入《中华再造善本》）、台北“国家图书馆”均有藏本，此外尚有：正德二年（1507）广西按察司佥事慈溪姚镆桂林学宫刻本，藏于日本蓬左文库，系在元刊本的基础上修补而成；嘉靖十二年（1533）庐州知府王鸿渐庐州郡斋刻本，系以姚本为底本、同时参考他本，上海图书馆、天津图书馆、台北“国家图书馆”、日本内阁文库等皆有收藏；朝鲜古活字本，日本蓬左文库藏，约刊于嘉靖年间；明吴邦桢、吴邦杰校正《新刊迂斋先生标注崇古文诀》，国家图书馆、台北“国家图书馆”、台北“故宫博物院”等均有藏本；日本文政元年至文政三年（1818～1820）昌平黉学问所翻刻吴邦桢、吴邦杰本，日本九州大学图书馆等多家机构有藏，并收入长泽规矩也《和刻本汉籍文集》第十九辑（古典研究会，1979）。

以往上述各种宋刻本、元刻本、明刻本、朝鲜刻本以及和刻本学者大都不易得见，只能依据书目著录信息推测各版本之间的关系，对现存版本实物的考察十分有限，论述自然难免于揣测。如四库馆臣以为“五卷本”的记载是“三十五卷”脱去“三十”造成的；张智华《楼昉〈崇古文诀〉

---

① 《四部丛刊初编》本《后村先生大全集》卷九十六《迂斋标注古文》作“十首卷”，《全宋文》据清抄本删去“首”字。

三个版本系统》(《文献》2001 年第 3 期) 提出五卷本、二十卷本、三十五卷本三种版本系统先后形成，皆为楼昉所编；余嘉锡《四库提要辨证》、祝尚书《宋人总集叙录》也都提出一些猜测。李由《楼昉〈崇古文诀〉版本新考》(《文献》2017 年第 4 期) 通过比勘境内外所藏此书的各种宋、元、明善本，同时参考国家图书馆藏宋刻孤本《古文集成》、台北"故宫博物院"藏宋刻孤本《古今文章正印》引用《崇古文诀》的情况，指出《崇古文诀》经楼昉手编，交于弟子付梓，这个手定本的选文一直是 168 篇，宋刊二十卷本选 158 篇，有所缺失，三十五卷本选 193 篇，存在混入《古文关键》批语、选篇的伪编问题，二者皆非楼昉《崇古文诀》的原貌。李由《〈全宋文〉所收陈振孙〈崇古文诀序〉订补——兼论陈氏的文章学思想》(《古典文献研究》2018 年第 2 期)，拼合宋刻二十卷本《崇古文诀》与《迁斋标注诸家文集》两书前所附残缺的陈振孙《崇古文诀序》，使其成为完璧，以便参考。至于楼昉选本原本的书名问题，巩本栋、李由认为最初可能是《迁斋标注古文》或者《迁斋标注诸家文集》，"崇古文诀"之名盖出自后人的改编。原因在于陈振孙序及著录、刘克庄序都未提及"崇古文诀"一名，只说是"迁斋标注古文"或"迁斋古文标注"，而现存《迁斋标注诸家文集》的版心是"古文"，"迁斋标注古文"可能是"迁斋标注诸家文集"的省称。①

此外，王春燕《楼昉〈崇古文诀〉版本考述》(《中国典籍与文化》2018 年第 4 期) 也详细梳理了《崇古文诀》的三个版本系统，即宋刻不分卷本、宋刻二十卷本、元刻三十五卷本，对三种版本的传存情况与差异有详细的说明，并指出宋刻本参考价值最高、明刻本其次、元刻本最下。或可补充的是静嘉堂本是最全的宋刻本，整理时可以其为底本，以其他两种残宋刻本、明吴邦桢吴邦杰刻本对校，同时参校他本以及《古文集成》《古今文章正印》所引《崇古文诀》，应可以更好地展现楼昉本的面貌。而讨论《崇古文诀》的评点思想也应依据可靠的善本。

### （三） 真德秀《文章正宗》

《文章正宗》传世版本主要有二十卷、二十四卷之分，就批点而论，又

---

① 巩本栋：《南宋古文选本的编纂及其文体学意义——以〈古文关键〉〈崇古文诀〉〈文章正宗〉为中心》(《文学遗产》2019 年第 6 期)；李由：《〈全宋文〉所收陈振孙〈崇古文诀序〉订补——兼论陈氏的文章学思想》(《古典文献研究》2018 年第 2 期)。

分为有圈点本和无圈点本。目前关于《文章正宗》的文献研究尚不够充分，各版本之间的差异、源流关系等尚不完全清楚。祝尚书《宋人总集叙录》详细著录了现存各种刻本，为深入研究提供了很好的参考。① 此前如李弘毅《〈文章正宗〉的成书、流传及文化价值》（《西南师范大学学报》1997 年第 2 期）、《西南师范大学藏宋版〈文章正宗〉残本简介》（《文物》1997 年第 6 期）对相关史料有一些误读，结论有待商榷。期待将来会有关于此书更翔实可靠的文献研究。

此书的文献研究对讨论真德秀的文学思想亦有重要意义。《四库全书总目》谓《文章正宗》"主于论理而不论文"②，又谓"真德秀《文章正宗》以理为主，如饮食惟取御饥，菽粟之外，鼎俎烹和皆在其所弃；如衣服惟取御寒，布帛之外，黼黻章采皆在其所捐"。③ 而事实并非那么绝对。《文章正宗》《续文章正宗》都有批点揭示文章妙处，体现出真德秀对行文修辞的重视。而由于《文章正宗》的后世传本常无批点，学者便仅以真德秀《文章正宗序》"明义理、切世用"之言说明其选文的宗旨，甚至认为他"摈弃辞藻技巧"④。一些研究《文章正宗》文学思想的，如夏静《真德秀文学思想论》（《北方论丛》2007 年第 2 期）也没有结合评点谈其思想，王婵《真德秀评点中的公文文本体论与文体论》（《河南师范大学学报》2006 年 11 月）也只涉及评，不涉及点。其实日本学者高津孝已经注意到台北"国家图书馆"所藏残宋刻本《文章正宗》卷前有所谓的"用丹铅法"，文中有圈点，⑤ 但可能因为宋刻本不容易看到，境内外学术交流不便，国内学者对此关注不多。吴承学《评点之兴——文学评点的形成和南宋的诗文评点》（《文学评论》1995 年第 1 期）则利用明代徐师曾《文体明辨》所引真德秀"用丹铅法"，说明《文章正宗》原是有圈点的。现在台北"国家图书馆"藏本的影像在该图书馆网站上已经公开，可以非常明晰地看到卷前"用丹铅法"详细介绍了书中所用的圈点符号及其意涵，即："点：句读小点'·'，语绝为句，句心为读；菁华旁点'、'，谓其言之藻丽者、字之新奇者；字眼圈

① 祝尚书：《宋人总集叙录》（增订本），中华书局，2019，第 281～306 页。
② （清）永瑢等：《四库全书总目》卷一八七"《文章正宗》"条，下册第 1699 页。
③ （清）永瑢等：《四库全书总目》卷一八七"《崇古文诀》"条，下册第 1699 页。
④ 漆子扬、马智全：《从〈文章正宗〉的编选体例看真德秀的选学观》，《湖南大学学报》2008 年第 2 期。
⑤ 〔日〕高津孝：《宋元评点考》，载日本鹿儿岛大学《人文学科论集》1990 年第 31 号，又收入氏著《科举与诗艺》，上海古籍出版社，2005。

点'○'，谓以一二字为纲领，如刘更生《封事》中之'和'字是也。抹，主意要语。撇，转换。截，节断，如贾生'可流涕者一'之类。以上四者皆用丹，正误则用铅。"（见图1）而正文中也使用了这样的圈点法，只是所谓的"丹"限于技术条件尚没有呈现。从祝尚书《宋人总集叙录》可知，现存刻本中仍有不少具有圈点，若能充分利用这些版本，当可以提高我们对真德秀文学思想的认识。笔者管见，这也是宋代古文评选本中唯一一部明确说明评点符号意涵的，对我们考察宋代古文评点符号的意涵也有重要的参考价值。

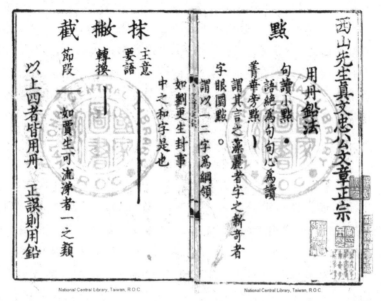

**图1 台北"国家图书馆"藏残宋刻本《文章正宗》**

### （四）谢枋得《文章轨范》

《文章轨范》作为一部在中国、日本、朝鲜半岛都具有广泛影响力的文章评选本，获得了学者的普遍关注。近年来，随着珍贵文献的大量披露，《文章轨范》的文献研究取得了不少进展。张智华《谢枋得〈文章轨范〉版本述略》介绍了25种现存的《文章轨范》版本，邓婉莹《〈文章轨范〉研究——以其版本流传和文化传承功能为中心》（复旦大学硕士学位论文，2010）则在此基础上，更为详细地梳理了《文章轨范》在元、明、清三代以及在日本、朝鲜半岛流传的主要版本，讨论了各版本之间的关系，所见也较张文更广。叶蕾《〈文章轨范〉综合研究》（南京大学硕士学位论文，2011）有《日刊〈文章轨范〉叙录》，著录了 34 种和刻本《文章轨范》。从学者们的研究来看，《文章轨范》各种版本在卷次、选文方面几无差异，皆出自一个系统。而据笔者考察，各本在评点尤其是圈点等符号的使用上仍有显著的不同。以《中华再造善本》所收钱谦益批点元刻本（国家图书馆藏）、日本文政元年（1818）覆朝鲜刻本、嘉靖四十年（1561）郭邦藩常静斋刻本为例，三种版本在抹、截、点、圈等符号上存在较大的差异，存在抹、截缺失，点、圈互易，点抹起讫位置讹变等问题。如果想研究《文章轨范》的评点思想，恐怕需要对各种版本做一个评估和选择。笔者管见，元刻本以及日本嘉永六年（1853）覆元刊本可能较好地保存了《文章轨范》批点的原貌。此外，《文章轨范》在后世出现了多种改编本，参与新文本生产的士人有中国的，也有朝鲜半岛、日本的，以这些新文本的文献研究为基础，从书籍生产、交流的视角，探讨它们背后所蕴含的文化、文学思潮，也将会是很有意义的话题。

### （五）敩斋《古文标准》

《四库全书总目》云："宋人多讲古文，而当时选本存于今者不过三四家……世所传诵，惟吕祖谦《古文关键》、谢枋得《文章轨范》及昉此书（指《崇古文诀》——引者注）而已。"① 《古文关键》《崇古文诀》《文章正宗》《文章轨范》作为宋代古文评选本，历来是研究者关注的重点，相关研究成果也最为丰硕。事实上，宋代还有许多古文选本，前人鲜有论及，主要原因在于这些选本极为罕见。可喜的是，近年来学者在发掘新见选本上取得了较大的成绩，可以帮助我们更为全面地认识宋代古文选本的格局。以下笔者将分别介绍相关选本。

首先是今已亡佚的敩斋《古文标准》。《古文标准》是南宋后期敩斋所编的一种古文评选本，不见于古今各种书目著录，唯有元代俞希鲁《（至顺）镇江志》卷十一《学校·书籍》载："《古文标准》四册"②。侯体健《南宋评点选本〈古文标准〉考论》（《北京大学学报》2016 年第 5 期）从宋王霆震所编《新刊诸儒批点古文集成前集》中辑录出《古文标准》二十

---

① （清）永瑢等：《四库全书总目》卷一八七 "《崇古文诀》" 条，下册第 1699 页。
② （元）俞希鲁编纂，杨积庆等点校《（至顺）镇江志》卷一一，江苏古籍出版社，1990，第 440 页。

三则文章总评，李由《理学思潮中古文标准的重构——以南宋佚书〈敩斋古文标准〉为中心》（《古代文学理论研究》2019 年第 1 辑）结合《古今文章正印》共辑得《古文标准》选文及相应评语三十则，指出《二十先生回澜文鉴》《古文真宝后集》等也引用了《古文标准》，可见此书在南宋后期有一定的影响力。对此书的辑佚将有助于我们考察南宋后期古文选本的变化。

### （六）周应龙《文髓》

《文髓》是江西吉水人周应龙评选的古文选本，共选韩愈、柳宗元、欧阳修、苏洵、苏轼五家文七十四篇。是书不见于宋人著录。明代高儒《百川书志》载："《文髓》九卷，宋进士磻州周应龙标注韩、柳、欧、苏五家文七十四篇。"[①] 此书虽是南宋时编成，但直到明宣德三年（1428）才付梓，刊刻者是周应龙的六世孙周鸣（字岐凤）。是书传世刊本不多，仅江西省图书馆、台北"国家图书馆"、台北"故宫博物院"各藏一部。祝尚书先生《宋人总集叙录》曾对此书予以介绍，但当时限于客观条件未能亲见该书。目前台北"国家图书馆"藏本已在该图书馆网站上公布，便于学者参考。台北"故宫博物院"藏本能够补足台北"国家图书馆"藏本的缺页，亦值得参考，目前只能在馆内阅览。李由《南宋周应龙〈文髓〉考论》（《文学遗产》2019 年第 6 期）利用台湾所藏这两部善本，对作者的生平、编选思想进行了讨论。朱玲芝《南宋古文选本〈文髓〉考论》（《中国典籍与文化》2021 年第 1 期）也对是书作者、成书时间进行了考述。关于周应龙是否通过乡试拔贡、进士及第，李文与朱文观点有异。李文依从申发祥《（乾隆）吉水县志》的辨析以及明代曾棨《文髓序》的说法，认为是《（雍正）江西通志》等误将绍定四年拔贡的周应龙写作周寅龙，周应龙拔贡后，进士及第，登博学宏词科。而朱文则认为周应龙并没有获得乡试拔解，是由太学生登博学宏词科，再获赐进士出身。

### （七）王霆震《古文集成》、刘震孙《古今文章正印》

王霆震编《新刊诸儒批点古文集成》、刘震孙《新编诸儒批点古今文章正印》均是孤本传世，《古文集成》仅存宋刻本，藏于国家图书馆，是《四

---

① （明）高儒：《百川书志》卷一九，古典文学出版社，1957，第 287 页。

库全书》本的底本，《中华再造善本》收入。《古今文章正印》亦仅存宋刻本，原是清宫天禄琳琅旧藏，现藏于台北"故宫博物院"。之前由于《古今文章正印》藏于台湾，学者难以得见，而最近一些大陆学者借助访学交流之便，一些台湾学者亦取近水楼台之利，不约而同地对《古今文章正印》展开了详细的研究。

作为南宋后期极为重要的汇编式古文评点选本，两书不仅书名、体例相似，选的文章也极度相似。李由《商业化运作与南宋古文评点的演变》（《文学遗产》2021 年第 4 期）指出《古文集成》十集中，除了丁集、辛集以及癸集的一部分，因《古今文章正印》未设相应文体，有 80 篇文章不见于《古今文章正印》外，甲、乙、丙、己、庚、壬诸集选篇几乎全部见于《古今文章正印》，两者相同篇目高达 384 篇，占《古今文章正印》全书的67.3%。这就涉及两书的成书先后及因袭关系问题。

较早论及两书的是魏希德（Hilde De Weerdt）《经典的形成与科举文化：古文与道学经典的构建》（*Canon Formation and Examination Culture: The Construction of Guwen and Daoxue Canons*, Journal of Sung-Yuan Studies, 1999,No. 29）。当时作者没有机会看到宋刻本《古文集成》，只能利用《四库全书》本，因此无法对两书进行详细的比较，尤其是批点部分。对《古文集成》的刊刻时间也缺少考察，只是从版式的精美程度、编排的合理性、编者的身份上推测《古文集成》是《古今文章正印》粗劣的模仿者。李由《宋代文章学考论》（南京大学博士学位论文，2017）注意到明代危素所撰《临川吴文正公（吴澄）年谱》"（景定）二年辛酉"条载："（吴澄）十三岁大肆力于群书，应举之文尽通。公于书一览无不尽记，时麻沙新刻《古文集成》，家贫，从鬻书者借读，逾日而还之"，而《古今文章正印》的序跋均作于咸淳九年，因此认为《古文集成》先出，而《古今文章正印》因袭了《古文集成》。李由在《商业化运作与南宋古文评点的演变》一文中，又通过篇目的比较、异文的比勘，提供了一些佐证。岑天翔《台北故宫博物院藏宋刻孤本〈文章正印〉考论》（《斯文》2021 年 6 月）对是书的版式特征、流传情况、编纂体例、编选好尚、文献价值以及与《古文集成》的关系等进行了详细的论述，提供了不少有价值的信息，如注意到是书是溥仪借赏赐溥杰之名售卖于市，进而流出清宫的。关于《古文集成》与《古今文章正印》编辑的时间先后，岑文认同魏希德之说，认为吴澄年谱属于孤证，可信度不足。岑文还公布了《古今文章正印》所收《全宋文》佚文的篇目，如张九成、胡铨、陈傅良、杨万里、马存等人的文章。其中一些见于《古文集成》，学者已有所整理。李由、陈怡慧《新见杨万里佚文〈霜节堂记〉考证》（《江海学刊》2020 年第 4 期）即对《古文集成》所收杨万里佚文有所考证。陈怡慧《台湾所藏宋集研究》（南京大学博士学位论文，2021）利用清光绪六年（1880）本《建州刘氏三族忠谱》等材料钩稽《古今文章正印》编者刘震孙的生平事迹，梳理出 "刘崇之—刘纯—刘嗣忠—刘震孙" 这样的世系，以及刘震孙家族的理学背景，同时利用《建州刘氏三族忠谱》所载廖起山序补足了《文章正印》所载廖序的阙文。论文还整理、考证了 10 篇仅见于《文章正印》而《全宋文》失收的佚文。吴学敏、慈波《南宋刘震孙〈文章正印〉考述》（《新世纪图书馆》2021 年第 9 期）也利用《建州刘氏三族忠谱》等材料，考察刘震孙的生平事迹，并推测其生活年代。关于是书编选思想、文章学史意义等更为详尽的研究还见于吴学敏《南宋刘震孙〈文章正印〉研究》（浙江师范大学硕士学位论文，2021）。

　　综上所述，伴随着珍稀文献的发现，宋代古文选本的文献研究取得了不少突破，一些鲜为人知的选本被发现，一些旧有的难题获得了解答，这些都为后续的文学研究奠定了更为坚实的文献基础，尤其是这些成果将有利于推动宋代古文评点思想的研究。以往因为缺乏可靠的版本，学者讨论宋代古文评点多侧重于评语而忽视点抹等符号，认为在历次翻刻过程中，圈点符号难以辨别正伪，表达的是圈点者的主观感受，难以解读。而随着一批珍稀善本的公开，我们恐怕不能再以 "文献不足征" 为由将点抹等符号排除在研究之外。李由《商业化运作与南宋古文评点的演变》利用各种宋刻本，初步讨论了《崇古文诀》评点符号的意涵，及其与批语的配合关系。相信未来借助可靠善本，学者将会极大地推动宋代古文评点思想的研究。

## 二　科举对古文选本内容、形式之影响研究

　　北宋中期以后，经义、策、论等文体在科举考试中越来越重要。这些举业时文基本上采用散文语体，与一般的 "古文" 语体大致相同。为了提高时文的写作技巧，"以古文为时文" 的思想开始出现，发展演变遂影响到古文评点本在南宋的形成。祝尚书《论宋代时文的 "以古文为法"》（《四川大学学报》2007 年第 4 期）将明人 "以古文为时文" 的说法追溯到北宋

末年唐庚的"以古文为法"，并注意到在唐庚之前黄庭坚也有类似的思想。这种思想促使人们用时文程式反观、解构古文的文章之法，又将古文的文章之法运用到时文的创作中，这些都体现在古文评点本中。科举对古文选本的影响，一方面在于选目，另一方面在于编选和评点的形式。

就选目而言，学者已经注意到古文选本的突出特征之一是选偏于议论的文章。如清代张云章《〈古文关键〉序》说《古文关键》"后卷论、策为多，又取便于科举"①。吴承学《现存评点第一书——论〈古文关键〉的编选、评点及其影响》（《文学遗产》2003 年第 4 期）也从大量选入论体文的角度论述了《古文关键》举业用书的性质。明人陈禹谟《文章轨范评林》"凡例"云："（《文章轨范》）大要有补于举业者不遗，于举业稍远者不录，故其志铭碑状仅十之二三，祭文哀辞表状仅十之一二。"② 研究《文章轨范》的学者也多能发现这一点。而选目的另一特征则在于所选作家一方面以唐宋大家为主，另一方面南宋中后期选本中理学之文的数量渐渐居上，反映了理学对科举和古文选本的影响。前一方面，吴承学《现存评点第一书——论〈古文关键〉的编选、评点及其影响》、张海鸥与罗婵媛《南宋古文选本中的文章学思想》（《广西社会科学》2015 年第 7 期）、巩本栋《南宋古文选本的编纂及其文体学意义——以〈古文关键〉〈崇古文诀〉〈文章正宗〉为中心》（《文学遗产》2019 年第 6 期）等都注意到南宋古文选本对"唐宋八大家"经典地位确立的影响。后一方面，李由《理学思潮中古文标准的重构——以南宋佚书〈敩斋古文标准〉为中心》、岑天翔《台北故宫博物院藏宋刻孤本〈文章正印〉考论》、吴学敏与慈波《南宋刘震孙〈文章正印〉考述》等则论及南宋后期理学家文章大量进入古文选本，选篇甚至超过唐宋大家。当然，即使是在相近的时代，各家的编选倾向也不完全一致，这也是值得关注的现象。如李由《南宋周应龙〈文髓〉考论》注意到成于南宋后期的《文髓》仍然延续《古文关键》选唐宋大家文的倾向，尤其推重苏轼之文，这既是为了举业考虑，也是看重苏文行文得体、立意巧妙、有益于世道人心。

除了选篇，科举对古文选本的影响还表现在编选形态、评点形式上，

---

① （宋）张云章：《〈古文关键〉序》，见日本文化元年（1804）覆刻清徐树屏本《古文关键》卷前。

② （明）陈禹谟《文章轨范评林》"凡例"，见李廷机评训、东龟年补订《校刻补订文章轨范评林》卷前，日本宽政三年（1791）刻本。

这些方面近年来学者也进行了不少有益的探索。关于评点形成的原因，罗根泽①、吴承学②、孙琴安③、张伯伟④等学者都有详细的论述。他们多注意到科举对评点形成的影响，但多未突出其作用。祝尚书《南宋古文评点缘起发覆》（《四川大学学报》2005 年第 4 期）则指出评点兴起的历史契机是科举时文的程式化，并注意到评点符号与修改文章有关。林岩《南宋科举、道学与古文之学——兼论南宋知识话语的分立与合流》（《中山大学学报》2013 年第 6 期）合理推测南宋古文评点借鉴了时文选本的批语形式，古文选本的编选形式也模仿了当时流行的时文选本。李由《商业化运作与南宋古文评点的演变》指出早在《古文关键》以前，宋代举业的评判授受即用点抹批语，《古文关键》的形成也受到举业评判授受中使用评点惯例的影响。当然，从实物留存来看，最早的评点本是古文评点本，在此之前的时文选本上有无批点、如何批点，只能从其他方面进行推测。

## 三　科举与理学及古文选本之互动关系研究

有宋一代科举、理学、文学的关系问题历来为人所关注⑤，而具体到古文，这些问题似乎显得尤为耐人寻味。古文选本多有指导举业的性质，与科举关系密切，南宋后期理学介入科举，自然会影响到古文选本。而理学

---

① 罗根泽：《中国文学批评史·两宋文学批评史》，上海古籍出版社，1984，第 260 ~ 264 页。
② 吴承学《评点之兴——论文学评点的起源和南宋的诗文评点》，此文后收入氏著《近古文章与文体学研究》（广东高等教育出版社，2020），收入时吸收了林岩《南宋科举、道学与古文之学——兼论南宋知识话语的分立与合流》（《中山大学学报》2013 年第 6 期）的观点，认为科举考试的评点与当时的文章评点关系密切，同时认为这只是一种可能的影响力，评点的形成是多源的。
③ 孙琴安：《中国评点文学史》，上海社会科学院，1999。
④ 张伯伟：《中国古代文学批评方法研究》第六章《评点论》（中华书局，2002），相关论述又见于张伯伟《评点溯源》，章培恒、王靖宇主编《中国文学评点研究论集》，上海古籍出版社，2002，第 1 ~ 54 页。
⑤ 如马积高《宋明理学与文学》（湖南师范大学出版社，1989）、韩经太《理学文化与文学思潮》（中华书局，1997）、许总《宋明理学与中国文学》（百花洲文艺出版社，1999），等等。祝尚书《宋代科举与文学》（中华书局，2008）则涉及科举对文学发展的影响、理学对科举的影响等问题。张健《知识与抒情：宋代诗学研究》（北京大学出版社，2015）第九、十两章从诗学的角度论述了南宋后期理学与诗学的融合趋势。叶文举《南宋理学与文学：以理学派别为考察中心》（齐鲁书社，2015）对南宋湖湘学派、心学、婺学、事功派等理学流派的文学思想、文学活动展开论述。相关研究颇多，不赘。

与古文之间的关系又很复杂，尤其是理学统绪与唐宋古文家所梳理的统绪之间存在矛盾。如何看待古文、理学、科举之间的关系？如何把握这些关系发展演变的脉络？近年来围绕这些问题，学者展开了较为深入的讨论。

首先是魏希德（Hilde De Weerdt）《经典的形成与科举文化：古文与道学经典的构建》论及《古文关键》《崇古文诀》《文章正宗》《文髓》《文章轨范》《古文集成》《古今文章正印》等多部古文选本。作者认为，12世纪来自浙东的科举教师如吕祖谦、陈傅良、楼昉等人，通过发明、讲授古文作法，编辑古文选本，而帮助学子取得科举上的成功，这促成了古文在科举考试中权威地位的树立，从而影响了古文经典的形成。而道学家首先批评科举文化以及古文教育，试图挑战古文经典，构建道学的经典，如编选注释道学家的文章，等等。然后在十二世纪二三十年代，道学提倡者们主动让步，将古文教学、时文训练与道学教育融合，并以道学的标准选择、构建古文选本。最后，在南宋晚期（淳祐元年［1241］以后），道学获得官方的正式认同，在科举考试中占据了主导、中心的位置，因此，古文选家重新整合自己的视域和编选目的，开始向道学靠拢，道学家的作品开始在散文选本中占据优势地位。这一长时段的观察，借用布尔迪厄场域理论，将科举考试看作一个场域，各种身份的参与者在这个场域中相互竞争，发表自己的观点，组织自己的行动，企图影响考试标准的设立，进而达到在政治、思想上更宏大的目标。[1] 魏希德的考察十分深刻，对于历史演变的主要脉络把握得也较为准确。问题在于使用场域理论的前提是区分不同行动者的角色，魏希德将吕祖谦、陈傅良等人看作古文教师，将朱熹看作道学家，这样的划分是否完全准确？是否忽视了士人思想的复杂性？促使古文经典形成的吕祖谦本身就具有深刻的理学思想背景，据巩本栋研究，吕祖谦编选《古文关键》的目的除了服务于举业外，还有深层次的考虑，即借讲授举业吸引、培养理学人才，并强调文章在社会政治生活中的实际作用，体现了吕祖谦义理、治道并重的学术思想。[2] 而即便是朱熹，也颇重视古文之学、举业之学，重视以古文为时文，如他对儿子的教育就包括"读韩、欧、曾、苏之文，滂沛明白者检数十篇，令写出，反复成诵，

---

[1] 这一思想在魏希德《义旨之争：南宋科举规范之折冲》（胡永光译，浙江大学出版社，2015）一书中有更详细的论述。

[2] 巩本栋《南宋古文选本的编纂及其文体学意义——以〈古文关键〉〈崇古文诀〉〈文章正宗〉为中心》，《文学遗产》2019年第6期。

尤善"①，他还为儿子"作文更无向背往来之势，自首至尾，一样数段，更看不得"② 的情况发愁，其自身授课时，也多讲授文章写作之法，甚至编选了《昌黎文粹》《欧曾文粹》，"以惠后学"。③ 因此，所谓道学批判古文教育可能还要仔细斟酌。林岩《南宋科举、道学与古文之学——兼论南宋知识话语的分立与合流》（《中山大学学报》2013 年第 6 期），认为南宋时期科举与道学作为士人社群内部的两大主流知识话语，皆对古文保持了某种程度的轻视，故古文与科举结合，古文学者以讲授古文作法来渗透到科举中。而随着南宋"道学运动"的展开，尤其是嘉定以后，道学逐渐被官方认可、接受，道学成为知识领域的流行话语，故古文话语明显表现出与道学话语相结合的迹象。文章避免了魏希德对士人身份、角色认定中的争议性，而用话语理论阐释科举、古文、道学的关系变化过程，提供了认识三者互动关系的新视角。然似乎也难以完全避免将三种话语的对立绝对化的倾向。如何认识士人思想、话语的复杂性依然是一个有待探讨的问题。

　　当然，将士人思想、身份截然划分为理学家、古文家，从而分析他们对文道关系的认识、对文章范本的选择很早便是中国学者研究中常用的模式。如张智华《南宋人所编古文选本与古文家的文论》（《文学评论》1999 年第 6 期）、《南宋人所编文章选本与理学家文论》（《文艺理论研究》2000 年第 4 期）就区分古文家选本、理学家选本，将《古文关键》《崇古文诀》《文章轨范》《古文集成》《妙绝古今文选》等看作古文家选本，而将《文章正宗》《十先生奥论》《诸儒奥论策学统宗》等看作理学家选本，认为古文家强调文的独立性，重视艺术技巧，而理学家选本则重视义理，重视选理学家的文章，以理衡文，相对忽视艺术技巧。这一分析有一定的道理，不过也存在一些问题。如古文家、理学家的身份该如何确定？是否多选古文就是古文家，多选理学文章就是理学家？又如，选本的性质该如何界定？南宋后期理学成为官方学术，在科举中有很多应用，一些士人编纂科举用书，当然要选周程张朱等理学家的文章，要选讨论性理之学的文章，如《十先生奥论》《诸儒奥论策学统宗》，等等，但恐怕不能说他们与真德秀编《文章正宗》的性质一样，前者只是因应潮流和消费者的实际需求，进而从

---

① （宋）朱熹撰，刘永翔、朱幼文校点《晦庵先生朱文公文集》卷四四《答蔡季通》，《朱子全书》第 22 册，上海古籍出版社、安徽教育出版社，2002，第 1993 页。
② 《朱子全书》第 22 册第 1993 页。
③ （宋）王柏：《鲁斋集》卷一一《跋昌黎文粹》，民国金华丛书本。

中获利。表面上看起来选文都是推崇理学，实则性质不同，把它们一并看作理学家的选本恐怕不太合适。又如刘震孙编选《古今文章正印》，从他的序言看，他拥护理学，但是否可以说他是理学家？一方面他并没有理学著述，另一方面从学者对其家世的考察看，他的家庭、他所处的时代，都让他具有理学思想。那可以说他是古文家吗？一方面他也没有留下古文创作的实绩，另一方面他的选本除了理学家的文章，也大量选入了不少其他唐宋散文家的文章，也以批点揭示文法修辞。可以看到在南宋后期理学官方化的背景下，理学家、古文家的身份二分法并不太适用，一般士人对理学、古文两种学问多是兼收并蓄的。

与这种二分法的分析模式不同的有巩本栋《南宋古文选本的编纂及其文体学意义——以〈古文关键〉〈崇古文诀〉〈文章正宗〉为中心》。该文以《古文关键》《崇古文诀》《文章正宗》三部选本为例，认为三位选家都兼具理学与文学的品格，其选本体现了理学与文学相互渗透、相互融合的发展趋势。这也提示我们注意早在南宋中期，理学内部对古文、道学、科举的关系问题意见就不完全一致，南宋古文选本中长期存在着融合举业、古文、理学的倾向，这一倾向对南宋后期理学官方化背景下，古文选本的发展演变也有重要的影响。

关于这一问题，近年来也有不少学者结合具体选本展开讨论。如祝尚书《论宋代理学家的"新文统"》（《文学遗产》2006 年第 4 期）利用诗文选本如《文章正宗》分析理学家如何建立"新文统"，即符合理学文学观的诗文统绪。李由《理学思潮中古文标准的重构——以南宋佚书〈敩斋古文标准〉为中心》提出在南宋后期理学官方化的背景下，一些古文选本在试图重构"古文标准"，一方面选入理学家的性理文章，一方面重视古文统绪，体现出古文标准与理学标准并举、古文统绪与道学统绪并重的编选取向，迎合了南宋中后期士人弥合理学与文学分裂的思潮，促进了理学文章的文学经典化。李法然《追摹"圣人之道"：〈续文章正宗〉中的理事关系与文道关系》（《复旦大学学报》2021 年第 5 期）从文道关系的角度阐释真德秀《续文章正宗》所体现的文章学思想，他认为真德秀立足于道学立场，在思想内容上以"道"之"一"统领各类文章之"殊"，并且承认文辞的价值，不是严格的"以理拒文"。后来的一些道学选本则不再尝试整合古文传统，只求在道学思想体系内部获得自洽。吴学敏、慈波《南宋刘震孙〈文章正印〉考述》（《新世纪图书馆》2021 年第 9 期）则考察了刘震孙的编选思想，指出他有超越以前古文选本的企图，选文包容文学与理学，一方面选入大量理学文章，另一面对唐宋大家也不忽视。既有为举业服务的功利性目的，又表现出一定的思想性。

　　总而言之，从南宋古文选本的编选上，可以看出科举、古文、理学之间存在着复杂的关系，且随着政治文化思潮、科举取士制度的变化，这些关系也处在变动之中。一方面，我们似乎应该看到士人思想的复杂性，对选家身份、思想的判定不宜简单化、绝对化。以往那种将文、道判然二分，将理学家与文章家判然二分的论述结构值得反思。另一方面，宋人对理学、科举、古文的争论并不完全是纯学术式的思辨，而是受到现实政治、科举制度的影响。主要就是南宋后期理学逐渐官方化，并被应用于科举考试。理学开始从一种学术思想变成官方"意识形态"，向一般士人渗透普及。而科举归根结底是以文取人，究心于文，力争在场屋千万人中胜出，依然是非常现实的需求。在这种情况下，一般士人可能更愿意将理学与文章之学一并接纳。

# 结　语

　　综上所述，得益于 21 世纪以来学术交流的便利、互联网技术的发展，以及珍贵古籍的公开，宋代古文选本的文献研究及其与科举、理学的关系研究正在不断取得新的进展。一方面，宋代古文选本的文献研究成绩突出，学者综合利用海内外所藏的珍稀善本，使得诸如《古文关键》的选者、《崇古文诀》的版本系统、《文章正宗》的批点等以往聚讼纷纭的问题有了进一步的解答，一批前人留意极少的古文选本如《古文标准》《文髓》《古文集成》《古今文章正印》等进入学者的视野，丰富着我们对宋代古文评选本的认识。另一方面这些文献研究是文学、文化研究的基础和前提。利用这些成果，我们可以重新讨论宋代古文评点尤其是评点符号所蕴含的文学、文章学思想，以及科举对古文评点内容、形式的影响，也可以对古文选本与科举、理学的关系问题有新的认识。

［作者单位：江苏省社会科学院］

# 宋代律赋研究综述[*]

许瑶丽

**内容提要** 近四十年来，宋代律赋研究在辞赋研究、科举与文学研究双重力量的推动下，在宋代律赋体式、律赋流变、赋学批评、律赋与科举、律赋文献整理等方面，取得了显著成果。总体上，宋代律赋的当代研究回避了民国以来对律赋"文学性"的拷问，而着重探讨宋代律赋自身的发展历程、体式特征、主题内容、艺术风格及其与宋代文学及科举制度之间的互动，主要表现为文学研究的"史学取向"。未来该项研究可在以下六个方面继续推进：在整合提升现有研究的基础上，构建一部完整的宋代律赋史；推进宋代律赋批评研究的学理性及其与其他文体之间的理论对话；继续深化宋代律赋与文学关系研究；从考察律赋本事的角度，认识律赋对时代思想、历史主题的表达及影响；丰富宋代律赋传播研究；进一步整理完善宋代律赋研究文献。

**关键词** 宋代 科举 律赋

近年来，宋代律赋研究之成为一专门领域，主要是由两方面的力量推动形成：一是科举与文学交叉研究的兴起，自 20 世纪 80 年代傅璇琮先生《唐代科举与文学》问世，律赋作为唐、宋、清三代重要的科举考试文体开始受到关注；二是辞赋研究的全面推进，律赋作为辞赋之一体，伴随着赋学研究热点由传统的楚辞、汉赋、六朝赋研究向文赋、律赋延展而逐渐受到关注。唐、宋、清三代律赋研究，又呈现出作品研究由唐律赋渐及宋、

---

\* 本文系国家社科基金西部项目（一般项目）"北宋时文与文风流变考察"（项目编号：2020ZD058）阶段性研究成果。

清，以及律赋批评由清代回溯唐、宋的特点。由于自北宋中后期开始的对"诗赋取士"的激烈批评和制度反思，南宋律赋价值就处于持续"贬值"中，加上明、清进士试以四书五经为题材的"八股文"，清代虽在制科、学政生员考试、翰詹大考中恢复试赋，但清人论赋亦重唐律赋。因此，传统上对宋代律赋的评价不高，宋代律赋长期处于"唐律赋为正宗"的评价阴影之下。尽管如此，宋代律赋仍然吸引了相当多学者的注意，宋代律赋研究在近四十年来亦取得了显著的成果。

## 一　宋代律赋体式研究

近四十年来以来，关于律赋体式特征的研究，香港浸会大学的邝健行先生是较早着力其间且成果卓著的学者。他先后发表了《律赋与八股文》（1991）、《唐代律赋对科举考试的粘附与偏离》（1993）、《诗赋与律调》（1994）、《科举考试文体论稿：律赋与八股文》（1999）、《诗赋合论稿》（2002）、《律赋论体》（2005）等系列论著。他从声韵学的角度对律赋特征展开研究，指出唐律赋的特点为"声调谐协、词藻华美、对仗工整"；提出律赋之"律"体现在注重属对，尤其是隔句对，声音不仅指平仄，还讲究四声病犯上；律赋对八股文的破题、大结与股对三方面都有明显的影响。[①]虽然邝先生的结论主要是在考察唐律赋的基础上得出，但由于宋代律赋承唐体而来，因此其结论对于宋代律赋研究无疑具有导夫先路的作用。[②]

研究律赋总是无法回避律赋的起源问题。邝健行先生指出："律赋是唐代的新文体，其名大概出自唐五代之际。"[③] 此乃就律赋之得名而言。郭建勋则认为："它源于六朝骈赋，形成于唐代，并因'科举试赋'的制度而盛行于唐、宋、清三朝。"[④] 这就将律赋的起源及形成、发展过程勾勒了出来。此后，杜松柏也肯定了："律赋的发展和逐渐成熟或定型，是经历了一个逐步的、渐近的过程的，应肇端于齐梁，而逐渐成熟于唐代。"[⑤] 此后学者多

---

[①] 邝健行：《律赋论体》，《四川师范大学学报》（社会科学版）2005 年第 1 期。

[②] 中国大陆的辞赋研究从 1949 年以后至改革开放以前这段时间里，基本处于停滞状态，而港澳台地区学者的研究却相对活跃，研究成果显著者有简宗梧、邝健行诸先生。

[③] 邝健行：《律赋论体》，《四川师范大学学报》（社会科学版）2005 年第 1 期。

[④] 郭建勋：《论律赋的文体特征》，《中国文化研究》2007 年冬之卷。

[⑤] 杜松柏：《律赋试士与限韵进程的发展》，《时代文学》2008 年第 1 期。

宗此说，且得到了更多实证研究的支持。

更为错综复杂的是关于律赋的文体特征的讨论。首先，是关于何为律赋的本质特征的问题。尹占华指出："什么是律赋？律赋就是限韵的赋，这是一个'硬'标准。当然律赋还有诸如偶俪、藻饰、用典等特征，但那些都是'软'条件，是可以不具备或不全具备的。""律赋就是骈赋，只不过其韵脚是预先确定而已。所以，偶俪也是律赋最主要的特征。"① 尹占华主要基于现代有关名物定义的逻辑讨论律赋的本质特征，在大陆学界获得很大认同。邝健行先生则从律赋如何区别于其他赋体的视角，提出："律赋特点有四：（一）讲究对偶；（二）重视声音谐协，避免病犯；（三）限韵，以八韵为原则；（四）句式以四六为主（所谓四六句式，更明白说，包括隔句四六对联句式：即一联四句，每半联分成四、六句子两截）。四点之中，尤以二、四两点为要。而二、四两点，又以第二点声音谐协、避免病犯为主。"② 赵成林在其博士学位论文中指出："限韵是律赋最重要的特征，是它和骈赋相区别的标志。律赋限韵有多种方式。此外，律赋在命题、破题、篇幅等方面，都有一些讲究和限制。"③ 他在三年后发表的另一篇论文《律赋体式标准问题辨略》中再次强调"通过分析律赋，可以看出限韵是律赋不违的规律，而病犯在律赋中在所难免。因而可以推断，限韵是律赋的体式标准"④。相较于郭建勋《论律赋的文体特征》所言之："律赋在韵律、平仄、句法、结构等方面都有其特殊要求因而带有明显的程式化特征。但各时代的律赋在程式上也不尽相同。"⑤ 显然，尹占华与赵成林更强调的是律赋一体区别于其他文体的更本质的特征，而郭建勋则力求较全面地描述律赋的体式特点，思路与邝健行先生相似。同时，赵成林关于"病犯在律赋中在所难免"的结论也回应了邝健行先生对于律赋主要特征中包含"深入讲四声病犯""追求声韵谐协、避免病犯"等的判断。杜松柏又从梳理律赋限韵的进程，指出："从律赋重要的文体特征限韵来看，它的发展应经历了限题、和韵、限赋某字韵及严格的限韵等几个过程。"⑥ 其虽称限韵为律赋"重要"文体特

① 尹占华：《律赋论稿》，巴蜀书社，2001，第1页。
② 邝健行：《律赋论体》，《四川师范大学学报》（社会科学版）2005年第1期。
③ 赵成林：《唐赋分体研究》，武汉大学博士学位论文，2005。
④ 赵成林：《律赋体式标准问题辨略》，《中国韵文学刊》2008年第1期。
⑤ 郭建勋：《论律赋的文体特征》，《中国文化研究》2007年冬之卷。
⑥ 杜松柏：《律赋试士与限韵进程的发展》，《时代文学》2008年第1期。

征，但观点实际也与尹占华、赵成林接近。随后，赵俊波也根据永明以来骈赋亦讲求声病的事实，申明"从产生、发展及时人的重视程度等方面来看，限韵却是律赋不同于骈赋的地方，所以律赋的根本特征是限韵"①，非常明确地声援了律赋本质特征在于限韵的说法。此后，付静在其硕士论文中，通过对初、盛唐律赋格律的研究指出："限韵是律赋的本质特征，由此即为篇幅设定了无形的界限，必避免了过分的铺排，又使之呈现出声韵谐协的效果；隔句对和粘对的运用是律赋的第二特征，由此带来了律赋句式整体匀称，声调千变万化之美。"② 其综合了学界对于律赋体式特征的研究成果，同时提出"隔句对和粘对的运用是律赋的第二特征"，此观点实际是对邝健行先生"律赋之'律'体现在注重属对，尤其是隔句对"之说的进一步强调。同年，彭红卫亦据唐代律赋作品分析指出："律赋的本质特征是限韵，由此带来律赋的声音谐协效果；第二特征是隔句对，由此带来律赋整齐均衡的句法美。"③ 与付静的观点如出一辙。有意思的是，彭红卫还指出律赋之基本特征，当从"律"和"格"两个角度来理解，"从'格'来看，律赋的本质特征是'意高'，或者说是文意的意识形态化，在语义上通过意象内涵的选择而使立意冠冕正大"④。此论所言律赋之本质特征，已逸出形式规则的范畴，转而关注律赋命题、制题到物象的选择、意象内涵的意识形态化等属于内容风格方面的根本特征，将对律赋本质特征的讨论范围进一步扩大。以上研究虽多基于唐代律赋而言，但王立洲据今存较完备的南宋《绍兴重修贡举条式》，并结合南宋律赋作品对南宋律赋文章体式的考察，指出"要求避免'上尾''蜂腰''鹤膝'的声律病犯在唐代《文镜秘府论》中就已经做出规定。严格使用对偶，不得'偏枯'这在唐代也已经出现"。⑤ 总体上唐代中晚期律赋与宋代律赋在体式上的区别不大。然而祝尚书先生曾在 2006 年发表《论宋体律赋》一文，称"依宋代科举定式所作的律赋，我们称之为'宋体律赋'"⑥。若据前述王立洲的研究结论，则唐宋律赋在科场衡文标准上并无显著区别。而祝先生所谓宋体律赋："就写

① 赵俊波：《再论唐代律赋的体式标准》，《辽东学院学报》（社会科学版）2010 年第 2 期。
② 付静：《初、盛唐律赋格律研究》，山东师范大学硕士学位论文，2010。
③ 彭红卫：《论律赋的基本特征》，《湖北大学学报》（哲学社会科学版）2010 年第 6 期。
④ 彭红卫：《论律赋的基本特征》，《湖北大学学报》（哲学社会科学版）2010 年第 6 期。
⑤ 王立洲：《略论南宋律赋的体式》，《中国韵文学刊》2011 年第 1 期。
⑥ 祝尚书：《论宋体律赋》，《社会科学研究》2006 年第 5 期。

作特点和思想内容论，宋体律赋明显地具有两个倾向：一是自从规定题目须有出处（儒家经典和子、史）之后，律赋创作逐步走上了议政、说理的道路；二是随着宋初儒学复兴运动的再度兴起'以学为赋'成为潮流，并且随着理学在南宋后期为官学，天理性命、格物致知又成其为重要内容。"① 指出宋代律赋在内容上的特点，因此体式特征上的"宋体律赋"并不成立。故而，学界对于唐代律赋体式特征的讨论也大体适用于宋代律赋。比如孙耀斌博士学位论文《宋代科举考试文体研究》称宋代律赋特征为题目多出经子史，题下限韵，声律谐协、对偶精切等，② 正是综合学界上述研究结论得出的。

与律赋本质特征"限韵"相关的用韵研究也同期推进。王兆鹏先生的《唐代科举考试诗赋用韵研究》一书作为科举韵书当代研究的开端之作，通过对三百余篇唐代科举诗赋用韵逐一进行分析归纳，从而探索唐代官韵中各韵的远近亲疏关系和各韵"同用""独用"的变化轨迹，以及《广韵》对唐代官韵的继承与发展等问题，并证明《广韵》所注"同用""独用"在开元五年就已确定，且应用于科举考试之中，解决了长期困扰音韵学界的一个重要问题。③ 而张凯以晚唐王棨、黄滔、徐寅三人律赋为材料分析其用韵特点，认为"三大家有着一个共同的语音系统，即通语21韵部。这很接近鲁国尧先生考订的宋代通语18韵部。三大家之间的用韵虽然有共性，但还是参差不齐、各有特点。就韵文的不同体裁来看，诗歌的用韵比赋文的用韵要严格得多。从个别韵字的使用来看，比如'迤、鸶、涯、膻'等字，可以看出它们与《集韵》的关系更为密切。三大家亦用方音入韵，特别是各韵部之间的通押关系些许地流露了晚唐福建的方音特点"。④ 呈现了晚唐诗赋用韵在谨遵官韵之外，亦有变通，并不避方音的现象。宋初科举用韵大体仍晚唐之旧，但自景德四年（1007）陈彭年等应诏重修《广韵》，又编为《韵略》开始，宋代律赋用韵有了统一的官方标准。执行《景德韵略》约三十年后，"景祐四年（1037）宋祁等提《重修广韵》'繁省失当，有误科试。'于是仁宗命宋祁等人重修成《景祐集韵》和《景祐韵略》。《景祐韵略》最大的改变在于将《广韵》中所注明'独用'韵改并十三处，

---

① 祝尚书：《论宋体律赋》，《社会科学研究》2006年第5期。
② 孙耀斌：《宋代科举考试文体研究》，中山大学博士学位论文，2009。
③ 王兆鹏：《唐代科举考试诗赋用韵研究》，齐鲁书社，2004。
④ 张凯：《晚唐律赋三大家用韵研究》，山东师范大学硕士学位论文，2007。

使许多字数少的韵（窄韵）可以'邻韵通押'。这一改变其实是放宽了对声律的要求。《景祐韵略》一直用于北宋和南宋科举，后来对它的修订只限于增收字。"① 李子君梳理了宋代诗赋取士所用官韵，先后有"《景德韵略》和《礼部韵略》两部官韵"②，而后者《礼部韵略》即上文所谓《景祐韵略》，后虽经多次增收字，但基本内容保持稳定。2015 年，罗积勇教授出版专著《〈礼部韵略〉与宋代科举》，系统介绍《礼部韵略》的来源、版本及增订情况，宋代科举与科举诗赋情况，分析宋代科举诗赋中实际押用情况，从《礼部韵略》、主考方、考生、学者等探讨其互动关系等。至此，研究宋代律赋用韵情况就有了更清晰的依据。黄燕妮、罗积勇考察南宋楼钥律赋用韵情况，即以《礼部韵略》为准，发现楼赋"基本遵守《礼部韵略》"，但在"职韵偶与锡韵、昔韵、至韵通押这一点上，明显与《礼部韵略》规定相悖，可能是受到了当时实际语音的影响"③，由此说明，律赋押韵是否谨遵官韵，取决于是否应用于科场，非科场赋在用韵上往往较为宽松。

律赋的形式除了限韵和偶对等声律特征外，其行文结构上注重起承转合也是典型特征之一。由于自太平兴国三年（978）开始，科场试赋限以八韵，这不仅限制了律赋的篇幅，而且"这种韵式对赋的文体结构、内容之铺陈罗列、诵读的感觉都有重要意义"④，八韵之制不仅呈现为结构上八个部分的环环相扣，而且体现为文章内在气韵的贯注周流。关于律赋对经义及八股文行文结构的影响，宋人及明清以来的文话、赋话著作多有揭示。邝健行先生在《律赋与八股文》中就指出"八股文若干方面的源头可以上溯至律赋。具体地说，八股文在破题、大结与股对三方面，都明显留有受律赋影响的痕迹"⑤。所可贵者，邝健行先生用具体的例证显示了律赋对八股文开篇和收束两部分的影响，而股对的句式也源出于律赋之隔句对。郭建勋亦指出："律赋对后来八股文的形式和作法产生了重要影响。"⑥ 程维讨论唐代赋格对文章学的影响时，认为："赋格向文章学的转变，大体有两条轨迹可循，即在科举层面上宋代的策论、经义对唐代律赋体式的仿效，和

---

① 王立洲：《略论南宋律赋的体式》，《中国韵文学刊》2011 年第 1 期。

② 李子君：《宋代诗赋取士的官韵》，《北方论丛》2012 年第 4 期。

③ 黄燕妮、罗积勇：《楼钥律赋用韵考》，《湖北第二师范学院学报》2012 年第 4 期。

④ 张海鸥：《赋韵考论》，《兰州大学学报》2009 年第 5 期。

⑤ 邝健行：《律赋与八股文》，《文史哲》1991 年第 5 期。

⑥ 郭建勋：《论律赋的文体特征》，《中国文化研究》2007 年冬之卷。

在文学层面上赋格的文法精神的沉淀及其与古文精神的结合。"诚然，"以《赋谱》为代表的唐代律赋格建立了认题与立意论、破题论、体式论、章法间架论、句法论等等作文的法则，对宋元文章学有着相当大的启发作用。"①笔者以为宋代的策论、经义仿效宋代律赋的可能性大于唐律赋，而宋代文章学的建立也不必远求唐代，宋代大量存在的赋格赋法类著作是宋代文章学产生的更直接的来源之一。观《宋史·艺文志》所载，宋代赋格类书籍有马偁《赋门鱼钥》15 卷，吴处厚《赋评》1 卷。据王铚《四六话序》，他也曾著有赋话。李廌《师友谈记》所记秦观论律赋作法，对行文结构已有精辟的总结。而从文献记载来看，宋代实际流布的赋格类书籍远多于今人所知。因此论宋代文章学对律赋章法的借鉴，似更应从宋代赋格入手。

## 二　宋代律赋流变及作家作品研究

宋代律赋史往往是内蕴于辞赋史中的。二十世纪三部辞赋通史：铃木虎雄《赋史大要》（1936），马积高《赋史》（1987），郭维森、许结《中国辞赋发展史》（1996），或以赋的体类为主干写史，或以赋家赋作为主干写史，或以赋体艺术自身的演变为主干写史。②虽然都从一定角度涉及了宋代律赋的内容，但限于赋史的宏整性，对于有时代和体裁界定的宋代律赋的认识都处于相对宏观和粗略。尽管如此，三史对于宋代律赋的认识成为律赋史当代研究的基点。其后曹明纲《赋学概论》（1998）鉴于现代学者对律赋大多注意不够，故专辟一节，先用顺叙法陈其演变大势，再用横截法剖其体式特点，对律赋的发展线索的描述，尤为详赡。对唐宋科举与律赋的关系也颇加关注。③此后尹占华《律赋论稿》（2001）专意考察律赋一体，认为宋代是律赋发展的再变和衰落期，他把宋代律赋的特点归纳为"以学为赋"及"以文为赋"④。从总体上对宋体律赋的风貌特征做出了描述和判断。而对于具体的赋家赋作，他认为李纲的五篇律赋在抒发真情实感方面在宋代律赋中较稀见，值得关注。而南宋楼钥律赋中对时事的大力书写，也得到了尹占华的肯定。尹氏主要是从现代文学审美视角做出的评判。

---

①　程维：《从律赋格到文章学》，《中国韵文学刊》2017 年第 1 期。
②　许结：《中国辞赋理论通史》，凤凰出版社，2016。
③　曹明纲：《赋学概论》，上海古籍出版社，1998。
④　尹占华：《律赋论稿》，巴蜀书社，2001。

笔者亦曾从宋代科举制度变迁及律赋价值观念迁转的视角考察过宋代律赋的发展演进历程，并以宋代各时期科场流行的时文为线索，通过对西昆体、庆历太学新体、嘉祐太学体、元祐体、乾淳体等律赋发展重要节点的深入分析，勾勒出了两宋律赋发展的主要阶段及各阶段律赋的主要特点。此外，笔者还散点式地考察宋代律赋与宋代文学发展之关联。比如以科场律赋为代表的时文对古文运动的成功推动，又比如科场中的程文互通现象与破体为文在时序和风气上的内在关联等。然而，由于个人学力和研究旨趣的局限，对于两宋律赋作品及名家的个案分析不足，对律赋的题材内容变迁关注不够，使得本研究在各时期律赋风气变迁等的论证上稍显空洞。不过这个不足被 2019 年完成的王彬博士的学位论文《宋代律赋研究》有所弥补。王彬从律赋价值观的讨论入手，分析了持论分殊的各方在不同的身份、立场上如何认识律赋；重点分析了北宋律赋发展的历程，并从律赋主题角度考察，认为宋代律赋题材可以划分为两大类，一是"治道"类，一是"典礼"类；探究了律赋在体制上的硬规则；并对王禹偁、范仲淹、楼钥的律赋进行了个案研究。① 不过，王彬的研究虽以"宋代律赋研究"为题，然而对南宋部分的着力却显然不够，对赋家的个案选择也较随意，不具有最佳的代表性。近又有田丽萍的硕士论文《南宋律赋考论》，从主题、形式和语言三个方面入手，认为南宋律赋主题经历了由和战博弈到受理学浸渍，再到道学律赋与戏谑律赋流行的变化过程；南宋律赋并没有严格遵照按韵字依次押官韵的规定；南宋律赋既有行神如空、行气如虹的劲健，又不失温雅春容、意蕴隽永的内敛。② 总体上，其对南宋律赋的认识还是比较表层的，结论也多为枝节之见。其他如苏畅《北宋仁宗朝辞赋研究》只提及仁宗朝律赋作家"却以相对固定的程式表现出了北宋政治、社会图景及个人情怀等诸多主题"③，重点关注的还是古赋、文赋和骚体赋。

关于宋代律赋作家的个案研究，最为热点的是有关范仲淹的律赋研究。詹杭伦最早讨论了范仲淹的赋论与赋作（主要是律赋），指出其"记序文类写作时常常带有赋体笔法"④，提示学者关注这一类破体为文的现象。周兴涛则专门研究范仲淹律赋，认为范仲淹的律赋"在题材、内容上均有拓展，

① 王彬：《宋代律赋研究》，山东大学博士学位论文，2019。
② 田丽萍：《南宋律赋考论》，三峡大学硕士学位论文，2020。
③ 苏畅：《北宋仁宗朝辞赋研究》，吉林大学博士学位论文，2019。
④ 詹杭伦：《范仲淹的赋论与赋作新探》，《济南大学学报》2006 年第 2 期。

有济世之思、治国之道，也包含了对世界和人生哲理的论述，使律赋完成了由歌手到思想者的角色转换。他的律赋创作技巧精熟，且时有创新：破题及句式整齐中有变化；用韵符合要求且多创变；对仗尤工，琢句尤精，用事引典，化用自然。他还总结了律赋的创作规律，对律赋学有重要贡献"。① 四年后，相继有孙德春硕士论文《范仲淹律赋研究》、饶本刚硕士论文《范仲淹赋研究》出现，孙作主要从形式特色、内容分类、写作技巧三个方面来分析，所论新意不多，但其以范仲淹的"质文互救"的文学理论和他"文辞贯道""宗经"的文学主张挖掘其作品特色形成的内在因素，并用此考察其于律赋创作用功甚大，指出范仲淹的"记"体散文创作也大大受到了律赋创作的影响，响应了詹杭伦先生的提示。② 饶作除了从主题内容的角度对范仲淹赋进行分类讨论外，还从文章审美的角度指出范赋"不但有很强的思想性，而且有很高的艺术价值"，表现在其音韵美和平仄有致；句式很美，包括对仗美和骈散结合；善用典，其用典恰当自然；善议论，议论方法多样；起承转合有种结构美。③ 这种律赋艺术美的分析在宋代律赋研究中较为难得。鲍非非《刘敞辞赋研究》对刘敞律赋在形式上的特色进行了深入分析，认为刘赋押韵平仄相间，善用隔句对，还喜欢用长句对，吸收了古文句法。并通过刘赋与欧阳修、刘攽赋作的对比，指出其赋作在思想内容上的特点。④ 鲍非非的研究较为充分地认识了刘敞辞赋，主要是律赋在形式和内容上的特征，如能结合宋代科举与律赋发展历史来认识刘敞律赋，当能得出更加贴切、深刻的结论。其他如任宪国的硕士论文《田锡及其辞赋研究》⑤、常亮的论文《乾、淳理学思潮影响下的楼钥律赋创作》⑥等，多结合时代思潮分析律赋作品的题材思想，对于丰富学界对律赋的认识也有助益。诸葛忆兵《宋代科举辞赋论略》谓："宋代科场考试辞赋保留至今的极少，主要原因是此类作品千篇一律、乏善可陈""考场辞赋主要内容是'颂圣'，唯遣词造句必求古雅厚重，多用典故。考生政治品性也有偶尔流露，所秉承的是辞赋'劝百讽一'的创作传统。"所论以言宋律赋末流

---

① 周兴涛：《巧心浚发，妙句云来——评范仲淹的律赋》，《西南交通大学学报》（社会科学版）2006年第4期。

② 孙德春：《范仲淹律赋研究》，西北大学硕士学位论文，2010。

③ 饶本刚：《范仲淹赋研究》，广州大学硕士学位论文，2011。

④ 鲍非非：《刘敞辞赋研究》，山东大学硕士学位论文，2015。

⑤ 任宪国：《田锡及其辞赋研究》，曲阜师范大学硕士学位论文，2008。

⑥ 常亮：《乾、淳理学思潮影响下的楼钥律赋创作》，《辽东学院学报》2018年第4期。

大体不错，但由于缺乏分期的考察，所以对宋律赋的评价不够公允和全面。又谓"宋人通过任何一级考试都有谢启与贺启，这类往返信件之文体都是程式化的骈赋。……其内容与情感远远比科场律赋丰富多彩"①，将谢启和贺启视为骈赋，确为惊人之论，不知其据何标准做此认定。

## 三　宋代律赋批评研究

自宋代起，对于本朝律赋的批评就不仅以赋话、赋集、诗话、文话等形式出现，而且在笔记、序跋、学记、书启等作品中也大量涉及。因科举考试科目的差异，明代人较少进行律赋批评。而清人则缘于试赋之制的重启，而对律赋之评论特别丰富，相关的赋格、赋集、赋话大量出现，律赋的创作与评论形成了一个高潮。晚清民国时期，随着辞赋被视为贵族文学、宫廷文学，其"阶级性"和"文学性"成为批评的关键词，律赋更是被视为"干禄"工具，在文学史书写和辞赋研究中被边缘化。② 而当代中国大陆学者对律赋的批评研究主要是从改革开放以后开始的，其内容主要体现为对宋代律赋价值的体认以及对其形式之批评两个方面。

关于律赋价值的当代讨论实际上是历史上律赋价值争论的延续。律赋自产生之时起，就开启了自身价值问题的讨论。中唐时期关于诗赋策论孰优的讨论一直持续到宋代，尽管结论表现为"两败俱伤"，诗赋策论都败给了经义（后来的"八股文"），并消解了自身"作赋须大才"的重大价值。笔者曾以宋代历次关于科举科目的讨论来考察律赋是如何一步步褪去身上的"光环"的，其中宋人对律赋的消极评价也往往成为今人对律赋评价不高的理由之一。加上律赋作为应试文体，许多作品中情感性、形象性等文学质素的缺乏，还有时代的隔膜导致的律赋赏评能力的缺席，律赋研究的边缘化就更为必然。然而也有不少的学者注意到宋代律赋虽然饱受诟病，但其价值依然不容抹杀。持论分殊的两方，肯定者以曾枣庄先生的《论宋代律赋》为代表，而否定者则以祝尚书先生的《论宋体律赋》为代表。曾枣庄先生认为宋代律赋不可一概否定，"'新巧以制题'可训练士子的判断力；'险难以立韵''课以四声之切'可训练士子的基本功；'幅以八韵之

---

①　诸葛忆兵：《宋代科举辞赋论略》，《武汉科技大学学报》（社会科学版）2020 年第 1 期。

②　许结：《中国辞赋理论通史》，凤凰出版社，2016。

凡'可训练士子简洁的文风；'刻以三条之烛'可训练士子敏切的文思；'诛量寸度'更有利于训练士子一丝不苟的严谨学风"①，并以宋代文赋及苏洵散文为例说明骈俪的句式在其中所起到的关键性作用，肯定了宋代律赋对宋代文学的正面影响。而祝先生认为"宋体律赋是科举考试的产物，与明、清时代的八股制艺一样，内容空泛、歌功颂德、缺乏文学精神是其致命的弱点，为文学史家所不取乃理所当然②。但科举程式所打造出来的形式美，特别是它的音韵、文字运用技巧，仍是一笔可资借鉴的遗产。不过需要记住：连这点仅供耳目感官享受的美，北宋中叶以后的律赋中也已消失了"。③ 两文先后发表于《文学遗产》和《社会科学研究》，形成了可贵的学术争鸣。然细读二位先生的文章，其实两位先生并没有在一个点上达成交流，"宋体律赋"与"宋代律赋"的外延显然不一样，祝先生所论之律赋，更接近于曾先生所指之"缅唐人规矩"的宋型律赋。此外，祝先生主要注目于律赋作品本身的文学性，而曾先生则主要考察的是律赋的文学影响。因此，他们的观点都有其合理性。这也提醒研究者，宋代律赋的研究应在哪些方向用力。

叶幼明先生 20 世纪 90 年代初的《辞赋通论》一书不仅梳理了赋体的定义、渊源与流变、发展，还对历代存赋数量进行了统计分析，并且对历代辞赋研究概况进行了描述，给辞赋的当代研究奠定了基础。跳脱"促退"或"促进"的讨论框架，学者们对宋代律赋的批评还体现在以下两个维度：

一是关于律赋在赋类中的定位。曹明纲《赋学概论》首先把赋分为"文体赋"和"诗体赋"两大类，并将律赋从"文体赋"归入"诗体赋"类，因为律赋在体式上有别于骈赋的特点，如讲究篇章结构的起承转合、限定用韵类别和类数、注意声调的和谐与字数的限制等，无不与当时诗歌创作中四声八病的盛行和律诗的逐渐定型有关。所以，他认为将其归入"诗体赋"类，对体现律赋的形体特征及其成因更为有利。④ 汪小洋、孔庆茂也明确指出"它（律赋）是诗歌格律化过程中的产物"⑤。而詹杭伦则认为：

① 曾枣庄：《论宋代律赋》，《文学遗产》2003 年第 5 期。
② 祝尚书先生此论主要沿袭民国以来文学史书写中对律赋的缺乏文学性，被视为"宫廷文学""贵族文学"的观点。
③ 祝尚书：《论宋体律赋》，《社会科学研究》2006 年第 5 期。
④ 曹明纲：《赋学概论》，上海古籍出版社，1998。
⑤ 汪小洋、孔庆茂：《论律赋的文学性》，《江苏广播电视大学学报》2003 年第 1 期。

"律赋之形成，是由骈赋的句式加上骈文的句式，再加上限韵而构成的。诗、赋皆属于'有韵之文'，而'格律'是诗、文皆有的形式特征，律赋讲究格律，不是赋体'诗化'的现象，而是赋体引进骈文质素的现象。换言之，律赋是赋体本身格律化的结果，而不是'律诗化'的结果。"① 为了证明这一观点，詹杭伦从句式及平仄格式两方面验证了赋句与诗句的差异。曹论基于现象层面的分析，詹论则基于律赋、律诗的形式论证，各有道理，而似詹论更为合理。对律赋形成过程认识上的分歧，实际反映了历史上关于律赋究竟是诗，还是文的争论。赋曾被视为介于诗文之间的一种文体，而律赋由于其严格的声律规则而在形式上更易被视为诗之流。晚清以前，关于赋的评论往往出现在诗话当中，而自晚清开始，赋论则往往与文话混处，这体现了学界对赋体性质认识的变化。

二是历代有关宋律赋的批评观照。王以宪《唐宋赋学批评述要》（1998）重点虽然不是讨论律赋，但也指出："唐宋律赋研究涉及体制演变和创作方法，对清代律赋学派的形成具有重要影响。"② 这一提纲挈领的结论也确实准确概括了宋代赋学批评的主要内容倾向：一是律赋发展史的追溯；一是律赋写作技法的总结。许结《历代赋集与赋学批评》则从历代赋集编撰的内容选取、集序中体现的赋学批评入手，以清代为考察重点，分析了赋集编撰中蕴含的赋的文体性质、赋创作分类、古赋与律赋、赋作家群体研究以及对赋话产生之影响等丰富的理论内涵③。其研究视角值得关注。宋代律赋集编撰和刊行兴盛，见于《宋史·艺文志》著录者有杨翱《典丽赋集》64卷，《类文赋集》1卷，王咸《典丽赋》93卷，李祺《天圣赋苑》18卷，范仲淹《赋林衡鉴》、《圣宋文粹》30卷、《指南赋笺》、《大全赋汇》等，惜乎均佚，其他史志未载的还有《后典丽赋》《三元赋》《元祐赋集》等。如能广泛搜采资料，或亦可部分再现宋人律赋编集中所体现的赋学批评观念。比如范仲淹的《赋林衡鉴》一书虽佚，但其序文完整保存在《范文正公集》中，笔者曾就该书序中所体现的选赋标准、律赋分类法则及每一类的内容指向做了分析，并从其中所体现的由"宗唐"向"变

---

① 詹杭伦：《历代律赋校注》，武汉大学出版社，2009，第9页。
② 王以宪：《唐宋赋学批评述要》，《江西师范大学学报》（哲学社会科学版）1998年第3期。
③ 许结：《历代赋集与赋学批评》，《南京大学学报》2001年第6期。

唐"的转变判断其对于"宋型律赋"的形成有引领作用。① 后王彬亦就此序进行讨论，认为："《赋林衡鉴》编排精良，体例得当，但由于采录的主要是唐人的律赋作品，与宋人的自立意识相违，导致它在宋代的影响非常有限。"② 因此，《赋林衡鉴》对于宋代律赋的实际影响还有进一步讨论的必要。王彬还有《〈三元衡鉴〉的编者及选赋标准》一文，由于有关该书的资料有限，所以也只能一般性地得出"这种选赋标准反映出宋人对魁元赋的格外青睐"的结论。③ 宋代律赋除赋集外，还有各种赋话、赋格类书籍盛行于世，而见于著录的却偏少，如《宋史·艺文志》仅载马偁《赋门鱼钥》十五卷，吴处厚《赋评》一卷。而据《直斋书录解题》称该书"编集唐蒋防而下至本朝宋祁诸家律赋格诀"④，则是书为汇编之作，为宋代诸家律赋格诀的总汇，从其多达 15 卷的体量而言，其内容应极为丰富，惜乎不传。而陈振孙所言宋祁诸家律赋格诀，似在当时亦有单独流传的可能。此外，北宋前期吴淑所作《事类赋》及注，除刘培指出其"标志着宋初文坛重学风气的形成"⑤，其他相关研究多从博物学、文献学、版本学进行研究，而未见探研其作为律赋创作之工具书如何影响宋代律赋的写作。而今传世的唯一一部宋代赋格为郑起潜《声律关键》，对此书詹杭伦、许结、王彬等均曾撰文讨论。詹杭伦还据篇名从中辑录了数十篇宋人律赋作品。许结则通过对范仲淹、秦观、洪迈、孙奕四家有关律赋风格与技法的分析，指出其内在的"规范闱场律赋，思路一致"⑥，然至乾、淳前后，对闱场赋的关注焦点已转向赋体之"奇正"问题。在这样的赋学语境中，《声律关键》对于律赋的理论建构和技法编织显得更加严密，其"以声律为中心且落实到八韵赋写作技巧……将声律融织于句法，于是使句法占据全书主要篇幅"⑦。许结先生凭借其对辞赋研究的广阔视野和对宋代律赋批评的精审认知，对《声律关键》的价值、内容特点做出了恰切的评价，但《声律关键》一书中

① 许瑶丽：《范仲淹〈赋林衡鉴〉与宋体律赋的定调》，《四川师范大学学报》2012 年第6 期。
② 王彬：《范仲淹的〈赋林衡鉴〉及其在宋代的影响重估》，《北京社会科学》2018 年第7 期。
③ 王彬：《〈三元衡鉴〉的编者及选赋标准》，《济南大学学报》2019 年第 2 期。
④ （宋）陈振孙：《直斋书录解题》卷二二，上海古籍出版社，2015，第 642 页。
⑤ 刘培：《〈事类赋〉简论》，《济南大学学报》（社会科学版）2001 年第 5 期。
⑥ 许结：《中国辞赋理论通史》，凤凰出版社，2016，第 420 页。
⑦ 许结：《中国辞赋理论通史》，第 428 页。

的律赋创作理论、批评思想仍有进一步研究的空间。

## 四 宋代律赋与科举制度

关于科举制度与文学关系的当代研究，自 20 世纪 80 年代傅璇琮发表《唐代科举与文学》这一开创之作以来，科举与文学研究各时代皆有专论，祝尚书《宋代科举与文学》（2008）、裴兴荣《金代科举与文学》（2016）、申万里《元代科举与文学》（2019）、郭万金《明代科举与文学》（2015），涵盖了除清代以外的所有科举时代，形成了一个研究系列，是制度与文学关系研究的重镇。

而宋代科举与文学的研究成果尤其丰硕，相关成果仅专著就有数部，祝尚书先生除上文所述《宋代科举与文学》外，还著有《宋代科举与文学考论》（2006），林岩《北宋科举考试与文学》（2006），笔者的《宋代进士考试与文学考论》（2015）与《宋代律赋与科举：一种文学体式的制度浮沉》（2016）等。专著之外，还有刘培《北宋后期的科举改革与辞赋创作》（2005）、《北宋科场改革与律赋沉浮——以熙宁变法为中心》（2015）、孙福轩《科举试赋：由才性之辨到朋党之争——以唐宋两代为中心的考察》（2008）、王彬《宋代殿试赋的功用及其两个层面》（2018）等论文。可以说，在 21 世纪前 20 年左右的时间里，宋代科举与文学的研究成果显著。综合而论，已有研究主要涉及了以下几个方面的成就：

其一，系统分析梳理了宋代科举制度的体系。祝尚书、林岩两位先生允称首功。祝尚书先生两部专著，对宋代科举的各级、各类、各地区的考试制度进行了详细考辨，对与科考制度相关的社会现象、文化现象一并置于考察视野中，所论视野开阔，资料翔实，考辨精审，有宋一代科举考试制度之大节要义由此清晰。林岩专注于北宋科举考试制度，尽管对于制度及相关社会文化现象的考述如解试、经义取士、三舍法、寄应现象等，由于祝作与林作同期出版，有涉重复之处，但林作更侧重从个案和数据统计来说明问题，亦自有特点。而笔者对宋代科举制度的切入主要从制度文书、朝廷奏议文本中探察宋人科举观念、律赋价值讨论的变迁，服务于论述宋代律赋之发展流变。孙福轩将唐宋两代科举试赋的讨论进行综合审视，指出应从"才性之辨"与"朋党之争"两个维度去理解，才能阐发其中的历史流变和时代特征①，确为洞彻之见。这意味着学者对宋代科举试赋的论争中理性和非理性言论应有所辨析，不可一味信从。

其二，全面考察了科场文体的体式特点、演变历程。于此，祝尚书先生可谓用力最多，考论最全面。祝尚书先生对科场文体之诗、赋、策、论、经义等均分章专论，对各考试文体的体式、内容、特点等一一详述，为后续科场文体的研究开辟了道路。笔者亦受惠于祝先生的研究，而重点关注科场律赋一体，通过对两宋科场典型风格如西昆文风、太学新体、太学体、元祐体、乾淳体在律赋写作中的体现，来勾勒宋代律赋一体的嬗变轨迹。②

其三，关于宋代科举考试与文学关系的讨论。祝尚书先生由于对宋代科举与文学的研究着手最早、浸渍最深、研究最全面，因此，其通过对宋代科场弊端及科举考试在制度设置、程文写作等均与文学规律、文学精神悖反等情况，并结合宋末元初科举废兴的历史事实，得出科举整体上对文学是"促退"的结论。林岩则从仁宗朝诗赋取士与古文写作的两难处境指出朝廷下诏戒敕科举文风对古文的兴起给予了一定的鼓励。其从实证的角度证明了科举对文学的影响不止于"促退"一面。此外，林作还擅长从进士考试与宋代思想史、学术史的关系着眼进行考察，对于仁宗朝"性命之学"话题热议延及科场及其影响于新儒学之形成进行了辨析。刘培认为："熙宁以来科场政策的更迭变化潜藏的文学观、人才观的争论，对文风、学风具有潜移默化的影响，其对辞赋的影响主要表现在：律赋的创作在北宋后期文人的作品中比重减少，艺术性降低。"③ 具体到科场律赋对宋代文学的影响，曹辛华讨论了律赋在唐宋词体演进中的作用，他指出："律赋参与词体体式建构，增强了词的艺术表现力，使之能够突破律诗整齐划一的形式，运用灵活多样的句式来表情状物。在篇章、结构、布局、作法等方面，律赋为唐宋词尤其是慢词准备了艺术经验。作为科举取士主要手段的律赋写作还为词体提供了生存土壤，进而影响到词人的填词生态、心态与行为。"④ 曹文从体式、篇章、结构、布局、作法及社会生态等角度分析唐宋

① 孙福轩：《科举试赋：由才性之辨到朋党之争——以唐宋两代为中心的考察》，《浙江大学学报》（人文社会科学版）2008 年第 3 期。

② 许瑶丽：《宋代律赋与科举——一种文学体式的制度浮沉》，人民出版社，2016。

③ 刘培：《北宋后期的科举改革与辞赋创作》，《四川大学学报》（哲学社会科学版）2005 年第 2 期。

④ 曹辛华：《论律赋在唐宋词体演进中的作用》，《文史哲》2012 年第 4 期。

时期律赋对词体的影响，拓展了词体研究的视野，从多元影响角度审视词体发展，发人深思。而笔者的研究中，则从以下几个角度切入了科举与文学的关系研究：一是从宋代以律赋为主的时文风气流转考察其与宋代文学风气流变的关联；二是从科场的"程文互通"现象延促讨论宋人的"破体为文"的习惯；三是从古文运动的发展历程与科场风气交互关系中，窥察科场程文对于宋代文风的深度参与与推动；① 四是从有宋一代二百余年的试赋历史及宋人刻意涤除的"科场习气"考察，认为极少有人能在早年的学习成长中自外于科场文体书写，因而其在知识构成、思维习惯、表达范式及审美趣味上均会有终身难以脱略的科场烙印（而这些烙印有些已经发展演化成"宋型文化"的某些固有特征）。② 而对于范仲淹《岳阳楼记》中所用赋体手法的认识，除笔者曾在著作中有所辨析外，刘志强近作《论范仲淹〈岳阳楼记〉的写作渊源》再次强调："'传奇体'以及律赋来源。唐传奇的特点是众体皆备，而且往往以偶俪之文写景状物。范仲淹精于有声律、对偶要求的律赋写作。这些因素最终进入《岳阳楼记》的写作活动。"③ 亦是从微观的作品层面指认律赋对于宋人散文创作的影响。

## 五　宋代律赋文献整理

宋代律赋研究近年来发展较快，一定程度上也受益于有关宋代科举与律赋的一系列工具书的出现。从宋代科举制度来看，龚延明等整理完成的《宋登科记考》（2009），其不仅收录了宋代登科者四万余人，是迄今为止收宋人小传最多的著作，而且还按年编入科举大事记，包括与科举相关诏令、有司制定的科举条制、历次科举试的试官及科场管理等方面的内容，极大地方便了宋代科举与文学的研究。近年诸葛忆兵教授又编著出版了《宋代科举资料长编》（2017），该书分北宋卷、南宋卷和综合卷，共五册。编者有感于宋代科举制度研究的滞后而致力于此编，以资料长编模式，大致呈现出宋代科举制度演变之过程，揭示制度演变之原因，以及与此相关的社会制度、政治思想、文化观念、文学风气的转变发展历程，从而推动宋代学术研究的全面深入。上述两作虽均以时序为纲，但龚作以登科人物考索

---

① 许瑶丽：《宋代进士考试与文学考论》，上海古籍出版社，2015。
② 许瑶丽：《宋代律赋与科举：一种文学体式的制度浮沉》，人民出版社，2016。
③ 刘志强：《论范仲淹〈岳阳楼记〉的写作渊源》，《天水师范学院学报》2019 年第 6 期。

为中心，而诸葛作则以科举事件为中心，但后者兼收与科举系年相关的文章，又列综合卷，收入综述性文献资料，及文集文献无法准确系年者，大大地便利了学者全面深入考察科举事件和人物。

而在宋代律赋文献的整理上，曾枣庄先生的《宋代辞赋全编》（2008）是目前治宋律赋者最常用的案头书。该书共六册，收宋赋两千余篇，其中律赋两百余篇，是《全宋文》编撰的"副产品"。曾作不同于《全宋文》"以人隶篇"的排列方式，而采用传统赋集以主题分类的方法，加上几近于一部宋代辞赋简史的"序言"，指出宋律赋不该一概否定，足见其对宋律赋青眼有加。更难得的是，《宋代辞赋全编》还在书末附录"宋代赋话和辞赋总论"，极大地方便了研究者。当然《宋代辞赋全编》之"全"不无遗缺，以宋律赋而言，《声律关键》所引两宋律赋千余篇，均未收入。詹杭伦先生于律赋用力甚勤，虽其重点关注清代律赋，但对宋代律赋也每有论议，其《历代律赋校注》一书开启了律赋总集的当代注释与赏析，难能可贵。虽然该书对律赋的校注还不够充分，但其对每篇入选赋作，除撰写作者小传外，还均撰写题解，揭示赋题的来历，并简要归纳赋作内容，或提供前贤评论，又编后附《赋谱》《声律关键》《赋学指南》，是唐、宋、清三代的重要律赋格法著作，方便了读者对律赋的阅读赏析。许结先生主编的《历代赋汇（校订本）》（2018）以陈元龙《历代赋汇》康熙殿本为工作底本，以俞樾双梧楼书屋本为主要校本，对原书所收赋作进行辑补与辨伪，采用横行排印，为研究者提供一本校勘精良且使用方便的文本。此外，出版于2014年的《历代辞赋总汇》是一套以马积高先生为主编、意在囊括中国所有辞赋作品的宏大之制。该书编纂历时24年之久，收赋30789篇，数量远超《历代赋汇》与《赋海大观》。然而诚如侯立兵所指出的，《历代辞赋总汇》由于卷帙浩繁，且成于众人之手，该书编纂出现了同一作者误作两人分立、同一作品误作两篇分立、部分作品版本互校不力、正录与外录的文体标准不一、方志文献利用存有地域局限等问题。编纂阙误较为集中地出现在清代卷中，尤其是从《赋海大观》所移入的四百余万字存在的问题尤为突出。① 但作为一部汇集中国历代所有辞赋的鸿篇巨制，其衮辑之功不可没，读者使用时稍加审慎，亦不失为有益之作。

---

① 侯立兵：《〈历代辞赋总汇〉编纂指瑕》，《陕西师范大学学报》（哲学社会科学版）2017年第2期。

# 六　研究反思与展望

## （一）研究反思

综观近年来宋代律赋的相关研究成果，我们在律赋的体式特征的讨论相对比较深入，也取得了学界大体认同有关律赋起源、律赋本质特征、主要特征等问题的结论；对宋代科举制度与律赋发展演进的关系的认识也有殊途同归的收获；律赋研究基础文献进一步完备；对律赋作家作品的研究也稳步推进。但不可否认，我们现有的研究也存在下述明显的问题：

第一，浅层次研究多、深层次研究少。尽管近年来科举与文学研究领域热度很高，但宋代律赋的研究，一方面受制于前期研究结论，如"宋律赋为律赋之再变衰落期""宋体律赋总体评价不可能高"等的影响，愿意在此领域开拓的学者不多，近年虽有不少研究生加入探讨，但总体实力还有待成长。另一方面，受制于今人在格律、音韵、历史文化知识方面的单薄，对于律赋的感性体验与理性分析能力都捉襟见肘，难以深入，表现为律赋研究多关注主题，而少涉及形式审美，对律赋的艺术价值难以给出适当的定位。

第二，重复研究多、创新研究少。重复研究使已有研究成果不能形成累积效应，从而影响整体研究深度和广度的推进。比如对于范仲淹律赋的研究，尽管前后有数位学人以学位论文或单篇论文的方式进行讨论，但往往各自为政，对已有研究缺少借鉴。有些研究即使被提及，但也有时未能准确领会原作的意图和结论，出现学术对话中的"鸡同鸭讲"现象。

第三，事实性研究多、理论性研究少。宋代律赋的当代研究经过四十余年的积累，学界对有关律赋的相关史实的研究相对比较丰富，而对现象背后的原因的揭示和规律性问题的认识仍然不足，更勿论为宋代律赋研究建立一个更适宜的学理框架。某种意义上，宋律赋的处境与宋诗有相似之处，鉴于唐律赋为正宗的强势话语，如何正确认识宋代律赋，进而深入考察科场律赋书写对宋代文学风貌的影响是未来本领域研究应当思考的重要问题。

## （二）研究展望

根据前述宋代律赋研究取得的已有成果，结合当前宋代律赋研究存在的问题，笔者认为未来应在以下几个方面扩宽加深，推进宋代律赋研究更上一个台阶。

第一，鉴于当前对宋代律赋自身发展流变的历史已有较充分的讨论，撰写一部完整的"宋代律赋发展流变史"已经有了可能性。一部宋代律赋流变史可以吸收整合当前学界相关研究成果，为深入考察宋代律赋与宋代文学发展之间的关系奠定基础。

第二，对有关宋代律赋的历代评论整体观照，探求律赋批评的总体倾向，如对其观才说、技法批评、细节点评等的深入分析，推求宋代律赋批评中的功利性、工具性、审美性动因，客观认识律赋批评的积极意义和理论盲区，为建立律赋的当代批评奠定基础。许结的《赋体句法论》即是注意到赋论中的"句法"批评现象，进而考察其渊源及演进，指出其与辞赋之"体物""应律"与"观采"的质性及审美有关，并彰显其赋体特质与内在学理。① 这样的研究进路值得大家借鉴与发扬。

第三，着力推进宋代律赋与文学关系之研究。具体而言，可以从下述几个角度推进本项研究：一是律赋的科场衡文标准与律赋评论之关系及其对宋代文学审美观念的影响；二是宋代律赋对辞赋诸体的影响，如古律之争中的分野与融合；三是继续加深对律赋与古文创作关系的认知，此角度尤可深入用力；四是宋代律赋与四六之关系，比较科场律赋与发解、中举后的谢启将会是一项有趣的研究；五是探求律赋写作诸要素与宋代文学风气如诗歌之以文为诗、以议论为诗、以才学为诗风气的关联，律赋教学与创作问题的立体考察，包括律赋写作的知识准备、技能训练、教学方式、写作环境条件限制等。

第四，律赋与宋代社会思潮及时事的关系。宋代律赋从宋初就规定了题出经、子、史，而实际运用中又兼用时事。因此科场律赋的题目往往可从表层与深层考求律赋之"本事"，此"本事"可能是题目所涉及的思想史上的重要命题，也可能是历史关头的重要议题。深入考求本事既可以有助于解读律赋语言、典故运用中的深层密码，也可更有机地理解律赋的内容，避免今人所谓律赋内容简单枯燥的成见。

第五，律赋在宋代的传播与接受研究。尽管今存宋代律赋赋格类书籍仅有《声律关键》一书，但如果仔细搜求，我们可以发现宋代别集、笔记、

① 许结：《赋体句法论》，《社会科学战线》2018年第1期。

杂著中散在的有关宋代律赋传播情况的文献是非常丰富的。将这些材料进行汇总和研究，将能复原出宋代律赋传播的实际情形。笔者曾以《后典丽赋》的刊刻传播为案例分析宋代律赋集的传播情形。① 近年诸葛忆兵有《论宋代时文之传播》分析了时文传播的动因、内容及南宋对时文刊刻的管制；② 金雷磊《宋代科考类书籍的出版生态》亦从官方和民间两方面探讨科考类书籍的传播动因，对科考类书籍的分类也有简略的考察。③ 而宋代律赋传播诸环节的立体再现需要更多更深入的事案、细节和统计数据的呈现，这对于探讨宋代律赋对文学文气的影响将是一个重要的支撑。

第六，深入推进宋代律赋相关文献整理。尽管《宋代辞赋全编》《宋代科举资料长编》等著作已经为宋代律赋的研究提供了极大便利。但也应看到，上述诸作不收的宋代教育文献中有关律赋的内容、解试之后的谢启、各种与科场相关的诗文创作，学记、贡院记、鹿鸣宴记文、个人行状与墓志中存在的资料仍须进一步收集。此外，宋代律赋优秀作品的校注、赏析更是需要迈出重要的第一步。

[作者单位：西南民族大学中国语言文学学院]

---

① 许瑶丽：《〈后典丽赋〉的编选与传播考论》，《电子科技大学学报》2010 年第 6 期。

② 诸葛忆兵：《论宋代时文之传播》，《西南大学学报》（社会科学版）2017 年第 2 期。

③ 金雷磊：《宋代科考类书籍的出版生态》，《出版与印刷》2020 年第 2 期。

# 征稿启事

　　《古代文学前沿与评论》是由中国社会科学院文学研究所古代文学优势学科主办，旨在反映中国古代文学研究状况及其前沿动态的专业学术刊物，每年拟出版两期，于6月、12月出刊。设有特稿、笔谈、书评、访谈、专题评论、前沿综述、会议纪要、项目动态、论点汇编、新资料、特藏文献等栏目。现特向海内外学界同仁约稿，恳请惠赐佳作。

　　来稿须知：

　　1. 须为原创和首发的作品，请勿一稿多投。

　　2. 来稿请附内容提要（300字以内）、关键词及英文标题；本刊采用页下注形式，注释格式参照《文学遗产》。

　　3. 稿件请附作者简介及联系方式。

　　4. 来稿一律采用匿名评审，一经选用，即会通过电话或电子邮件告知。正式刊印后，赠送样刊两本，并一次性奉付薄酬（其中包含电子版著作权使用费）。两个月内未收到回复者，稿件可自行处理。

　　5. 经《古代文学前沿与评论》刊出的稿件，本刊拥有长期专有使用权。作者如须将本刊所发文章收入其他公开出版物中，须事先征得本刊同意，并详细注明该文在本刊的原载卷次。

　　6. 来稿请寄至北京市东城区建国门内大街5号中国社会科学院文学研究所古代室《古代文学前沿与评论》编辑部，邮编：100732。或通过电子邮件寄至：qyypltg@163.com。联系电话：010—85195462。

中国社会科学院文学研究所

古代文学优势学科

# Contribution Invited

*Frontiers and Reviews of Classical Chinese Literary Study* (《古代文学前沿与评论》) is a professional academic journal sponsored by the superior discipline of ancient Chinese Literature, Institute of literature, Chinese Academy of Social Sciences. Published twice a year, in June and December respectively, the Journal devotes to presentrecently research situation of ancient Chinese literature and its dynamic frontiers, setting up various columns such as "Featured Articles", "Informal Discussion", "Book Review", "Scholar Interview", "Special Topic", "Frontiers Review", "Conference Minutes", "Project Trends", "Arguments Collection", "New Findings", and "Special Collection of Materials". Contributions from academic colleagues at home and abroad are sincerely welcomed and appreciated.

Notices for Contributors:

1. The contribution should be original and unpublished, multi-submission is unacceptable.

2. The contribution should contain Abstract (within 300 words), Keywords and English Title; footnote format is in line with *Literary Heritage* (《文学遗产》).

3. The contribution should contain contributor's personal information and contact details.

4. The contribution will be reviewed anonymously. Once accepted, the contributor will be informed by phone or email. After the official publication, the contributor will receive two copies and a one-time payment (including the copyright royalty for the electronic version). If no response within two months, the contribution is at contributor's disposal.

5. The Journal has the long-term exclusive right to use its contributions. Only with the Journal's permission, the contributor has the right to republish it in other publications, and when do so, he/she should clarify its original provenance.

6. The contribution can be mail to 北京市东城区建国门内大街 5 号中国社会科学院文学研究所古代室《古代文学前沿与评论》编辑部, Postcode: 100732; or email to qyypltg@163. com, Tel: 010 – 85195462.

The Superior Discipline of Ancient Chinese Literature,
Institute of literature, Chinese Academy of Social Sciences

**图书在版编目（CIP）数据**

古代文学前沿与评论. 第八辑 / 中国社会科学院文
学研究所古代文学学科编；刘跃进主编. -- 北京：社
会科学文献出版社，2022.12
ISBN 978 - 7 - 5228 - 1107 - 9

Ⅰ.①古…　Ⅱ.①中…②刘…　Ⅲ.①中国文学 - 古
典文学研究　Ⅳ.①I206.2

中国版本图书馆 CIP 数据核字（2022）第 215584 号

---

**古代文学前沿与评论（第八辑）**

编　　者／中国社会科学院文学研究所古代文学学科
主　　编／刘跃进

出　版　人／王利民
组稿编辑／宋月华
责任编辑／李建廷　王霄蛟
责任印制／王京美

出　　版／社会科学文献出版社·人文分社（010）59367215
　　　　　地址：北京市北三环中路甲 29 号院华龙大厦　邮编：100029
　　　　　网址：www. ssap. com. cn
发　　行／社会科学文献出版社（010）59367028
印　　装／三河市东方印刷有限公司

规　　格／开本：787mm×1092mm　1/16
　　　　　印张：18.75　字数：313 千字
版　　次／2022 年 12 月第 1 版　2022 年 12 月第 1 次印刷
书　　号／ISBN 978 - 7 - 5228 - 1107 - 9
定　　价／98.00 元

读者服务电话：4008918866